タイタニック号の若きヴァイオリニスト

それでも僕は弾き続ける

Christopher Ward 著

小笠原 真司 訳

英宝社

AND THE BAND PLAYED ON

by Christopher Ward

Japanese translation rights arranged with
HODDER & STOUGHTON LTD., A DIV. OF HACHETTE UK LTD.
through Japan UNI Agency, Inc., Tokyo

1「不沈」だと信じられていた豪華旅客船タイタニック号

2 救命ボートで生還した人々

3　タイタニック号の楽団員ジョック・ロー・ヒューム（ヴァイオリン）の墓
（ハリファックス市フェアヴュー・ローン共同墓地）

4　タイタニック号の楽団員ジョン・ノビイ・クラーク（コントラバス）の墓
（ハリファックス市マウント・オリヴェット・ローマン・カトリック共同墓地）

5　カナダ、ノヴァ・スコシア州ハリファックスの港

6　Pier 21 から見たハリファックス湾

7　シタデルヒル（ハリファックス）

8　シタデルヒルの内部（ハリファックス）

9 スコットランド、ダンフリースとニス川

10 バックルーク・ストリート（ダンフリース）

ZONE
KEEP

11　ジョックとトム（トーマス）の出身校　セント・マイケルズ・スクール（ダンフリース）

Our School
Reach for the Stars!
IN MEMORY OF
Two former pupils of this School,
JOHN LAW HUME, Violinist,
AND
TOM MULLIN, Steward,
On board the Titanic, who went
down with that ill-fated vessel
on the 15th April 1912.

12　ジョックとトムの記念額（セント・マイケルズ・スクール）

IN MEMORY OF
JOHN LAW HUME, A MEMBER OF THE BAND
AND THOMAS MULLIN, STEWARD,
NATIVES OF THESE TOWNS
WHO LOST THEIR LIVES IN THE WRECK OF
THE WHITE STAR LINER "TITANIC"
WHICH SANK IN MID-ATLANTIC
ON THE 14TH DAY OF APRIL 1912.
THEY DIED AT THE POST OF DUTY

13　ドック・パークにあるジョックとトムのモニュメント（ダンフリース）

14　カーネギーが建てたエワート図書館（ダンフリース）

15 夕暮れのダンフリース（11月）

16 ダンフリースとマックスウェルタウンをつなぐオールドブリッジ

著者について

クリストファー・ウォード氏は、ジョック・ヒュームとメアリー・コスティンの孫にあたる。彼は、一七歳でニューカッスル・アポン・タインのイーヴニング・コロニクル新聞に入社した。その後ビートルズ狂が高じ、マージサイドに移住し、デイリー・ミラー紙のリヴァプール通信員になった。そして三八歳でデイリー・エクスプレス紙の編集長に任命され、その当時英国新聞業界でもっとも若い編集長となった。さらにヨーロッパで最初の顧客向け雑誌レッドウッドに移り、その共同経営者となる。現在その雑誌社の会長を務めている。

ジョック・ヒューム

目次

イギリス

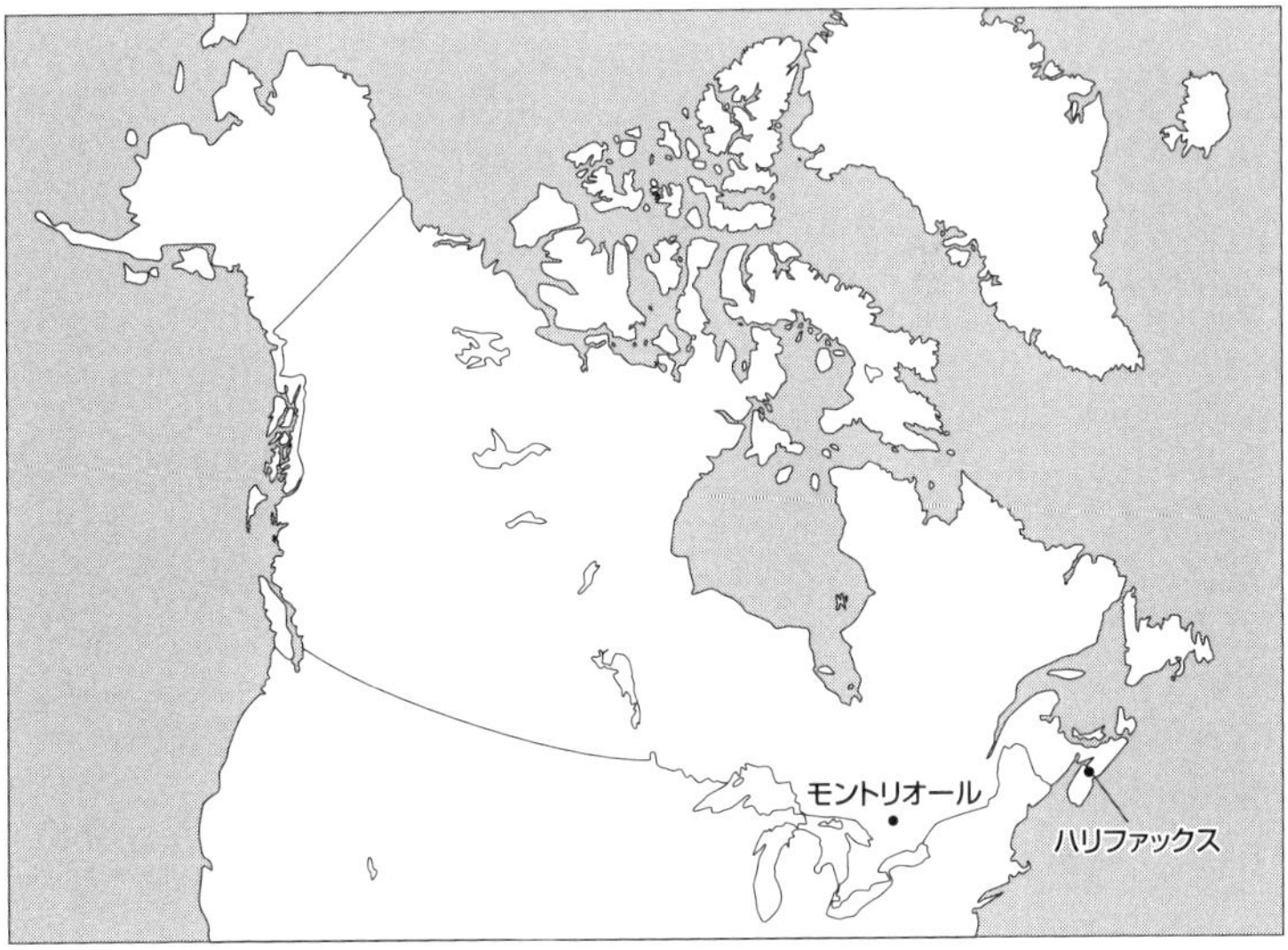

カナダ

エピグラフ

「本日訪れたこの場所で、希望の光を見つけることになるとは夢にも思わなかった。私はハリファックスの共同墓地、ジョック・ロー・ヒュームの墓の前にいる。現代にもジョック・ヒュームが存在することは明らかだ（九月一一日のワールド・トレード・センターに現れた）。彼らは人々を落ち着かせ、パニックを防ごうと努力していた。彼らは何の見返りも求めなかった。

ヒュームという人物は、私にとってそのような人々の象徴のように思える。もしまたそのような困難な場面で必要とされるなら、彼らは再び姿を現すだろう。彼らの姿をいつも見かけるわけではないが、私は彼らが私たちのそばにいてくれることを知っている。彼らは希望だ。そして未来そのものだ」

チャールズ・ペレグリーノ（科学者・海洋学者）

ベスビオ山の亡霊、ワールド・トレード・センター・ツインタワー崩壊に寄せて

「ジョックほどの人気者は、本校にかつていなかったであろう。実際その少年の幸せそうな顔を知る人はだれでも、ジョックが『まるで放浪者のように』暗闇の中で亡くなったというニュースを読んだら、はっと息を呑み、悲しみで胸がいっぱいになるであろう。
しかし、それでも、誇りが私たちの悲しみを打ち消してくれる。なぜならば、その若者はヒーローとして亡くなり、その時愛用のヴァイオリンを胸に抱きしめていたからだ。彼は、死を迎えようとする人々、そして自分自身のために、楽団仲間とともに鎮魂曲を演奏していた」

「最期の讃美歌」より
ジョック・ロー・ヒュームへ、匿名読者からの感謝文
一九一二年四月二四日発行、ダンフリース&ガロウェイ・スタンダード紙より

訳者まえがき

原作者のクリストファー・ウォード氏は、タイタニック号のヴァイオリニスト、ジョック・ヒュームと彼の婚約者メアリー・コスティンの孫にあたります。イギリスの豪華旅客船タイタニック号が一九一二年四月、北大西洋上で氷山と衝突し、沈没してから一世紀以上が経ちました。タイタニック号に関してはこれまで数多くの書籍が出版され映画化もされてきました。しかし、その多くがタイタニック号の事故や乗客乗員の様子を描いたものがほとんどです。そして、タイタニック号が沈んだ場面で物語は終結していきます。本書は、逆にタイタニック号が沈んだ場面から物語が始まり、死亡した人物の家族など関係者の人生にも焦点を当てています。その意味で、貴重な本であり、興味をそそられます。

沈みゆくタイタニック号の船上で、人々を落ち着かせ勇気を与えるため最期まで演奏を続けた楽団の話は感動的であり、多くの人々に語り継がれています。ジェイムズ・キャメロン監督の大ヒット映画『タイタニック』においても、楽団員は登場します。しかしながら、その楽団員を中心に描いた書籍は数が少なく、邦訳されたものはほとんどない状況です。しかも、英雄的な楽団員の行動だけではなく、楽団員の死がその後家族の人生にどのような影響を及ぼしたのか、それを詳細に紹介した書籍は皆無と言っていいでしょう。楽団員たちが沈みゆくタイタニック号の船上で、なぜ危険を顧みず演奏を続けたのか、その答えのヒントも本書にあるかもしれません。

タイタニック号の楽団は、八名の音楽家で構成されていたようです。楽団のリーダーは、ウォレス・

ハートリーというヴァイオリニストです。本書の主人公ジョック・ヒュームは、ハートリーとともに楽団でヴァイオリンを演奏していました。ジョックはこの楽団で二番目に若い、将来有望な音楽家でした。また彼は、当時メアリー・コスティンという女性と婚約しており、彼女は妊娠していました。二人はジョックがタイタニック号での演奏旅行を終えたら、地元スコットランドのダンフリースの教会で結婚式を挙げる予定でした。さらに、結婚を機にジョックは船での演奏旅行を辞める予定でもいたのです。タイタニック号の事故がなければ、二人は結婚し、幸せな人生を歩んだことでしょう。

妊娠していたメアリーは、ジョックの死後無事に女の子の赤ちゃんを産みます。彼女はその赤ちゃんに、ジョックの思い出も込めて、ジョアンと名付けました。ヒーローとして亡くなったジョックのため、彼の故郷ダンフリースでは追悼式が行われ、モニュメントも製作されました。しかし、メアリーとジョアンの人生は大変な苦労続きでした。その主な原因はジョックの父親アンドリューの複雑な性格にあります。理解に苦しむほど、アンドリューはジョックとメアリーの結婚に反対していたのです。また、そのアンドリューのヒューム家にも不幸が続きます。兄ジョックを慕う妹のケイトは、ちょっとした作り話をしたことから犯罪者となり、勾留され、裁判にかけられることになります。

大変な人生を歩んだジョアンでしたが、成人した彼女はロンドンでイーヴニング・ニュース紙の事件記者ジョン・ウォードと知り合い結婚します。原作者のクリストファー・ウォード氏は、そのジョンとジョアンの長男です。つまり、ジョックとメアリーは、クリストファー・ウォード氏の祖父と祖母ということになります。彼は、父ジョンと同じく新聞業界で活躍します。実は、彼は祖父ジョックのことをほとんど知らずに育ちました。それは、ヒューム家とコスティン家が、あらゆることで対立し裁判を重ね、疎遠になったことが原因です。

そんな彼が家族史をテーマにした企画をきっかけに、本書の執筆を決意し自分の祖父、祖母の人生をたどる旅に出かけることになります。そして、ヒューム家側のいとこの存在を知り、友情を育むことになります。最終的には孫の代で両家は和解します。

本書は、このようにタイタニック号事故がもたらした影響を、数世代にわたる人間ドラマとして描いた貴重な作品です。

イントロダクション

一九一二年四月一四日の深夜から一五日の未明にかけて、ホワイト・スター・ライン社[1]の旅客定期船タイタニック号は、サウサンプトン[2]からニューヨークへの処女航海中、氷山に衝突して沈没した。その夜北大西洋上で亡くなった乗客と乗員[3]は一四九七人だが、そのうち収容された遺体はわずか三二八だった。その中の一人が、私の祖父ジョック・ヒュームである。彼はタイタニック号に乗船していたヴァイオリニストで、二一歳の若さだった。

祖父の給料の支払いは、タイタニック号が沈むと同時に停止した。そして二週間後、ジョックの父のもとには、制服に付けていたホワイト・スター・ライン社の真鍮《しんちゅう》ボタンと肩章の請求書が送りつけられてきた。

タイタニック号に関して、これまで数多くの本が執筆されてきた。それらのほとんどが、タイタニック号の悲劇を扱った映画のように、船尾を垂直に海中に向け波の下に消えていった場面で終結している。この本は、乗客と乗員の命が奪われたところから始まり、その後のことを物語っている。それは、ホワイト・スター・ライン社の冷淡さと隠ぺい体質という、ショッキングな内容も含まれている。

ただ、それは当時の弱肉強食社会ではあたりまえのことだった。そして、社会をむしばむ階級制度という形で露わになった。生きている時はもちろん、死んだ後も同様に冷酷な差別待遇が存在した。一〇〇年後の今日でも、このことに関してだれも遺憾の意を表していない。

この本は、二〇一〇年のプロジェクト企画「あなたはどんな人物だと思いますか」というファミリーヒストリーが出発点だった。決してタイタニック号についての本ではない。私の子供のため、孫のため、そして私の姉家族のために書いたものである。私の姉は五年前に、そして母は一〇年前に亡くなった。私自身も死を意識するような年齢になってきており、今や家族の歴史を知っている唯一の人物であるという自負がある。屋根裏部屋には使い古したスーツケースがあり、その中に色あせたセピア色の写真が入っている。その写真の人物の顔を見て、私はその名前を言えるこの世で唯一の人物であることも自覚している。

私の探究心がそのままこの本となった。この本は、タイタニック号の悲劇が、スコットランド南西部のダンフリース[4]に住む、ごく普通の二つの家族に与えた影響を描いている。さらにタイタニック号の悲劇がほぼ一〇〇年近くの間、関係者の家族間で世代から世代へどのように伝えられ、またどのような感銘を与えてきたかを伝える人間物語でもある。私の母は、ジョックの死から六か月後に生まれ、八〇歳で天寿を全うした。母は生涯タイタニック号の影から逃れることは決してできなかった。この状況は、ジョックと同様に妻のお腹の中に子供を残して死んだ、アメリカ人富豪Ｊ・Ｊ・アスター大佐の家族も変わらないだろう。またタイタニック号の悲劇に巻き込まれたその他の家族も、同様であるに違いない。

私の祖母メアリー・コスティンは、ジョック・ヒュームと婚約していた。ジョックがタイタニック号の処女航海から戻ってきたら、二人は結婚式を挙げることになっていた。二〇一〇年、私はかなりの日々を費やし、ダンフリースでコスティン家とヒューム家についての情報を集めた。両家は数百ヤード離れたところに住んでいた。

私はダンフリースのエワート図書館で、黄色く変色し始めた古い地元新聞やその他の記録資料を徹底的に調査した。エディンバラのスコットランド国立公文書館では、数百にも及ぶ古い裁判記録の束に次から次へと目を通した。それら記録の束は、それぞれきちんとピンクの絹のリボンで結ばれていた。

夜にはインターネットを利用し、誕生日、死亡日そして結婚記録などにアクセスし、公的記録を確認した。私はタイタニック号に関する本を置くスペースをもっと確保するために、書斎の書棚をきれいにしなければならなかった。また、すでに十分だと思っていたタイタニック号関係の書庫では、さらに本棚用の脚を数本加えることにもなった。

時折思い出したように起こっていた興味が、いつしか私の心に常に存在する強い関心へと変化していった。私の探求プロジェクトは、探偵のような調査活動になった。どうして神童ジョックは一五歳で家を飛び出し、旅客定期船の楽団で演奏するようになったのだろうか。その一〇代のヴァイオリニストは、死を迎えるまで少なくとも三回大西洋を旅行し、二〇歳前には世界の多くの場所を見てきた。私は、この事実を知らなかった。若くして家を出て旅客船で演奏することを選んだ理由は、ジョックの父親アンドリュー・ヒュームの複雑な性格にあったのだ。さらに多くの疑問が生じるかもしれないが、答えは同じであろう。私は自分のことをウォード家とコスティン家の人間として考え、人生を送ってきた。アンドリュー・ヒュームが私の曽祖父であり、あまりうれしくない発見だが、私が彼とＤＮＡの一部を共有しているという事実を、出版を機に私は自覚することになった。

その存在さえ知らなかった二人のいとことの出会いは、また新たな驚きとなった。一人はヒューム家側のいとこであり、もう一人はコスティン家側のいとこだ。家族の思い出についてやりとりができ、とても有益だった。またその二人と新たな友情を育むこともできた。

私はノヴァ・スコシア州[5]のハリファックス[6]で調査を継続した。海上から収容された遺体はすべてハリファックスに運ばれたが、そのほとんどは海底ケーブル敷設船マッケイ・ベネット号によるものだ。一二一人のタイタニック号の犠牲者たちとともに、ジョックは美しいフェアヴュー・ローン共同墓地に埋葬されている。その共同墓地はこのハリファックス市内にある。

ハリファックスのユニヴァーシティ・アヴェニューにあるノヴァ・スコシア公文書記録館は、遺体に関する検死官の報告原本すべてを所蔵している。個人的にはあまり解明したくない疑問がいくつかあったが、公文書記録館と大西洋海事博物館においてそれらの答えを見つけることになった。大西洋海事博物館ではマッケイ・ベネット号の航海記録を読む特権も与えられた。それは、「死者の船」として知られるマッケイ・ベネット号の詳細な航海内容を教えてくれた。

この本を書くための調査は、個人的には心が痛む旅となった。この本は今や改訂や更新がなされ最新版となっているが、私のこの調査の旅は今後も続くものと思っている。なぜならば、多くの疑問に対する答えがまだ見つかっていないからだ。しかし私は祖父ジョックのことがついにわかったような気がする。私の母はジョックのことをまったく知らなかった。そのため私は成人するまで、ジョックという人物を心に描くことが困難だった。ジョックに関して伝えられたことすべてが、また聞きであり、あるいはまた聞きのまた聞きによるものだった。二つの世界大戦で父や祖父を亡くした多くの人々は、私と似た疎外感を持っているに違いない。

しかし今やこの本を書き上げてみて、ジョックは愉快な人だったのだろうと私は思っている。私はジョックの笑顔をみつめ、笑い声を聞くことができる。ジョックは、ほんとうに魅力的な若者だった。そして、勇敢な若者でもあった。勇敢とは、彼が亡くなる前の行動だけを指しているのではない。さらに重要なことは、彼の生き方そのものが勇敢だったと言えることだ。彼は一四歳でヴァイオリンを持って旅客船に乗り、演奏の腕も確かだった。そのおかげで二一歳になる前に、それまでに建造された中で最大級の遠洋旅客定期船に乗り込み、演奏する機会を得た。

その遠洋旅客定期船がタイタニック号である。そのことが彼の不幸だった。

クリストファー・ウォード　二〇一一年一月

注

（1）ホワイト・スター・ライン社（White Star Line）　一八四五年に創業した英国の海運会社。一八六八年造船王トーマス・ヘンリー・イズメイに買収され、汽船会社に再編成された。タイタニック号を所有していた。

（2）サウサンプトン（Southampton）　イングランド南部の都市。サウザンプトン、サウスハンプトン、サザンプトンとも表記される。

（3）乗員　乗員とは車両・船舶・列車・航空機などに乗り組み、任務に就いている者。すなわち乗務員と乗組員のこと。翻訳では、乗員という言葉を基本的に用い、必要に応じて、乗務員と乗組員を区別して使用する。

（4）ダンフリース（Dumfries）　スコットランド南西部ダンフリース・アンド・ガロウェイ州の中心都市、州都。

（5）ノヴァ・スコシア（Nova Scotia）　カナダ南東部の州。大西洋岸のノヴァ・スコシア半島とケープブリトン島から成る。幅約三五キロメートルの地峡部で、ニュー・ブランズウィック州に接する。アパラチア山系の北東部に属し、高度は概して低いが、氷食作用によって生成された湖が多く、海岸線は入江に富んでいる。

（6）ハリファックス (Halifax)　ノヴァ・スコシア州の州都。カナダ大西洋岸地方最大の文化・経済の中心都市。一九九六年に旧ハリファックス市とダートマス、ベッドフォード、ハリファックス郡が合併し、市制施行した。

エワート図書館（ダンフリース）

ノヴァ・スコシア公文書記録館（ハリファックス）

タイタニック号の若きヴァイオリニスト

――それでも僕は弾き続ける――

タイタニック号の楽団員

一　共に演奏を続けよう

一九一二年四月一五日、午前二時五分、SSタイタニック号[1]の船上にて

「その夜多くの勇敢な行動があった。しかし、演奏を続けた楽団の音楽家たちほど勇敢な人々はいなかったであろう。彼らは、船が静かに海に沈み始め、海水が彼らの足元に少しずつ迫ってきても、一分また一分と演奏を続けていった。楽団員が演奏した音楽は、あたかも彼ら自身の不滅のレクイエムのように、また永遠の名誉を得る権利を主張するかのごとく響いていた」

ローレンス・ビーズリー、生存者　『失われたタイタニック号[2]』より

八人の楽団員全員が、もはや演奏を続けることができないと悟る瞬間がついにきた。彼らは一時間近く船のデッキ（甲板）の上にいた。しかし演奏を続けられないのは、決してひどい寒さのためではなかった。彼らはデッキに上がる前に、急いでオーバーを楽団員用チュニック[3]の上に羽織り、マフラーを巻いた。私の祖父ジョック・ヒュームは二一歳で、楽団の中では二番目に若い演奏家だった。彼はデッキに楽団が再招集された時、懸命に走りながらなんとかレインコートを確保した。

ところが彼はコルクが詰まったライフジャケットと紫色のマフラーを身につけていたため、ヴァイオリンを弾くことがかなり困難だった。また、両手の感覚もなくなっていた。それでも音符を一つも間違えな

いで、なんとか「主よ御許に近づかん」[4]の五番まですべて演奏できた。彼は、うれしさと驚きを感じていたに違いない。このデッキでの即席の演奏会に参加していた聴衆のほとんどが立ち去った後も、楽団は演奏を止めなかった。聴衆がいなくなるということは、楽器をケースにしまい帰宅するタイミングを意味している。

最初に女性と子供が救命ボートで船を離れたが、それはもう一時間前のことだった。まだ船に残っていた乗客や乗員一五〇〇人は、スミス船長の長い船長生活で彼が下した最後の命令を実行していた。すなわち、退船である。海水で船外に押し流されるか、あるいはデッキより下の方で溺死するかという選択肢しか残っていない状況を考えると、船長の命令は妥当なものと言えた。人々の中には、船から離れるのを後回しにする者もいた。すでに傾斜したデッキの上で、トーマス・バイルズ神父から最後の儀式を受けるためだった。彼らは悔恨の祈りをし、神父の前にひざまずいていた。神父は彼らの罪を悔いて神の許しを求め、彼らに神のご加護があるよう説いていた。

ごく一部には船長の指示に従わない人々もいた。彼らは船に留まる決心をし、一等客室のラウンジへと下りて行った。そして片手に大きなブランディを持ち、死を静かに待った。

さらに冷たい海水が楽団員たちにじわじわ近づき、情け容赦なく迫ってきた。しかし、彼らは怯えていなかった。デッキにかけあがり集合した時も、楽団員は一瞬たりとも自分たちの安全のことを考えなかった。そして今このような状況に至っても、考えていなかった。彼らは恐れていなかった。最後までこの場に留まった。

楽団は演奏を止めた。なぜならば、航行不能のタイタニック号が転覆寸前の角度に達してしまい、死の苦しみに似た耳をつんざかんばかりの騒音のため、楽団員たちは演奏が自分たちにも聞こえなくなったからだ。「それは、だれも聞いたことがないような騒音であり、その音を再び聞きたいやつなどいないだろう」とアーチボルド・グレーシー大佐は述べた。「その音に驚愕した。それはこの世のものではなかった」。彼は船の沈没を海上で目撃した生還者だ。

　不協和音だらけの交響曲の演奏が、ガラスの壊れる音とともに始まった。最高級のウォーターフォード[5]のクリスタルゴブレットが、光沢豊かなマホガニーの棚から滑り落ちて粉々に割れ、ダイヤモンドのかけらのように大ラウンジのフロアを覆った。それから数秒後、一等客室や二等客室の調理室や食堂で、一万枚の皿が固定金具から外れて壊れ、すさまじい音がした。一等客室のロイヤル・クラウン・ダービー[6]の陶磁器（ホワイト・スター・ライン社は、何週間もかけてこの陶磁器を値切ろうとした）も、三等客室の質素な白色の陶磁器も同じように粉々に割れた。一等客室用陶磁器とか三等客室用陶磁器などという区別は、もはや意味のあることではなかった。海に浮かぶかわいそうな人々が助けを求めて叫んでいたが、耳をつんざくような騒音が叫び声をかき消していた。

　今やテーブルも椅子も、船上で動き回っていた。中には大ラウンジの窓を突き破り、割れたガラスとともに楽団員たちの後ろから襲い掛かったものもあった。Dデッキ[7]の食堂ラウンジには、タイタニック号の六台のピアノの一つ、スタインウェイ社製のグランドピアノがあった。そのピアノを固定していた鎖も切れてしまった。そして、ピアノはダンスフロアの中を動きだし、加速して一人の客室係のボーイの命を奪った。そして上下にゆれながらラストワルツをおどり、真っ二つに割れてしまった。ピアノの中身が飛び出し、ワイヤー、ピアノ胴体、そして鍵盤が最後のフォルテシモを奏でていた。

しかしさらに恐ろしかったのは、タイタニック号から聞こえるゴロゴロという死を予感させるような音だった。ゴロゴロという音が鳴り響くと、その後に雷よりも大きく地震よりも恐ろしいうめくような音が続いた。その音は、船の内部の奥底のどこからか聞こえてきた。そのころ、タイタニック号の二九機のボイラーが、一つまた一つと爆発し、リベット鋲《びょう》止めされた巨大な鋼鉄製のプレートも接合部から引きちぎられていた。機関部の火夫たちは、立っていたその場で生きたまま熱湯を浴びた。彼らは死ぬ直前わずかに悲鳴をあげたが、高温の蒸気からの耳をつんざくような爆発音のため、その声は完全にかき消されていた。

タイタニック号の三つの錨は、巨大で重量があった。一年前、その三つの錨をそれぞれ積み込み機に載せ、ハーランド・アンド・ウルフ造船所まで引っ張って行った。その際一つの錨に対して、八頭立てのシャイアホース[8]のチームを二組用意しなければならなかった。今や三つの錨は再び動きだそうとしていた。今回はシャイアホースの手助けがなくとも、錨の鎖は切れる限界まで引っ張られていた。

遭難信号弾が打ち上げられ、船上の星空で破裂していた。その時、大砲による集中砲火のような大きな爆発音が起こり、前部の煙突が崩壊するのがわかった。支え綱として働いていたワイヤーはこれ以上の荷重に耐えることができなくなり、プツンと切れた。そして鋼鉄の太綱がブリッジデッキ上（船橋楼甲板）[9]で威嚇するように蛇行していた。船全体が、再び震動し始めていた。船の蒸気タービンエンジンに重力がかかり、その堅固な鋼鉄製の取り付け金具から引きちぎられた。そのかん高い音は、大西洋の海底一万二五〇〇フィートへと向かう、死出の処女航海を意味する叫び声であった。

楽団リーダーのウォレス・ハートリーは、仲間の音楽家たちに無言でうなずいた。楽団員たちに演奏を止め、楽器を片付けようというつもの合図だった。彼は普段通り手短に丁寧なお辞儀をした。少し前かがみになった。デッキはその時かなり傾斜しており、自分のバランスを取るのがやっとの状態だった。楽団員たちはリーダーのまわりに体を寄せ合った。「諸君、ありがとう。最高の演奏だった。おやすみ、そして、好運を祈る」。これは演奏が終わると彼がいつも口にする言葉だが、今夜もまったく同じだった。

目撃者たちによると、楽団員たちはおたがいに全員握手を交わしたようだ。ハートリーは自分のヴァイオリンの弓をゆるめ、ケースの中のヴァイオリンの横にきちんと収めた。そして、ケースのふたを閉じた。彼はライフジャケットに楽器ケースが密着するように、革ひもを体のまわりに巻きつけた。さらに革ひもをベルトにも結び付けた。これによりライフジャケットの浮力は増し、彼の生存可能性は高くなるだろう。そして、あらゆることがうまくいけば、同時にお気に入りの楽器も守ることができる。

ジョック・ヒュームも同じようなことをした。彼はみごとな光沢のヴァイオリンの木製胴体を守るために、まず弦の上に布を置いた。ヴァイオリンのミュート[10]は、彼のポケットの中に滑り込ませた。ジョックは自分の指を温めるために、片手を少しの間ポケットの中に入れたままにした。自分の時計を探り、時間を確認する余裕もあった。午前二時一一分だった。タイタニック号の船首は、その時完全に海中にあった。まるで氷のようなとても冷たい海水が、音楽家たちの太ももに強く当たっていた。楽団員たちは、さらに船尾のほうに移動した。舷側[11]に飛び出すためだった。

「夏にスコットランドの小川で泳ぐことを思えば、今回は地中海でひと泳ぎするようなものですよ」とジョークを言いながら、率先して最初に飛び込むのがジョック流のスタイルだった。しかし、ハートリーが先頭を切ることになった。ハートリーは、最後まで楽団のリーダーだった。彼は舷側に飛び出す際、ヴァイオリンケースが滑り落ちないようにしっかりと胸に抱きしめた。そして、「楽団の諸君、好運を祈る」と叫んだ。「海の中でも、みんな離れないでいっしょにいよう。そうすれば生存の可能性が高くなる」

彼らが生き残れる可能性は、まったくなかった。それでも彼らは海の中で、最後までいっしょにいたのである。

♪♪♪♪♪♪♪♪♪♪♪♪

勇敢な楽団員たちは、すでに海に浮かんでいた一五〇〇人の男性、女性、子供たちに加わった。人々が命を落とすまでの数分間、いったい何が起こるのだろうか。まずそれを理解しておく必要がある。そのために、少し話を中断しなければならない。この夜何が起こったかに関しては、二つの公的調査が下した結論と後にノヴァ・スコシア州ハリファックスで出された声明文がある。その声明文は、州検死官Ｗ・Ｄ・フィン博士によるものだ。

しかし、事実はそれらの内容とは全く異なっている。実はその夜溺死した人は、ほんのわずかだったのだ。ほとんどの人は、低体温症で亡くなった。好運なほんの一握りの人々は、ＣＳＲという名称で知られる「低温ショック反応」でほぼ瞬間的に命を落とした。タイタニック号の沈没事故で生還した最も職位の高い航海士チャールズ・ライトラーは、海水に落ちた経験を「千本のナイフで刺されたようだった」と表現している。彼が海水中にいたのはほんのわずかな時間だったが、彼がＣＳＲで死ぬ寸前であったことは明らかだ。

冷水が人体に与える影響について、二つの世界大戦でいろいろなことが判明した。科学者たちは、海水に不時着した航空兵や海兵隊員の命を救う方法を研究した。ナチスの研究は、いつものように正確さと冷酷さを追及するところから始まった。まず強制収容所に実験用の冷水タンクを作った。そして、実験対象者の体重と水の温度を変化させて、人が命を落とすまでの時間を正確に計測した。このような実験に選ばれた人の中で、生き残った者はだれもいない。じわりじわりと苦痛が始まり、やがて死に至る。その様子がストップウォッチにより秒単位で計測され、グラフ紙に小さなインクマークで記録された。

さらに多くの研究が、大戦後も長年にわたり行われた。冷水中での生存可能性については、現在六つの温度域が設定されている。最も温かい水は摂氏二七度、最も冷たい水は摂氏〇度かそれ以下である。タイタニック号沈没のその夜、北大西洋の海水温度は華氏二八度、つまり摂氏マイナス二・二度であり、生存可能な基準の一番下だった。

「冷水中における生存可能な時間」と題名がつけられた基準を参考にすれば、タイタニック号の乗客乗員が北大西洋の凍るような海水中にいた時の生存可能な時間を推定することができる。人々は一五分以内で気を失ったことであろう。そしてその一〇分後には、死に至ったであろう。

冷水に浸《つ》かる事故から生還した人たちは、冷水に入った瞬間、その衝撃で息ができなくなった様子を報告している。海面下で空気を求めてあえいだら、溺死がすぐにせまってくる。もし、運よく長く息を止めておくことができたとしても、酸素不足と体温の急激な低下が同時に起こり、致命的な状況で体にかなりの負担がかかる。すなわち血管が圧縮され、心拍数が増し、血圧が上がり、過換気[12]が起こる。これにより、即座に「低温ショック反応（ＣＳＲ）」を起こす可能性がある。実質的には心臓発作で死に至る。でもこのケースは、まだ運がよい場合と言えよう。

　海水に落ちてなお二分間生きているとすれば、低体温症による死亡の三段階のステージ1にいることになる。人間は腕と足のすべての感覚を失い、体温は急激に下がる。とても激しく体が震えだすので、歯がガチガチと鳴る。瞳孔は大きく広がる。この時人が行う最悪の行動は、泳ぎだすことだ。動くことにより、人の体ははるかに速いスピードで熱を失い、生存可能な時間を五〇％短くしてしまう。

　タイタニック号の犠牲者のすべては、沈みゆく船に引きずり込まれることを恐れて、できる限り遠くに離れようと懸命に努力をした。しかし、犠牲者たちは気づかないうちに死の道を急いでいたのだ。突然少し体が暖かくなったと感じ始めるかもしれない。これは非情にも幻覚である。体温は石が落下するように、相変わらず下がり続けている。小指で親指にさわれなくなると、ステージ2に入ったことを意味する。

　ステージ2では、動きがより鈍くなり精神錯乱が始まる。人の体は、大切な器官から熱が奪われないように、残った栄養源を集中して使うようにできている。そのため血管はさらに縮まる。唇、両耳、手の指、そして足の指が青ざめる。脈拍数がさらに低下し、心拍数は増加する。呼吸は安定せず、そして浅くなる。

　体温が摂氏三二度（華氏八九・六度）以下になると、ステージ3が始まる。通常、体の震えは止まる。摂氏三〇度（華氏八六度）で、生命を維持するために必要な細胞代謝作用が停止し、気を失う。主要な体の器官の働きも衰える。臨床的死は摂氏二六度（華氏七九度）で起こるが、まだわずかに細胞は活動しているので脳死はもう少し後になる。したがってタイタニック号事故の場合、海水の中ではだれも午前二時四五分以降は生きていなかったであろう。

♪♪♪♪♪♪♪♪♪♪♪♪♪♪♪♪

アメリカの富豪Ｊ・Ｊ・アスター大佐とダンフリース出身の音楽教師の息子ジョック・ヒュームは、共にタイタニック号事故で命を落とした。アスター大佐の人生と私の祖父ジョック・ヒュームの人生を比較してみると、これほど異なった二つの人生の組み合わせは考えられないだろう。

しかし、その夜運命が二人の人生を結びつけた。二人が人生の最期の時間を共有したということだけではない。その二人の男性が、後世に残したものも共通なのだ。アスターの若妻マドレーヌとジョックの婚約者メアリー・コスティンは、共に妊娠していた。そして、タイタニック号事故の年に、二人は子供を出産した。その子供は、共に自分の父親の顔を知らずに成長していく。タイタニック号の事故は、その後一〇〇年間、両方の家族に暗い影を落とすことになる。

♪♪♪♪♪♪♪♪♪♪♪♪♪♪♪♪

私の母の少女時代の記憶に、自宅にあったタイタニック号のポストカード[13]の存在がある。そのポストカードは、ダンフリースのバックルーク・ストリートの自宅のマントルピースに長年飾られていた。ポストカードはほこりを払ったり、また客人に見せたりするために、時々その位置から移動することもあった。ジョックは、そのポストカードを四月一〇日水曜日の朝に、サウサンプトンで投函したようだ。タイタニック号が出航する直前である。

メアリーは妊娠をずいぶん前から感じていたが、ジョックが妊娠を知ったのは、出航のほんの一週間前だった。タイタニック号に乗り込むためダンフリースを離れる前夜、メアリーは彼に妊娠を打ち明けた。二人はタイタニック号が処女航海を終えたら、五月にダンフリースのグレイフライアーズ教会で結婚式を挙げる予定だった。そのためのお金も蓄えていた。しかしメアリーは子供ができたことを、ジョックが喜んでくれるかどうかずっと心配していた。打ち明けてみて、自分と同様にジョックも子供の誕生を楽しみにしていることを知り、ほっとした。

翌日の四月九日朝早く、メアリーはジョックとともにダンフリース駅に向かった。ジョックはカーライル行きのカレドニア鉄道の列車に乗り、リヴァプール行きの列車にカーライルで乗り換える予定だった。これはジョックがタイタニック号に乗り込むため、サウサンプトンへ向かう旅程の始まりだった。二人は家を出るのが遅かったので、列車が駅に近づいている音を耳にしながら、駅まで残り三〇ヤードの距離を走らなければならなかった。ジョックが列車に乗り込むと、駅長が出発のホイッスルを鳴らし、列車のドアがバタンと閉まった。それから二人は開いた列車の窓越しに、短いキスを交わした。機関車が蒸気をあげゆっくりと駅から離れ始めると、二人は蒸気機関車からわきあがる煙と蒸気が作りだすカーテン越しに、一心不乱に手を振り続けた。二人がお互いの姿を見たのは、これが最後である。

リヴァプールに着くと、ジョックはまっすぐロード・ストリートに向かった。そして、ロード・ストリートにある船舶専門洋装店J・J・レイナーで、楽団の制服を受け取った。レイナーは、ホワイト・スター・ライン社の真鍮ボタンと肩章を制服に縫い付け、クリーニングをし、アイロンをかけてくれていた。レイナーの店を出ると、ジョックはカッスル・ストリートへ最短距離を歩き、音楽代理店C・W・アンド・F・N・ブラックの事務所に向かった。ホワイト・スター・ライン社の楽団員の採用を、C・W・アンド・F・N・ブラックは下請けしていた。ブラック兄弟の事務所で、ジョックはタイタニック号に乗り込むため、サウサンプトンへの最終旅程となる鉄道切符を受け取った。レイナーの店はブラック兄弟と契約を交わしており、ジョックの制服の手直しの請求書は、ブラック兄弟の事務所に送られることになっていた。では、話をライム・ストリート駅⑭に移そう。

ジョックはロンドン行きの午後の列車に乗り、ロンドンに到着した。そして、ウォータールー駅⑮から出るサウサンプトン行きの最終列車に十分間に合った。彼がサウサンプトンのセント・メアリーズ・ロード一四〇番のドアをノックしたのは、午後一〇時少し前だった。旅館の女主人キング夫人が彼を迎え入れた。彼女は五人分の宿泊部屋を提供していたが、利用者のほとんどが定期旅客船の乗員だった。ジョックもここに宿泊する常連客の一人であり、キング夫人は遅い到着にも慣れたものだった。

翌朝早く、ジョックはサウサンプトンのバース44から、タイタニック号に乗船した。波止場はすでに人々でごった返していた。楽団員たちは二等客室の切符で旅をすることになっており、ジョックは二等客室用タラップから船尾の方のCデッキに乗船した。Eデッキにある船室二つが、八人の楽団員のために提供されていた。

ジョックは演奏旅行の際、これまで故郷のメアリーのことを気にかけたことはなかった。実際、彼は過去二年間のほとんどを、ダンフリースから離れて定期旅客船の上で演奏をして過ごしてきた。ジョックもメアリーも、離れて暮らす生活をすでに甘受していた。

しかし、今回は違っていた。ジョックは人生で初めて、これから先の演奏旅行ではなく、故郷に残したメアリーのことを思っていた。彼は通常船が目的地に到着してから、メアリーにポストカードや手紙を書いていた。しかし今回は、メアリーを元気づけるために、慎重に言葉を選んで書いたタイタニック号のポストカードを、彼は出航前に投函した。

♪♪♪♪♪♪♪♪♪♪♪♪♪♪♪

同じ日にアスター家もタイタニック号の最初の寄港地、シェルブール[16]で乗船した。お供として乗船したのは、アスターの従者ヴィクター・ロビンス、マドレーヌのお手伝いロザリー・ビドイス、マドレーヌのナースのキャロライン・エンドレス、さらにアスターの愛犬エアデールテリアのキティだった。愛犬キティはこの前のエジプト旅行へも参加していたが、今回の旅もみんなといっしょだった。

ニューヨークでは、アスターと年の若い花嫁マドレーヌのために披露宴が予定されていた。しかし、アスターがそれを楽しみにしていたはずはなかった。二人は数か月におよぶ長期のハネムーン中だったが、アスターが三年前、前妻アヴァと険悪な雰囲気の中離婚して以来、彼は世間の興味の的となり、噂話の中心だった。アスターの離婚は、世間の人々を呆れさせた。離婚原因そのものは、あちらを立てればこちらが立たない状態で、どっちもどっちだった。マドレーヌ・タルマ・フォースはわずか一八歳で、夫のアスターより二七歳若かった。しかも、アスターの息子ヴィンセントよりも一歳年下だった。ニューヨーク・タイムズ紙は、マドレーヌのことをブラウン色の髪で目鼻立ちがはっきりとし、かなり背の高い上品な女性と報道していた。実は両親がうっかりアスターにマドレーヌを紹介したのだが、その当時彼女はまだ学校を終えたばかりだった。アスターは富豪なので、マドレーヌの両親は長女キャサリンの結婚相手にふさわしいと思っていた。

アスターはマドレーヌを世間にお披露目するにしても、結婚を酷評する人たちとの間に、とにかく時間と距離をもうけようと心に決めていた。それは賢明な判断だった。その目的のため、二人はエジプトとフランスで数週間過ごした。そして今や、タイタニック号の最も豪華な部屋の一つに滞在していた。

しかし、実質ハネムーンは終わっていた。マドレーヌは妊娠六か月だった。帰国を前に、アスターは冷ややかな披露宴になると思い覚悟を決めていた。披露宴では、結婚に異議のある親族たちから不満の声を聞かされ、さらに投資家たちからの厳しい目にもさらされることになる。

四月一四日の日曜日、肌寒いが快晴で、夜空には輝く星が広がっていた。この光景を見て、ジョックは故郷ダンフリース・アンド・ガロウェイ(17)の寒い冬の夜を思い出したに違いない。タイタニック号の生存者たちはそれぞれ、ジョックとアスター二人と出会った時の様子を語っている。ジョックとアスター二人とも、その夜ある共通のことを行動によって示した。それは勇気である。

タイタニック号のディナーの開始合図は、毎日夕方午後六時、船のビューグル奏者(18)が吹く角笛の大きな音だった。女性乗務員ヴァイオレット・ジェサップがジョックと出会ったのは、ディナーの合間で楽団が休憩をとっていた時だ。「ジョックは、いつでもやる気がみなぎっていました。元気いっぱいという言葉は、ジョックのためにあるようなものでした」と彼女は語った。「ジョックは私に強いスコットランドなまりで叫んだのです。『さあ今からみなさんに名曲、そうスコットランドの名曲を、演奏会の締めとして演奏しますよ』」

その日の深夜退船命令が出たが、楽団員たちはデッキで演奏を再開するため、自分たちの楽器を抱えて階段を駆け上がっていた。その時、ジェサップは彼らとすれ違った。ジョックは顔が青ざめていると彼女は思った。「僕たちはみなさんが少しでも元気になるように、今から演奏を始めます」とジョックは彼女に伝えた。

アスターの最期の瞬間に関しては、様々なそして相反するような報告がなされている。実際その夜起こったあらゆることに関しても、報告内容に相違点がある。しかしそれぞれ個別にアスターの行動を目撃した人が、数人生存していた。その目撃者たちによると、アスターはマドレーヌの両ほおにキスをし、彼女が救命ボート四号に乗り込むのを助け、それから元の位置に戻り彼女に敬礼したとのことである。

一番詳しく、最も正確な話は、タイタニック号に最後まで残っていた人たちの一人、アーチボルド・グレーシー大佐による報告だろう。グレーシー大佐はこの事故から一年後、タイタニック号から脱出後海水に浸かっていたことが原因で亡くなった。しかし、彼は生前タイタニック号の沈没場面に関して、劇的な目撃証言を書き残していた。グレーシー大佐は、アスターがマドレーヌをかかえあげ、四フィートの高さの手すりの向こう側にある救命ボート四号に乗せるのを手助けした。以下、グレーシー大佐の目撃談である。

「私たちが、注意深くマドレーヌをライトラー（チャールズ・ライトラー、二等航海士）に手渡し、ライトラーがマドレーヌをボートに座らせた時、彼女の夫は彼女の左腕をしっかりつかんでいた。その後ちょっとした言葉が、アスター大佐とその二等航海士の間で交わされた。その一言一言を、私は興味をもって聞いていた。アスター大佐は、私のすぐそばの左隣りの窓枠のところにいた。彼は手すりに身を乗り出して、ライトラーに自分の妻を守るためにボートに乗り込むことを許してほしいと頼んだ。マドレーヌが妊娠しているという状況を考えると、それは当然のことのように思えた。しかしその二等航海士は職務に専念することに忠実で、命令に従ってその大金持ちと他の人々とを区別しないで返答した。『申しわけないがだめです。女性を乗せるのを優先していますから、この救命ボートには男性は乗せられません』。アスター大佐は異議を唱えることをせず、勇敢にもライトラーの拒絶に耐え、あきらめてその返答を受け入れた。彼は自分も救助された場合を想定し、後で妻を見つける助けになればと救命ボートの番号を聞いただけだった。『四号です』とライトラーが答えた。それ以上二人は言葉を交わさなかった」

それからアスター大佐はデッキの下に向かい、タイタニック号のペット犬預り所からエアデールテリアのキティを取り戻したようだ。マドレーヌは、その夜起こったことに関しては、公に何も語らなかった。唯一語ったことは、救命ボート四号が沈みゆくタイタニック号から離れた時、楽団はまだ演奏を続けていたこと、そして彼女が最後に見た光景は、キティがデッキを歩いている姿だったことだ。

その夜亡くなった一四九七人の乗客乗員のうち、一〇〇〇人以上の遺体は発見されなかった。遺体は永遠に消え去り、家族、愛する人たちそして友人たちは、泣き崩れるための遺体もなく、永遠に何もわからないままだった。

しかし八人の楽団員のうち、三人の遺体は海から収容された。そしてさらに驚くことに、三人の遺体はいっしょに発見されたのである。タイタニック号の沈没からまる八日間、遺体は昼も夜もコルクが入ったライフジャケットによって、海の中で垂直になったり浮きあがったりしていた。それでもハートリーのヴァイオリンケースは、彼の胸にしっかりと革ひもで固定されたままだった。三人の遺体は風と海流により、タイタニック号が動かなくなった地点から、四〇マイルも離れた海域まで運ばれていた。

彼らが最期の数分間、寒さでかじかんだ中、海の中でいっしょにいるためにどのような努力をしたのかはまったくわからない。また、いつどのような状況で、他の五人が楽団仲間から離れていったのかもわからない。しかし四月二三日、遺体となった三人の楽団員たちはある船の上で再会した。それはタイタニック号に負けないくらい、その建造目的において優れた船だった。その船こそ海底ケーブル敷設船、マッケイ・ベネット号である。私の祖父ジョックは、収容されたその三人の遺体のうちの一人だった。

♪♪♪♪♪♪♪♪♪♪♪♪♪♪♪

注

（1）SS　Steamship の意味で、船名の前につける。
（2）『失われたタイタニック号』　英語名 *The Loss of the S.S.Titanic* で、作者のローレンス・ビーズリーは英国のパブリック・スクールの科学教師。
（3）チュニック　ひざ上まで届く上衣。多くは、そでがない。
（4）「主よ御許に近づかん」　英語名 Nearer My God To Thee の賛美歌三二〇番。
（5）ウォーターフォード　ウォーターフォードグラスのこと。一八世紀から一九世紀に、アイルランド南部で製造されたガラス製品。
（6）ロイヤル・クラウン・ダービー　英国洋食器ブランド。英国王室よりロイヤルとクラウンの両方の称号を賜った唯一の陶磁器ブランド。
（7）Dデッキ　タイタニック号のデッキは、上からA・B・C・D・E・Fとなっており、Fの下の最下層がロウアー（Lower）だった。
（8）シャイアホース　大きな荷物を引かせるための大きくて力の強い馬。イングランド中部産。
（9）船橋楼　船橋とは、船舶の甲板上の高い位置にあって、航海中に操船や通信などを行う場所のこと。船橋楼とは、船橋のある船楼のこと。
（10）ミュート　楽器の弱音器。
（11）舷側　船の側面。ふなべり。ふなばた。
（12）過換気　発作的な過呼吸とそれに伴う全身の多様な機能障害。
（13）マントルピース　暖炉の前面や側面の飾り。
（14）ライム・ストリート駅　リヴァプールのライム・ストリートにあるターミナル駅。リヴァプールの中心に位置する。

(15)ウォータールー駅　ロンドンのサウス・バンクに近いランベス特別区にある主要ターミナル駅。

(16)シェルブール　フランス北西部、英国海峡に臨む港町。

(17)ダンフリース・アンド・ガロウェイ　スコットランド南西部の独立自治体で、州。

(18)ビューグル奏者　ラッパ手のこと。

二人が結婚式を挙げる予定だった
グレイフライアーズ教会（ダンフリース）

二人が永遠の別れをした現在の
ダンフリース駅

THE ILLUSTRATED LONDON NEWS, APRIL 27, 1912.—636

BRAVE AS THE "BIRKENHEAD" BAND: THE "TITANIC'S" MUSICIAN HEROES.

1. MR. F. CLARKE, OF LIVERPOOL. 2. MR. P. C. TAYLOR, OF CLAPHAM.
3. MR. G. KRINS, OF BRIXTON, SOMETIME OF THE RITZ HOTEL ORCHESTRA. 4. MR. W. HARTLEY (BANDMASTER), OF DEWSBURY. 5. MR. W. T. BRAILEY, OF NOTTING HILL.
6. MR. J. HUME, OF DUMFRIES. 7. MR. J. W. WOODWARD, OF HEADINGTON, OXON.

One of the most dramatic incidents of the great shipwreck was the heroic conduct of the band, which, led by Mr. W. Hartley, of Dewsbury, continued to play up to a few minutes of the end. On this subject, as on others connected with the disaster, there have been conflicting statements, but of the main fact there is no doubt. In its careful summary of the various reports, the "Times" said: "That the band played as bravely as that other band in the 'Birkenhead' during a great part of the time that the 'Titanic' was sinking seems indisputable . . . 'Nearer, my God, to Thee,' and other hymn tunes were, as reported, played for some time. Then the music changed to something lighter (which would explain Bride's statement about the rag-time he heard), and continued until about ten minutes before the end. As they played, the bandsmen are said to have tried to fix on life-belts. It may well be, indeed, that it was not until they were flooded out that they gave up their heroic and self-appointed task." In addition to those of whom we give photographs, there was Mr. R. Bricoux, of Lille,

タイタニック号の楽団員

二　情報が入らない苛立《いらだ》ち

四月一六日、ダンフリース、バックルーク・ストリート三五番

二〇〇〇マイル離れたダンフリースで、ヒューム家とコスティン家の人々はジョックのことを心配し、消息がわかるのを待っていた。ホワイト・スター・ライン社が声明を出さない中、新聞各社の相反する記事内容に、人々は時には希望を見いだし、時には失望していた。

たとえば、デイリー・ミラー紙(1)は、タイタニック号に乗っていた二二〇九人すべての乗客乗員が救出され、「その不運な巨大船」はニューヨークへ安全に曳航中であるという記事を載せ、読者たちを安心させていた。

リヴァプール・クーリア紙(2)は、ジェームズ・ストリートに本社オフィスを構えるホワイト・スター・ライン社からほど近い距離にあった。リヴァプール・クーリア紙は、タイタニック号をニューヨークへ曳航しているアラン・ライナー社のヴァージニア号の写真を掲載し、デイリー・ミラー紙のさらに一歩先を行っていた。その写真は驚くことに、合成写真にエアブラシで細部を描く技術を駆使して作製されたものだった。「乗客全員救助される」という新聞見出しの下には、すべての乗客乗員が「奇跡的に救助された」という内容の記事が載っていた。「氷山と衝突というニュースを聞いて驚愕した」とリヴァプール・クーリア紙は述べていた。

この記事はホワイト・スター・ライン社との共謀関係がなかったら、おそらく世に出ていなかったであろう。私は一九六〇年代、リヴァプールのデイリー・ミラー紙で働いていた。そして市内にいる他のすべての新聞記者と同様に、私も船舶会社とかなり親密な関係にあった。一九一二年、リヴァプールが大英帝国の主要な港町だった頃、新聞社と船舶会社はまさに持ちつ持たれつの関係にあったと言えよう。

一方、その他の英国の新聞社は、賢明にもアメリカ合衆国やカナダの通信社からの配信ニュースを信頼していた。これらの通信社は、ケイプ・レイス経由(3)のマルコーニ無線を傍受していた。デイリー・スケッチ紙(4)は、タイタニック号が「大西洋の真ん中で、一七〇〇人という恐ろしい数の死者を出して」、すでに沈没してしまったことを正確に報道していた。

私の祖母メアリー・コスティンは早起きをし、フライアーズ・ヴェネルにある新聞販売業マクミランの店が開くのを待っていた。その店は毎朝六時少し前に開いた。メアリーは二つの相反する記事のどちらを信じるべきか、すぐに悟った。メアリーの頭に浮かぶ範囲で、彼女の愛した人たちはすでに亡くなっていた。二人の妹、マーガレットとエリザベスは、髄膜炎でメアリーが五歳の時に死亡した。その一年後には、父親が大出血が原因で亡くなった。そして昨年、メアリーの最愛の兄ウィリアムが、盲腸炎のため二四歳でこの世を去った。父親と兄が亡くなり、コスティン家にはメアリーを含め、年の若い三人の子供たちが残された。そして今回、メアリーはジョックまでも失うことになった。

もしヒューム家とコスティン家が悲しみを共有し、情報を交換し、お互い慰め合うことができたのなら、両方の家族は多少なりとも気持ちが安らいだかもしれない。しかし、ヒューム家とコスティン家の関係は、ただ口をきかないという控えめな表現では語れないほどの状態だった。私の祖父母ジョックとメアリーが二年前知り合い恋に落ちて以来、両家の間にはモンタギュー家[5]とキャピュレット家[6]に匹敵するような闘争状態が存在していた。ジョックの父アンドリュー・ヒュームは、コスティン家に対して敵意をむき出しにし、「息子ジョックは女がいないほうが、仕事も私生活もうまくやっていける男だ」との理由から、メアリーと会うことを禁止した。

　メアリーの母スーザンは、自尊心と強い信念を持った女性だった。彼女はジョックを気に入り、娘メアリーの幸せを願った。スーザンはできることは何でもしてやり、二人の関係を応援した。たとえば、ジョックがメアリーと同じ屋根の下で暮らせるよう、彼を自宅に招き入れてくれた。旅客船での演奏旅行期間以外、ジョックは人生最後の一年間をメアリーといっしょに暮らした。

　コスティン家は、ヒューム家にはすでにジョックの情報が入っており、それを知らせないでいるのだろうと数日間信じ込んでいた。ジョックの両親として、ヒューム家はホワイト・スター・ライン社から連絡が入る立場にあったからだ。しかし生存者たちは旅客船ＳＳカルパチア号[7]に乗せられ、大西洋上にいたのに、会社は情報に関して報道管制を敷いたままだった。両家とも同じように、まったく情報が入らない状態だった。

　メアリーは眠っていなかったが、手袋製造工場でいつものように働くのはあたりまえだと思った。彼女は普段よりも早く家を出ることにした。工場に行く途中ヒューム家に立ち寄り、ジョックに関する情報を受け取っていないかを確認するためだった。スーザンはヒューム家には行かないほうがいいと言ったが、メアリーは母親の助言を無視し、ジョージ・ストリート四二番へ向かった。

メアリーは四〇〇ヤードの道のりを大またで急いで歩いた。そしてヒューム家のヨーク調の六段の石段を上がり、正面ドアのところまで来た。ライオンのつめの形をした重いドアノブを握り、二度ノックした。二階のカーテンが少し揺れるのが見えた。二分後女性のような足音がした。そしてきしむような音とともに、大きなかぎのロックがはずされた。

ジョックのまま母アリスが、ドアを開けた。彼女はメアリーを上から下までじろじろ見た。そしてメアリーにしゃべる時間も与えずに、「コスティンさん、二度と来ないでください」と言った。目の前でドアがバタンと閉められた。メアリーは石段を下りてふと思った。「再び訪問してジョックの子供を妊娠していることを伝えたら、ヒューム家の人たちはいったいどんな反応をするのだろうか」

注

(1) デイリー・ミラー紙　一九〇三年に創刊の英国の日刊大衆紙。
(2) リヴァプール・クーリア紙　一八〇八年に創刊された英国の保守系地方紙。
(3) ケイプ・レイス　カナダ、ニューファンドランド島の南東端の岬。
(4) デイリー・スケッチ紙　一九〇九年にマンチェスターで創刊されたタブロイド紙。
(5) モンタギュー家　シェークスピアの『ロミオとジュリエット』の中のロミオの家名。
(6) キャピュレット家　シェークスピアの『ロミオとジュリエット』の中のジュリエットの家名。
(7) SSカルパチア号　タイタニック号の生存者を助けたキュナード・ライン社の旅客船。

ヒューム家の写真（ジョージ・ストリート 42 番）

コスティン家の写真（バックルーク・ストリート 35 番）

三　マッケイ・ベネット号出港する

四月一七日、ノヴァ・スコシア州、ハリファックス

一九一二年、四月一七日水曜日の午後〇時四五分、ケーブル敷設船マッケイ・ベネット号は、ノヴァ・スコシア州ハリファックスのアッパー・ウォーター・ストリートの波止場から出港した。一七三〇トンのその船のブリッジデッキ（船橋楼甲板）には、船長のフレデリック・ラーンダーの姿があった。彼は顔中にブラウン色のひげをはやし、神秘的な鋭い目をしていた。また背も高く、ハンサムな英国人だった。彼は革装の航海日誌の新しいページをめくった。そして鉛筆を持つと、大文字で次のように書き入れた。「タイタニック号の遺体収容のため出港する」。彼は「霧は深いが、風はおだやか」と天気情報も書き留めた。そして、タイタニック号が最後に確認された海域へ向かうため、船の針路を南東方向にとった。現場海域まで、六八〇マイルの航海となる。

ハリファックス港湾

ラーンダーの受けた命令は、遺体を収容して、タイタニック号が沈没した海域から一番近い港、ハリファックスに運ぶことだった。生存者に関しての話は一切なく、生きている人を発見するという幻想をいだく者はだれもいなかった。特にラーンダーはそうだった。彼は以前、氷点下の海に落ちて、数分以内に低体温症で亡くなった男たちを見た経験があった。救命ボートに乗っていたら、数時間は運よく生きていることだろう。

しかし、その巨大旅客船が沈んで四日以内に、マッケイ・ベネット号がその海域に到着することは不可能だった。おそらく一週間近くかかるであろう。ラーンダーに予想される遺体の数を聞く者はだれもいなかった。彼は船に一〇三基の棺を載せていた。最悪の事態を考えておくようにと警告されていたが、待ち構えている恐怖をまだ考えることはできなかった。

ロバート・ハンストンは若くて頭の切れる無線通信士だった。彼はケイプ・レイスの新規開設されたマルコーニ社の無線局で任務についていた。タイタニック号の無線通信士が事故現場から助けを求めた日曜日の夜、彼はすべての通信のやり取りを通信記録に記載していた。ハンストンは、SINKING（沈没する）という信号を三回受信した。彼は内容を正確に受信している自信があった。その後タイタニック号からの通信は途絶えた。

しかしながら、ある一人の人物は死者の数を正確に知っていた。それはホワイト・スター・ライン社会長、ブルース・イズメイだ。しかし彼は沈黙したままだった。彼は七一二人の生存者とともに、ニューヨークに向かうキュナード・ライン社旅客船SSカルパチア号に乗船していた。この二日間鎮静剤で落ち着きを取り戻した彼は、カルパチア号の豪華な客室の中にいた。総死者数を導き出す計算式はとても単純なもので、五歳の子供でも計算することができる。二二〇九人の乗客乗員数から七一二人の生存者数を引くだけのことだ。そう、死者数一四九七人が正解だ。

乗客乗員一四九七人が、北大西洋のどこかで亡くなった。もしイズメイがタイタニック号の救命ボートに女性や子供といっしょに乗らなかったら、死者数は一四九八人になっていたであろう。イズメイは救命ボートの中から、何百人もの男性、女性、子供の叫び声を聞き、絶望的な状況の中で人々が死にかけてもがき苦しんでいる様子をただ眺めていた。人々はイズメイの会社が自分たちの命を守ってくれるものと信じていた。イズメイが世間に対して、事故の様子を伝える気持ちにならなかったのは当然だろう。ＳＳカルパチア号の通信士は、モールス記号を用いて救助された全員の名前のリストを送ろうとしたが、通信状態が悪くその試みはうまくいかなかった。いずれにしても、ブルース・イズメイやアスター夫人のような名前が、死をまぬがれた一部の人々の中にあっても、驚くことではない。

それは昨日の出来事だった。しかし今のラーンダーにとっては、一年前のことのように思われた。昨日彼は全長二七〇フィートのマッケイ・ベネット号の出港準備をしていた。今回も、マッケイ・ベネット号が建造された本来の目的のための出港だった。ケープコッド[1]近くの海域で、ヨーロッパ・アメリカ間大西洋横断ケーブルの破損を修理するのだ。まる一日乗組員たちは懸命に働いた。燃料庫に石炭を入れ、三つの船艙[2]では何マイルもの電信ケーブルをドラムに巻きつけた。またガーダー[3]に塗色し、水や貯蔵品を積み込み、デッキをごしごしみがいた。その間に、船大工が出港前の修理を急いでいた。

ところがお昼少し前、ラーンダーはコマーシャル・ケーブル社の雇用主から事務所に呼ばれた。事務所には、ハリファックスのホワイト・スター・ライン社からエージェントのA・E・ジョーンズが来ていた。ラーンダーはジョーンズに紹介された。彼はジョーンズから、ホワイト・スター・ライン社がタイタニック号の遺体収容作業用にマッケイ・ベネット号をチャーターしたことを伝えられた。そしてすべての準備を整え、すみやかに明日出港せよとの命令を受けた。

ジョーンズはラーンダーに一枚の紙を手渡した。そこには遭難したタイタニック号が、最後に確認された場所が書かれていた。その場所とは、タイタニック号の無線通信士ジャック・フィリップスが沈没の直前に打電した、北緯四一度四六分、西経五〇度一四分だ。しかし、ラーンダーは日曜日に遺体が流されていると予想される位置を、風と海流を考慮にいれて計算する必要があった。最も早い場合、マッケイ・ベネット号が現場に到着するのが日曜日だった。

ホワイト・スター・ライン社は、船のチャーター費として一日五五〇〇ドルをコマーシャル・ケーブル社に支払う予定だっ

オール・セインツ大聖堂

た。そしてラーンダーを含め乗員に、遺体収容という大変な仕事を成し遂げたら、二倍の賃金を支払うつもりでいた。マッケイ・ベネット号が今回の作業に必要とするものすべては、明朝積み込みができるよう、波止場に準備されることになっていた。ラーンダーはさらに多くの乗組員も必要だった。おそらくもう一〇人程度は、乗船させる必要があった。

追加の乗組員に加えて、次の二人も乗船することになった。一人はハリファックスのオール・セインツ大聖堂のキャノン・ケネス・カメロン・ハインドで、もう一人はジョン・R・スノー・ジュニアだった。スノー・ジュニアは、父親が所有するジョン・スノー&カンパニーという、ノヴァ・スコシア州で最も大きな葬儀会社の主任遺体防腐処置師（エンバーマー）だった。ラーンダーは二人のことをよく知っていた。二人とも死者を弔い効率よく埋葬する点では、トップレベルの専門家だった。スノー氏は葬儀屋として必要なあらゆるスキルを身につけており、遺体処置に長けていた。またハインドは死者の魂を神に委ねる経験を積んでいた。しかし二人とも、この先待ち構えている修羅場を、予想することはできなかったであろう。スノー氏は棺から棺へと走り、防腐処置液を入れ続けることになる。ハインドは凍りつくようなデッキの上で礼服を身にまとい、神の国へ旅立つ魂をひとつまたひとつと神に委ねることになる。そして、「神よ、死者の魂を受け入れてください」と何度も何度も繰り返すのだ。

ラーンダーはマッケイ・ベネット号に戻り、自分たちがこれから経験する恐ろしい作業に備えて、すぐにこの二本マスト船の準備を始めた。今回の航海にあまり必要のない装備は、大急ぎで効率よく取り外した。しかし船艙のケーブルドラム(4)から海底ケーブルをほどく作業を監督していて、ラーンダーは少しも楽しくなかったであろう。この五年間、彼はマッケイ・ベネット号の船長として、海底に数百マイルの電信ケーブルを敷いてきた。その作業を北大西洋の荒れ狂う天候の中で行うこともしばしばだった。いや、作業のほとんどを、そのようなひどい天候の中で行ってきたと言っていいだろう。世界は産業革命の時代から科学技術と情報通信の時代へと移り変わろうとしていた。彼はヨーロッパと北アメリカを結ぶケーブル敷設作業を、自分の天職と信じるようになっていた。ところが今や海上の移動遺体安置所の指揮を執っている。そしてまもなくこの船は、「死者の船」と呼ばれることになる。

この日、ホワイト・スター・ライン社は船のチャーターなどに必要な費用を支払い、午後五時には最後の海底ケーブルがほどかれた。ラーンダーは、「午後五時、乗組員作業終了」と航海日誌に、この日最後の書き込みをした。そして、自分の船室に引っ込んだ。

ラーンダーはあまり眠れなかった。一晩中、新しい荷物が到着するたびに、指示を出す大きな声が聞こえてきた。馬のひづめのカタカタとなる音も大きく響いていた。棺は良質のものからそうでないものまで合計一〇三基あった。そのほとんどは急な要請により、ハリファックスの葬儀担当者と建具屋が大急ぎで作ったものだ。棺は埠頭のそばに高く積み上げられ、ぐらついて今にも崩れそうだった。そのとなりには、遺体を包《くる》むための帆布が山積みされていた。そして水葬の際、遺体の重りとして利用する鉄格子も置いてあった。鉄格子の重さは、一〇トンにもなった。

真夜中、事務長によりラーンダーは起こされた。スノー氏が使用する防腐処置液のフラスコ瓶が壊れやすいため、事務長はそれらを木製ケースに詰めたことを報告し、その木製ケースをどこに置けばよいか、ラーンダーに意見を求めた。

そのころ甲板長は追加の乗組員を求めて、ハリファックス市内の宿を大急ぎでまわっていた。酒に酔っておらず朝には航海に出ることが可能で、これから経験する大変な仕事に対して腕力も、やる気もある乗組員を集めるためだった。

積み込み作業は、翌朝早く始まった。ラーンダーは、「作業員たちは、氷、使い古しの鉄、棺を船に積み込む」と航海日誌に書いた。氷を積み込むことは、ラーンダー自身のアイディアだった。彼は少年の頃トロール船で働いており、氷を使わなければ港に着くまで捕った魚を新鮮に保てないことをよく知っていた。

マッケイ・ベネット号には、デッキの下に三つの船艙があった。昨日までは海底ケーブルを巻いた巨大なケーブルドラムが三つ格納されていたが、今はからの状態だった。今後船艙は、二万トンもの砕かれた氷を入れる大きな容器として使用される。氷の船艙へ放り込まれるのは、ニューファンドランド産のタラではなく遺体だ。タイタニック号の乗客乗員の多くはここに入れられ、たくさんの死んだ魚のように凍った状態で並べられる。もちろん、一等客室の乗客とホワイト・スター・ライン社の幹部は例外だ。マッケイ・ベネット号で棺や帆布が不足した場合、この船艙が棺や帆布を用意してもらえない遺体の安置場所となる。

新しく採用する一〇人の乗組員のために、船内に宿泊スペースが必要だった。ラーンダーのVIPゲストのための船室も確保しなければならなかった。一八八四年、コマーシャル・ケーブル社のオーナー、ジョン・ウィリアム・マッケイとジェイムズ・ゴードン・ベネット・ジュニアは、マッケイ・ベネット号をジョン・エルダー&カンパニー・オヴ・グラスゴーに発注した。今思えばありがたいことに、その際二人は船の建造を最高の設計仕様で行うように要請した。マッケイ・ベネット号は最先端の機関や装備によって、快適な乗り心地を実現する船となった。

マッケイ・ベネット号が困難な処女航海に耐えたという事実は、そのことを明白に示している。一八八五年二月一七日、マッケイ・ベネット号はロンドンで艤装《ぎそう》され、ハリファックスに向けて出航した。ハリファックスにおいて、船主に引き渡すためだった。出航の翌日から、マッケイ・ベネット号は連続して「今までに経験したことのないような」強風とハリケーンに遭遇した。ニューヨーク・タイムズ紙の記事によると、「外洋に出て四日目、マッケイ・ベネット号は六時間続いた恐ろしいハリケーンを切りぬけることができた」。「外洋に出て四日目、」一週間後ハリファックスに到着すると、あらしと戦った四人の船員は、厳しい試練を乗り越えて安堵した。そしてマッケイ・ベネット号を次のように表現した。「立派な船だ。すばらしい外洋航行船であり、最新の造船技術を駆使したすばらしいお手本の一つだ」

コマーシャル・ケーブル社の会長マッケイ氏は、富豪で、有名な人物だ。その妻マッケイ夫人は、前年グラスゴーで進水式をした際、船にマッケイ・ベネット号と名前を付けた。また艤装工事の際には、内装設備の設計にとても強い関心を示した。

船長室は船尾楼の前方の甲板室内にあり、そこはとても快適な場所だった。そしてメインデッキにある談話室の両側には、ケーブル技師、電気技師および乗船客のための特等室があった。特等室のうちの一つは、見事なマホガニー材を使用した大きな部屋で、マッケイ氏とベネット氏が使用するためのものだった。キャノン・ハインドは乗船後この部屋に案内された。快適な船室で、とても気持ちが落ち着いたに違いない。

このようなすばらしい船が誕生したのは、名前が示すようにマッケイとベネットという卓越した二人の実業家の協力の賜物である。以前はウエスタン・ユニオン社が、大西洋横断電信分野を実質的に独占していた。その会社と競合する目的で、マッケイとベネットは一八八四年にコマーシャル・ケーブル社を設立した。

ベネットは、奇抜な起業家と言える人物だ。彼は行方不明のリヴィングストン博士[5]を発見したヘンリー・スタンリー[6]のアフリカ探検を金銭面から支援した。また彼は父親からニューヨーク・ヘラルド紙[7]の経営権を引き継ぎ、ヨーロッパに目を移しそこに新聞帝国を作りあげた。当時開発された海底ケーブルを利用して、ロンドンやパリでヘラルド紙の発行を始めたのだ。

マッケイ・ベネット号は、コマーシャル・ケーブル社の海底ケーブルを維持管理するため、ケーブル修理船として特別に建造された船だった。この会社の海底ケーブルは、一九六二年まで電信に使用され続けた。

マッケイ・ベネット号は、ハリファックスでとても評判がよかった。またその船長も尊敬され人気の的だった。ハリファックスの手厳しい海運業界で、よい評価などそんなにたやすく得られるものではなかった。

マッケイ・ベネット号がハリファックスから出港する前、報道記者たちは船に乗り込んで記事を書いた。イーヴニング・エコー紙[8]は、出港直前に撮影したマッケイ・ベネット号の写真を大きく紙面に載せた。写真に添えられた記事は、次のような内容だった。

「ホワイト・スター・ライン社は、マッケイ・ベネット号という、遺体収容にとても適した船を確保した。船長のＦ・Ｈ・ラーンダーは、あらゆる訓練を受けた航海士だ。彼は慎重な人物であり、機知にも富んでいる。彼の配下には、選び抜かれた航海士や乗組員がいる」

マッケイ・ベネット号をチャーターできて、ホワイト・スター・ライン社はとても幸運だった。それは遺体収容を希望する遺族にとっても、同じことが言えた。マッケイ・ベネット号はケーブル敷設用に設計され、そのための作業用装備も充実していた。それはこれから行われる作業に必要な条件を整えていたことになる。作業とは海から遺体を収容することだ。

マッケイ・ベネット号には、四つ爪アンカー[9]と引っ掛けフックがきちんと装備されていた。乗組員たちはそれらを正確に投げ込み、すばやく回収する方法を身につけていた。重たいものへの対応策として、強力なキャプスタン[10]と二基の水平往復動機関によるウインチもあった。作業の性格上、マッケイ・ベネット号は海上で潮に流されないように設計されており、ドリフティング[11]に十分対応できた。また巧みな方向転換ができるように、船首と船尾にかじがついていた。さらにマッケイ・ベネット号から降りて作業できるように、大きなカッター[12]が二艇搭載されていたし、双発発電機による強力なランプのおかげで、乗組員たちは夜でも作業が可能だった。

ラーンダーはマッケイ・ベネット号で、ハリファックス港からこれまで一〇〇回は出航してきたことだろう。今回もいつもと同じように出航した。ジョージズ島のそばを通過する東寄りのコースをとり、まずマクナブズ島の港側を通過した。霧が濃くなっていったが、彼は通り過ぎながらよく知られた航路目標は確認できた。航路目標の名は、ハリファックスの豊かな歴史を物語っている。ファーガソンズ・コウヴ[13]、

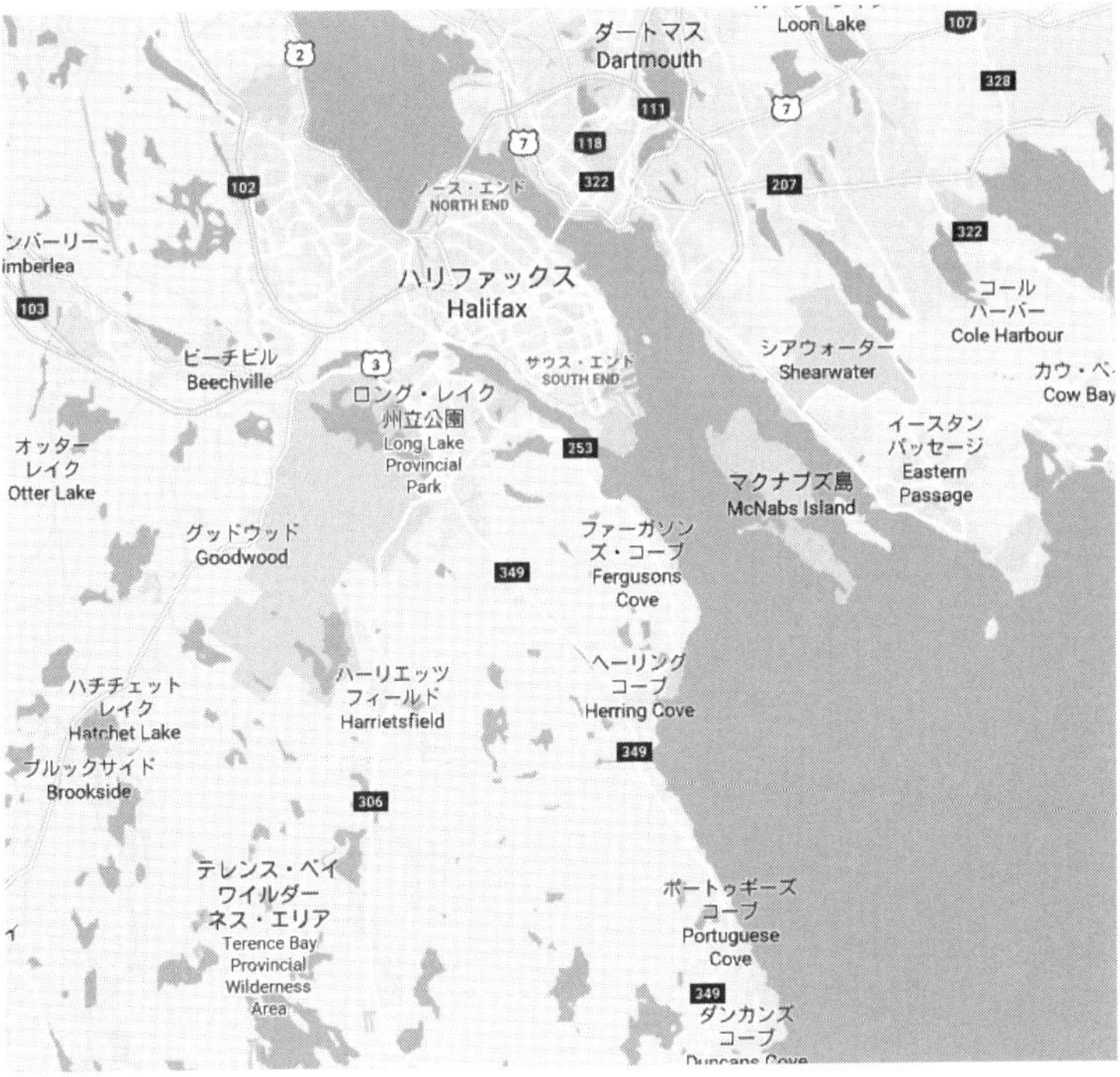

ハリファックス

ジョージズ島

スリーピー・コウヴ、サンドイッチ・ポイントと続き、そしてヘーリング・コウヴに至る。ヘーリング・コウヴではイルカの群れが現れ、マッケイ・ベネット号の船首のあたりで船と競争しながら泳いでいた。イルカたちは海面から飛び上がったかと思えばダイヴし、歓迎の鳴き声をあげていた。マッケイ・ベネット号のエンジン音にもかかわらず、イルカたちの鳴き声をはっきりと聞くことができた。

イルカたちが優雅にエスコートしてくれたおかげで、ラーンダーの心は奮い立った。デッキには目の前に棺が置いてあり、これから経験する大変な作業を考えると、彼の心はこれまで病的なほどうわの空状態だった。イルカたちのおかげで、彼は当面は遺体ではなく、生きている人々のことを考えるべきであることを思い出した。乗組員たちの安全こそ、彼が優先すべきことだった。

マッケイ・ベネット号が出航して一時間もたたないうちに、無線通信士は航路上の危険物体の目撃情報を三件受信した。危険な物体とは、氷山、流氷そしてグラウラーのたぐいである。グラウラーとは小さな氷山のことであり、海面のわずか下を浮漂《ふひょう》している。もちろんきわめて危険で、そのほとんどが肉眼で見ることができない。

ラーンダーは、見張りを一時間単位で交代させ、氷山を二四時間体制で警戒することをすでに決めていた。またその後の遺体発見にも、この方法を採用した。ブーディロットが最初に見張りについた。ラーンダーは航海日誌に見張りに関する指示を、次のように書き留めた。

「ブーディロットが、正午から午後一時まで見張りにつく。一時から二時はサンプソン。二時から三時スタンフォード。三時から四時カーター。四時から五時パタソン。五時から六時および六時から七時までアボット。七時から八時カール。そして一周したら、またブーディロットに戻り、次はサンプソン。このように交代させた」

デヴィルズ島の灯台が、ぼんやりと姿を現した。ハリファックスを出て、航路を南東にとっていることを示していた。霧の中でなんとかモーガー・ビーチも確認できた。モーガー・ビーチは、「ハングマンズ・ビーチ」としてよく知られた場所だ。反逆者を絞首刑にした後、通り過ぎる船の乗組員に、戒めとして死体をそのまま放置した場所として有名だった。(14) ここからポートゥギーズ・コウヴとシェブクト・ヘッド灯台を通過すると、あとは外海へと一直線だった。

そしてついに彼らは外海に出た。彼らの背後では、陸地とサンブロー島の灯台が小さくなっていた。サンブロー島の灯台は北アメリカで最も古い灯台で、長年鯨油《げいゆ》を燃やして明るく灯っていた。しかし一九〇〇年頃には灯油へと燃料を変えていた。前年の夏には赤いしま模様に塗り替えられ、冬に雪が降っても、以前より確認しやすくなっていた。

マッケイ・ベネット号は、目的の海域まであと三日で到着する位置まで来た。しかし、収容作業に向けて準備しておかなければならないことがまだたくさんあり、時間を無駄にすることはできなかった。

マッケイ・ベネット号の船大工は、スノー氏の指示により遺体処置用の台を製作した。それは二〇ストーン(15)の体重の男性にも耐えられるほど頑丈なものだった。スノー氏は同時についたてを三つ製作するよう船大工に要求した。好奇な目にさらされることなく、秘密裏に遺体防腐処置を行うためだった。

他の乗組員たちは帆布製の小型のダッグバッグを作るため、帆布を細かく切る仕事に駆り出された。この作業は事務長のフランク・ヒギンソンの発案によるものだった。遺体を海から船に収容したら、それぞれの死体に順次番号をつけ、遺体ごとに番号のついたラベルを貼る作業を行う。そして遺体の外見的特徴を、一冊のノートの該当する番号欄に書き込む。もし身元がわかれば、その人物名を同時に書いておく。遺体とともに見つかった所持品は、番号が印刷されたダッグバッグの中にすべて入れておく。そうすることで、遺体の身の回り品を親族に正しく返すことができる。

この作業は少なくとも二人の乗組員が、スノー氏、事務長のヒギンソン氏、あるいは船医のトーマス・アームストロング医師の立ち会いのもとで行った。三人のうちの一人が立ち会うことで、盗難や不法行為を防ぐことができた。遺体の衣服は脱がされ、それぞれ袋に入れられ、船の病室に保管された。マッケイ・ベネット号がハリファックスに戻れば、まず衣服は身元確認のため遺体安置所に持ち込まれる。その後、悪趣味な記念品収集家が手に入れないように、焼却処分される。

遺体に番号をつける方法は、よいアイディアであることがわかった。タイタニック号事故から数年後の一九一七年、ハリファックスの人々が悲しみに暮れた、不運な弾薬運搬船の大爆発事故が起こった。その事故の際にも、二〇〇〇人近くの死亡者の身元確認のため、同じ方法が採用された。

その後二日間、ラーンダー船長の航海日誌には最低限必要な事のみ記録された。風、天気、海水温、見張り担当者の名前、そして実施した仕事、たとえば「乗組員デッキを洗う」などである。天気は急速に悪化しており、気温も下がりつつあった。氷山が報告された海域に近づいていたので、ラーンダーは見張りの数を二倍にした。

それと同時に乗組員の士気を鼓舞するために、彼らが毎日飲むラム酒の割り当て量を増やすように指示を出した。洋上では、給仕長が毎日午後六時に英国製ラム酒を手桶一杯に入れて、乗組員に分けてまわるのが慣習となっていた。これまではそれぞれのジョッキに三から四オンス[16]の量が与えられていたが、この日から八オンスの量のラム酒が振る舞われた。ラーンダーは、乗組員の気持ちを高める方法を熟知した船長だった。

「四月二〇日土曜日、救命浮輪を一つ発見し、カッターを一艇降ろして回収した。しかし、その救命浮輪はアラン・ライン社の船のものだった」とラーンダーは航海日誌に書いている。同じ日に、ケイプ・レイス・ラジオ・ステーションを経由して、マッケイ・ベネット号から二つのメッセージが、ニューヨークのホワイト・スター・ライン社事務所のイズメイに送られた。

最初のメッセージは次のような内容だった。「蒸気船ライン号より、三つの大きな氷山から八マイル西方向、北緯四二度一〇分、西経四九度一三分で、残骸や遺体と遭遇したとの報告を受けた。本船はその海域に向かっており、今夜八時に到着予定」

第二電はイズメイ宛てのものだ。「さらに詳しい情報を蒸気船ブルメン号より受け、本船は午後八時に目的の海域に到着した。明日より作業を開始する。深い霧のため、到着はかなり遅れた」。ラーンダーは夜明けとともに作業を開始することにし、その夜船を風上に向けて停泊させた。

ラーンダー船長がブルース・イズメイと連絡を取ったことに関して、彼の航海日誌のどこにも書かれていない。ブルース・イズメイは四月一八日の夕方、カルパチア号でニューヨークの埠頭に到着し、今や安全な場所にいた。彼がニューヨークのホワイト・スター・ライン社を通じて次の声明を出したのは、先ほどの情報を得た後だ。

「ホワイト・スター・ライン社は、ケーブル敷設船マッケイ・ベネット号を、チャーターしました。そして事故が起こった現場に向かわせました。遺体の収容や可能な限りの情報収集に最大限の努力をするよう命じています。収容した遺体の身元確認に関しては、あらゆる努力をいたします。また電信を利用し、どんなニュースもすぐに送信できるようにしています。これらの連絡に加えて、マッケイ・ベネット号は毎朝電信で収容活動の報告をし、その内容はホワイト・スター・ライン社の事務所で発表いたします。

ケーブル敷設船マッケイ・ベネット号には、少なくとも一週間は遭難現場に留まるよう命令しています。マッケイ・ベネット号がハリファックスへ帰航するまでに、多くの遺体を収容するようにいたします。遺体の捜索は、もうこれ以上収容の見込みがなくなるまで、断念いたしません」

デッキの下では、ケーブル技師の一人、フレデリック・ハミルトンが日記をつけていた。その内容は船長より詳細で興味深く、現場近くを通過した数隻の船との交信内容も含まれていた。その日記の原本は、現在グリニッジの国立海事博物館にある。

「四月一九日、本日ロイヤル・エドワード号と交信した。ロイヤル・エドワード号は、本船の東側の位置におり、氷山やグラウラー（小氷山）などの情報をくれた。

四月二〇日、昨夜、本船近くにフランスの定期船ロシャンボー号がいて、氷山の様子を報告してきた。またロイヤル・エドワード号より、タイタニック号の現場から三〇マイル東に氷山が一つあるとの報告があった。蒸気船ライン号（原文スペル誤り）は本日午後本船のそばを通過し、午後五時五〇分、氷山、残骸そして遺体を見かけたとの報告をくれた。ブレーメン号も本船のそばを通過し、一時間半前に遺体などを見かけたとの情報をくれた。つまり本船は午後七時には、現場海域までおよそ二五マイルの位置にいたことになる。本船の北方に巨大な氷山があるのが、なんとか目視できる。本船は今や多くの人々の希望や祈りを打ち砕いてしまう、そんな現場海域の近くまで来ている。本船の遺体防腐処置師は、プロとしての活躍の場に近づき、益々気持ちが高揚している。明日は彼にとって、充実した日になるだろう」

翌四月二一日、日曜日の早朝、マッケイ・ベネット号はハリファックスを出て航海距離が六六九マイルに達し、ついにタイタニック号の残骸が広がる現場に到着した。そこには転覆した救命ボートや遺体が浮かんでいた。ラーンダーはすべてのエンジンを切り、カッターを降ろすよう命じた。彼は航海日誌に感情を抑え、その場の様子を手短に記録した。「ドリフティング。風、西南西。風力四。[17] 位置は、北緯四一度五九分、西経四九度二五分。遺体を引き上げる。氷山を確認。かなりの大きさだ」

その後、彼は現場の様子を次のように記述した。「海上には、休息しているカモメの群れ以外、何もないように見えた。最初に目に入ったものは、ライフジャケットの最上部である。遺体はすべて顔を上向きに浮いていた。どうやら遺体は海中に直立した状態だったようだ」(18)

その日ハミルトンが書いた日記は、さらに劇的な表現で現場の様子を伝えている。

「四月二二日、氷山が二つはっきりと見える。近いほうの氷山は、頂点まで一〇〇フィート以上の高さがある。印象的な光景が広がっている。巨大な氷塊に向かって荒波が猛烈な勢いで打ち寄せている。そして氷山の頂点より高い位置で、水しぶきの柱のような間欠泉を噴出させている。また時にはたくさんの水しぶきの泡が、氷山全体を完全に包みこんでいる。それと同時に、荒波は雪にも降りそそぎ、研磨面のような氷山の頂上で鳥のとさかのように裂けている。このようなことは、氷山すべてで起こっている。氷山はまるで妖精の館のようにきらきら光り、二〇フィートから三〇フィートの高さのところが大きく揺れ動いている。海面には、ドア、椅子、遺体が広がっている。そして、グラウラー（小氷山）もいくつかあり、しばしば波のうねりの中で見え隠れしている。グラウラーは程度の差はあるものの、どれも危険だ。

カッターが降ろされ作業が始まった。まる一日継続して作業は続けられ、遺体が収容された。濡れた衣服を身につけた遺体を、カッターの片側へ海の中からたぐりよせ引き上げるのは、決して楽な作業ではない。本日は五一の遺体を船に収容した。その内訳は子供二体、女性三体、男性四六体だった。海にはまだ遺体が散乱しているようだ。我々を除けば、ネッタイチョウ[19]（トロピックバードとしても知られるペリカン似の海鳥）だけが、ここでは生きている唯一の動物だ」

カッターの乗組員たちは五体あるいは六体の死体を収容したら、マッケイ・ベネット号に向けてカッターを漕いだ。カッターが戻ると上げ下ろし装置を用いて舷しょう[20]上部まで引き上げられ、遺体はカッターの乗組員からデッキで待つ仲間に手渡された。そして捜索を続けるために、カッターは再び海面へ降ろされた。海面から引き上げられた四番目の遺体は、収容されることになるすべての遺体の中で、最も幼い子供だった。それは二歳の男の子で、ライフジャケットを身につけないで海面を漂っているところを発見された。男の子は抱いていた母親の腕から滑り落ちたのであろう。亡くなった子供の姿を見て、船員たちは大変心を痛めたとのことである。

後に船員たちは、その男の子の埋葬と墓石の製作費用を出し合った。その墓石こそ、「タイタニック号の名もなき子供[21]」のための永遠の特別モニュメントだ。その子の身元に関しては、その後いろいろと議論されてきた。毎年数千人もの人々が、ハリファックスのフェアヴュー・ローン共同墓地を訪れ、その子の墓に花を供えている。

マッケイ・ベネット号の乗組員たちは、今回の苦痛を伴う収容作業に覚悟して臨んでいた。しかし女性や子供の遺体を見つけると心が痛んだ。そして、苦悩し心のバランスを失った。男性遺体は扱うのが楽だった。「板子一枚下は地獄」で、常に死と隣り合わせの生活を送る船乗りたちにとって、海に男性死体が浮かんでいる光景は珍しいことではなかった。ラーンダーの乗組員の多くは、捕鯨船で働いた経験か、あるいは巨大アザラシ間引き作業に参加したことがあった。彼らの一人が言った。「最初の一〇体は大変だったが、それから後はたんたんと仕事をこなした」。彼らは、遺体を人として見ることをやめた。ある場所から別の場所に運ぶ積荷のようなものと考えた。

遺体をデッキ上に収容すると、遺体防腐処置師がまず衣服を脱がした。そして身元を特定するため、遺体の外見や容姿とともに傷跡のような体の特徴を、事務長のフランク・ヒギンソンが記録した。その際、船医のアームストロング医師が手助けをした。

ホワイト・スター・ライン社は、マッケイ・ベネット号が収容した遺体を客室の等級に応じて処置した事実を決して認めようとしなかった。この種の問題は、いつでもとても対応に注意を要する。しかし、意図的であろうとなかろうと、遺体が客室の等級に応じて処置されたのは事実だ。生きている時と同様に死んだ後も、乗客乗員は世間で認められていた地位に応じて扱われることになった。

マッケイ・ベネット号がタイタニック号の遭難現場に到着した時、どれほどの数の遺体を目にすることになるのか、だれもわからなかった。五〇体かもしれないし、一〇〇〇体かもしれなかった。結果的には、三〇六の遺体を収容することになる。その数は用意した棺の数の三倍だった。そして当然ながら防腐処置液が不足し、棺の代用品として遺体を包む帆布も足りなくなった。

このような状況に対し、なんらかの決断をしなければならず、苦渋の選択をすることになった。社会的常識では、財産があるか社会的地位の高い男性は、必ず優先されるべきであると考えられていた。後にラーンダー船長は、あまりにもたくさんの遺体を水葬に付したことで非難を受けることになる。その際、自己弁護のため、彼はこの優先原則に従ったことを認めている。

あらゆる状況証拠が、結果として次のことを物語っている。一等客室の乗客だと思われる遺体は、まずスノー氏により防腐処置が施され、その後棺に納められた。二等客室の乗客や航海士も同様に防腐処置がなされ、その後帆布に包まれデッキの上にいく列にも積み重ねられた。

防腐処置液と帆布が足らなくなると、三等客室の乗客や乗員は防腐処置をしないで船艙の氷の中に安置された。マッケイ・ベネット号の船艙とは、巨大なケーブルドラムを収納していた三つの船艙のことだ。そして身元がまったくわからない場合、遺体のクラス分けは、その遺体が身につけていたものと外見や容姿などを組み合わせて判断したようだ。したがって、タトゥーがあればすぐに下のクラスと判断された。

遺体番号一二四の判断に、間違いはなかった。それは服の襟の内側の絹糸のイニシャルから、すぐにジョン・ジェイコブ・アスターだと確認されたからだ。アスターは、金時計、ダイヤモンド付きの金のカフスボタン、三石のダイヤのリングを身につけており、しかも現金三〇〇〇ドルを所持していた。もし棺が「収容順」の原則で犠牲者たちに割り当てられていたら、ジョン・スノーは二一番前の遺体で棺がなくなっていたであろう。しかし彼はこのような場合に備えて、わきに棺を一つキープし、防腐処置液も十分な量をとっておいた。

アスター家は彼の遺体の収容に、一万ドルの報奨金を約束していた。実際、後にその約束は守られた。ラーンダー船長が報奨金のうちのかなりの額を受け取ったが、報奨金はマッケイ・ベネット号の乗組員にとっても、収容作業の士気を鼓舞するものとなった。彼らは自分たちがもらった報奨金の一部を、気前よく「名もなき子供」の墓石を作る費用として使ったのだ。

残骸物が漂流する現場に到着したその日のうちに、遺体数がマッケイ・ベネット号のデッキ上での収容能力を超える事が明らかになった。したがって、遺体を水葬に付すことは、当を得た解決方法だった。「乗組員たちが、身元不明の二四の遺体を水葬のため帆布に包んで（解けないように）縫合し、それぞれに五〇ポンドの重りをつけた」とラーンダー船長は、四月二二日月曜日の航海日誌に書いている。水葬は後に、死んだ人々の親族に大きな悲しみをもたらすことになる。マッケイ・ベネット号が収容した三〇六の遺体のうち、一一六体が水葬に付された。その数は三分の一以上だ。船上に運ばれた遺体はすべて、キャノン・ハインドとスノー氏がすぐに確認作業を行った。水葬に付される運命の遺体は帆布に包んで縫合し、その夜の水葬に備えデッキに一体ごと置かれた。フレデリック・ハミルトンの日記は、その水葬の様子も記録している。

「ベルが鳴り、すべての乗組員が、船首楼[22]に召集された。そこには三〇の遺体があり、それぞれ重りが付けられ、帆布に包まれていた。すでに海底へ投げ込む準備ができていた。この集まりは、ほんとうに不可思議な雰囲気があった。船は荒波にもまれていたが、三日月が私たちにわずかな光を注いでくれていた。葬儀はキャノン・ハインド師により執り行われた。ほぼ一時間の間『私はあなたの魂を全能の父なる神に委ねる・・・それゆえ私たちはこの遺体を海に託します』という言葉が繰り返された。その言葉の合間に、重りを付けた遺体がドボンと海へ落ちて行った。そして遺体は深さ約二マイルの海底へと沈んでいく。ドボン、ドボン、ドボン」

もう見分けがつかないほど傷ついていた遺体は、このように水葬に付された。このことはハリファックスにおいて前もって同意されていた。そのため重りとして、鉄格子が船に積み込まれていた。一部の遺体は押しつぶされ、すすで黒くなっており、タイタニック号の巨大な煙突のどれかが倒れた時、煙突の真下の海の中にいたに違いないと思われた。また一部の遺体は獲物をねらうカモメによって、恐ろしいほど外観が損なわれていた。これらの遺体は、コルクのライフジャケットを身につけ、顔を上向きにし、海を漂流していた。しかし、ラーンダーは見分けがつかないほど外観が損なわれた遺体に加え、もっと多くの数の遺体を水葬に付す必要があった。

　身元確認が困難な遺体に関して、再び前述のクラス分けの方法が採用された。ハリファックスのノヴァ・スコシア公文書記録館で閲覧できる「遺体処分」リストを調べてみると、ある種の原則が見えてくる。タトゥーをしていたり、乗務員のジャケットを着ていたり、異国の人に見えたりすると水葬に付される可能性が高くなった。最悪の場合、外国人というだけで水葬に付されたケースもある。これらの条件が二つ以上該当した場合、実際遺体は水葬に付された。

　カタヴェラス・ヴァシリオスと確認された遺体番号五八の二つの不運な要素は、外国人であり三等客室の乗客だったことだ。タトゥーを入れた乗務員、遺体番号三六は早い時期に収容された遺体だったが、その夜水葬に付された。もしマッジという名の女性がその場にいたなら、事務長の次の記録からその乗務員の身元がわかったであろう。「身元不明の男性。乗務員の制服を着用。左腕はタトゥーだらけ。右腕には、ハートと握手デザインのタトゥー[23]。胸には日本の扇子のデザインのタトゥー。さらに『マッジ』と彫られた金のリングを所持」

　恣意的に船から海中に投げ込む埋葬方法から、女性もまぬがれることはできなかった。メイヨー州[24]キャロウケハイネ出身のメアリー・マンガン三二歳は、二日目の夜に水葬に付された。公式記録では、彼女は「二等客室の乗客、クイーンズタウン[25]にて乗船」となっている。この記述は、彼女をアイルランド出身の移民として片付けた可能性を物語っている。しかし、彼女は金の腕時計をはめており、時計の裏側には彼女の名前が彫り込んであった。ホワイト・スター・ライン社の乗客名簿を利用すれば、たやすく身元確認ができたであろう。メアリーは数年間アメリカで暮らしており、アイルランドの両親のもとを訪ねた後、婚約者と結婚するためシカゴの家に帰る途中だった。メアリーの死から九〇年後の二〇〇二年、彼女の腕時計はメイヨー州に住む彼女の甥、アンソニー・マンガンのもとに戻った。しかし彼女の遺体は、永久に故郷へ帰ることはない。

ある程度収容作業が進んだところで、このような見境のない埋葬方法に対して、待ったがかけられたに違いない。なぜなら遺体番号二〇一を収容した後、水葬はもう行われていないからだ。この変更はマッケイ・ベネット号の船上にて決定されたが、それがラーンダーによるものなのか、キャノン・ハインドなのか、あるいは遺体処置をうまく仕切っていたジョン・スノーによるものなのか、今後もわからないだろう。ただラーンダーは、ケイプ・レイス経由で、ホワイト・スター・ライン社と定期的に連絡を取っていた。四月二四日の遅い時間帯に、ニューヨークから水葬中止の指示を受けた可能性が最も高そうだ。

しかしこの決定は、あまりにも唐突になされたに違いない。なぜなら、マッケイ・ベネット号が一週間後ハリファックスの埠頭に着いた時、帆布に包まれたいくつかの遺体の脚には、まだ水葬用の鉄の重りが付いたままだったからだ。そのため遺体を船から降ろす前に、大急ぎで鉄の重りの取り外しが行われた。マッケイ・ベネット号がハリファックスに戻ると、水葬実施に関しての議論が数か月続くことになる。

マッケイ・ベネット号がこれから直面する収容作業の規模が明らかになり、ラーンダーは物資補給と援助要請を打電した。ホワイト・スター・ライン社は、二隻目のケーブル敷設船ミニア号を用意した。ミニア号はマッケイ・ベネット号を助けるため、高速で現場に向かった。

四月二三日火曜日、さらに一二八の遺体がマッケイ・ベネット号に収容された。しかし遺体を包む帆布がない状態となっていた。遺体は船のあらゆる場所に、高く積み上げられた。その日の夕方、アレン社の定期船サルディニア号とマッケイ・ベネット号が洋上で合流した。その合流時間を利用し、マッケイ・ベネット号はサルディニア号が供給できる可能な限りの物資を、船上にウインチで引き上げた。

大変多くの遺体を処置しなければならなかったので、その日遺体番号一九三に対して特に注意が払われることはなかった。その遺体は若者で、楽団の緑色のチュニックの上に淡い色のレインコートを着ていた。そしてあごの下に紫色のマフラーをまいていた。処置される順番がくるとすべての死体と同様に、遺体番号一九三も身につけていた衣服を脱がされた。スノー氏が後に身元確認の助けになるよう、特徴的な体のあざやほくろを確認した。その若者は遺体防腐処置用架台テーブルの上に、ずぶぬれの下着を身につけ横たわっていた。皮膚は青ざめ、まったく生気はなかった。この時事務長が記録ノートに短く特徴を書き入れた。「遺体番号一九三、男性。身長は五フィート九インチ、体重一四五ポンド。年齢はおそらく二八歳くらい。髪は軽い巻き毛。ひげはきれいにそられている」

若者のポケットの中身を番号が印刷されたダックバッグに入れながら、事務長はそれぞれの品物を注意深く記録していった。「煙草入れ、英国製槓桿《こうかん》時計、からの小銭入れ、パールの取っ手付きのナイフ、ミュート」。事務長は若者の持ち物を、番号のついたその遺体所持品袋に入れた。そして、袋の口をしっかりとしめた。その楽団員のチュニックと紫色のマフラーも袋に詰められ、その場から持ち出された。二人の船員が、彼の遺体を船艙の氷の中へ運んでいった。

下着姿のジョック・ヒュームが、楽団仲間と再会するのにそんなに時間はかからなかった。一時間もたたないうちに、遺体番号二〇二、ジョックの友ジョン・ノビイ・クラークが氷の中のジョックのもとにやって来た。彼は楽団でコントラバスを担当していた。楽団リーダー、ウォレス・ハートリーは、八日間二人といっしょに海の中を漂っていた。そしてこの時も、船からそんなに遠くないところに浮かんでいた。

しかしマッケイ・ベネット号は、しばらく処置作業ができないくらい多くの数の遺体を載せていた。ラーンダー船長は、船を残骸の漂流物のほうに寄せさせた。そしてまだ収容できない遺体は、海に残したまま監視を続けるように命令した。その間に、乗組員たちはすでに収容した死体の処置を行った。

木曜日の朝、カッターが再び降ろされ、ウォレス・ハートリーの遺体が船に収容された。彼の遺体番号は二二四だった。ウォレス・ハートリーは、船艙の氷の中でジョックとノビイに再会した。それはタイタニック号の楽団にとって、最初で最後の同窓会だった。

これは驚くべき偶然ではないだろうか。北大西洋の強風と海流にもかかわらず、一〇日間三人はいっしょに漂流していた。楽団の八人のメンバーのうち、三人の遺体が発見された。一方楽団員以外の乗客乗員の遺体は、五人に一人がやっと収容された状況だ。ことによると、これは偶然ではないかもしれない。楽団員たちは最期まで、そして永遠に演奏を続けるため、海の中でもいっしょにいたことを物語るのではないだろうか。

四月二七日の土曜日までに、マッケイ・ベネット号は三〇六の遺体を収容した。この数が意味することは、タイタニック号の一二〇〇人近くの乗客乗員の遺体が、まだ行方不明のままだということだ。その頃ケーブル敷設船ミニア号は、マッケイ・ベネット号に多くの帆布と防腐処置液を提供し、遺体の捜索活動にも加わっていた。しかしメキシコ湾流のため、遺体や残骸物はすでに最初の捜索ポイントから東や北東の方向へ流されていた。遺体の捜索は、さらに三週間続くことになる。

しかしミニア号は五月三日に召還されるまでに、わずか一七の遺体を発見するのが精いっぱいだった。遺体捜索に加わるため、さらに派遣されたモンマニー号とアルジェリア号の二隻は、わずか五体発見しただけだった。ただ、その五体のうちの一体は、ジョックの旧友トーマス・マリンだった。彼は乗務員として、タイタニック号に乗船していた。

マッケイ・ベネット号は一九〇もの遺体を前方デッキに積み上げるか、あるいは船艙の氷の上に安置しているような状態なので、もうこれ以上船に遺体を収容することはできなかった。翌朝ラーンダーは、帰港することにした。航海日誌の新しいページをめくり、彼は大文字で「TOWARDS　HALIFAX（ハリファックスへ向かう）」と書いた。そしてその下に、「和風[26]。乗組員たちは船橋楼甲板に死体をきちんと安置し、船尾楼にて棺を固定した」と書き入れた。

注

（1）ケープコッド　アメリカ合衆国東北部のマサチューセッツ州東端を形成し、バーンスタブル郡のほぼ全域に相当する腕の形をした半島。
(2) 船艙　船舶で貨物を積んでおくところ。上甲板下方にあり、隔壁で囲まれている。
(3) ガーダー　通常、船首から船尾に縦通する骨材。大梁のこと。
(4) ケーブルドラム　ワイヤー、ロープやケーブルを巻きつけるもの。
(5) リヴィングストン博士（一八一三年～一八七三年）デイヴィッド・リヴィングストンは、スコットランドの探検家、宣教師、医師。ヨーロッパ人で初めて、当時「暗黒大陸」と呼ばれていたアフリカ大陸を横断した。また、現地の状況を詳細に報告し、アフリカでの奴隷解放へ向けて尽力した。
(6) ヘンリー・スタンリー（一八四一年～一九〇四年）英国ウェールズのジャーナリスト、探検家。アフリカを探検し、消息不明だったデイヴィッド・リヴィングストンを発見した。
(7) ニューヨーク・ヘラルド紙　アメリカ合衆国ニューヨークで一八三五年から一九二四年まで発行されていた日刊新聞。無党派中立の政治的立場をとっていた。
(8) イーヴニング・エコー紙　アイルランドの南部コーク州の夕刊紙。一八九二年に発刊。
(9) 四つ爪アンカー　通例四本のつめのある小型の錨。
(10) キャプスタン　巻揚げ機。錨などを巻き揚げる装置。
(11) ドリフティング　停留。機関を停止し、推進力をなくしてその場に漂うこと。ケーブル敷設船に必須の海上での位置固定機能のこと。
(12) カッター　大型船付属の小艇。
(13) コウヴ　コーブとも表記される。入江、小さな湾のこと。
(14) 死体　原書は遺体に関して多くの場合 body という英語を使用しているが、文脈によっては corpse と表現している。本訳書では、前者を「遺体」、後者を「死体」と表記する。
(15) ストーン　英国の重量の単位。一ストーンは、一四ポンド（約六・三五キログラム）。

（16）オンス　液量オンス。計量グラス容器などの単位で、アメリカで約三〇ミリリットル、英国で約二八ミリリットル。
（17）風力四　一八〇五年、英海軍制定の〇～一二の一三段階の風力階級の四を示す。ちなみに風力四とは、和風（moderate breeze）である。
（18）直立した状態　上半身にライフジャケットを着用するのは、頭が上になって呼吸をさせるため。しかしタイタニック号事故のように、冷たい海上では効力はほとんどなく、命も長くはもたない。
（19）ネッタイチョウ（bosun bird）　原書ではペリカン似とあるが、実際はネッタイチョウとペリカンはそれほど似ていない。
（20）舷しょう　波浪や風から乗客・乗員を保護するため、甲板の舷側に設けた鋼版の囲い板。
（21）名もなき子供（the unknown child）　一般的には「身元不明児」と訳されている。この名もなき子供の身元は長年わからなかった。しかし、二〇一〇年、英国イングランド生まれの当時一歳七か月のシドニー・レスリー・グッドウィンであることが判明した。
（22）船首楼　船首に設けた船楼。船楼とは、上甲板に造られた構造物で両舷に達するもの。
（23）ハートと握手デザインのタトゥー　ハートは「愛情」、握手は「友情」を示す。
（24）メイヨー州　アイルランドのコノート地方の州。州都はカスルバー。
（25）クイーンズタウン　アイルランド、コーク州の港町。タイタニック号の最後の寄港地。現在名はコーヴ。
（26）和風　風力一三段階のうち、階級四の秒速五・五～八・〇メートルの風。

四　取り囲まれたホワイト・スター・ライン社

四月一七日　リヴァプール

アンドリュー・ヒュームは、自分の感情を表に出さない男である。六年前、妻グレイスの葬儀でも涙を流さなかった。その翌年母親が亡くなった時も、まったく動揺した様子はなかった。いや、だれにも言っていないが、むしろ少しほっとしたくらいだった。アンドリュー・ヒュームは、この前自分が感情を表に出したのがいつなのかさえ、思い出すことができなかった。おそらく彼が最後に感情を表に出したのは、作曲家のエルガーが自らエニグマ変奏曲(1)を指揮した、エディンバラでの演奏会だったたであろう。

しかしジョックの消息がまだはっきりしない状況では、アンドリューは死という言葉を受け入れる気にはなれなかった。彼はジョックのことが心配で、気持ちが落ち着かなかった。タイタニック号の事故に関し相反するニュースが入ると、希望をいだかせるようなニュースに飛びつき、めまぐるしく心が変化していた。

タイタニック号が沈没して、二日が過ぎた。アンドリュー・ヒュームは、自分の息子に起こったことについて、情報を一切受け取っていなかった。彼は、リヴァプール、サウサンプトン、ロンドン、そしてニューヨークのホワイト・スター・ライン社に問い合わせの電報を打った。しかし彼のもとに一切返信はなかった。地元の警察署が彼を外務省に紹介してくれたが、外務省は彼を再びホワイト・スター・ライン社に紹介するような有様だった。ダンフリース&ガロウェイ・スタンダード&アドバタイザー紙[2]というタブロイド紙の事務所も訪ねてみたが、何も情報はなかった。それどころか、編集長は次週版の死亡記事欄に載せようと、ジョックの基本情報の提供を求めてきた。

そうこうしているうちに、ウォータールー・プレイスの会衆派教会[3]から、ジェイムズ・ストラカン師がお悔やみの言葉を述べにやってきた。その教会は、生前ジョックが神へのお祈りをするため通った場所だ。こんなにも早く息子が死んだことにされて、アンドリューはいらつき、そして苦しんだ。アンドリューにとって、死亡がはっきりと証明されるまでは、ジョックは生きているのだ。

アンドリューはダンフリースにいても、どうしようもないと感じていた。彼は自ら出向いて、ホワイト・スター・ライン社と対決する決心をした。今回の件に関して、彼は一人ではなかった。行方不明者の安否を気遣う英国中の親族や友人たちが、リヴァプール、ロンドンそしてサウサンプトンにあるホワイト・スター・ライン社の事務所に押し寄せていた。そして自分たちの愛する人に関する情報を、要求した。タイタニック号の乗員七〇〇人以上が、サウサンプトンの出身だった。彼らの安否を気遣い取り乱した家族の人たち数百人は、タイタニック号の悲劇から数日間、ホワイト・スター・ライン社の事務所のまわりで怒りの声をあげていた。ロンドンには、レスター・スクウェアそばのコックスパー・ストリートにホワイト・スター・ライン社の事務所があった。群衆はその事務所に押し寄せ激怒し、「人殺し」とどなり声をあげていた。

タイタニック号はベルファスト[4]で建造され、サウサンプトンから航海に出たのだが、船の登録はリヴァプールで行われ、船尾の全幅にわたってリヴァプールという名前が入っていた。リヴァプールは、当時大英帝国の中心的な海港都市だった。

大富豪で、有名なJ・ブルース・イズメイ会長との面会を要求するのが、アンドリューの当初の目的だった。しかし新聞記事により、イズメイ自身がタイタニック号の乗客で、彼も行方不明の可能性があることを知った。アンドリューはこの事実を知り、いくぶんか慰められた。もし会長を探して北大西洋を捜索してくれたら、ジョックが見つかる可能性も高くなるかもしれない。

ダンフリースの駅に向かう途中、アンドリューはマクミラン新聞販売所に立ち寄った。彼はまず、すべての新聞にざっと目を通し、楽団に関する記事を探した。そして、ダンフリース&ガロウェイ・スタンダード紙を購入した。その新聞は地方紙で週二回発行されるが、本日がまさにその発行日だった。アンドリューはスタンダード紙が最新の内容を載せていると思った。二ページ目の社説は、もったいぶった書き方をしていた。そのことが、スタンダード紙も情報をつかんでいないことを示していた。

「今回のタイタニック号の事故は、大英帝国の海事公文書館の記録を調べても、前例がないほどの大惨事だ。それは安息日の夜に起こり、多くの命が奪われた。建造されたばかりの最も壮大な大西洋の快速船は、その夜処女航海において大事故を起こした。マルコーニ無線により事故の様子はわかっていて、この船が原因不明の事故を記録する公文書館の長いリストに加えられることはない」

♪♪♪♪♪♪♪♪♪♪♪♪♪♪♪

しかし別のページの記事には、ジョックが行方不明者の一人であることが報道されていた。さらに記事には、「ヒューム氏（ジョック）が生存者の中に含まれているのかどうか、現在まだ情報がない」と書いてあった。

全国紙はもっと生々しい表現で、その惨劇に対してとても悲観的な記事を載せていた。「生存者はわずか八六八人で、一五〇〇人近くの人々が命を落とした」と明確な数字も記述していた。「ブルース・イズメイ氏は救助された人々の中に含まれている」というニュースを読んでも、アンドリュー・ヒュームには何の励みにもならなかった。彼はイズメイに、死んでいてほしかった。

アンドリューがダンフリースで列車に乗った時、これ以上の情報を手にすることはできなかった。しかし、英国のホワイト・スター・ライン社の幹部職員たちも、人々がこの日の新聞を読んで知った内容以上の情報は、ほとんど持っていなかった。ニューヨークの幹部職員たちは、さらに情報量が限られていた。カルパチア号は生存者を乗せてまだニューヨークには到着しておらず、またカルパチア号からいかなる公式の発表も届いていなかった。ブルース・イズメイが、都合の悪いニュースに対して、報道管制を敷いていたからだ。実際、ニューヨークのホワイト・スター・ライン社の幹部職員たちは、カルパチア号の目的地を誤解していた。彼らはすでにハリファックスへ、特別列車を急ぎ向かわせていたのだ。生存者たちはまずハリファックスに到着し、そこからニューヨークに来るのだろうと思っていた。

アンドリューは列車の中で読むために、デイリー・スケッチ紙を買った。デイリー・スケッチ紙の取材範囲は、新聞各社の中で最も広く、最新のニュースを載せていた。アンドリューはサウサンプトンのホワ

リヴァプールのホワイト・スター・ライン社

イト・スター・ライン社のまわりに、大勢の人々が集まっていることを知った。

「腕に赤ん坊を抱えた女性たちがいる。ほおは青ざめ、顔はひきつり、目は涙で赤くはれあがっている。女性たちは何時間も立ちつくし、ホワイト・スター・ライン社から提供されるこの大惨事の情報を、何度も何度も読み返していた。しかし、発表はどれもあいまいな情報ばかりである」

サウサンプトンの市長は、救助された人々のうち、乗員の割合は「わずか二パーセント」であろうとの見解を示していた。

ダンフリースを出発したアンドリューは、ジョックが一週間前に利用した同じ列車に乗り換え、リヴァプールへと向かった。彼はリヴァプールをとてもよく知っていた。到着すると、ライム・ストリートから迷うことなくチャラッチ・ストリートへと歩いた。そしてストランドのコーナーのジェームズ・ストリート三〇番に向かった。そこにはホワイト・スター・ライン社の立派な建物があった。

アンドリューが途中あたりを見回すと、いたるところに半旗が掲げられていた。ホワイト・スター・ライン社の建物に近づくにつれて、アンドリューは空が暗くなっていくことに気がついた。彼は不吉な予感がし、沈んだ気持ちになった。一瞬気がおかしくなり、気を失うのではないかと思った。上空を飛ぶ鳥たちが旋回の輪をだんだん小さくしていた。鳥たちはくるくる回りながら上昇や下降を繰り返し、お互いぶつかったりしていた。

人々はグループごとに立っていた。空のほうに指を向け、お互い叫び声をあげていた。中にはまるで双眼鏡を持っているかのように、握りこぶしを両目のあたりにかざしている人もいた。また頭の上に段ボールの箱を載せている人もいた。学童の一団がスモークガラス(5)を用いて、空をじっと見つめていた。十数人の目の不自由な男性グループは、地面のほうに目を落とし、エスコートしている人の話に熱心に耳を傾けていた。エスコート役の人は上の方を指さしながら、彼らに話しかけていた。アンドリューは、「フェノミナン（現象）」という言葉を数回聞き取った。目の不自由な人たちは、知っていると言わんばかりにうなずき、見えない現象をきちんと理解していることを示していた。

アンドリューは、「その光景を見て、ベドラム精神科病院(6)を思い出した」と後に家族に語った。もっと正確に言うと、ダンフリースのクライトン王立精神科病院のことだろう。そこは彼の父親が晩年、患者の看護用務係としてまじめに働いた場所だった。アンドリュー・ヒューム・ホワイト・スター・ライン社の建物に近づくにつれて、空はますます暗くなっていった。世界がまるで終焉に近づいているようだった。
ある意味で、アンドリュー・ヒュームの世界は終焉に近づいていた。彼は初めて自分の息子はほぼ間違いなく死んだのだと思い、現実を直視し始めていた。天文学者たちが待ち焦がれていたイベントを、アンドリューが完全に忘れていても、驚くことではない。そのイベントとは、一九一二年四月一七日の午前一一時一七分に起こった日食だ。まさにこの日食が起こる瞬間に、アンドリュー・ヒュームは目的地に到着した。彼は迷信を信じるような男ではなかったが、暗くなる空を恐ろしい出来事の前兆として見ていた。翌日の新聞は、その様子を「タイタニック食」と表現した。「タイタニック食」という名称は、やがて天文学者用の参考書籍に記載されることになる。

♪♪♪♪♪♪♪♪♪♪♪♪♪♪

ホワイト・スター・ライン社のリヴァプール本社は、アルビオンハウスと呼ばれていた。タイタニック号が大西洋定期旅客船の象徴だったのと同様に、アルビオンハウスは建築様式の代表と言えるものだった。それはホワイト・スター・ライン社の創設者、トーマス・H・イズメイの自負心の強さを示す壮大な建造物だった。ぜいたくな蒸気旅客船を進水させるだけでは不十分だと言わんばかりに、トーマス・イズメイは建物にれんがとモルタルを好んで用い、強烈な印象を人々に与えていた。一八八二年、この造船界の巨頭は、ロンドンの建築家リチャード・ノーマン・ショウ[7]に依頼し、自分のために大邸宅を建てさせた。その邸宅はヴィクトリア朝の規格で考えても巨大な建物であり、チェシャー州[8]ウィラルのサーステアストンの「ドープール」(9)と呼ばれた。

ポール・ラウダン-ブラウンは、ホワイト・スター・ライン社に関する本の著者で、トーマスの伝記作家でもあった。彼の言葉を借りると、「その大邸宅は砂岩とツタが、古き良き英国の復興調建築様式とうまくミックスしていなかった」。やがてドープールは、管理が難しいことが判明した。熱いお湯が十分出なかったし、風がどの方向から吹いても暖炉がくすぶり寒かった。

熱いお湯が十分出なかった理由は、建築に関わった技術者のミスというよりも、イズメイ自身が細かな部分まで建築費をけちった結果である。召使いたちは台所から水差しに熱いお湯を入れて、階段を駆け上がりそして大急ぎで下りていた。そんな姿を見ても、イズメイは配管設備にお金をかける必要性があることがわからなかった。その後、その大邸宅は不動産として売りものにならないことがわかった。手作業で建物を取り壊そうと何度か試みたが、うまくいかなかった。その後、リヴァプール市評議会は高性能爆薬を用いて、それをがれきの山にした。

大邸宅はこのように数々の問題をかかえていたが、イズメイはそれから一二年後、リヴァプールのホワイト・スター・ライン社の新本社ビルの建設契約もショウと結んだ。ショウはそれ以前、ロンドンのエンバンクメントにあったオペラハウスを、ニュー・スコットランド・ヤードの建物に作り変えていた。ニュー・スコットランド・ヤードは、以前のメトロポリタン・ポリス（ロンドン警視庁）の本部だ。その際に使用した赤レンガと御影石によるデザインを、不謹慎にもそっくりまねてアルビオンハウスを建設した。

輸送用定期蒸気船のように、アルビオンハウスは人々に強い印象を与えるように設計された。アルビオンハウスは今日使用されておらず、そのままの姿で窓や戸が板でふさがれている。その建物はリヴァプール市の壮大な歴史的建造物である。ストランド地区に隣接したジェームズ・ストリートのコーナーという目立つ場所にあり、マーシー川を見下ろしている。

しかしながら、外側は壮大に見えても、その事務所の施設内容は会社の役員たちにとっても簡素なものだった。トーマス・イズメイと彼の二人の息子J・ブルース・イズメイとジェイムズ・イズメイは、一階に仕切りを入れて、隣り合った部屋をそれぞれ自分のオフィスとして使用した。またイズメイの当初からのビジネスパートナーのイムリー氏は、メイン事務所のコーナーにカーテンで仕切った小さな空間を作り、そこを自分のオフィスとしていた。マーガレット・イズメイは、夫のトーマスがこの建物に引っ越してから数週間後、彼のオフィスを訪ねて来た。たとえ四人の役員のオフィスすべてに石炭暖房の設備があるとしても、彼女はこの建物をあまり高く評価しなかった。「オフィスはとても実用的に思えるが、私は古いオフィスの居心地のよさがなつかしい」と彼女は日記に書いている。

一九一二年には、J・ブルース・イズメイが会社の経営権を引き継いでいた。彼のささいなことにもけちで、いやしい性格は父親譲りだった。彼はいつも会社への通勤に路面電車を利用し、倹約という価値観を会社の人々にも押し付けていた。

同僚の役員の一人、カーネル・ヘンリー・コンカノンは、こっそりとドッグカート(10)で会社近くまで出勤していた。彼は馬丁に会社の手前のコーナーでドッグカートから降ろしてもらい、ジェームズ・ストリートまでの短い距離を歩いて会社に向かった。歩いて会社に通っている姿を、イズメイに見せるためだった。

♪♪♪♪♪♪♪♪♪♪♪♪♪♪♪

アンドリュー・ヒュームはお昼少し前、ジェームズ・ストリート三〇番のホワイト・スター・ライン社に到着した。その時の様子は、まるで人々がお寺を包囲しているかのようだった。本社建物の壮大さは、それを取り囲む人々と明らかに不釣り合いだった。会社側から一切の情報提供がない中、愛する人々の情報を求める親族や友人たちは取り乱していた。人々はアンドリューと同様に、ホワイト・スター・ライン社と正面から対決しようと心に決めていた。「男性も女性も社会のあらゆる階級に属する人々が集まった」とリヴァプール・ポスト&マーキュリィ紙は、翌日の紙面で述べている。

人々の中には、一晩中建物の外で睡眠をとった者もいた。多くの女性たちは泣いていた。男性たちは拳を振り上げ、情報を要求していた。群衆の中には、トックステス[11]のセント・ジェームズ教会のラティマ・デイビース師もいた。彼はタイタニック号の乗員だった三人の教会区民[12]の安否情報を求めていた。イーゼル[13]の掲示板が、建物の入り口近くの歩道に置かれていた。それはおそらく生存者の名前を列挙するためのものであろうが、実際は掲示板には何も書かれていなかった。

建物への入り口は、大きなロートアイアン(錬鉄)[14]製のゲートを二つ通りぬけ、五段の幅広い御影石の階段を上がったところにあった。入り口の右手には、ポーター用の番小屋[15]があった。そこにはホワイト・スター・ライン社の制服を着た男が一人いて、問題を起こしそうな人物を見つけると建物に入るのを阻止した。大きな入り口の先には、大きな架台式テーブルが二つ大急ぎで設置されていた。テーブルの一つにははっきりと「乗客」という文字がつけられ、もう一方のテーブルは「乗員」となっていた。タイタニック号の楽団員たちは厳密には「乗員」だったが、二等客室切符番号二五〇六五四の乗客として、演奏旅行をしていた。そのため消息確認の際、アンドリューは両方のデスクの列に並ぶことになった。どちらのデスクでも、彼はジョックのことも楽団のことも一切情報を得ることはできなかった。ただ何か新しい情報が入れば、ホワイト・スター・ライン社はすぐ連絡をくれるという確信だけは持てた。

現在建物の入り口の両側に、楕円形の記念額が二つ飾ってある。その二つの記念額は、リヴァプール市が作製したものだ。入り口を通る人々は、この記念額を見て建物の歴史に思いを馳せる。現在この記念額以外に、この建物の歴史を物語るものは何もない。記念額の一つには、「オウシアニック・スチーム・ナビゲイション・カンパニー（ホワイト・スター・ライン社）の本社。一八六九年、T・H・イズメイにより設立」と書かれている。もう一方の記念額には、「元ホワイト・スター・ライン社のビル。一八九六年から一八九八年に建造。設計者はR・ノーマン・ショウ」と記載されている。

タイタニック号に関しての記載はない。タイタニック号は、イズメイ一族とホワイト・スター・ライン社に恥辱と汚名をもたらした。そして結局、一族と会社を破滅へと導いたのである。

ホワイト・スター・ライン社の建物を後にすると、アンドリューはストランド地区を通り抜け、ブランズウィック・ストリートまで歩いた。ブランズウィック・ストリートまで来ると右にまがり、カッスル・ストリートに向かった。カッスル・ストリート一四番に到着すると、彼は建物の中庭を通りロートアイアン（錬鉄）のらせん階段を三階まで上がった。ガラス張りのドアに名前が彫り込まれており、そこがC・

W・&F・N・ブラックの音楽代理店であることがわかった。

二年前チャールズとフレデリックのブラック兄弟は、すべての定期旅客船会社にある提案を持ちかけた。その提案とは、二人の代理店と独占契約を結んでもらい、二人が責任を持って船で演奏する楽団員を雇用し、派遣するというものだった。そうすることで、船会社は音楽家と個別に交渉するわずらわしさがなくなった。もとより、船会社の関係者は、音楽家の演奏能力などおそらく判断できなかったであろう。

ブラック兄弟は定期旅客船会社にとって、かなりおいしい契約内容を提示した。二人は、すぐにそれを実行した。まず船上演奏家の給料を、当時船のオーナーが支払っていた月給六ポンド一〇シリング[16]から月給四ポンドに減額した。同時に、毎月一〇シリング支給されていた「制服手当」も廃止し、演奏家自身に楽団のチュニックと真鍮ボタンの支払いをさせた。音楽家たちは演奏する船が変わるたびに、楽団のチュニックと真鍮ボタンを自費で取り替えなければならなくなった。さらに二人は楽譜の費用も、彼らの給料から差し引いた。

合同音楽家組合[17]は、これらの契約内容が強制的に決められたことに異議を唱えた。しかし、音楽家たちは受け入れるより他に方法がないことが、すぐにわかった。給料からこのような費用が差し引かれると、楽団員が船で演奏旅行をしている間、一日の儲けはほんの一シリングちょっとになった。

タイタニック号に乗っていた他の楽団メンバー七人と同様に、ジョックもホワイト・スター・ライン社ではなく、音楽代理店ブラックスによって雇用されていた。このように楽団員の雇用形態は、あいまいだった。法律の抜け穴を利用したこのような方法で、後にブラックスもホワイト・スター・ライン社も楽団員の賠償に関して、自分たちの責任を回避したのである。

音楽家の一人として、アンドリュー・ヒュームはチャールズとフレデリックのブラック兄弟二人ともよく知っていたが、あまり会いたくはなかった。しかし、アンドリューは二人がホワイト・スター・ライン社と親しい関係にあることをよく知っており、彼らなら息子の情報をもっと提供してくれる可能性があると思っていた。実際二人は、楽団員の消息を知っていた。

リヴァプールのライム・ストリートからダンフリースへの帰路につく前、アンドリュー・ヒュームは自宅に電報を送る十分な時間があった。電報には、短く次のように書かれていた。

「楽団員、主よ御許に近づかんを演奏しながら、海に沈む」

注

(1) エニグマ変奏曲　エドワード・エルガーが作曲した管弦楽のための変奏曲。
(2) ダンフリース&ガロウェイ・スタンダード&アドバタイザー紙　一八四三年に創刊されたタブロイド新聞。現在はダンフリース&ガロウェイ・スタンダード紙と表記される。
(3) 会衆派教会　キリスト教のプロテスタントの一教派で、組合派、組合教会とも言う。英国国教会からの分離派で、職位は牧師または教師。各個教会の教会政治において、会衆制とよばれる教会員の直接民主制に近い制度を採ることが特徴で、各個教会の独立自治を極めて重視した。
(4) ベルファスト（Belfast）　英国北アイルランドの中心都市。
(5) スモークガラス　すすでいぶしたガラス。太陽観察用などに用いる。
(6) ベドラム精神科病院　英国にある世界で最も古い精神科病院の一つ。正式名称は王立ベドラム病院。ベスレム病院、ベツレヘム病院などとも呼ばれる。

（7）リチャード・ノーマン・ショウ（一八三一～一九一二）　ヴィクトリア朝の一九世紀から二〇世紀始めに活躍した英国の建築家、都市計画家。

（8）チェシャー州　イングランド北西部の州。行政の中心地は、チェスター。

（9）ドープール　チェシャー州ウィラルのサーステアストンにリチャード・ノーマン・ショウにより建てられたカントリー・ハウス。トーマス・イズメイやその家族が住んだ。カントリー・ハウスとは、貴族や富豪のための田舎の邸宅のこと。

（10）ドッグカート　背中合わせの座席が二つある、一頭立て軽装二輪馬車。

（11）トックステス　リヴァプールの中心地区。失業者や黒人が多く住む地区。

（12）教会区民　定期的に教会を訪れる信者。

（13）イーゼル　何かを載せて固定し、また飾るのに用いられる直立の支持体。特に画家がカンバスなどを固定するのに用いる。「画架」とも訳される。

（14）練鉄　炭素含有量を少なくした鉄。

（15）番小屋　大邸宅の入り口にある門衛や園丁などの住居。

（16）シリング　一九七一年まで用いられた英国の補助通貨単位。一ポンドの二〇分の一で、一二ペンスの価値があった。

（17）合同音楽家組合（Amalgamated Musicians' Union）　一九世紀末に設立された音楽家の組合。

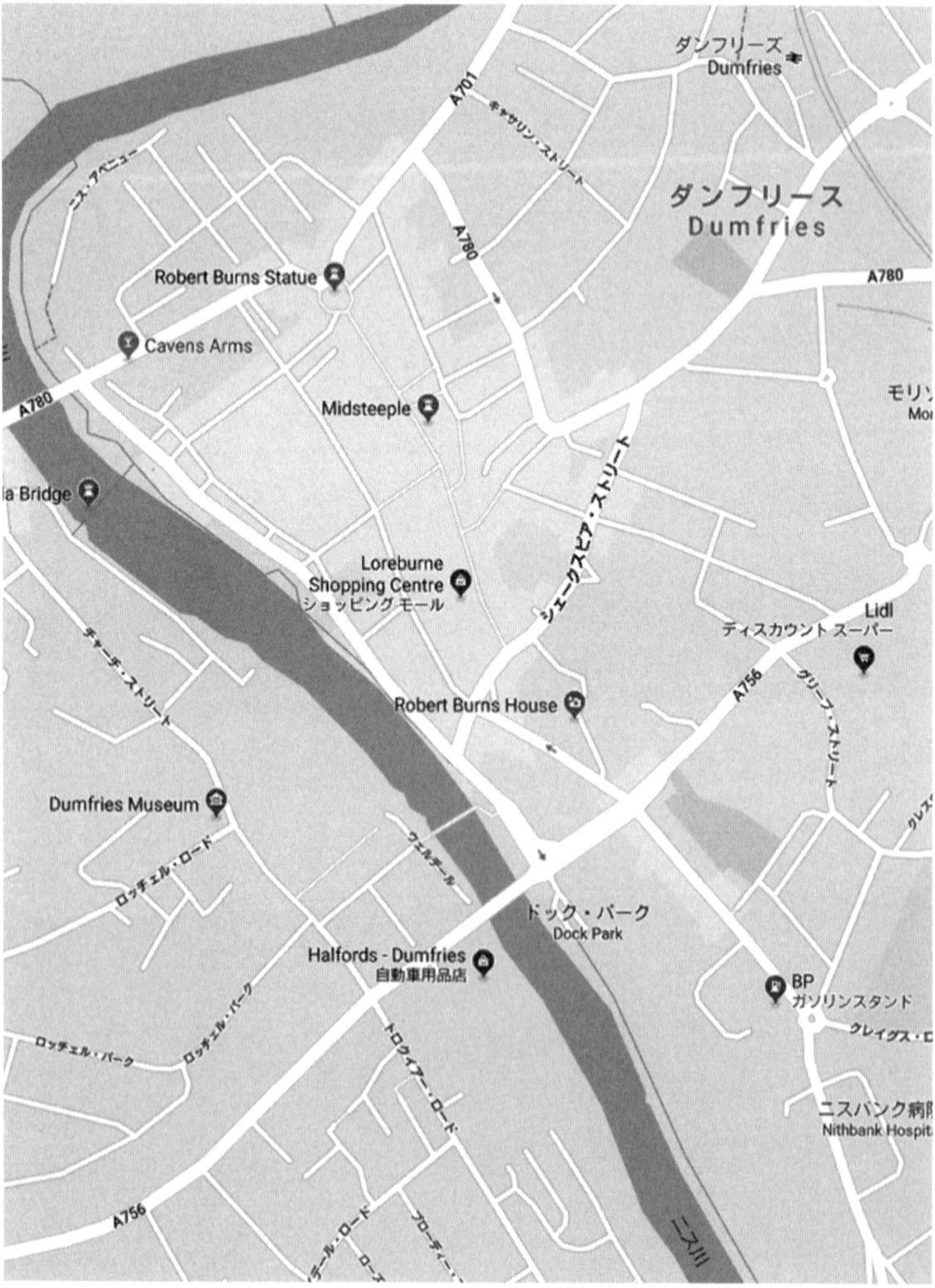
ダンフリーズ
Dumfries
A701
キャサリン・ストリート
ニス・アベニュー
ダンフリース
Dumfries
A780
A780
Robert Burns Statue
Cavens Arms
A780
Midsteeple
シェークスピア・ストリート
Loreburne
Shopping Centre
ショッピングモール
Lidl
ディスカウントスーパー
チャーチ・ストリート
Robert Burns House
A756
グリーブ・ストリート
Dumfries Museum
ロッチェル・ロード
ウェルデール
ドック・パーク
Dock Park
Halfords - Dumfries
自動車用品店
BP
ガソリンスタンド
ロッチェル・パーク
ロッチェル・パーク
トロクイアー・ロード
A756
ニス川

ダンフリース中心部

五　ジョックとメアリー

ルード・フェア[1]での衝撃的な出会い

二〇世紀が始まった頃、ジョックとメアリーの二人はまだ学校に通っていた。当時、ダンフリースの町はルネサンスのような活気に満ちていた。教育は義務教育となり、無償だった。一教室あたりの児童や生徒数は普通一五人以下で、少人数教育だった。慈善家のアンドリュー・カーネギー[2]が、エワートという名の大きくて外観も素敵な公立図書館を建てた。その町にはシアター・ロイヤルがあり、スコットランドで最も伝統のある現役の劇場だった。ここではかつてロバート・バーンズ[3]が詩の朗読を行い、J・M・バリー[4]は劇を上演していた。またこの劇場は無声映画も上演し、映画という新しい娯楽の世界を積極的に受け入れていた。

またダンフリースとマックスウェルタウンの二つの地域をつなぐ橋も初めて作られた。自動車を市内の石畳の道路で見かけることはほとんどなかったが、鋳鉄工場が車の製造を開始していた。またドッグカート製造業者がこの機に乗じて、車のボディーを組み立てる仕事に転じていた。ダンフリースの主要産業である羊毛は、海外に市場を開拓し利益を上げていた。

人々は旅行をするようになり、視野を広げていった。鉄道も支線が拡大され、ダンフリースから英国全土に一日で行けるようになった。海路では、ダンフリース産の砂岩や羊毛をどっさり積み込んだ沿岸貿易

シアター・ロイヤル

船が、リヴァプールやグラスゴーのような主要な港へ短時間で安全に積荷を運んでいた。さらにリヴァプールやグラスゴーから、世界のいろいろな地域へと市場を広げていた。ジョックもいずれそのような世界を目にすることになる。

一九一〇年頃には、主要な船会社がダンフリース＆ガロウェイ・スタンダード紙の広告ページを独占していた。そして世界のほとんどすべての目的地、たとえば合衆国、カナダ、南アメリカ、南アフリカ、エジプト、オーストラリアなどへ、手頃な料金の船旅を人々に提供していた。

しかし依然として、ダンフリースは羊毛と木靴が主な輸出品であり、伝統的価値と慣習を大切にし、着実に繁栄を続けていた。宗教は人々の生活に強い影響力を持っていた。市内には八つの教派に対して、二〇の教会が存在していた。迷信が人々に恐怖感を与え続けていた。その中には起源が中世までさかのぼるものもある。たとえば迷信の一つに、煙突に鳥が止まると家族に死が迫っているというものがあった。最下層の子供を除けばみんな靴を持っていたが、それでも多くの子供たちは依然として裸足で走り回っていた。

数世紀続く伝統が、以前と同じように行われていた。特に定期市はカレンダーで定められた時期に開催されていた。この中には、一年に二度開催される「雇用市」があった。雇用市では、農場労働者たちが仕事を求めて自らを売り込んだ。また馬や牛の売買市も頻繁に行われ、ホワイトサンズのニス川を見下ろす広大な場所で、週一回開催された。そしてこの売買市には、ロマたち[5]がポニー[6]を売り買いするために、一〇〇マイル以上の距離を旅して参加していた。

すべてのイベントの中で最も重要な行事は、九月の最終水曜日に開催されるルード・フェアだった。ルード・フェアは農業見本市として一六世紀に始まった。その見本市では、家畜や農産物が売買されたり、交換されたりした。二〇世紀の始め頃には、ルード・フェアは代表的な年間行事となり、その日は祝日に指定された。老いも若きも、数マイル離れた場所からやって来た。だれもがこの行事のために、着飾って出かけた。ひつじ、種ジャガイモ一袋、あるいはボルドー[7]から運ばれてくるワインボトル一本を買うことができた。

しかし、飲んだり踊ったりすることもできた。屋台も出ていたし、余興も行われた。取引制限がその日は解除され、さらにその他の社会生活上の制限や禁止事項も同様になくなった。ほぼ毎年、ピンデンズサーカスがまる一週間大天幕を設置し、曲芸師、手品師、占い師、ダンスを踊るクマなどを引き連れてやって来た。サーカスは、いつもとてもおもしろかった。いろいろな話題で、クリスマスまで人々の笑いの声が絶えなかった。一九〇四年、一人の警察官がブルワリー・ストリートの穀物商人の店で起こった、不法侵入事件の現場検証を行っていた。その時、警察官は鼻を大麦袋に押し込まれたジャンボという名の象を発見した。彼は大急ぎで店から逃げ出した。

　私の母によると、ジョックの姉ネリーがメアリー・コスティンにジョックを紹介したのは、一九〇九年のルード・フェアだった。メアリーはネリーの手袋製造工場の友人で、その時一八歳だった。ホワイト・スター・ライン社の定期船メガンティク号は、リヴァプールからモントリオールへの処女航海を行ったが、ジョックはこの船で演奏を行い、帰国したばかりだった。驚くほどのことでもないが、当時の彼は当然自信過剰で、思い上がっていた。彼はルード・フェアにヴァイオリンを持参しており、その場ですぐにメアリーのために短めのジグ[8]を演奏した。「そう、その時でしたよ。二人にとってそれは衝撃的な出会いでした。お互い魅かれあったようでしたよ」と私の曾祖母スーザンは、後に人々に語った。

　メアリー・コスティンは、若いジョックのハートを完璧につかむことができたと言えよう。それから二年間、ジョックはメアリーの虜になった。彼は当時演奏家として順風満帆だった。豪華な旅客船で世界を旅し、お金持ちや有名人と出会い、船の乗務員用の部屋で楽しい生活を送っていた。感情面から言えば、ジョックの気持ちはすでにダンフリースから離れていた。しかしルード・フェアのあの日、メアリーはジョックの気持ちを再びダンフリースに引き戻したのだ。

　私の祖母メアリー・コスティンの写真で現存している唯一のものは、ジョックの死後、四、五年経って撮影されたものだ。メアリーが二〇代半ば頃の写真だ。メアリーは人目を引く容姿の、とても美しい女性だった。しかし、彼女は人を畏縮させるほどの冷静さも持ち合わせていた。おそらくこのことが、ジョックが地に足をつけ、現実的に物事を考えるきっかけになったのだろう。これらのことを考えると、なぜジョックの父アンドリュー・ヒュームが二人の関係を執拗に反対したのか、ますますわからなくなる。

♪♪♪♪♪♪♪♪♪♪♪♪♪♪♪

ジョン（ジョック）・ロー・ヒュームは、ダンフリースのニス・プレイス五番の自宅で、一八九〇年八月に生まれた。「ロー」はジョックの母グレイスの旧姓で、アンドリュー・ヒュームとグレイス・ヒュームの二番目の子供だった。二人には三人の娘がいたが、長女のネリーはジョックより二年早く生まれていた。ジョックの父親は音楽教師や演奏家として、絶えず自分を売りこんでいたが、ヒューム家は家計をやりくりしなければならない状態の、どこにでもある普通の家庭だった。

アンドリューは農場労働者の息子だった。農場労働者の父は、この頃ダンフリースの精神科病院で看護用務係として働いていた。グレイスは元洗濯女[9]であり、父親は鉄の鋳型工だった。現在ニス・プレイス五番はケバブの持ち帰り店となっている。当時と同様今日でも、ニス川が決壊すると通りは水浸しになる。

しかし写真店で撮られたアンドリュー・ヒュームの肖像写真を見ると、これらのことはどれも想像できないだろう。彼はこぎれいなエドワード朝口ひげ[10]をたくわえた、小柄で身なりのきちんとしたダンディな男だ。ヴァイオリンを持ってポーズをとり、燕尾服を着て白いネクタイをしている。

ジョックの二人の妹グレイスとキャサリン（ケイト）は、それぞれ一八九二年と一八九七年に生まれ

ヒューム家の家族構成

アンドリュー（父）＝グレイス（母）

- ネリー（長女）
- ジョン（ジョック）（長男）
- グレイス（二女）
- キャサリン（ケイト）（三女）
- アンドリュー（二男）

た。二人の生まれた年から推測すると、二人の誕生の間に母親が流産を経験した可能性がある。もし流産がなければ、ヒューム家は二年ごとに子供が誕生するというみごとな家族計画を完成したことになったであろう。

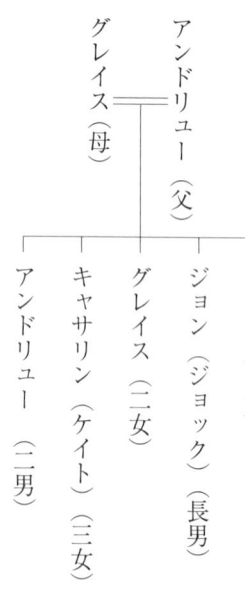

　末っ子アンドリューは、明らかにこの家族計画の例外だろう。アンドリューは一九〇一年、ジョックが一一歳の時に誕生した。母親はアンドリューを身ごもる前から、体の調子がよくなかった。その後体が衰弱し、アンドリューを産んでから五年間は実質病人だった。そして一九〇六年、四〇歳の時食道がんのため亡くなった。

　ヒューム家はダンフリースとガロウェイの丘を、サウンド・オヴ・ミュージックでいっぱいにする、スコットランドのファン・トラップ・ファミリー[11]をイメージしてみるとよいかもしれない。たしかにヒューム家からは、「ドレミ」の音がたくさん聞こえてきた。昼間は若い人や年配の人が、ヴァイオリン、ギター、バンジョー、ピアノの個人レッスンを受けにヒューム家にやって来た。レッスンを受ける人の波が、途切れることもなかった。

学校が終われば、アンドリューの子供たちが音階練習を始めた。ケイトと末っ子アンドリューは、父親アンドリューや兄ジョックと同様に、その後成長して才能豊かな音楽家になる。

しかし家庭には、楽しい笑い声はなかった。アンドリュー・ヒュームは高圧的な人間で、家にいる時は妻や子供たちを絶えず怒っていた。仕事でしばしば家を留守にしたが、その間は家庭のことなどまったく無関心だった。このように、怒りと無関心をいやらしく組み合わせて、家庭を支配していた。

このような状況は、長女ネリーと長男ジョックにとって、とても苦しいことだった。二人は父親が家をあけることを嫌っていたが、帰ってきて母親を泣かすのを見るとさらに父親を憎んだ。二人は父親と家族の間で、緊張を和らげる役割を担った。ヒューム家は優しい心を持った、住み込みの女性家庭教師が必要だった。しかし母グレイスが亡くなると、ジュリー・アンドリュース[12]の代わりに、アリス・メアリー・アルストンという、よく世間に存在する意地悪なまま母がやってきた。彼女はヒューム家のとなりで、子供用品店を経営していた。

ジョックのヴァイオリンの腕前はかなりのものだった。ジョックの生前も死後も、アンドリュー・ヒュームはそのことを自分の手柄にしていた。ジョックに教えていないことがあっても、遺伝子を介して息子にその技術を伝授したと言っていた。アンドリュー・ヒュームの多くの主張と同様に、これも誇張した表現だ。ジョックは才能豊かなヴァイオリニストだった。また多面的な才能も持ち合わせていた。しかしもう一人別の人物が、ジョックの音楽教育において重要な役割を演じていた。それはジョン・ヘンドリーというセント・マイケルズ・スクールの校長だ。

一八九五年ジョックがセント・マイケルズ・スクールに入学した時、ジョン・ヘンドリーはすでにその学校の校長を二五年間務めていた。その頃には、セント・マイケルズ・スクールはダンフリースのすべての人々に、「ヘンドリーズ・スクール」として知られていた。彼はダンフリースで人気があり、名声を博していたからだ。

ヘンドリー校長は、どんな児童や生徒でもその子の一番良い面を引き出す方法を知っていた。そして児童や生徒たちに自分の能力の限界まで頑張るよう指導をした。セント・マイケルズ・スクールの先生たちは、ヘンドリーのことを信頼し尊敬していた。彼は先生たちが目標とする人物だった。

ヘンドリーの最大の情熱は、音楽教育に向けられた。彼は教員人生の間ずっと、学校のすべての児童や生徒が楽器を習い演奏することを奨励した。それを彼は使命と感じていた。彼は合唱団を作り、スクール・パーティーを企画し、ライブコンサートを行った。

また、ＨＭＶ[13]社初の七八回転レコード用蓄音機を一台購入した。それを学校に持ち込み、子供たちに新人作曲家や新しい作品を紹介した。ピアノはダンフリースの教育委員会に働きかけて購入してもらった。幼いジョックがヴァイオリンを持って登校してきた時、ピアノを見て大喜びだった。セント・マイケルズ・スクールはすでに合唱団を持っていたので、今度は弦楽四重奏団ということになった。ヘンドリーは明らかにジョックのことが大好きだった。後に、お気に入りのジョックのことを「陽気で、明るく、笑いの絶えない子」と彼は表現した。彼はジョックのことを思い出す時、とても楽しそうだった。

セント・マイケルズ・スクールの委員会議事録に、一八九六年六月一日のダンフリース・バラ教育委員会による決定事項の記録が残っている。一八九六年は、ジョックが五歳で学校に通い始めた翌年だ。ネリー・ロッカビー先生の採用が、提案されたのだ。その採用条件は、「担当クラスの児童や生徒たちに、年七〇ポンドの給料で音楽のレッスンをする」というものだった。

学校に第二の指導者が来たことは、ジョックにとって大きな喜びだったに違いない。ヘンドリー先生とロッカビー先生のほめながらの指導は、厳格な音楽教師である父親の叱る指導より、はるかに音楽への情熱を鼓舞してくれるとジョックは感じた。ジョックが一三歳でセント・マイケルズ・スクールを卒業するまで、二人の先生はその若き天才児が、熟達した音楽家へ成長する手助けをした。

ロッカビー先生のレッスンはとてもすばらしい成果をあげた。そこで一九〇六年、ヘンドリーは再び教育委員会に出向き、ヴァイオリンレッスンのためにホールの使用を申請した。彼の要求は認められた。

後にヘンドリーは、二人の男子卒業生ジョック・ヒュームとトーマス・マリンの栄誉をたたえる計画案を強く支持した。その計画案は、二人のために公園にモニュメントを建て、さらに学校に大理石の記念額を設置するというものだった。今日でも、セント・マイケルズ・スクールに入学し卒業していく子供たちは、タイタニック号で命を落とした二人の若者をたたえる記念額のそばを通っている。それはヘンドリーの心のこもった贈りものだ。

ヘンドリーはセント・マイケルズ・スクールの校長を四三年間務めた。退職後はダンフリースのカッサランズにある小さな家で、自分の蓄音機でコレクションのレコードを聴いて余生を過ごした。そしてその家で一九三九年、八八歳で亡くなった。彼の死は当時の校長L・グレーンジャー先生から、翌日全校集会の表彰式の場で報告された。グレーンジャー校長は、全校の児童や生徒たちに次のように述べた。

「君たちはヘンドリー先生のことは知らないと思いますが、君たちのご両親、おじいさん、おばあさんは、ヘンドリー先生をとても尊敬しており、最高の先生だったと思っておられます。ヘンドリー先生のおかげで、本校はこの地方で有名校になりました。先生は、本校を巣立って行った数千人の卒業生から本当に愛されています。そのような卒業生の多くが、社会で現在重要な職につき活躍されています」

「ヘンドリーズ・スクール」に在学していた一〇代前半の時期、ジョックはウォータールー・プレイス会衆派教会の安息日学校の正規会員だった。その教会でジョックは一八四七年リーズ[15]で設立された労働者階級の子供たちの禁酒組織、バンド・オヴ・ホープ（希望の集団）に所属していた。メンバー全員が絶対禁酒を誓約し、「飲酒の悪」を教わっていた。

安息日学校の活動では、音楽が重要な役割を演じていた。また定期的に海辺へ出かける活動もあった。ジョックにとっては、禁酒活動よりもむしろ音楽活動の方が魅力的だった。教区牧師ジェイムズ・ストラカン師は、ジョックを「だれよりも、クールな若者」として記憶している。彼は次のように述べた。「ジョックは公の場で演奏する時、ヴァイオリンをあごにあてるしぐさが、とてもクールでした・・・私はジョックが命を落とす前に、とても勇敢な行動を取ったことを知り、彼なら当然だと思いました」

ジョックは将来のことを考えれば、セント・マイケルズ・スクールを卒業後、ダンフリース・アカデミー（中等学校）へ進学すべきであったろうし、実際できたであろう。しかし進学はせず、セント・マイケルズ・スクールを卒業すると、一三歳で地元の事務弁護士（ソリシター）[16]ジェイムズ・ゲッディーズの事務所で働いた。ジョックの父親が中流階級意識を強く持っていたことを考えると、この決断は一見異常に思える。しかしヒューム家の子供たちは、全員一三歳で学校教育を終えることになっていた。アンドリュー・ヒュームが、自分の父親の人生観「失敗すると後がない（生き残りたければ、自分で何とかするしかない）」を単にそのまま取り入れた結果と言えよう。アンドリューは子供たちを、できるだけ早い時期から働かせた。そうすれば子供たちはお金の面で自立し、同時に家計も助けてくれるからだ。

ジョックがこんなに早く学校教育を終える決断をしたのは、別の理由も関係しているかもしれない。それはジョックの母親が健康面に問題をかかえていたことであろう。グレイス・ヒュームは、五番目の子供アンドリューを産んで以来、寝たきりの状態だった。そしてジョックが一六回目の誕生日を迎える前に亡くなることになる。母親の病気は、家計にかなりの負担をかけていたに違いない。家計のことを考えて、ジョックが学校教育を終える決心をしたのは、ありえることだろう。

もしゲッディーズが、父アンドリューへの恩義としてジョックを雇ったのであれば、彼はうれしい驚きを感じたことだろう。ゲッディーズは、その少年のことを次のように語っている。

「彼が勤勉で、知的で、礼儀正しい若者であることがすぐにわかった。またあらゆる仕事に信頼を置くことができ、念入りに仕事をする人物でもあった。今後どんな仕事に就いても、自分の力でその仕事で成功を収めることのできる人物だ。私はジョックの働きぶりに対して、最高のほめ言葉を探しているが、その言葉を見つけることができない」

雇い主から称賛されたが、ジョックは夜明けから夕暮れまで、事務所に閉じ込められる事務員に嫌気が差していた。ジョックは一年後仕事を辞めた。ゲッディーズはジョックが亡くなった時、関係者に配慮しながら彼のことを次のように語った。

「多くの偉人たちと同様に、ジョックは自分に適した仕事は、四方を壁で囲まれた事務所に閉じ込められてするようなものではないと思っていたようです。彼はそのままダンフリースにいたのではできなかったような仕事の世界で、ついに名声と栄誉を獲得したのです」

ジョックがゲッディーズのもとで働いたのが自分の意志であろうと、強制されたものであろうと、働いたその一年間を無駄にはしなかった。夜に学校の宿題をする必要がなくなり、ジョックは最も好きなことをして、平日の夜や週末にさらにお金を儲けることができた。最も好きなこととは、ヴァイオリンの演奏だ。父親と同様に、ジョックは様々なジャンルの音楽を演奏できるヴァイオリニストだった。彼のレパートリーは広範囲にわたり、ラグタイム[17]やフォーク・ミュージックのようなポピュラー音楽から、ワルツやクラシックの名曲のようなサロン音楽へと演奏を切り替えることができた。ヴァイオリンの腕前もかなりのもので、それに加えて非常に魅力的なボーイッシュな顔立ちもしていた。フレンドリーな雰囲気で冗談を言える才能もあった。

ほどなくジョックは、シェークスピア・ストリートにあるシアター・ロイヤルに定期的に出演するようになった。彼は幕間や開演前の前座として演奏をした。またヴァイオリンを演奏できる若者がとても重宝されていることも知った。彼はダンスパーティー、結婚式、その他のイベントで、演奏を引き受けるようになった。

♪♪♪♪♪♪♪♪♪♪♪♪♪♪♪

その後六年間の大半を、ジョックがどのようにして、そしてなぜ海で過ごすことになったのか、親族の間でも様々な意見がある。なかには相反する意見もある。六年間の中には、当然ながら人生最後の数日間も含まれている。

ジョックは家庭の雰囲気に耐えがたかったので、ダンフリースからできる限り遠くに行きたかったのだろうとメアリー・コスティンは考えていた。一四歳の時には、ジョックと父親との関係は崩壊していた。二人は、音楽のこと、お金のこと、そしてジョックの独立願望などで口論を繰り返していた。二人は意見の相違で、一触即発だった。

ネリー、グレイス、ケイトの三人もまた父親と敵対していた。三人の娘たちは、父親が母親の長い闘病生活の間、優しく接していなかったと感じていた。アンドリュー・ヒュームは、妻グレイスの死後アリス・アルストンと再婚したが、それは一四か月後のことだった。再婚相手が母親の死後あまりにも早く現れたことで、三人の娘と父親の敵対関係は決定的なものになった。

ジョックが仕事として旅客船での演奏を選んだ理由として、もう少し父親に配慮した解釈をすることもできよう。つまり旅客船での演奏は、父親の考えだったのでは、ということだ。そこまで言わなくても、アンドリューはジョックの選択に少なくとも反対しなかったのであろう。ジョックと同じ年の頃、アンドリュー自身も旅客船で演奏の仕事がしたかったという可能性は高い。アンドリューは音楽産業界との関係をうまく築いており、代理人や興業主とのコネクションもあった。必要ならば、ジョックを紹介することもできたであろう。確実に言えることは、アンドリューは才能豊かな息子ジョックを、将来的に定期的な家計の収入源として考えていた。実際ジョージ・ストリートの新しい家のローンの支払いに関しては、ジョックの稼ぎを頼りにしていた。

♪♪♪♪♪♪♪♪♪♪♪♪

二一歳でこの世を去るまでに、ジョックはヴァイオリンの腕前のおかげで、世界半周旅行を十数回経験した。英国とニューヨーク間は、少なくとも五回は往復した。南アメリカ、ジャマイカそしてモントリオールへの定期船でも演奏した。タイタニック号で命を落とすわずか数か月前、ジョックはキュナード社の定期船、カーマニア号のオーケストラで演奏しながら地中海周辺を旅行した。その前年には、タイタニック号の姉妹船、オリンピック号のニューヨークへの処女航海で演奏した。ジョックが当時、ダンフリースからサウサンプトン、ブリストルあるいはリヴァプールの港へ、いとも簡単に移動していたことは驚くべきことだろう。サウサンプトン、ブリストル、リヴァプールの港から、彼の演奏旅行のほとんどが始まり、そして終わっていた。

しかし、このようなことは珍しいことではなかった。タイタニック号の楽団リーダー、ウォレス・ハートリーは、キュナード社で働いている時、三年間で八〇回以上大西洋を航海したと言っていた。当時の旅客船は、今日のクルーズのための旅客船とは異なっていた。旅客船はヨーロッパとアメリカの間を移動する最も速くて効率的な手段だった。旅客船が唯一の移動方法だったとも言える。旅客船はある目的地に寄港し乗客や貨物の積み降ろしをすると、急いで次の目的地へと出港していた。

一九〇五年、一四歳になったジョックは初めて船で演奏旅行に出かけた。冒険好きだった一〇代の若者にとって失うものは何もなく、あらゆることが収穫だった。そして必要とした唯一のパスポートは、ヴァイオリンだった。ダンフリースは依然として活気のある港町で、沿岸貿易船に乗って、働きながら船賃をただにしてもらい、リヴァプールやグラスゴーに移動することは可能だった。両都市とも、ダンフリースから海路で一日から二日以内で行けた。またダンフリースと両都市間には、鉄道も通っていた。海運会社のほとんどは、グラスゴーやリヴァプールに事務所を構えていた。仕事を見つけるのに必要なことは、だれかに紹介してもらうか、自らオーディションを受ければよかった。そして何より、そこに出かけて行く勇気を持つことだった。

私の祖父に関してのeメールのやり取りの中で、「ジョック・ヒュームは、ヴィクトリア朝やエドワード七世時代が抑圧の時代でも、自由な精神を持っていた」とジョン・イートンは私に語ってくれた。イートンは、タイタニック号に関する決定版書籍『タイタニック号の勝利と悲劇』(18)の共著者だ。「ジョックは、ずっと私のお気に入りの人物ですよ」とも言ってくれた。

タイタニック号の乗船名簿では、ジョックの年齢は二八歳になっている。かなりの期間、私はこのことを、書き写しの際の誤りと考えていた。なぜならタイタニック号に乗船時、ジョックが二一歳であったことは紛れもない事実だからである。しかし彼が最初に船で仕事をした時、まだ一四歳にもかかわらず二一歳であると年をごまかし、結果的にそれが公式の記録に残ってしまったのだとも考えられる。ホワイト・

スター・ライン社も音楽代理店ブラックスも、ジョックがタイタニック号に乗船した時、二八歳だと信じていたのであろう。

ジョックはまず、中堅の船会社が所有する比較的小さい旅客船で演奏を始めたようだ。そして演奏の評判が高まるにつれて、キュナード社やホワイト・スター・ライン社の主要な旅客船へと少しずつ演奏の場を移していったと思われる。しかし、ジョックが乗船した船の名前やその目的地を日付と照合しようと試みたが、その作業は困難を極め、大部分は無駄であることがわかった。

私の母は子供の頃、メアリーが段ボール箱を大切にしていたことを記憶していた。その段ボール箱は、ジョックが外国から送ってきた手紙やポストカードでいっぱいだった。ポストカードには、ジョックが訪れた港や乗船した船が印刷されていた。

しかし現在これらのものは、どれ一つとして残っていない。メアリーが亡くなった後、私の母の伯父メンジーズ・コスティンが、バックルーク・ストリートの実家の裏庭でたき火をし、手紙やポストカードすべてを燃やしてしまったからだ。

公開アーカイヴ情報にアクセスしてみても、ジョックの足跡をたどる作業は困難を伴う。一九六六年、ロンドンのパブリック・レコード・オフィス[19]は、一八六一年から一九一三年までの英国船舶関連文書の一部を破棄した。破棄する判断については、公文書保管員や海事歴史家からかなりの反対運動が起こった。なぜならばそれらの記録は、一九世紀および二〇世紀初頭の海運業に関する価値ある情報源と考えられていたからだ。

結局、記録の一部はニューファンドランド州[20]セント・ジョンズ市にある海事歴史公文書館へ移された。

そして乗員名簿と契約書類の一部は、英国の国立公文書館に残された。このような状況下で、多くの資料がなくなり、またどこに置かれたのかわからなくなった。

さらに調査を困難にしたのは、当時音楽家たちが時には乗務員として、また時には乗客として乗船し演奏していたからだ。そのため乗客名簿の記載の方法も異なっている。たとえばタイタニック号の場合、楽団員八人全員が、乗客の身分で演奏旅行をしていた。

しかしながら、一部の記録はまだ残っている。ジョックの船上での写真と現存する乗客名簿とを突き合わせてみることは可能だ。仲間の音楽家や一緒に働いた乗務員の亡くなったジョックをしのぶインタヴューも利用できる。旅客船の楽団の音楽家たちは、今日の航空機の客室乗務員と同じような働き方をしていた。つまり最後までだれが自分といっしょに世界旅行をすることになるのか、前もって知らされていなかった。音楽家たちの間に友情が成立し、どちらかが船を降りれば友情は一時中断し、そしてまた次に一緒に演奏する機会が来れば、友情が復活するのである。二人のアメリカ人音楽家、チェロ奏者のジョン・カーとベース奏者のルイス・クロスは、セドリック号において初めてジョックと出会った。二人とジョックの友情も、この種のものだった。

ジョックの死後ニューヨーク・タイムズ紙のインタヴューを受けたルイス・クロスは、ジョックのことを「髪はブロンドの巻き毛で、気さくで性格のよい若者。色白で、笑顔が素敵だった」と表現した。また、「乗船したすべての船で人気者となり、とても楽しいやつだった」とも言った。クロスとカーによると、ジョックはホワイト・スター・ライン社のマジェスティック号やアンカー・ライン社のカリフォルニア号で演奏し、またホワイト・スター・ライン社のメガンティク号がモントリオールへ処女航海した際も乗船し演奏したようだ。

一九一一年五月、ジョックはニューヨークへ処女航海に出たタイタニック号の姉妹船、オリンピック号の楽団に参加した。同年九月、彼は再びオリンピック号の楽団に加わった。しかしこの時、オリンピック号はソレント海峡[21]で軍艦ＨＭＳ[22]ホークと衝突事故を起こしてしまい、この事故のためサウサンプトンへゆっくりと戻らなければならなくなった。

その後、ジョックはタイタニック号の処女航海において、楽団メンバーに選ばれた。タイタニック号は当時世界で最も大きく、最も有名な定期旅客船だった。この船で演奏できることは、この若き音楽家にとって最大の名誉だった。

乗船港への往復も含めて、ジョックが旅客船での演奏旅行のため、一か月以上ダンフリースを離れることはほとんどなかった。多くの音楽家たちは顔見知りだったが、楽団メンバー全員がいっしょに演奏したことはなかったので、船が出航する前にはリハーサルが行われることになっていた。ジョックが故郷を離れた最も長い期間は、一九一〇年から一九一一年の冬の四か月間だった。それはジョックがメアリーと出会った少し後だ。

ジョックは、ジャマイカのコンスタント・スプリング・ホテルで冬のシーズンに演奏する契約を結んだ。コンスタント・スプリング・ホテルは、ブルー・マウンテンのふもとにある三階建ての豪華なホテルである。ホテルは美しく刈り込まれた一六五エーカーの土地の中央に位置しており、水道と電気が完備されたジャマイカで最初のホテルだった。ホテルの客には、フランス料理のシェフによる食事、コンサート会場、月夜のダンスパーティー、豪華なベッドルーム、美容院、広いスイミングプール、そして九ホールのゴルフコースなどの提供や使用を約束していた。ジョックの出演契約は、リヴァプールの代理店ブラックスを通して結ばれたようだ。ブラックスは、このホテルと冬のシーズンに、ヨーロッパから音楽家を派遣する契約を交わしていた。

ジョックを含め音楽家たちは、ポート・ロイヤル号でジャマイカにやって来た。ポート・ロイヤル号は、リヴァプールの船舶会社エルダー・デンプスター&カンパニーのために一〇年前に建造された三隻の快速蒸気船のうちの一隻だった。この船は英国とアンティル諸島[23]との間の貿易を増大させ、また両国の移動手段として活躍した。エルダー・デンプスター&カンパニーは、英国政府とジャマイカ政府から年に四万ポンドの補助金を受け取っており、この船はジャマイカへ観光客を運び、主としてバナナであるがトロピカルフルーツを積んで英国に戻っていた。この会社は、コンスタント・スプリング・ホテルの所有権を持っており、フロリダ出身のパイナップル栽培者ユージン・スミスを雇い、そこでトロピカルフルーツを栽培させていた。

ジョックと仲間の音楽家たちは、ブリストルでポート・ロイヤル号に乗船した。クリスマスイヴには、キングストン[24]の埠頭に到着する予定だった。しかし、カリブ海での激しいあらしのため遅れ、一九一〇年クリスマス当日のかなり遅い時間に到着した。彼らは疲れた顔をしており、船酔い状態だった。ポート・ロイヤル号の船上で、ジョックはチェロ奏者のジョン・ウェスリー・ウッドウォードと初めて会った。ウッドウォードは翌年の五月、オリンピック号の処女航海の際にもジョックとともに楽団に参加する。そしてそれから一年もたたないうちに、二人は共にタイタニック号で命を落とすことになる。

音楽家たちがジャマイカへ来ることを、ホテルの経営陣もホテルの宿泊客も首を長くして待っていた。

一九一〇年のクリスマスイヴの日、ホテルの支配人は「季節の催し」を広く知らせるため、デイリー・グリーナー紙(25)に人目を引く広告を載せた。

「英国で契約したプロの演奏家五人で構成された、一流の楽団の演奏です。すべてのダンスパーティーで演奏します。特別コンサートを、午後一時から三時と夜七時から一一時まで、毎日開催します。楽団は、クラシック音楽や今流行のダンス音楽を満載したプログラムを用意しています」

クラシック音楽のすばらしいコンサートに加えて、シンデレラ衣装のダンスパーティー、高級ドレスで着飾った舞踏会、あるいはゴルフトーナメントでも演奏を行い、楽団の演奏は大成功だった。「この楽団のすばらしい演奏を聴いた人はだれでも、この国でこれ以上の演奏はもう聴くことができないとはっきり言うだろう。曲のレパートリーも、広くて申し分ない」とホテルのゴルフクラブ会長、レディー・オリヴィエは言った。ジャマイカではチェロの演奏を聴く機会がめったにないこともあり、ジョン・ウッドウォードの演奏は大成功だった。彼はチェロのソロ演奏をたくさん行い、そのすべての演奏で聴衆から熱烈な称賛を受けた。

タイタニック号が沈んで二週間後、デイリー・グリーナー紙は第一面に、ジョックとジョン・ウッドウォードへの追悼文を載せた。愛情いっぱいの追悼文の見出しは、「キングストンでよく知られた楽団員」だった。紙面には、「楽団員は過去ジャマイカを訪れた人々の中で、最高の人物に選ばれた」と書いてあった。二人の音楽家は、「ホテルに滞在している宿泊客はもちろんのこと、ホテルの従業員にも人気があった」。チェロ奏者のジョン・カーとベース奏者のルイス・クロスは、同じ時期にコンスタント・スプリング・ホテルで演奏しており、この感想は彼らの回想でもあった。ジョックは、冬の期間このホテルで過ごすことにしているアメリカ人家族に親切にしてもらった。そのアメリカ人家族は、一目でこのスコットランド出身の若者が好きになり、ジョックが次にニューヨークに来る時は、ぜひ自分たちの家を訪ねるようにと言った。

若者にとって、ジャマイカでの生活はすばらしい経験だったに違いない。ジョックはスコットランド人である自分の白い背中に、初めて熱いカリブ海の太陽の光を浴びる経験をした。ここでは海から出てきて、寒さで鳥肌が立つようなこともなかった。こんな海水浴は、初めての経験だった。

同じ音楽家たちと演奏しながら、同じ場所に滞在するという経験もこの六年で初めてだった。クロスによると、ジョックは継続して同じ音楽家と演奏ができることが嬉しかったようで、クラシック音楽の演奏を楽しんでいた。

彼は日焼けし、気持ちも充実した状態で、ダンフリースに帰ってきた。そして、メアリーをいつかジャマイカに連れて行くと約束した。ジャマイカ滞在中、ジョックは自分が思っていた以上にメアリーのことが恋しかった。もう六年間も演奏旅行のため列車や船を乗り降りする生活を送ってきたので、お金を貯めて結婚し、もう少し落ち着いた生活が送れる日が来るのを楽しみにしていた。

ジョックの写真はほんのわずかしか残っていない。最もよく知られている写真は、彼の死後すぐにホワイト・スター・ライン社から報道機関に提供された肖像写真だ。それは写真館のスタジオで撮られたものだが、一番写りのよい写真ではない。青年ジョックの顔は、小説の小公子[26]の顔とびっくりしたうさぎの表情を、足して二で割ったようだ。その肖像写真は、ダンフリースのどこかの写真館スタジオで撮影された可能性が高い。しかし、撮影日を特定することは難しかった。

一九一二年七月、ニューヨーク・タイムズ紙は、タイタニック号で亡くなった音楽家の家族のために、基金を集める記事を掲載した。その記事の横には、「ジョン」・ロー・ヒュームの写真が添えてあった。この記事の写真のジョックは、表情は楽しそうで自信に満ちており、顔立ちのよいハンサムな若者だ。郵便ポストに寄りかかり、親指を何食わぬ顔で自分のベルトの中に押し込んでいる。またバグジー・マローン[27]・スタイルのギャング風スパッツをはき、白色のシャツを着ている。さらに彼の後ろでは、一人の少女が芝生の上に横たわり、熱心に彼を見つめている。この写真が撮られた日時や場所に関する記載はないが、私はコンスタント・スプリング・ホテルに滞在していた時期に撮影されたものと思っている。

楽団は一九一一年四月八日、SSオルバ号にてサウサンプトンに向けてキングストンを出発した。乗船仲間には本国に帰るイングランド・クリケット・チームの四人の選手もいた。今回の西インド諸島への遠征に、実は四人の選手はがっかりしていた。予定されていた最後の四試合のうち、二試合が雨で中止となったからだ。

オルバ号は五月一日、サウサンプトンに入港した。ジョックとジョン・ウッドウォードは下船の際、C・W・&F・N・ブラックからの電報を手渡された。その電報は、五月のオリンピック号のニューヨークへの処女航海において、二人と演奏契約が結ばれたことを知らせるものだった。

ジョックは人生最後の一六か月を、ほとんどダンフリース以外の場所で過ごした。そのため、父アンドリュー・ヒュームは、自分の息子がメアリーに興味がなくなったのだろうと思った。しかし実際はその逆だった。身を固める決心をした多くの若者と同様に、ジョックも二人が住む家を手に入れるために、できるだけ多くのお金を貯めようと懸命に働いていたのだ。

ジョックは最終的には、クラシック音楽の演奏に専念したいと思っていた。この点はルイス・クロスもまったく同じだった。二人はその他のことでも、音楽に関してかなりの部分、考えが同じだった。

ジョックの死後、クロスはニューヨーク・タイムズ紙の記者に、この若きスコットランド人の友人について、愛情をこめて語っている。

「ジョックは並外れたすばらしい音楽的才能を持つ若者でした。他の音楽家が修得するのに時間がかかるような難しい曲でも、難なく演奏できたのです」

さらにクロスは、次のように続けた。

「もし彼が生きていたなら、もうそんなに長く旅客船の楽団員を続けなかっただろうと思います。ダンフリースに彼が帰って来るのを待ち焦がれている、とてもかわいい女性がいることを知っています。今回の演奏旅行で大西洋を往復したら、その女性と結婚する予定だったのです」


♪♪♪♪♪♪♪♪♪♪♪♪♪♪♪♪

もしジョック・ヒュームの子供時代が問題だらけだったとすれば、メアリー・コスティンの子供時代はそれ以上だったと言えるだろう。スコットランドの労働者階級の生活は、常に貧困、病気そして死との戦いだった。そしてコスティン家は、他のどんな労働者階級の家庭よりも困窮していた。

一七〇〇年代半ばまで行政教区[28]記録をさかのぼってみると、コスティン家は両親ともに、貧しい家庭の出だったことがわかる。メアリーの父ウィリアムは農夫の息子であり、母スーザンは魚売りのメンジーズ・ケネディの娘だった。両親は六人の子供をもうけたが、そのうち二人の娘は幼年期に亡くなった。結婚して一〇年、小型トラックの運転手をしていたウィリアムは、大脳出血で亡くなった。スーザンにはメアリーと三人の兄弟ウィリアム、ジョン、メンジーズが残された。スーザンは女手一つで子供たちを養育することになった。唯一残っているスーザンの写真を見ると、彼女はとても気丈な性格の女性のようだ。スーザン・コスティンは、逆境の人生から強さと思いやりの心を身につけた。彼女はとても親切な女性で、ジョックをまるで自分の息子のように思い、自分たちの家庭に招き入れた。

父親の死後、コスティン家はバンク・ストリートの家に住み続ける金銭的余裕は、もはやなかった。そこでスーザンは事務弁護士の事務所で用務員の仕事を得て、バックルーク・ストリートにあるもっと安い住居に引っ越した。長男ウィリアムは翌年一四歳で学校を卒業すると、家計を助けるために魚屋の店員として働きに出た。

コスティン家とヒューム家の暮らしぶりは明らかに異なっており、両家の間には社会的格差が存在していた。一世紀後の今日でも、それぞれの家の外観がはっきりと対照をなしているので、そのことが今なお明らかだ。

コスティン家は、バックルーク・ストリート三五番に住んでいた。ぼろぼろのツー・ベッドルームの長屋式住宅は、今では一階は不動産屋で、二階はツー・ベッドルームのアパートになっている。数百ヤード

コスティン家の家族構成

ウィリアム（父）＝スーザン（母）

- ウィリアム（長男）
- メアリー（長女）
- マーガレット（二女…幼年期に死亡）
- エリザベス（三女…幼年期に死亡）
- ジョン（二男）
- メンジーズ（三男）

ジョージ・ストリート 42 番の真鍮プレート

離れたところには、もっと高級な通り、ジョージ・ストリートがある。そのジョージ・ストリート四二番には、現在丈夫な作りのジョージアン様式のタウンハウスがたっている。ここがヒューム家の家だった。立派な玄関の横には、光沢豊かな真鍮のプレートがかかっており、ここは現在「土地不動産公認検査官・価格鑑定士、ミスター・R・ロジャー＆パートナーズ」の事務所であることがわかる。

一九一一年に行われたスコットランドの国政調査において、家屋所有者は窓がある部屋の数を一覧表にして報告するよう初めて求められた。その目的は人々の生活環境を調査するためだった。ジョージ・ストリートのヒューム家には四人住んでいたが、窓付きの数は八部屋と報告されていた。一方コスティン家

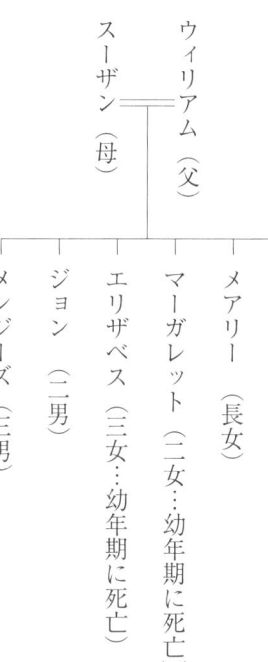

は、同じ屋根の下に六人いっしょに住んでいたが、窓付きは一部屋だった。

若い頃、スーザン・コスティンは、ストッキング作りをしていた祖父に、彼が働いている工場に連れていかれた経験があった。当時家族は家庭でも織物などを行い、絶えず苦しい生活を送っていた。だからスーザンも自分の娘メアリーに、学校に通っていても、空いている時間にはわずかばかりでも収入を得るため、同じようなことをするように説得した。

毛織物業は中世以来ダンフリースの中心産業だった。一五二七年にダンフリースを訪ねたある旅行者は、「ダンフリースはすばらしい布地の生産地だ」と記録を残している。二〇〇年後ダンフリースを訪れた別の旅行者は、「この手作りの手袋は、イングランドのどこのものよりも、品質がよくまた安価だ。様々な場所からかなりの量の注文を受け、発送している」と報告している。

このような状況は、二〇世紀の初頭には終わろうとしていた。ダンフリースの靴下生産に、ラムの平台式編み機が導入されたことで、突如革命的変化がもたらされた。アメリカ人アイザック・ラムが一八六三年に発明したその手動機械の登場により、賃金の安い素人の女性労働力でも、チューブソックス[29]とリブ編み織物[30]を速いスピードで生産することが可能となった。

ジェイムズ・マクジョージは、ダンフリースの靴下製造会社の起業家の息子であるが、その工場は一度倒産した。彼はその機械のうわさを聞き、それが稼働しているところを見るためにヘント[31]を訪れた。マクジョージはダンフリースおよびダルビーティ[32]の多くの製造工場に、その機械を一〇〇台以上設置した。ヴィクトリア女王時代における最大級の工場ニススデール・ミルズでは、八〇〇人もの労働者が雇用された。そして、ウールの手袋、パンティストッキング、絹とコットンのネクタイなどが製造された。メアリーが一三歳で学校を卒業し、その後七年間働いたのはまさにこの工場だった。

♪♪♪♪♪♪♪♪♪♪♪♪♪♪

ジョックとメアリーの出会いは衝撃的だった。出会った瞬間、二人はときめいた。それはお互い、見た目がとても魅力的だったからだ。育った家庭環境は違っていたが、共通点が多いことにすぐ気がついた。とりわけ傷つきやすい時期に、メアリーは父親を亡くし、ジョックは母親を失っていた。ジョックは姉妹の中で育てられ、女の子といると気が落ち着いた。メアリーは男兄弟の中で育ったため、男の子といると気が楽だった。

二人は自然に交際を始めた。二人とも感情的に傷つきやすい性格で、そのためお互いを思いやり、この若いカップルはますます親密になっていった。二人はいっしょにいると、くつろぐことができ、また安心感も生まれた。それは今まで経験したことのない感情だった。

ジョックが演奏旅行で旅客船に乗っている間も、二人の関係が冷めてしまうことはなかった。むしろ相手を思う気持ちが高まっていった。航海に出る前は別れが辛かったが、航海から戻れば二人は情熱的に再会を喜んだ。離れている間は、愛を確かめ合う情熱的な手紙が二人の心を結びつけた。

メアリーの母スーザンは、ジョックがメアリーをルード・フェアの夜家まで送ってくれた時、その場で彼を気に入った。スーザンはジョックにお茶を飲んでいくよう家に招き入れた。彼はヴァイオリンの演奏を披露した。また、スーザンを大いに笑わせた。

しかし、スーザンは自分の娘に、その若い音楽家と深い関係にならないように注意した。ジョックは仕事のため故郷を離れ、長い期間演奏旅行に出かけていく。若い乗務員と同じ船に長く乗っていると、様々な誘惑があるだろう。ダンフリースに比べると、ニューヨークやジャマイカは心を奪われる女性がたくさんいる。これらいろいろな要素が、交際を続ける上で障害になるとスーザンは考えた。

だがジョックは演奏旅行から帰ると、別れた時よりもさらにメアリーのことが好きになり、夢中になっていた。ジョックは外国の旅行先の町から、ポストカードや手紙を投函した。ジョックが故郷に帰ってきた後も、多くのポストカードや手紙が、長い間バックルーク・ストリートの郵便受けに届いた。

どちらかと言えば、相手にやきもちを焼いたのはジョックの方だった。メアリーは魅力的な女性であり、思いを寄せる男性はたくさんいた。しかし私の母の話によると、ジョックと出会って以来、メアリーが他の男に目を向けることはなかった。

当時スコットランドでは、結婚するまで、男女の交際は一般的に密かに行われた。少なくとも交際初期の段階ではそうだった。交際初期の段階で、若いカップルが大衆の目に留まるのは、お祭りの時だけだったと言ってもよいだろう。

ジョックは仕事でダンフリースからかなりの期間離れるので、このスコットランドの辺境地域の伝統から逃れることができた。一方メアリーは、人々がどう詮索しようとほとんど気にかけない様子だった。ジョックがダンフリースにいる間は、二人はとても離れてはいられなかった。週末には乗合馬車(33)や大型四輪馬車を利用し、人目から逃れるためソルウェー湾(34)沿いの美しい海岸へ行った。私の母がこのことをダンフリースに住む古くからの友人の一人から聞いたのは、二人が亡くなりかなりの年月が経ってからだ。

ジョックがメアリーに夢中になり、彼の父アンドリューはいらいらし、そしてかなり心配した。彼は息子が結婚して身を固めるにはあまりにも若すぎると思い、またメアリーと付き合うよりももっとよい選択肢があると信じていた。たとえば、いつか結婚するとしても、ある程度の相続財産がある女性を見つける方がはるかによいと思っていた。メアリーには未亡人の母親がおり、メアリーと結婚すると経済的な苦労や精神的負担を抱えることになる。それなら、他の女性と付き合う方がいい。アンドリューはメアリーの冷静さも気がかりだった。そして、ジョックが経済的に自立し、家計にお金を入れてくれるようになったこの時期に、自分の息子を結婚で失うことなど考えたくもなかった。

アンドリュー・ヒュームは自分の発言をコントロールできない、怒りっぽい性格の男だった。彼の過ちは、このような自分の考えを心の中に留めておかなかったことだ。彼はジョックがメアリーを家に連れてくることを許さなかった。またメアリーから遠ざけるため、ジョックのダンフリースでの生活をできる限り邪魔をし、ジョックが旅客船の演奏の仕事でダンフリースを不在にすることを望んだ。しかし二人の交際に反対すればするほど、二人の気持ちはさらに強いものとなっていった。

いわゆるヒューム家の父と息子の対立は、世間でもよくあることだ。しかし、この二人の関係は、すでに分裂していたヒューム家に、さらなる対立関係を生み出す結果となった。長年にわたってヒューム家では、戦いが繰り広げられていた。それは攻撃したらすぐ引き上げるゲリラ戦のような戦いだ。一〇代の三人の娘たちが、まま母アリスへ攻撃を行った。三人の攻撃はいわゆる挟み撃ち作戦で、一方アリスは待ち伏せして奇襲攻撃をした。

今やアンドリューはこの家庭内闘争劇場に、新たな対立関係を生み出した。彼と息子の間の延々と続く口論が加わったのだ。ジョックの姉ネリーはメアリーをジョックに紹介し、二人の交際をずっと応援していた。ジョックの妹ケイトは彼を敬愛していた。二人の姉妹は団結して、まま母に加えて父親にも戦いを挑んだ。

家庭のこのような状況は、一人の若者にとって耐え難いものだった。ジョックはジョージ・ストリートの自宅へ帰ることが恐怖へと変わり、ますますメアリーとの恋にのめり込んだ。この状況の解決策を思いついたのはメアリーの母親だった。彼女は驚くほど進んだ賢明な考えを持つ女性だった。その解決策とは、ジョックが二人といっしょに住むことだった。

この提案はエドワード朝時代の感覚では、最初聞いて感じるほど奇異なことではない。一九二三年までスコットランドでは、一二歳以上の少女と一四歳以上の少年は、両親の承諾がなくても法律上結婚が認められていた。そしてラスベガスの先駆的な町グレトナ・グリーン(35)は、ダンフリースからほんの数マイル離れたところにあった。「ハンドファスティング」という古代ケルト族の伝統がある。それはつまるところ、試行的結婚を意味していた。ハンドファスティングのセレモニーで、カップルはお互いの手を取り合い、一年間いっしょに暮らす約束をする。一年後にその試行的結婚がうまくいっているようなら、二人はその日から結婚したカップルとして認められ、そのままいっしょに暮らすことができた。試行期間中に子供が生まれたら、嫡出子として認められた。

スーザンはジョックとメアリーに、二人はハンドファスティングをしたものと考えるように言った。

そしてその日から、同じ屋根の下でベッドを共にしてよいと言った。結果的にこの決断は、ジョックと彼の父親の間にくさびを打ち込むことになった。そして、アンドリュー・ヒュームは、コスティン家の不倶戴天《ふぐたいてん》の敵となる。

♪♪♪♪♪♪♪♪♪♪♪♪♪♪♪♪

一九一一年五月、弱冠二〇歳のジョックは、ジャマイカでの演奏を終え帰国した。彼はホワイト・スター・ライン社の新しい旅客船オリンピック号の楽団員に選ばれ、とても誇らしく感じていた。オリンピック号はホワイト・スター・ライン社の船の中で最も重要な旅客船で、ニューヨークへの処女航海を予定していた。楽団員に選ばれたことは、ジョックが一人の音楽家として、また楽団の演奏家として高い評価を得たことを示していた。彼はハイな気分でダンフリースへ帰ってきた。メアリーは彼と再会して、わくわくしていた。しかし、大西洋を横断するまた新たな演奏旅行に出かけることを知り、手放しで喜べないでもいた。

ジョックが彼の旧友トーマス・マリンにばったり会い、仕事に関するアドヴァイスをしたのは、まさにこの時期だったに違いない。そのアドヴァイスに従ったことで、トム（トーマス）は命を落とすことになる。

トムは父親と同じ道を歩み、ローズフィールドのツイード(36)工場で模様職工になった。トムも父親と同様みんなからとても好かれており、なかなか腕のよい職人だった。しかし一〇代半ば、トムの視力は悪くなり始めた。彼はダンフリース病院で手術を受けたが、うまくいかなかった。彼の視力は十分回復せず、工場での仕事には復帰できないだろうと言われた。

ジョックはトムに旅客船の乗務員として働くことを提案した。工場での模様職工の仕事と違って、旅客船の仕事で二〇・二〇の視力[37]は、問題になるほど悪い視力ではない。ジョックはトムにリヴァプールに行くことを勧めた。彼はアメリカン・ライン社に正式採用され、セント・ルイス号で乗務員として働き始めた。セント・ルイス号は、週一でサウサンプトンとニューヨークを結ぶ快速旅客船として運航していた。

トムはサウサンプトンに船員用の宿をとり、一九一一年夏から一九一二年三月の間に、三等客室の乗務員として五回から六回、大西洋を往復した。ジョックもある時期、宿をサウサンプトンに持っていたので、ジョックとトムが顔を合わせる機会もたくさんあったであろう。トムは仕事も順調で、この期間に二階級昇進した。昇進したおかげで、タイタニック号の仕事も舞い込んできた。そして一九一二年四月、彼とジョックはサウサンプトンで、共にタイタニック号に乗船する。

一九一一年五月オリンピック号が処女航海に出る前、ホワイト・スター・ライン社はすばらしいピーアール作戦を考え、みごとに成功を収めることになる。その作戦とは、オリンピック号が処女航海のためベルファストのハーランド&ウルフ造船所を出航するその日、姉妹船タイタニック号の進水式も同時に行うというものだった。

ＶＩＰ、ジャーナリスト、高官など一〇万人以上の人々が、タイタニック号の進水式のため造船所に集まった。集まった人々は、これら二隻の巨大旅客船を、初めてすぐそばから見ることができた。そしてこれが、最初で最後でもあった。ＶＩＰの中でさらに選ばれた人々は、出航前のオリンピック号に乗船することも許された。その後オリンピック号は、リヴァプール経由でサウサンプトンに向かった。オリンピック号の操舵室には、エドワード・J・スミス船長がいた。彼はオリンピック号に続き、タイタニック号にも船長として乗船することになる。

オリンピック号はスピードと豪華さの点で、人々に新たな基準を示した。そして大西洋を往復するヨーロッパとアメリカの乗船客から称賛を浴びた。一等客室の乗客名簿は、富豪や有名人のいわば国際版名士録だった。オリンピック号が七月四日サウサンプトンに帰港すると、ジョックにメッセージが届けられた。それは九月二〇日に予定されているオリンピック号の四回目の大西洋横断航海で、ジョックに乗船を要請する内容だった。

九月七日、ジョックはダンフリースから南へ移動する準備をしていた。その時、コスティン家にショッキングな連絡が入った。メアリーの兄ウィリアムが、働いていた肉屋で急に気分が悪くなり、病院に搬送されたというのだ。ウィリアムは当時二三歳だった。数日前からお腹の痛みを訴えており、病院に到着した時にはすでに彼の盲腸は破裂していた。彼は翌日の夕暮れ、妻のマリアと弟のジョンに看取られて亡くなった。

メアリーは悲しみで気が狂いそうだった。彼女は父親を亡くしてから、兄ウィリアムをすごく頼りにし、またとても愛していた。メアリーは今や、父に加え兄まで亡くした。コスティン家にはウィリアムの未亡人と四歳未満の三人の子供たちが残された。同じ共同墓地の同じ墓の前に立つのは、メアリーは人生で四度目だった。この墓には父と二人の妹が埋葬されていた。そして今回、ウィリアムの遺体も埋葬のため地中に下ろされた。

スーザン・コスティンにとっては、六人の子供のうち三人目の埋葬だが、今回の息子ウィリアムの死が一番ショックだったに違いない。しかし、まわりには彼女を頼りとする、か弱い者たちがいて、スーザンは泣き崩れることもできなかった。ウィリアムの未亡人や孫たちは、スーザンのことを頼りにした。バックルーク・ストリートの家に戻ると、スーザンは未亡人マリアと彼女の子供たちがこの家に引っ越して来られるよう、いろいろと準備を始めた。

ウィリアムが亡くなって、ジョックはオリンピック号での演奏旅行を取り止めると言いだしたが、メアリーは予定通り乗船するよう強く言った。ジョックはメアリーの意見に従い、一週間後サウサンプトンに向けて出発した。

ところが出発して一〇日後、ジョックはダンフリースに戻ってきた。サウサンプトン港から肉眼で見える範囲内の場所で、オリンピック号は軍艦HMSホークと衝突事故を起こしてしまったのだ。オリンピック号の船体には、四〇フィートの長さの深い割れ目ができてしまった。また衝突により軍艦ホークは艦首が押しつぶされ、転覆の危険性が高かった。軍艦ホークはポーツマス(38)へゆっくりと引き返した。一方オリンピック号はワイト島(39)沖に投錨した。そしてはしけ船が、安全に乗客や乗員を陸上に運んだ。

ハーランド&ウルフ造船所でオリンピック号の修理をしたため、タイタニック号の準備作業も連鎖的に影響を受け、その処女航海も数日遅れることになった。

スミス船長は事故に関して会社から責任を問われることはなく、また訓告処分を受け指揮権を剥奪されることもなかった。オリンピック号の修理は数か月かかるため、彼はSSタイタニック号の指揮を執るように指示された。命を落とした人も重傷の人もいなかったが、軍艦ホークとの事故により、大型旅客船への人々の信頼は大きく損なわれた。これまで大型旅客船は安全で、絶対沈むことがないと考えられていた。しかし今や大型旅客船でも、命を落とす可能性が十分ありうると思われるようになった。

ジョックのまま母アリスは、今回の事故をとても深刻にとらえ、旅客船大事故の予兆のような夢を見た。アリスはジョックに演奏旅行で、もう旅客船に乗らないように頼んだ。メアリーも家族の一人を埋葬したばかりだったので、とても心配した。しかしジョックは、二人の願いや警告をまったく心に留めなかった。

彼には旅客船の仕事を辞めてもよいような金銭的な余裕はなかった。オリンピック号のニューヨーク行きがキャンセルになったことで、給料やチップなどの儲けがまったく無くなり、大損をしていた。その後ジョックはこの年、カルマニア号の地中海クルーズに参加し、儲けそこなったお金の一部を取り戻した。さらに翌年の春には、タイタニック号の楽団の一員になるチャンスもつかんでいた。タイタニック号での演奏旅行が終われば、彼は十分なお金を手に入れることができる。そしてメアリーと、グレイフライアーズ教会で結婚式を挙げることができる。

メアリーの母スーザンは、心が広く度量の大きい女性だった。彼女はしばらく前から、娘が妊娠しているのではないかと思っていた。ここ一年以上、ジョックは演奏旅行と演奏旅行の間は、バックルーク・ストリートの家でいっしょに暮らしていた。その間、二人は何度も情熱的な別れをし、ジョックが帰ってくると二人は激しくセックスをした。ジョックとメアリーが避妊に失敗したとしても、不思議ではなかった。

スーザンはこれまで娘の恋愛を許し応援をしていたが、二人が子供をつくるのはもう少し待ってほしいと最初は思っていた。しかし、タイタニック号の演奏旅行から帰って来たら結婚する予定と知り、また一人孫が増えることにもわくわくし、二人を祝福した。

ひょっとしたら、孫の誕生がアンドリュー・ヒュームの目を覚まし、メアリーをジョックの妻として認めてくれることになるかもしれないと期待した。

注

（1）ルード・フェア　スコットランドで、長年行われている市や祭りのこと。
（2）アンドリュー・カーネギー（一八三五～一九一九）スコットランド生まれの米国の製鉄業者、慈善家。
（3）ロバート・バーンズ（一七五九～一七九六）スコットランドの農民詩人。Auld lang Syne（蛍の光）の作詞者である。
（4）J・M・バリー（一八六〇～一九三七）スコットランドの劇作家、小説家。代表作は、『ピーターパン』。
（5）ロマ　一般にはヨーロッパで生活している移動型民族を指す民族名。転じて、様々な地域や団体を渡り歩く者を比喩する言葉ともなった。原文では、ジプシーとなっているが、差別用語とされることもあるので、本書ではロマと表現した。
（6）ポニー　背丈が通例四・八フィート（一四六センチメートル）以下の小形種の馬の総称。
（7）ボルドー（Bordeaux）フランス南西部の港市。周辺は、ワインの名産地。
（8）ジグ　一六世紀に英国で起こった、飛び跳ねながら踊るフォークダンス。一七世紀にアイルランドとスコットランドに伝えられ、そこの民族音楽と結び付いた。もともと四分の二拍子だったが、音楽に合わせて八分の六拍子や八分の九拍子などに変わった。

（9）洗濯女　洗濯を職業とする女性。
（10）エドワード朝口ひげ　エドワード七世のような口ひげ。
（11）ファン・トラップ・ファミリー　ミュージカル映画『サウンド・オヴ・ミュージック』に登場する家族合唱団。
（12）ジュリー・アンドリュース　ミュージカル映画『サウンド・オヴ・ミュージック』の主人公の女性家庭教師。
（13）HMV　英国の世界展開しているレコード販売店グループ。もとは、英国グラモフォンのブランドであった。HMVは、His Master's Voice のアクロニム。
（14）バラ（burgh）　勅許自治都市。設立前後にスコットランド国王からの勅許によって、自治権を認められたスコットランドの自治都市の一種。一九七五年に法律で廃止されたが、この用語は未だ多くの旧勅許自治都市で使用されている。
（15）リーズ（Leeds）　イングランドの北部にある都市。イングランドで三番目の都市と言われ、エア川沿いに位置する工業都市。
（16）事務弁護士　ソリシター。法律書類の作成や法律相談を行う。また法廷弁護士（バリスター）と共同して訴訟準備を行う。
（17）ラグタイム　ジャズの先駆となった音楽。シンコペーションのリズムを持つ。
（18）『タイタニック号の勝利と悲劇』（*Titanic Triumph and Tragedy*）　一九八六年、タイタニック号事故七五年の節目に出版されたタイタニック号関係の書籍の決定版。著者は、ジョン・イートンとチャールズ・ハス。
（19）パブリック・レコード・オフィス　英国国立公文書館の主要な機関の一つ。
（20）ニューファンドランド州　正確には、ニューファンドランド・ラブラドール州と言う。カナダ北東部に位置するラブラドール半島東部のラブラドール地方とニューファンドランド島からなる。州都は、セント・ジョンズ。
（21）ソレント海峡　イギリス本土からワイト島を分ける海峡。ヨットのメッカで、フェリーで往復する世界で最も高価な水域の一つとして知られている。ワイト島に守られ、非常に複雑な潮汐パターンを見せ、サウサンプトンが港として成功するのに大いに寄与している。ポーツマスは同じ海岸にある。

(22) HMS　英国海軍の艦船の名前につけられる艦船接頭辞。国王陛下の船、あるいは、女王陛下の船（His [Her] Majesty's Ship [Service]）の意味である。

(23) アンティル諸島　中央アメリカに位置し、西インド諸島の主要部を構成する諸島。フロリダ半島南方から南米大陸ベネズエラの北まで約四〇〇〇キロメートルにわたり伸びている。

(24) キングストン　カリブ海の島国ジャマイカの首都。ジャマイカ島の南東部に位置しており、背後にはブルー・マウンテン山脈がそびえたっている。

(25) デイリー・グリーナー紙　ジャマイカのキングストンを中心とした日刊紙。

(26) 『小公子』（*Little Lord Fauntleroy*）　フランシス・ホジソン・バーネット（バーネット夫人）が、一八八六年に書いた児童向け小説。

(27) バグジー・マローン　『ダウンタウン物語』。一九七六年に英国で製作された映画作品。禁酒法時代のニューヨークのダウンタウンを舞台に、二つのギャング団の抗争を描いたミュージカル映画。

(28) 行政教区　教会の教区をもとにした行政上の最小単位。

(29) チューブソックス　かかとのない伸縮性に富んだ靴下。

(30) リブ編み織物　うね模様を付けた織物。

(31) ヘント（Ghent）　ベルギー・フランデレン地域のオースト＝フランデレン州にある都市で、同州の州都。

(32) ダルビーティ　ダンフリース・アンド・ガロウェイ州の南部に位置する都市。

(33) 乗合馬車　不特定多数の客を乗せ、一定の路線を時刻表にしたがって運行される馬車。今日の路線バスの起源とも言える公共交通機関。

(34) ソルウェー湾（Solway Firth）　英国の湾でイングランドとスコットランドの境界線に位置している。北はスコットランドのダンフリース・アンド・ガロウェイ州、南はイングランドのカンブリア州にまたがっている。

(35) グレトナ・グリーン（Gretna Green）　スコットランド南部西海岸の小さな村。駆け落ち結婚で有名。

(36) ツイード　スコットランド南部産の手織の粗い目の織物。

(37) 二〇・二〇の視力（twenty-twenty）　二〇フィートの距離から、指標の二〇の文字が見えることを意味する。これは標準の視力で、日本の一・〇の視力に相当する。

(38) ポーツマス（Portsmouth）　イングランド南部の独立自治体。軍港があることで、知られている。

(39) ワイト島（the Isle of Wight）　イングランド南部英国海峡にある島。独立自治体である。

ニス川とダンフリース

ニス川の流れ

六　ジョックの追悼式

四月二一日、ダンフリース

「我々は水難事故で亡くなった人物のために涙を流そう。彼は安息日学校のメンバーとして、そしてバンド・オヴ・ホープのメンバーとして、何年間もこの教会に通い、この場に座っていた。我々は彼が子供の頃、少年の頃、若者の頃すべて知っている。海へと旅立ってしまうまで、彼はここでは身近な存在だった。教会のサンクチュアリィで神への礼拝の際、彼がヴァイオリンで伴奏をしている姿を思い浮かべることができる。彼の口元や瞳に笑顔を感じることができる。彼の笑顔は、彼の気さくな顔立ちをとても魅力的なものにしていた。涙でかすんだ目を通しても、船の沈没まで、そして最期の瞬間まで、楽団仲間を率いている彼の姿が見える。演奏曲は、優しい響きの神聖な旋律を持つ、『主よ御許に近づかん』だった。演奏を終え、彼は亡くなった。我々は彼のために涙を流そう。彼の友のために涙を流そう」

この追悼の言葉を聞いたまさにその時、ジョックの妹ケイトは泣き始めた。彼女はウォーター・ルー・プレイス会衆派教会の信者席の前列に座っていた。ジェイムズ・ストラカン師は最大の劇的効果を出すために、前もって自分の説教を文書にしたためリハーサルをしていた。ケイトの涙は、彼の説教がすばらしかったことを目に見える形で証明していた。ストラカンは前日の夕方、スタンダード紙[1]のオフィスに説教の原稿を届けていた。水曜日に発行されるスタンダード紙で、最大限の紙面を割いてもらう確約も取り付けていた。追悼の言葉を述べた後、彼はあたかも自分の感情をコントロールするかのように、少し間を取った。そして教区牧師のストラカン師は、説教壇の前の部分をしっかりつかみ、讃美歌「主よ御許に近づかん」を告げた。

オルガン奏者のミューア嬢は、牧師の話が終わるまで演奏に入るつもりはなかった。しかし、彼女もケイトと同様に、その瞬間こみあげる感情をどうすることもできなかった。そして思わずオルガンの鍵盤に手がふれてしまった。もうやりなおすことはできなかった。幸いなことに、追悼式に集まった人々が、オルガンの伴奏に声を出せなかったのは、最初の二小節だけだった。

「主よ御許に近づかん」に関して、教区牧師のストラカンはミューア嬢にローウェル・メイスン[2]の楽譜ではなく、アーサー・サリヴァン[3]氏による「プロパイアー・デュオ[4]」ヴァージョンの演奏を要求していた。ミューア嬢は、ローウェル・メイスンの賛美歌の方を弾き慣れていた。また彼女によると、ジョックもローウェル・メイスンの方が好きだった。ジョックは教会のイーヴニングコンサートやキャロルコンサートで、しばしばヴァイオリンで彼女の伴奏をしていた。そのため二人は、曲に関して同じような好みを持っていた。しかしいつものごとく、ストラカン師は自分の作成した追悼式次第に固執し、「プロパイアー・デュオ」ヴァージョンの演奏を要求した。

信者席前列の端には、アンドリュー・ヒュームが座っていた。アンドリューは、ケイトの隣で賛美歌集を覗き込んでいた。彼は怒りの気持ちでいっぱいだったが、つとめて威厳を保つようにしていた。

ストラカンはヒューム家を弔問に訪れた際、アンドリューにジョックの追悼式の話を持ちかけた。アンドリューは追悼式を行うのは早すぎると思った。しかしストラカンからトーマス・マリンの追悼式が予定されていることを聞くと、アンドリューはジョックの追悼式をしぶしぶ承知した。トーマス・マリンは、タイタニック号の沈没で、やはり命を落とした若者だ。彼の追悼式はマックスウェルタウン教区教会にて、スレッサー師により執り行われる予定になっていた。

アンドリューがストラカン師に追悼式を中止させようとした別の理由もある。追悼式をすればメアリー・コスティンと対面することになるからだ。実際追悼式の当日、アンドリューはメアリーと顔を合わすのを避けるため、教会にかなり早く到着した。彼と妻のアリスはブックエンドのように、娘のケイトと息子のアンドリューの両側に、二人を守るように座った。ネリーとグレイスは、もう一年以上実家から離れて暮らしていて、仕事も持っていた。二人は今回の追悼式のため、わざわざダンフリースに戻りたくはなかった。

ヒュームの計画は、追悼式の最後にストラカンを隠れ蓑として使うことだった。お悔やみの言葉をもらうためドアの近くに待機しているふりをし、追悼式が終わればドアをめがけて走り出すのだ。運がよければ、アンドリューはメアリーと顔を合わせないですむし、まして言葉をかける必要もない。

追悼式にメアリーは出席していないのではないかと、アンドリューは一瞬思った。しかし、最初の賛美歌を歌いながら左肩越しに後ろを見て、メアリーが後ろの方に座っているのがわかった。メアリーと母親のスーザンは、追悼式の始まったタイミングでそっと教会に入っていた。そしてメアリーの弟ジョンとメンジーズのいるところに座った。ジョンとメンジーズは数分早く教会に到着し、二人のために席を確保していた。

もう今では、メアリーもアンドリュー・ヒュームと話をしたくなかった。彼女はアンドリューのことを軽蔑していた。もしアンドリューが彼女を憎んでいるなら、その気持ちはメアリーもまったく同じだった。メアリーが追悼式に来たのは、ジョックの友人たちに会うためだった。ジョックの死を無念に思う気持ちを友人たちに伝え、元気な姿を見せるためだった。

教区牧師ストラカンの追悼式は、しろうと芝居のように感じられたが、メアリーは彼がジョックについて語ったこと、特にジョックの唇、瞳、笑顔についてふれたことが嬉しくてたまらなかった。それらは、メアリーも一番記憶に残っていることだった。

しかし、ジョックが楽団仲間を「率いて」の部分には当惑していた。この部分は、父アンドリューのいつもの作り話の一つだった。彼の作り話を、軽率にもストラカンがそのまま追悼の説教文に書き込んでしまった。アンドリューはスタンダード紙にも、ジョックは楽団のリーダーであり、一等客室でのみ演奏を行っていたと伝えていた。どちらも事実ではない。彼はさらに新聞の死亡欄においても、うそをついた。それは最初の部分だ。


「ジョック・ヒュームの両親およびその家族は、ジョン（ジョック）・ロー・ヒュームの死に対して、やさしく思いやりのあるお手紙や弔電をいただき、友人のみなさまに心より感謝申し上げます。ジョンは、あの不運なタイタニック号の一等客室の楽団リーダーでした」

これはおろかなうそだ。なぜなら全国紙数社が、すでにタイタニック号の楽団リーダー、ウォレス・ハートリーの写真を紙面に載せていたからだ。ジョックはやってもいない楽団リーダーを、あたかもリーダーをしているように見せ掛けたことは一度もない。いつも事実をごまかすアンドリューの性格は、いったいどこから来ているのであろうか。

追悼式も終わりに近づき、ミューア嬢はオルガンに風を送り込むため、まるで上り坂で自転車をこぐようにオルガンのペダルを強く踏み込んだ。教区牧師による三幕構成悲劇の最後の部分に差し掛かった。そして、いよいよ彼女が主役を務めることになる。彼女はヘンデル作曲の「サウル」(5)より「葬送行進曲」の演奏を始めた。彼女が演奏を終えるまで、教会内から涙が途切れることはなかった。

「みなさん、御起立ください」と教区牧師は出席者一同に言った。出だしの数小節が演奏されると、ケイト・ヒュームは再び泣きじゃくり始めた。ケイトは追悼式の間、ほとんどレースのハンカチを顔にあてていた。ミューア嬢が葬送行進曲の終わりまで演奏すると、ストラカン師は立ち上がり、出席者一同に向かって祈りの言葉を述べた。

ドアに一番近い位置にいたコスティン家の人々が、最初に教会を出た。そして急ぎ足でバックルーク・ストリートへ向かった。ジョックはメアリーのことがさぞかし自慢だっただろうと、スーザン・コスティンは思った。メアリーは気品があり、上品でしかも感情のコントロールもできる女性だった。バックルーク・ストリートに差し掛かると、スーザンは自分の娘に語りかけた。「アンドリュー・ヒュームに彼の孫が生まれることを、いつ伝えるつもりなの」

注

（1）スタンダード紙　ダンフリース&ガロウェイ・スタンダード&アドバタイザー紙のこと。一八四三年に創刊された タブロイド新聞。
（2）ローウェル・メイスン（一七九二年～一八七二年）アメリカの賛美歌の基礎を築いた音楽家。
（3）アーサー・サリヴァン（一八四二年～一九〇〇年）英国の作曲家。
（4）プロパイアー・デュオ「主よ御許に近づかん」の原曲は、元々民謡として以前より存在していたとも言われており、一九世紀に英国のサラ・アダムスによって作詞された。現在知られている旋律は、米国のローウェル・メイスンによって書き起こされた「ベサニー」である。ほかにもジョン・バッカス・ダイクスの「ホーベリー」や、サミュエル・セバスチャン・ウェスレーの「コミュニオン」がある。
（5）サウル　イスラエルの初代王を扱った、ヘンデル作曲の三幕構成の劇的オラトリオ。

七　第二のタイタニック号のヒーロー

四月二九日、ダンフリース

四月二四日、ダンフリース&ガロウェイ・スタンダード紙は、「ダンフリースのヒーロー」という人目をひく見出しの手紙を掲載した。それはロバート・マッケンナという名前のとても個性的な人物からの投稿だった。彼は医学に人生を捧げようと、数年前一度は詩作をやめた人物だ。しかし今や地元の有名な詩人となっていた。彼はリヴァプールの皮膚科専門医として有名だが、同時に新聞や雑誌にたびたび投稿して詩人としても活躍していた。彼は新聞や雑誌の中でも、スタンダード紙によく投稿していた。スタンダード紙の編集長トーマス・ワトソン氏は、ロバート・マッケンナの大ファンだった。

ダンフリースの教区牧師の息子でもあるマッケンナ医師は、今なおこの町で人々からあがめられ、尊敬されていた。リヴァプールという名前がタイタニック号の船尾に付けられたこともあり、リヴァプールから送られてきた彼の手紙は、人々の注目を集めた。特にワトソン氏は、タイタニック号に関して同じような内容の社説を書いていたので、新聞読者に彼の手紙を推奨した。

マッケンナの手紙の出だしは、次のようなものだった。「タイタニック号の大惨事で、思い出す勇気ある多くの行為の中で、タイタニック号の楽団の行動ほど崇高で英雄的なものはない」。彼の手紙は、本題に入る前に、さらに数百語からなる、とても華麗な散文が続いていた。

「勇敢な男たちのあの小さな楽団の中に、ダンフリースを代表する高潔な人物がいた。私はこの町の人々は、J・ヒューム氏の思い出を長く語り継ぎ、彼の名誉ある死を追悼するために何かをするべきだと思っている。したがって、私はそのための委員会を組織することを提案する」

翌日委員会が組織され、四月二九日月曜日の夕方、タイタニック号のモニュメントを検討する会議がトムソン市長によりタウンホールで開催された。その会議にはダンフリースのあらゆる重要人物が出席した。発案者であるマッケンナ氏も招待されたが、欠席通知を送ってきた。アンドリュー・ヒュームも出席を求められたが、丁重に断った。まだどこからもジョックの死亡通知が届いておらず、息子の思い出のモニュメントを製作するのは、時期尚早に思うとの理由からだった。

マッケンナはモニュメントと言っても、もともとそんなにおおげさなものを提案していたわけではなく、ジョージ・ストリートのヒューム家の壁に銘板を取り付けるという程度のものだった。しかし、トムソン市長は会議を開き、一名ではなく二名もダンフリースの若者が、タイタニック号事故で亡くなった事をその場で強く述べた。そしてどんなものを作るにしても、セント・マイケルズ・スクールのジョックの友人、トーマス・マリンも加えたモニュメントにすることを提案した。

世間の人々の称賛や悲しみの声が楽団員の英雄的行動へ集まる中、トム（トーマス）の死は多くの人々から見逃されていた。その主な理由として、彼がマックスウェルタウンで暮らしていたことが考えられる。マックスウェルタウンは、ダンフリースと川を挟んだ対岸の数百ヤード離れた地区である。そのためダンフリースとは関係がないと見なされていた。

トムソン市長はダンフリースのモニュメントを作る計画にマリンを加えるのは、マックスウェルタウンに対しての越権行為となるので、実はあまり気が進まないと述べた。しかしこの時、「トムは生まれも育ちもダンフリースであり、この二人の若者は同じ条件だ」という意見が大勢を占めた。トムを加える提案は、拍手喝采で承認された。

マッケンナ医師はスタンダード紙への投稿文の中で、トムのことに一切ふれていなかった。しかし、トムとその家族も称賛に値すると思う人々が、あらゆるところからタウンホールにやって来た。トムの名前がモニュメントに加えられるだけではなく、彼が正当な評価を受けているかどうかを確かめるためだった。

その夜、多くの愛情のこもった言葉で、ジョックとトムの両者は称賛された。しかし、タウンホールの下の階で行われた会議では、トムではなくもう一方のダンフリースの勇者、ジョックが重点的に称賛を受けていた。彼こそ不屈の精神で最も不幸な旅客船事故に立ち向かい、タイタニック号ですべてを失ったのだ。

ジョックとトムの元校長ジョン・ヘンドリーは、二人が家庭環境にめぐまれていなかったことを指摘した最初の人物だった。トムの母と父は、立て続けに亡くなった。その結果、トムと彼より年の若い三人の子供たちが残された。その三人の子供たちは、祖母に育てられていた。

トムもジョックも「生前、愛に満ちたとても感じのよい若者だった」ので、ヘンドリーは二人の悲しくて嘆かわしく、そして悲劇的な死において、トムが区別された扱いを受けないことをとても喜んだ。

ベイリー・ヘイスティは、トムがタイタニック号に乗船する直前に、実家に一ポンド送金していたことを述べた。裁判官のマコーレーは、トムは実家に定期的に仕送りをしていたことを付け加え、残された三人の弟や妹と祖母に対して、みんなで何かをしようと提案した。さらに彼は、トムはタイタニック号事故で、だれにも負けないすばらしいヒーローだったと言った。

S・チャテリィズ氏は、トムと彼の父親はローズフィールド工場の自分の下で働いていたと述べた。父親は優秀で有能な職人で、若き日のトーマス（トム）は模様職工をしていた。しかしトーマスは視力が落ちたことで、その仕事をあきらめた。チャテリィズは「労働者階級」の人々は底力を発揮し、モニュメントを製作する運動に、心から協力すると強く言った。

また別の発言者は、マリン家の子供たちやトムの祖母ガンイオンの「立派な生活態度」について言及した。トムは病院に入っても視力の回復の見込みがなかったので、退院後旅客船の仕事についた。彼は旅客船の乗務員として、新しい職場でとても活躍しており、昇進も目前だった。

トムソン市長は、モニュメントの基金を立ち上げ、寄付を募ることを動議として提出した。そしてその動議内容を、労働者階級の人々も心から受け入れてくれるよう希望した。三ペンス、六ペンス、数シリングのような少額の寄付が、労働者階級の人々ができる最大の協力だった。

八　死んだ息子の制服代金

四月三〇日　ダンフリース、ジョージ・ストリート、

タイタニック号が沈んでから一五日経ったが、いまだなおジョックが死亡者の中に含まれているのかどうか、公式に確認できなかった。ダンフリース&ガロウェイ・スタンダード紙によると、マッケイ・ベネット号はあらしのため帰港が遅れており、四月三〇日のかなり遅い時間でないとハリファックスに到着しないようだった。

アンドリューは、マッケイ・ベネット号の帰港を不安な気持ちで待っていた。そして今や帰港をむしろ恐れていた。なぜならば、マッケイ・ベネット号は死体だけを載せており、ジョックの遺体を載せていても、載せていなくても、悪いニュースをもたらすだけだからだ。いずれにしても、ジョックは亡くなったのだ。

二二〇九人の乗客乗員のうち、生き残ったのはわずか七一一人(1)であることはわかっていた。生存者のほとんどがタイタニック号沈没の直後に、カルパチア号によって救助されていた。生存者たちはその後ニューヨークに到着し、そこで世界各国の記者団からインタヴューを受けていた。

生存者たちは、船が沈みゆく中、勇敢にも演奏を続けた楽団員のことを語った。その話を聞いて、アンドリューは深い絶望感に襲われた。英国の教師でジャーナリストのローレンス・ビーズリー(2)は、タイタ

ニック号に乗船していた生存者だ。彼はニューヨーク・タイムズ紙に劇的な目撃証言を書いた。その証言記事は四月三〇日、英国の各紙に詳細に再掲された。その証言は、次のように始まっている。

「その夜多くの勇敢な行動があった。しかし、演奏を続けた楽団の音楽家たちほど勇敢な人々はいなかったであろう。彼らは、船が静かに海に沈み始め、海水が彼らの足元に少しずつ迫ってきても、一分また一分と演奏を続けていった・・・」

アンドリューは、他の楽団員の父親たちはこれを読んで、誇らしく感じるだろうかと思った。彼自身は、これを書いたビーズリー氏に対して、激しくいらだちを感じていた。ビーズリーはタイタニック号の断末魔の苦しみを報告しているが、それは船から二マイルも離れた救命ボートの上という安全地帯からのものだ。しかも彼はこの特ダネのおかげで、すでに大金を手に入れ有名になっている。

アンドリューは友人や知り合いからの善意の励ましの言葉に対しても、うんざりしていた。彼らはヒーローとなった息子に誇りを持つべきだと、口をそろえて言った。アンドリューはたとえ新聞で大きく取り上げてもらっても、息子にヒーローになどなってほしくなかった。息子には生きていてほしかった。人々はどうしてこの気持ちを理解してくれないのだろうか。

数人の友人たちは、お悔やみの手紙をくれた。彼らは「ジョックの模範的行動」という表現を使用したが、アンドリューはなんともばかばかしい陳腐な決まり文句だと思った。大西洋のど真ん中で、沈みゆく船のデッキに立ち、ヴァイオリンを弾き続ける行動のどこが模範的なのだ。いったい何人の人が、そんなことをしたいと思うだろうか。少なくとも一〇〇人は、今後もアンドリューや彼の子供たちのことを思い続けてくれることだろう。しかし、そんなことは、アンドリューには何の慰めにもならなかった。

このような理由で、アンドリューは数日前から手紙を開封するのを止めた。しかし、リヴァプールの消印がある手紙に関しては、差出人を入念に確認した。リヴァプールからの手紙には、ホワイト・スター・ライン社からのジョックの情報が入っているかもしれないからだ。

ジョージ・ストリートへの最初の郵便物は、いつも午前八時ちょうどに配達されていた。そしてそれは、ダンフリースで腕時計の時刻を合わせることができるほど、数少ない規則正しいイベントの一つだった。

アンドリューは毎日決まった時間に、決まった行動をすることを厳格に守っていた。そのため彼は午前八時にダイニングルームにいて、妻のアリス、息子のアンドリューと娘のケイトと朝食をとることにしていた。郵便箱に郵便物が入る音を聞くと、アリスは郵便箱から一〇数通の手紙の束を取り、朝食のテーブルに持ってきた。しかし、リヴァプールからの手紙は一通もなかった。毎日が失望の繰り返しだった。

この日は、黒枠のついた手書きの白い封筒三通と手書きの茶色の封筒一通があった。茶色の封筒は、ダンフリース音楽協会からの案内状だということがすぐにわかった。そしてもう一通、タイプライターで打った封筒があった。消印はリヴァプールだった。

アンドリューはその封筒をアリスから取り上げ、急いで封を開けた。アンドリューが期待していたホワイト・スター・ライン社からの手紙ではなかった。それはC・W・&F・N・ブラックからのもので、次のように書かれていた。

「拝啓

　同封した計算書に従って、未払いとなっている総額五シリング四ペンスを私どもに送金していただくようお願いいします。また同じく、楽団の制服代金の請求書も同封しております。そちらの支払いもよろしくお願いいいたします。

敬具

C・W・&F・N・ブラック」

　アンドリューは、その手紙と同封された計算書を三度読み返した。読み返すごとに不信感が募っていった。最初これは事務的な間違いか、あるいはひょっとしたら最も悪趣味ないたずらに違いないと思った。何も言わずに、アンドリューはその手紙をアリスに渡した。アリスはそれを読むと急に泣き出した。

　計算書によると、ジョックはタイタニック号の往復航海の演奏活動に対して、四ポンドの給料を受け取ることになっていた。しかし船はニューヨークに到着する前に沈んでしまったので、ブラックス事務所は彼との契約を四月一五日午前二時二〇分に解除していた。楽団がもはや演奏を続けることができなくなった時刻である。つまりジョックの給料は、それに応じて減らされることになった。ジョックに代わりブラックス事務所が洋装店レイナーへ立替払いをしていたが、減額されたジョックの給料では、その立替分を全額カバーできなかった。

これらの費用の中には、楽団員のチュニックにつけるホワイト・スター・ライン社の折り襟のバッジ代や制服に会社のボタンを縫い付ける費用（一シリング）、さらにジョックの楽譜代も含まれていた。ジョックの楽譜は、今頃北大西洋のどこかを漂っていることだろう。アンドリューが求められた支払い合計金額は、一四シリング七ペンスで、一ポンドにも満たない額だった。しかしこの金額は、今日の貨幣価値ではおよそ四〇ポンドに値する。そして封筒の中には、遺憾の意や同情の気持ちを伝える添え状も一切なかった。

アンドリューはめまいを覚えた。一瞬気を失いかけていると思い、その場に座り込んだ。やがて息が正常に戻った。しかし彼は凍えるほどの寒さを感じ、心臓発作を起こすのではないかと思った。アリスが涙ながらにつぶやくのが聞こえた。「アンドリュー、彼らはどうしてこんなことを要求できるの」

突然アンドリューは、現実の世界に自分が生きていることを思い出した。人々は息子を死に追いやり、海底に沈んでいる彼のボタンの請求書を送り付けてくる。これが現実の世界なのだ。彼は仕返しをしたくなった。そしてその相手がだれであろうと、そんなことは問題ではなかった。

♪♪♪♪♪♪♪♪♪♪♪♪

タイミングがよくなかったのか、運が悪かったのか。メアリー・コスティンが、ジョックの子を妊娠している事実をアンドリュー・ヒュームに伝えようとしたのは、まさにこの日の朝だった。彼女は午前八時四五分が、ヒューム家に到着する一番よい時間と判断した。ヒューム家の朝食が終わり、九時から開始される彼のヴァイオリンレッスンの合間の時間だからだ。この時間帯なら、アンドリューのレッスンを受ける子供たちと顔を合わせることもなかった。

アンドリューがどんなにジョックとの関係を反対していたとしても、子をジョックが残していたことを知れば、喜ぶくらいの反応はしてくれるだろうと彼女は判断した。その子が男の子であろうと女の子であろうと、アンドリューの初孫になるのだ。ジョックがこの世に子を残していたのなら、あの無意味とも思える死にも、何らかの意味が見い出されるだろう。彼女はアンドリューにこのように伝えようと思った。その日の朝、一番よいドレスを着て髪をくしでなであげ、この言葉を鏡の前で何度も何度も練習した。

アリスがドアのところで応対した。彼女はメアリーを見ると、「すでにお伝えしたと思いますが・・・」と言い出した。

「とても大切な用件です。ジョックさんに関係することです」とメアリーは言った。

アリスはメアリーに中に入るよう手招きをし、応接間に案内した。応接間ではアンドリューが背中を暖炉の方に向けて立っていた。暖炉の火はすでについていた。メアリーは追悼式では、アンドリューの後頭部を見ただけだった。彼を最後にきちんと見たのは一年前だったが、その時と比較するとはるかに老けたように見えた。一年前とはメアリーの家に乗り込んで来た時で、彼は母親スーザンの前でメアリーを売春婦と呼び、ジョックに近づくなと怒鳴りつけた。それはジョックがアンドリューの家を出て、メアリーと暮らすようになる前日の出来事だった。

ここ二週間のストレスは、アンドリューにかなり悪い影響をもたらしていた。寝不足のため両目の下には暗線ができていた。そしてまるで軽度の脳卒中を起こしたかのように、彼の口角は下がっていた。髪の毛はとかされておらず、乱れていた。アリスの髪の毛は、住み込みの女性家庭教師のように頭頂部に高くまとめられていて、彼女は高慢そうに見えた。しかし、彼女の目は優しく、口もともおだやかだった。ただ、顔色はとても青ざめていた。メアリーはその場にアリスがいてくれて安心した。アンドリューだけなら、彼との会話ははるかに難しいものになっていたであろう。

「ジョックさんの子供を妊娠していることを伝えに来ました。知っておいていただきたいと思いまして」と言った。

アンドリューは威嚇するように、メアリーの方に一歩前に出た。顔は真っ赤で、激怒していた。一瞬メアリーは殴られ、絞殺されるのではないかと思った。しかし彼は顔をメアリーの顔に近づけると、低く怒気を帯びた声で、こう言った。

「ここから消えろ、この売春女め。やっかいな子供の話などを持ち出して、うそを言いふらすつもりだな。お前がその子の父親を知っているかどうか怪しいが、少なくとも私の息子が父親でないことだけは確かだ」

アリスは優しくメアリーの手を取り、玄関のドアのところまで連れて行った。

「ごめんなさいね。でも状況を理解してくれなければ・・・」とアリスは言った。

メアリーはバックルーク・ストリートの自宅に戻った。帰りは三分もかからなかった。あらゆる状況がとても悪くなってしまったが、メアリーは不思議なほど冷静だった。そして彼女は心の中で、アンドリュー・ヒュームはとても手ごわい敵を作ってしまったことを、わかっているのだろうかと思った。

注

（1）七一一人　生存者数に関しては、参考にする資料により微妙に異なっている。原書でも、三章では七一二人となっている。

（2）ローレンス・ビーズリー（一八七七〜一九六七）英国の科学教師、ジャーナリスト、作家。タイタニック号の生存者の一人であり、タイタニック号沈没事故の九週間後、『失われたタイタニック号』（*The Loss of the SS Titanic*）を出版した。

ジョージ・ストリート 42 番の玄関ドア

九　埠頭についた「死者の船」

四月三〇日、ノヴァ・スコシア州、ハリファックス

ハリファックス市のシタデル・ヒルの頂上からは、ノヴァ・スコシアの海岸を一望できる。シタデル・ヒルは戦略上の重要拠点で、かつてはハリファックスを敵から守る役割を果たした。そしてハリファックスは「北の番人」というニックネームで呼ばれた。晴れた日には、一〇マイル以上離れたキャンパーダウンにある旧マルコーニ無線電信所が見える。

しかし、一九一二年四月三〇日早朝は冷たい霧が海上にかかっており、夜明け前からシタデル・ヒルで見張りをしていた通信兵は、望遠鏡を使っても港の入り口を見ることが困難だった。午前八時を過ぎて、やっと彼は探していたものが見えた。二本のマストと一本の煙突が見え、そしてぼんやりとはしていたが、明らかに船の姿が確認できた。ケーブル敷設船マッケイ・ベネット号だった。

通信兵は確認合図の黒い旗を揚げ、下で待っている人々に、船の帰港を知らせた。すると大きな声の命令が聞こえてきた。数秒後その通信兵は、五人の男たちが予定の場所へ向かって駆け出し、一台の馬車が全速力で走り出すのが見えた。

大聖堂のベルが、最初に鳴った。そしてハリファックス市内の四〇以上の教会のベルが呼応するように、次々と鳴り始めた。それは死者たちを悼《いた》むためであり、悲しみの鐘の音は市内中にこだまし、その連

鎖のため他には何の音も聞こえなかった。死者たちはようやく長い航海を終えようとしていた。愛する人をタイタニック号で失った世界中の人々は、この時を待っていた。

しかしマッケイ・ベネット号は、この日だれにもよいニュースを運んでこないだろう。「悲しみの町」ハリファックス、ヒューム家やコスティン家が情報を心配して待っているダンフリース、そしてその他どんな町の人々にもよいニュースをもたらさないだろう。親族や友人を亡くした人々が望むことは、死体の本人確認をし、その死を深く悲しむ場所をきちんと用意してもらうことだ。最悪の状況は、何日間も、何週間も、さらに何か月も、何の情報も入らないことだ。しかし一番可能性があるのは、愛する人に何が起こったのか一切わからず、もう遺体にも会えないことだ。

マッケイ・ベネット号のデッキ上で、ラーンダー船長はマクナブズ島を通過した時、はるか向こうで教会のベルが鳴っているのが聞こえた。ハリファックスへの帰途についたここ三日間、ラーンダーは大変なミッションがまもなく終了するという安堵感があった。

ラーンダー、そしてマッケイ・ベネット号の乗組員全員が、作業中感じた恐怖からなんとか自分自身を切り離そうとしていた。彼らは遺体収容作業を、あくまで仕事の一環で、体力の限界への挑戦だと考えるようにしていた。今やラーンダーは棺と死体に囲まれ、風の中から聞こえてくる教会のベルの音にも悩まされていた。彼は初めて、このミッションが心に及ぼした現実と向き合っていた。そして、これから直面しなければならない最悪の事態にも覚悟を決めていた。

遠方に、数千人までとはいかないが、少なくとも数百人の人々が静かに立っているのが見えた。人々は肩と肩が触れ合うくらいの密集状態で、埠頭の端から端まで広がっていた。人々の頭から帽子はすでに取られていた。その他の人々は波打ち際から離れて、家々の屋根の上や屋上に立っていた。港に停泊中の船はエンジンを切り、弔意を表し、半旗を掲げていた。

マッケイ・ベネット号の航海は、ラーンダーには一生続くように思えた。いやむしろ、海から引き上げた遺体の数を考えると、三〇六人分の人生の航海が続くのではないかと思えてしまうくらいだった。ラーンダーはこのいやな気持ちを、できるだけ早く消し去りたかった。昨夜のあらしは静まっていた。港内の海面は、鏡のように穏やかだった。彼は全速力で港に向かうように命令を出し、航海日誌にそのように書き入れた。

ヘーリング・コウヴから水先案内船二号が、マッケイ・ベネット号に向かっていた。彼はその水先案内船を見ていらいらした。水先案内人は、マッケイ・ベネット号に乗船したいのだろう。彼は船のスピードを十分落とし、水先案内人のフランク・マッキーに、本日は必要ないことを大声で伝えた。そしてマッケイ・ベネット号は、港へそのまま向かった。

午前八時五〇分、マッケイ・ベネット号はマクナブズ島のモーガー・ビーチ灯台を通過した。午前九時、検疫海域に近づいたので、検疫船モニカとタグボートのスコッツマンによって停船を求められた。ラーンダーは停船するしかなかった。ノルマン・E・マッケイ医師がモニカから乗船してきた。これは船が遺体を載せて入港した場合、行わなければならない法的手続きのためだった。

ラーンダーはスコッツマンのデッキに、警察署長ジョン・A・ラッドランドの姿をすぐに確認できた。ラッドランドもマッケイ・ベネット号に乗船してきた。その際、巡査のホーレス・ケネディとフランシス・ハンラハンがラッドランドに同行した。彼らといっしょにホワイト・スター・ライン社の代理人P・V・G・ミッチェルもいた。ラーンダー船長は彼らが船に乗り込むと挨拶をし、固い握手を交わした。乗船した人々は、まわりが死体だらけであることがわかり、明らかにショックを受けた様子だった。

　海岸で待っている人々も、マッケイ・ベネット号の姿を、初めてはっきりと見ることができるようになった。翌日のニューヨーク・タイムズ紙は、「マッケイ・ベネット号の後部甲板に棺が高く積み上げられ、前方甲板には肌を露出したおよそ一〇〇体の遺体があるのが見えた」と報道している。人々の中には気絶し、その場に倒れた者もいた。また泣きながら、その場を立ち去る人々もいた。

　ラーンダーは通常なら、ここからアッパー・ウォーター・ストリート一五五番のコマーシャル・ケーブル社の埠頭へと舵を取るはずだった。そこは通常マッケイ・ベネット号が、停泊する場所だったからだ。しかし今回はそこには向かわず、コウリング・ジェリィ・ナンバー4のカナダ海軍停泊場、フラッグシップ・ピアへのコースをとるよう命令した。

　巡洋艦HMCSナイオビーの二〇人の水兵たちが、侵入者を警戒してすでにゲートを守っていた。そのおかげで、マッケイ・ベネット号は密かに埠頭に着くことができた。そして群集や新聞社のカメラから逃れて、積荷の遺体を降ろすことができた。霊柩馬車が三〇台ほど並んで待機していた。棺を載せる馬車のガラスはきれいに磨かれ、ラッカー[1]が塗られていた。葬儀屋はトップ・ハットとモーニングコートを身にまとい、死者の尊厳を最後まで大切にしていた。

　午前九時四〇分、マッケイ・ベネット号は埠頭に横付けされ、錨を下ろした。突然、神のお告げのごとく、雲が割れて太陽が現れ、あざやかに輝き始めた。そして港湾の鉛色の海水は、銀色へと変化した。

しかしラーンダー船長にとって、それは安らぎとはならなかった。乗組員たちは停泊作業のため、マッケイ・ベネット号の船首から船尾までロープでつなぎ、船のタラップを降ろしていた。その間ラーンダーはブリッジ（船橋）の上を、両手を背中に組んで行ったり来たりしていた。彼は普段は神経質な男ではない。むしろその反対の性格だった。しかしこの時は、あらゆることに彼はとても神経質になっていた。予定していた仕事をすべて遂行できたのだから、彼は喜んでいいはずだった。部下の乗組員や船にかなりの危険があったが、彼は浮氷原がある危ない状況下、一人の犠牲者も出さないで一五〇〇マイル以上を航海した。そして人々が彼に期待を寄せた以上の遺体を、タイタニック号の残骸の中から収容した。それでも彼は心が不安定で、心配ばかりしていた。理由がないわけではなかった。

午前一一時三〇分、最後の遺体がマッケイ・ベネット号から降ろされた。すると、「背が高くがっちりした体格」のラーンダー船長は、記者団を船上に招いた。船長はマッケイ・ベネット号の食堂で、航海日誌を開き、記入項目をゆっくりと指でたどりながら、過去一〇日間の出来事を詳しく説明した。しかしながら、かなり多くの遺体を水葬に付したことに対して、集まった人々から激しく抗議を受けることになった。彼は激しい抗議を受けることを、予想していなかった。愛する人が一度は収容されながら水葬に付され、遺体を自宅に搬送することのできない多くの人々がいた。そのような人々の悲しみや落胆の気持ちを、彼はまったく理解していなかった。

「私が委託された仕事は、海上を漂っている遺体をすべて船に収容することだったことを、まずみなさんに申し上げます」とラーンダーは自分のまわりにいる新聞記者たちに語った。

「しかし発見した遺体の数が予想以上に多く、また悪天候や諸事情により、指示通りにすべての遺体を収容しておくことが不可能でした。そこで苦渋の決断で、一部の遺体はキャノン・ハインドが葬儀を行い水葬に付しました」と続けた。

それから、少しばかり議論が交わされた。ラーンダーは次のように語った。

「有名人や重要人物は水葬に付さなかった。莫大な資産の持ち主だと思われる場合は、できるだけ早く死体に防腐処置を施すのがベストだと考えた。遺産相続に関する問題や訴訟が起こりそうな場合は、その遺体を必ず陸地まで運ぶのが、ベストだと思った。

その場で水葬に付された人の多くは、タイタニック号の乗員だった。海で生きた男は、水葬に付されたことに満足しているはずだ。私は海が埋葬場所として一番ふさわしいと思う。私自身も、そのような場合、水葬に付されることに不満はない」

しかし、愛する人の遺体がマッケイイ・ベネット号に収容されたものの、ハリファックスに運んでもらえなかった人々にとって、ラーンダーの説明で心の痛みが和らげられたり、慰めとなったりすることは、ほとんどなかった。ニューヨーク・タイムズ紙は、翌日次のような記事を載せた。

「収容された遺体の一部が、水葬に付されたという現状に、その場の多くの人々は残念さを隠せなかった。遺体防腐処置師の何人かから話を聞き、疑念が大きくなった。かなり多くの人々は、本当にそうしなければならなかったのかと感じている。水葬に付された人々の大多数が、タイタニック号の乗員か三等客室の乗客だった」

北アメリカの葬儀屋の機関誌『ザ・キャスケット』は、それから数か月後の号で「墓地として海淵を利用する行為は残酷すぎる」と非難した。

かなり多くの遺体を水葬に付したのは、ラーンダー自身の意向でもあったことを、彼は明らかにしていない。マッケイ・ベネット号がハリファックスに近づいた時でさえ、乗組員たちはまだ帆布の遺体袋の縫い目をほどき、重りの鉄製の棒を取り外していた。

その日の夕方になり、ラーンダー船長は落ち着きを取り戻した。そしてマッケイ・ベネット号の航海日誌に、最後の記載をした。

「午前一〇時、遺体を船から降ろす作業を開始した。遺体の数は、合計二〇一（誤り・数字は原文のまま）。午後一時三五分、警察のパトロール車が死者の身の回り品を回収していった。船のもやい綱をほどいて、ＣＣ社の埠頭へと向かった。ＣＣ社の埠頭にて停船。午後二時、その日の作業終了」

遺体を船から降ろす作業は、ラーンダーの航海日誌から想像されるほど、スムーズに進んだわけではなかった。ひょっとしたら、彼は陸上でもあらしの中を航行中と付け加えたかったかもしれない。

♪♪♪♪♪♪♪♪♪♪♪♪♪♪♪

マッケイ・ベネット号があの恐ろしいミッションに船出する前から、死体受入れのためハリファックスにおいても、大規模かつ効率的に準備が行われていた。ホワイト・スター・ライン社は多くの遺体収容を予想していたので、オンタリオ州に棺五〇〇基を注文した。また、スノーの会社に遺体処置を依頼した。スノーの会社は、ノヴァ・スコシア州、ニュー・ブランズウィック州そしてプリンス・エドワード・アイランド州から九人の葬儀屋と四〇人の遺体防腐処置師を補充した。その中には二人の姉妹の遺体防腐処置師がいた。彼女たちは、収容された女性と子供の遺体に防腐処置を施すことになっていた。

アグリコラ・ストリートのメイフラワー・カーリング・リンクが、臨時の遺体安置所としてハリファックスで一番適した施設だった。リンクの氷が建物全体を冷蔵状態に保っており、リンクは身元確認や死体防腐処置を行うため、遺体を安置するのに十分なスペースがあった。指物師たちが、三基の棺や三人の遺体を並べる広さのテーブルを、製作する作業に取り掛かった。ガウヴィン&ゲントゼルという写真スタジオが、後からでも身元確認作業の助けになるように、遺体の写真を撮る業務を担当した。またジョージ・ガウヴィン自身も、写真撮影業務を引き受けた。ホワイト・スター・ライン社は市当局と交渉し、フェアヴュー・ローン、マウント・オリヴェット、そしてバロン・デ・ヒルシュの共同墓地内に、かなり多くの墓地スペースを購入した。

このようにいろいろな準備が行われていた。しかし、亡くなった人々の親族、恋人そして友人の要求や感情は考慮されていなかった。金銭的に余裕がある人々や比較的近くに住んでいる人々の多くは、マッケイ・ベネット号の到着を待つためにハリファックスにやって来ていた。そのような人々の中には、タイタニック号事故の生存者も含まれていた。中には今なお凍傷に苦しんでいる人もいた。生存者たちは亡くなった連れや仲間の遺体の確認をするために、ニューヨークから列車でハリファックスまで移動して来たのだ。

ハリファックスにやって来て悲嘆に暮れる人々は、市全体が喪に服していることがわかった。船のマストには半旗が掲げられ、お店の窓には黒い布が掛けられていた。四輪馬車が棺を載せ、ガタガタと音をたてながら通りを進んでいた。

大西洋横断定期船は、事故現場海域近くで遺体や残骸物が浮かんでいるそばを航行しても、停船すらしなかった。そのような報道を耳にして、人々の悲しみはさらに深くなった。郵便船はその海域に近寄らないよう指示を受けていたが、他の船舶は遺体や残骸物のそばを通過すると、相変わらずその光景を報告した。ミネソタに向かう途中のスカンジナビア人移民の一行は、その事故現場を「とても悲痛な思いにさせられた。その光景は身の毛がよだつほど恐ろしかった」と語った。その言葉はタフト大統領の耳にも入った。移民の一行は、さらに報告した。「時には遺体が私たちの船にぶつかり、海面から数フィート空中へと跳ね上がることもあった」

ルアリッド紙は、ブレーメン号の一等客室の乗客へのインタヴュー記事を載せている。その乗客は、ネグリジェを着て、胸に赤ちゃんを抱きしめた女性の遺体を見たとのことだった。その女性遺体の近くには、別の女性の遺体が浮かんでおり、腕には毛むくじゃらの犬の死体が抱きしめられていた。

また他の乗客たちは、三人の男性の遺体がかたまって浮かんでいるのを見た。三人の遺体はすべて椅子にしがみついていた。その向こうには、救命浮輪をつけた数十の遺体が浮かんでいた。遺体は生きようと最期までもがき苦しんだようで、お互いの体に必死にしがみついていた。遺体のまわりの海一面に、「デッキチェアとその他の残骸物が渦巻き状に」広がっていた。

「想像を絶する」は、新聞記事に繰り返し登場するフレーズだ。それはタイタニック号の沈没で生き残った人々の記事にも、その後収容作業を行った人々の記事にも登場した。

タイタニック号沈没の三日後、生存者たちはニューヨークに到着した。そこでは生存を喜び、知り合いと再会し、そして安堵する人々の姿があった。

しかし、ハリファックス市内には死の影が広がっていた。そしてタイタニック号沈没からマッケイ・ベネット号の帰港までの二週間、日々市内の雰囲気は暗くなっていた。「悲しみの町」を覆っていた人々の深い悲しみを、理解しようとしてもそれは不可能だ。

マッケイ・ベネット号が航海中、ホワイト・スター・ライン社は収容された遺体の身元情報に関して、公表を控えていた。そのため人々の苦悩は続き、そして深いものとなっていた。しかし、ジェイコブ・アスターのようなＶＩＰには、報道管制は敷かれていなかった。報道管制の理由は、モールス信号で多くの名前を送信することが困難だったとされていた。しかし実際は、身元確認ができたほぼ半数の遺体をすでに水葬に付していて、遺体がすべてハリファックスに運ばれるわけではないことを、ホワイト・スター・ライン社が公表したくなかったからだ。事故で亡くなった一四九七人のうち、最終的にわずか三〇六人の遺体がマッケイ・ベネット号により収容され、その三分の一は水葬に付された。

マッケイ・ベネット号が遭難現場に到着したその日、ハリファックスの新聞数紙は収容される遺体数について、まるで点滴のようなわずかな情報を掲載しただけだった。また遺体の身元に関しても、推測段階の記事を載せていた。この時点で、ホワイト・スター・ライン社からの情報提供は、一切なかった。

遺族からの要請を受け、市長は会議を招集し葬儀委員会を組織した。そして前米国総領事ジェイムズ・ラグスデール氏が委員長に就任した。遺族のほとんどがアメリカ人で、愛する人の遺体を自宅へ連れて帰ることを望んで、ハリファックスまで来ていた。

ホワイト・スター・ライン社の代理人たちは、マッケイ・ベネット号が帰港する三日前、ホリス・ストリートのハリファックス・ホテルに「情報提供所」を開設して対応にあたった。その日の最初の発表は、マッケイ・ベネット号から受信した無線内容だった。それは次のように書いてあった。

「船に収容したアスター氏とシュトラウス氏の遺体を確認。一八九（誤り・原文のまま）の収容遺体を載せて、月曜日にハリファックス帰港の予定」

これは一〇〇以上の遺体が水葬に付されたことを、初めて認めた内容だった。これを読んだ遺族の多くは、思わず泣き出してしまった。身元確認された遺体はわずか二体で、それがたまたま大富豪だったという事実が明らかになり、人々の悲しみに、さらに怒りが加わった。生きていた時の階級制度は、死後にはさらに特大の階級制度に置き換えられたのだ。

ホワイト・スター・ライン社のその日二回目の発表に、人々はさらに激しい怒りを覚えた。

「遺体を搬送する準備ができた場合、遺族関係者は正規の一等運賃を払えば、同じ列車の荷物専用車両で遺体を運ぶことができます・・・また一等運賃二人分を払えば、遺体を急送することも可能です。カナディアン・エクスプレス・カンパニーの営業所が、すべての手続きのお手伝いをいたします」

愛する人の遺体を自宅に搬送する方法に関して、ヨーロッパに住む遺族からも問い合わせがあった。それに対するホワイト・スター・ライン社の回答は、「通常の荷物料金が適用される」とのことだった。二等客室の乗客ジョン・ジルの遺体は、マッケイ・ベネット号に収容された。しかし、未亡人サラ・ジルはホワイト・スター・ライン社の乗客課から、一通の手紙を受け取った。その手紙は五月三日に書かれたものだ。

「収容された遺体を自宅に搬送する場合、申し訳ないのですが、必要経費をお支払いいただくことになります。そして必要経費を支払うことに同意された場合でも、遺体が搬送するのに十分な保存状態で、さらに経費として二〇ポンドの頭金が支払われた場合にのみ行います」

ホワイト・スター・ライン社は、「あの大惨事」に対して、未亡人のジルに深い哀悼の意を表した。しかし、会社は遺憾ながら「あの不幸な事故」に責任を負うことはできないとしている。後に判明したことだが、ホワイト・スター・ライン社から未亡人への無情な回答は、実はまったく必要ないものだった。なぜなら、教区牧師のお抱え運転手だったジル氏は、すでに一週間前水葬に付されていたからである。この手紙は二〇〇二年、オークションにかけられ五五〇〇ポンドで落札されている。

　幸運にもアスター家は、自分たちで遺体搬送の手配をする金銭的な余裕があった。アスター大佐の息子ヴィンセントは、一週間前にホワイト・スター・ライン社から父親の遺体が収容されたことを知らされていて、父親の個人所有列車を利用してハリファックスに到着していた。その列車の名前は、皮肉にも「オウシアニック（大洋の）」だった。顧問弁護士ニコラス・ビドルと父親所有の船の船長リチャード・ロバーツがヴィンセントに同行していた。

　オウシアニックの豪華な三両の客車は、ノース・ストリート駅の待避線に入った。そこで二人はヴィンセントとともに、彼の父親の棺をニューヨークに搬送する準備が整うまで、客車の中で生活した。棺は搬送後、アスター家の地下納体堂に埋葬される予定だった。隣接する待避線には、別の個人所有列車が止まっていた。その列車はグランド・トランク鉄道が用意したもので、グランド・トランク鉄道会長チャールズ・メルビル・ヘイズの遺体を、モントリオールに搬送するためだった。

　ハリファックスに到着すると、ヴィンセントはまずアーガイル・ストリート九〇番にあるジョン・R・スノー・ジュニアの父親、ジョン・スノーの葬儀場を訪ねた。ジョン・R・スノー・ジュニアは、マッケイ・ベネット号で葬儀人を務めた人物である。ヴィンセントは、ニューヨークまでの遺体搬送に際し、棺に添える飾りの花々と適切な長方形型の[2]棺を選んだ。

　翌日ハリファックス・ホテルで開かれた会葬者の会議で、ホワイト・スター・ライン社の代表ジョーンズ氏は、「ある男たち」が葬儀人の買収を画策した情報をつかんだと言った。そしてホワイト・スター・ライン社としては、「そのような行為は決して許さない」と述べた。この発言にもかかわらず、最初に発行された死亡証明書には、J・J・アスター大佐とイシドール・シュトラウスの名前が記載されることになった。シュトラウスは小売業から身を起こした大富豪で、五番街のメイシーズ百貨店の創業者だった。二人の遺体が、最初にハリファックスから搬送されることになった。

しかしそのアメリカ人富豪二名が、マッケイ・ベネット号から降ろされた最初の死体ではなかった。最初に降ろされたのは、氷の中に横になっていた男性たちの遺体だった。その男性遺体は、全員ではないがほとんどが、三等客室の乗客か乗員だった。その遺体の中には、私の祖父ジョックと楽団仲間のウォレス・ハートリーやノビイ・クラークも含まれていた。

「遺体を見てぞっとした。その様子を描くことはほとんど不可能だろう」とデイリー・エコー紙の記者は書いた。遺体の多くは全裸で、残りの遺体も下着姿だった。彼らの腕や脚は異様に思えるほど完全に凍っており、その姿は死の瞬間、まるで興奮して足を蹴り上げたかのようだった。彼らの遺体は担架で船から運び出され、防水シートで覆われた手押し車に載せられた。そしてきまり悪そうに、その場から大急ぎでメイフラワー・カーリング・リンクへと運ばれた。遺体の中には狭い棺の中に納めるために、肩や腰の骨を折ったり、関節をはずしたりしなければならないものもあったと言われている。

霊柩馬車三〇台が、残りの遺体をカーリング・リンクへ運ぶため整列した頃、アスター家が派遣した人々の間に、ちょっとしたパニックが起こっていた。

大富豪の実業家ジョージ・D・ワイドナー氏の遺体は、顔がひどく傷ついていたにもかかわらず確実に身元確認がなされ、ハリファックスに運ばれるはずだった。そのことをホワイト・スター・ライン社は、早い段階からワイドナー氏の家族に伝えていた。しかしその後、マッケイ・ベネット号が洋上にいた間に、その遺体は実際はワイドナーの従者、エドワード・キーティングであることが明らかになった。キーティングは自分のポケットの中にワイドナー宛ての手紙を入れており、そのため身元確認が誤って行われる結果となった。

身元に関して疑念が起こったのは、その男性が身につけていた下着だった。その下着は、「ワイドナー氏が身につけていたと思われる下着に比べて、生地の質がよくなかった」。さらにその遺体の衣服をよく調べてみると、コートにＥＫのイニシャルがあることが判明した。またそのコートも品質がよくなかった。

結局この遺体の人物が身分の低い従者にすぎないとわかったので、キーティングの遺体は即座に帆布で包んで縫合され、鉄の棒を重りとして付けて船外へと放り出された。キーティングの主人ワイドナーの遺体は、結局海から収容されることはなかった。

ヴィンセント・アスターが恐れたのは、同じようなことが自分の父親にも起こっていたのではないかということだった。彼の父親の場合、従者はまだ行方不明だった。アスターの遺体はまだ降ろされておらず、マッケイ・ベネット号の船上にあった。そこですぐに遺体の確認のため、ロバーツ船長がマッケイ・ベネット号に急派された。

アスターの棺のふたを動かし、ロバーツが中を覗き込んだ。遺体は間違いなくかつての雇い主、Ｊ・Ｊ・アスター大佐だと彼は言った。

「容貌はまちがいありません。顔はほんの少し変色していますが、それは大西洋の冷たい海水が人の体に及ぼした結果でしょうね」

ロバーツは遺体とともに見つかった所持品を見せてもらい、アスターだとさらに確信を持った。ニューヨーク・タイムズ紙の記者によると、「所持品はアスターがいつも身につけていた金のバックルベルト、ダイヤモンドのカフスボタン、ポケットの中の三〇〇〇ドルの紙幣などで、これらが身元確認の決定打となった」

ロバーツがアスターの息子ヴィンセントに知らせるため、「群衆をかきわけ、一番近くの電話機まで急ぐ姿」が多くの人々に目撃されている。ロバーツは亡くなった雇い主J・J・アスターの遺体の様子を、きちんと説明している。そのことからも、ジョン・R・スノー・ジュニアの遺体防腐処置師としての技術の高さが想像できるだろう。

午前一一時を過ぎる頃には、最後の遺体がマッケイ・ベネット号から降ろされ、メイフラワー・カーリング・リンクへと運ばれた。ただ一部の新聞記者たちは、アスターとシュトラウスの遺体は、直接スノーの葬儀会社へ運ばれたと述べている。

親族や身内の人々は、自分の愛する人が遺体の中にいるかどうかを知りたくて、メイフラワー・カーリング・リンクの建物の外にすでに集まっていた。しかし、遺体はまだ防腐処置を施している最中で、身元確認作業の準備中でもあり、翌日までだれも中に入れないとのことだった。

翌日ハリファックス・イーヴニング・メール紙に、ジョン・R・スノー・ジュニアへのインタヴューが掲載された。それを読んで、親族や身内の人々は、さらに心を痛めた。彼は恐ろしいほど詳細に、二歳の男の子の遺体や手足が切断された遺体のことを語った。

「腕と脚は砕けていた。顔は押しつぶされ、体はずたずたに傷ついていた。多くの遺体は夜会服を身につけており、腕時計は二時一〇分で止まっていた」

一二人の女性が遭難現場から四〇マイルも離れたところで発見されたことも、彼は語った。赤色のシャツが、転覆した救命ボートのオールに結び付けられた状態で発見されたことも伝えた。死体の様子を知り、親族や身内の人々はとても胸を痛めた。スノーはさらに続けた。

「人々が生きるために、懸命にもがいていたことを物語る恐ろしい証拠があります。両手は服を激しくつかんでいました。顔は恐ろしさのあまり、ゆがんでいました。私たちは仕事をしながら、吐き気を催しました」

マッケイ・ベネット号がハリファックスに帰港し、人々が船艙の氷の中に押し込まれていた遺体の恐ろしい光景を目の当たりにすることで、この遭難現場のイメージはさらに大きくなったのかもしれない。遺体を船から運び出す人たちには、悪夢のような状況が待ち構えていた。

スノーは後に、自分がこのような恐ろしい遭難現場の様子を語ったことを否定した。そしてマッケイ・ベネット号の医師トーマス・アームストロングは、五月二日木曜日のモーニング・クロニクル紙で、まったく異なった内容の報告をした。

「重傷を負ったおよそ一〇体の遺体の例外はあるが、全体的に遺体の表情は平穏で安らかだった。実際遺体の表情がとても安らかだったので、死んでいることが信じられないくらいだった」

それに続く乗組員たちへのインタヴューは、アームストロング医師の発言内容を裏付けるものだった。

彼の発言は、悲嘆に暮れている親族や身内の人々を慰めるには、遅すぎたかもしれない。しかし低体温症の死亡研究すべてが示しているように、溺死よりも低体温症による死亡のほうがましであろう。

マッケイ・ベネット号が埠頭に着くまで、まだ遺体と対面していないにもかかわらず、報道機関は遺族のことを「会葬者たち（嘆く人々）」と呼んでいた。会葬者たちは、悲しみに加え怒りの気持ちもいっぱいだった。ホワイト・スター・ライン社は、あの惨劇の原因についての説明責任があった。航行上のミス、欠陥だらけの防水ドアシステム、そして何より救命ボートの数の不足などである。

「女性と子供を優先」という命令も、また疑問視された。この指示内容は、今日あのような状況では、正しい行動と見なされている。しかし、タイタニック号では、生きる人と死亡する人がこの命令により決定した。このような原則は、タイタニック号が前例になったとも言える。実際一九一二年の時点で、「女性と子供を優先する」というルールが適応された海難事故は、わずか一例だけだった。しかもその海難事故は、タイタニック号のかなり前のことだった。

それでもタイタニック号の乗員も乗客も、多くの人々が自分の命を落とすことになろうとも、「女性と子供を優先」の命令に異議を唱える者は一人もいなかった。

タイタニック号の大事故に関して、アメリカでも英国でも公的な調査が行われた。しかし、どの調査も「誰がこの命令を出したのか」という疑問に対して、満足のいく回答を示したものはない。スミス船長が拡声器を使って「英国人らしい行動を」と叫ぶのを聞いた人はいるが、それ以上の発言はなかった。

チャールズ・ライトラー二等航海士は、スミス船長がその命令を出したと主張している。しかし、もしスミス船長が命令を出したのであれば、それはライトラーからの問いに対して船長が答えた結果によることになるであろう。ライトラーはスミス船長から救命ボートに人を乗せるようにとの命令を受けた時、「女性と子供を先に乗せましょうか」と聞いている。彼の問いかけに対してスミス船長は、「そうしてくれ」と返答した。ライトラーはタイタニック号の左舷側で救命ボートを降ろす指揮を執ったが、彼はその命令を厳格に守った。しかし右舷側では、多くの男性が救命ボートに流れ込んでいた。したがって、女性と子供に優先権を与えたのは、ライトラー自身だったように思える。

ライトラーの努力にもかかわらず、生き残った人と亡くなった人の統計データを見ると、大きなショックを受けることになる。一等および二等客室の子供はすべて助かったが、三等客室の子供の三分の二（七九人中五二人）は亡くなっている。割合から見ると、一等客室の男性は三等客室の子供よりも多く助かっている。その数は五七人で、その中にはブルース・イズメイも含まれている。彼らはうまく救命ボートに乗り込んだのだ。一等客室の女性で亡くなったのはわずか四人で、そのうちの三人は自ら進んで夫と船に残る道を選んだ。しかし三等客室では、一六五人の女性の半数以上は命を落とした。

乗船客の中で最も高い死亡率は、二等客室の男性だった。割合から見ると、乗員や三等客室の男性よりも死亡者が多かった。一六八人の二等客室の男性のうち、生還を果たしたのはわずか一四人だった。この数字から、彼らは後ろに下がり、救命ボートから離れた位置にいたことが想像できる。中流階級の男性は一等客室の男性よりも、はるかに強い道義心と良識を持っていたことが明らかだ。

タイタニック号が沈んで二日後の一九一二年四月一七日、ハリファックス・デイリー・エコー紙は今回の命令を疑問視するような社説を掲載した。社説の見出しは、「有名男性客は死を選び、貧しい女性が命を救われた」だった。社説では、アスター大佐とグランド・トランク鉄道の会長チャールズ・M・ヘイズの二名が、ヨーロッパ出身のサポ(3)(木靴)をはいた無学の小作人女性に、救命ボートの席を譲ったことが紹介されていた。この場合乗る順番は逆であるべきだった、と社説は言いたかったのだろう。

しかし、もしそうであるなら、四月三〇日にはエコー紙はその論調を変えたことになる。「名誉ある死」という見出しを付け、社説は次のように語っている。

「救命ボートに乗らなかった乗客や乗員は、自分たちはすべての義務を果たし、立派に行動したということこの上ない喜びを感じて亡くなったに違いない。人類の歴史において、タイタニック号の人々ほど究極の試練の中、立派に行動した男性や女性はいないであろう。一人がみんなのために、みんなが一人のために行動した。そして褒賞《ほうしょう》を得たと言えよう。それは他人のために行動したことに対して与えられ、世界中から称賛の声も寄せられている。何よりも、彼らや彼女らはすばらしい自制心や尊厳を持って死と立ち向かい、他人のことを最期まで思いやった。このことは、今生きている親族、身内、友人に大きな慰めになっているに違いない」

ハリファックス・イーヴニング・メール紙も、同日同じテーマを扱った記事を載せているが、かなりの熱の入れようである（タイタニック号が、今や一万二五〇〇フィートの海底に沈んでいることは、理解されていない）。

「大企業家、資産家、文筆家、意固地な乗組員たちは、彼らに命を託した女性たちが安全に避難できるように行動し、今や、海底一二〇〇フィートの深さで静かに眠っている。彼らの行動は、私たちの文明社会のすばらしさを立証してくれた」

「英雄的な死」は、世界中の新聞社が取り上げたテーマである。ロンドンのデイリー・スケッチ紙は、「演奏を続けた楽団員が、タイタニック号とともに海に沈んだ感動的な場面」について書いている。また、死者の行動を称賛する追悼式がハリファックスで開かれ、神学校の校長クラレンス・マッキノンは感謝の言葉を述べた。

「私たちは、彼らが『男性は全員救命ボートから離れて』という指示を聞き、後ろに下がり、救命ボートに乗らなかったことを知っている。彼らは英雄たちの墓で眠ることになるであろう」

ダンフリースで、ジョック・ヒュームとトーマス・マリンは死んでいない。彼らは故郷に帰ったのだ。もっともニス川のほとりのあの古い町ではなく、もっと幸福ですばらしい国へ。

スミス船長に関しても、一五〇〇人を死に至らしめた責任を問われることもなく、彼もまた「一人の英雄」として亡くなった。英国の船長が取るべき道として、死を選んだからだ。これと同じ感情が、第一次世界大戦という悲劇において、やがて国家を支えることになる。第一次世界大戦中、若者たちは国家のために命を投げ出したのだ。

♪♪♪♪♪♪♪♪♪♪♪♪♪♪

ジョック・ヒュームの遺体は、午前一一時過ぎにメイフラワー・カーリング・リンクに到着した。彼の遺体は、ハリファックスに運ばれた一二五体の身元不明者のうちの一体だった。これら身元不明者の遺体は、遺体防腐処置師たちにとって最優先の遺体ではなかった。遺体防腐処置師たちは、まず名前が判明している六五人の遺体の防腐処置に取り掛かった。

これらの遺体には、ジョックの楽団仲間ウォレス・ハートリーとノビイ・クラークも含まれていた。二人の遺体は身分証明書を所持しており、本人確認がすぐにできた。

その後、遺体防腐処置師たちは夜を徹して働き、身元不明の遺体確認のための準備作業を行った。その結果、翌朝親族や身内の人たちは、公に遺体の確認が許され、遺体を特定できたら搬送の準備までできるようになった。

ハートリーの家族は、ウォレスの遺体を故郷で埋葬するため、英国に搬送することを希望した。クラークの家族は、ノビイがハリファックスのマウント・オリヴェット・ローマン・カトリック共同墓地に埋葬されるように依頼した。マッケイイ・ベネット号でハリファックスへ運ばれた一九〇の遺体のうち、五九の遺体は故郷で埋葬するためハリファックスの町を離れた。

ハリファックスの町を離れた最初の遺体はアスター大佐で、五月一日午前八時に彼の個人所有列車「オウシアニック」で出発した。マッケイイ・ベネット号が埠頭についた翌日の朝だった。ヴィンセント・アスターとアスター家の顧問弁護士ビドル氏が棺に付き添った。一方ロバーツ船長は、ハリファックスに残った。遺体安置所の身元不明の遺体の中に、J・J・アスターの従者ヴィクター・ロビンスがいないかを確認するためだった。

五月二日木曜日の朝になっても、「六〇体はまだなおその身元がわからず、きびしく管理されている」とデイリー・エコー紙は報道した。氷の中に押し込まれていた遺体の中には、解凍し腐敗が始まっているものもあったが、読者の感情を配慮し、そのことは記事に付け加えられなかった。今や多くの遺体は防腐処置を施すことが困難な状態となり、腐敗が進む中そのまま棺の中に納められていた。

ジョージ・ガウヴィンと彼のアシスタントは、埋葬後でも身元確認の作業が継続できるよう、一日中遺体の写真を撮り続けた。その時のガラスのネガは、後にガウヴィン&ゲントゼルによって破棄された。もっとも二枚か三枚かは現存しているようで、個人のコレクションになっていると報告されている。それを見た人は、決して気持ちの良いものではなかったと述べている。

いずれにしても、遺体をできるだけはやく埋葬する必要があった。しかしその一方で、墓石の手配はまだ行われておらず、遺体の身元の特定作業は急ぐ必要がなかった。そこですべての遺体に番号を付け、身元がわかれば墓石に名前を加えるようにした。簡素な木製の十字架が製作され、その上にペンキで番号が付けられた。

フェアヴュー、マウント・オリヴェットそしてバロン・デ・ヒルシュ共同墓地に、長く深い溝が掘られた。埋葬作業は五月三日金曜日に始まった。土曜日には、「名もなき子供」の葬儀だけが行われた。マッケイ・ベネット号の六人の乗組員たちが、セント・ジョージズ教会まで小さな長方形の棺を運んだ。そしてキャノン・ケネス・ハインドによって特別葬儀が執り行われた。マッケイ・ベネット号の乗組員や高級船員七五人、全員が出席した。葬儀に集まった人々で、教会の通路やバルコニーはすぐにいっぱいになった。教会内に入れなかった人々が、通りにあふれていた。

特別葬儀の後はさらに数百人の人々が加わり、通りに一列に並び、霊柩馬車が棺をフェアヴュー・ローン共同墓地へ運ぶのを見送った。人々の多くは、泣いていた。

五月四日土曜日、メイフラワー・カーリング・リンクに安置されていた三三体の身元不明遺体が、埋葬のためフェアヴュー共同墓地に移動した。ジョックの遺体もこの中にあった可能性が高い。しかし、埋葬許可書からは、疑念が残る。それから六日後の五月一〇日、さらに同じ数の三三体の遺体がフェアヴュー共同墓地に埋葬されているからだ。その三三体の中には、ミニア号によってハリファックスに運ばれた遺体もあった。ミニア号は一七の遺体を収容し、二体を水葬に付している。

死者たちのための追悼式が、五月五日の日曜日にオール・セインツ大聖堂で執り行われた。神学校の校長クラレンス・マッキノンは、「身元不明の人々の墓は、永遠に私たちの記憶の中にある」と追悼の言葉を述べた。

「彼らはざわめく木々や草の下で、我々の心の中で静かに眠るだろう。しかし彼らの物語は子供たちへ、そして子供たちの子供たちへと語り継がれるだろう」

参列者の中には、ラーンダー船長とマッケイ・ベネット号の多くの乗組員の姿があった。四月三〇日ハリファックスに帰港して以来、乗組員のだれも休養をとる時間はほとんどなかった。死体という積み荷を降ろした翌日には、彼らは次の航海の準備をするようにとの命令を受けていた。五月一日水曜日のラーンダーの航海日誌には、「入港中」という見出しで、その日の行動が書かれている。

「乗組員たちに賃金の支払いをした。
救命浮輪のチェックを行った。
港湾労働者の連中が、石炭の積み込みを始めた。
船大工がデッキの損傷を修理した。
新鮮な水をタンクに入れた」

追悼式の準備が行われていることを知って、ラーンダーは自分の雇用主であるコマーシャル・ケーブル社に、マッケイ・ベネット号の出港を遅らすことが可能かどうか問い合わせをした。自分や乗組員たちが追悼式に参列するためだった。その後許可が出たので、彼らは追悼式に参列した。追悼式の翌日、五月六日の月曜日朝早く、マッケイ・ベネット号は出港した。

氷を入れて遺体安置所として使用した三つの船艙には、今やケーブル用の巨大ドラムが収納されていた。今回のラーンダーのミッションは、彼にとって喜ばしいものだった。もちろん危険は伴うが、彼はミッションの内容をよく理解しており、何よりこれまで十分訓練を積んできたものだった。

ミッションの内容は、世界で最も長い海底ケーブルの損傷を見つけ、それを修理することだった。その海底ケーブルは、ブレストとサンピエール間、三一七三海里(4)の距離をつないでいた。サンピエールは、ニューファンドランド南西ビュラン半島沖に位置する、フランスの二つの島のうちの一つである。その海底ケーブルは一八九八年に敷設されたが、後に延長されケープコッドやニューヨークまで達した。そのため、ヨーロッパとアメリカ合衆国を結ぶ高速の電信ラインとして、その重要性と価値はますます高まっていた。一〇〇年後、ワールド・ワイド・ウェブが、二つの大陸を結ぶ光ファイバーという同じようなケーブルを利用していることをラーンダーが知れば、大いに喜んだことだろう。

ジョージズ島を通過すると、ラーンダーは航海日誌の新しいページをめくった。彼はそこに「ブレスト・サンピエール間」という題をつけた。そして、さらにその下に「ケープコッドへ、その後ニューヨークへ」と加えた。

これから先、あらしが予想された。しかし、フレデリック・ラーンダー船長は、三週間ぶりにやっと、自分の人生の使命を全うしていると感じることができた。

注

(1) ラッカー　樹脂やセルロース誘導体に可塑剤と顔料を加え、揮発性溶剤で溶いた合成塗料。
(2) 棺　原書では棺は coffin を使用しているが、まれに casket も使用されている。後者の場合は「長方形の棺」と表現した。
(3) サポ　木をくり抜いて作る靴。フランスやオランダの農民がはく。
(4) 海里　船舶と航空機が使う距離の単位で、もともと地球の緯度一分の長さとされていた。しかし、緯度によって長さの異なるさまざまなマイルが生まれたため、一九二九年に国際会議で一八五二メートル（約六〇七六フィート）と定められた。

シタデル・ヒル

シタデル・ヒル内部

ジョックの墓

ノビイの墓

一〇　オリンピック号での反乱

五月四日、サウサンプトン

マッケイ・ベネット号で遺体を降ろす作業が行われていた頃、タイタニック号の姉妹船オリンピック号の五四人の乗組員は、サウサンプトンの裁判所に現れた。彼らは反乱の罪で告訴されたのだ。この出来事は英国の法廷史上、もっとも恥ずべきでまたおろかな告訴事件の一つに違いない。そして、もしそれほど人々に衝撃を与えるものでないとすれば、ハーバート・ハドックという名の船長を巻き込んだ単なるドタバタ喜劇であろう。

オリンピック号はハドック船長の指揮のもと、一九一二年四月二四日の正午、サウサンプトンからニューヨークへ出航する予定だった。タイタニック号と同様に、オリンピック号も完成時、乗客乗員のための救命ボートの数は不十分だった。そこでタイタニック号事故の翌週、ホワイト・スター・ライン社はオリンピック号が出航する前に、もっと多くの救命ボートを搭載するよう努力した。

オリンピック号とタイタニック号を建造したのは、ベルファストにある造船会社ハーランド＆ウルフだった。ハーランド＆ウルフは、木製救命ボートを出航までに提供することはできなかった。そこで、ホワイト・スター・ライン社は、ポーツマス港の兵員輸送船から四〇艇の折りたたみ式ボート(1)を借りてきて、それをオリンピック号に積み込んだ。

サウサンプトンでは、タイタニック号事故で父親や息子が五〇〇人も亡くなっており、人々には未だに動揺が続いていた。家族の一員や友人を失ったオリンピック号の乗員たちは、もっともなことではあるが、折りたたみ式ボートの状態にかなり関心を寄せていた。事故の場合、その折りたたみ式ボートに、自分たちの命を託すことになるからだ。

彼らは折りたたみ式ボートを検査してみた。その結果、ボートは腐敗して耐航力がなく、大部分はボートとしては使えないと判断した。三人の乗員を除き、すべての火夫、機関員、トリマー(2)など乗員全員は仕事を止めて、自分の持ちものなどを集めた。そして「おれたちみんな肩を並べて家に帰ろう」(3)の歌を歌いながら船を降りた。乗員の一人が自ら指揮者を買って出て、乗員のティン・ホイッスルの楽団が歌の伴奏をした。

この時乗客はすでにオリンピック号に乗船していたので、ホワイト・スター・ライン社にとって、この状況は見た目が良いものではなかった。そこで、会社のサウサンプトン支店長カリー氏が調停に入った。彼は交渉があまりうまくはなかった。彼は下船した乗員たちに、命令に従わないのは「階級闘争的反乱」であり、ハドック船長は職場放棄ということで、警察に逮捕を要請することもありえると強い口調で言った。

ストライキに入っていた乗員たちは、即座に波止場で集会を開いた。船員組合事務局長キャノン氏は、自分の意見がみんなの結論に影響を及ぼすことがないよう、投票で今後の態度を決定しようと述べた。「船に戻ることに賛成投票をしたものは、一人もいなかった」とニューヨーク・タイムズ紙の記者は書いている。オリンピック号の乗客の半数以上がアメリカ人だったこともあり、その記者は興味を持って話し合いの展開を見守っていた。キャノン氏はそのタイムズ紙の記者に、次のように語った。
「乗組員たちは今朝点呼で集合した時に、ボートを検査しました。そして多くのボートが腐敗した状態であることがわかったのです。ある乗組員が一艇の折りたたみ式ボートのたわんだ帆布の部分に、手を入れて上に開こうとしてみたそうです。結局ボートはすべて、六年から一〇年間も使用された古いものでした。しかも乗組員たちが折りたたみ式ボートの帆布の部分を上に開こうとしても、開けなかったのです」

ホワイト・スター・ライン社は、大慌てで代わりの火夫やトリマーを探し始めた。しかし二週間前に、実質的に一隻分のその町の乗員を溺死させてしまった事実を、会社は明らかに忘れていた。サウサンプトンの町では、生きている乗員も、仕事を引き受ける乗員も見つけることができなかった。そこで会社は募集先を変更し、ポーツマスでなんとか一〇〇人の乗員を補充した。またリヴァプールとシェフィールドからは、特別列車を利用してさらに一五〇人の乗員を連れてきた。

ストライキに対抗して代わりの乗員を探していた頃、オリンピック号はスピットヘッド[4]近くのソレント海峡に停泊していた。そこはある意味、停泊にふさわしい場所だった。スピットヘッドは、一七九七年英国海軍の反乱事件[5]が起こり、それが成功した場所だったからだ。

その頃には、オリンピック号一四〇〇人の乗客の一部は、この反乱事件を他人事とは考えていなかった。乗客は二日間どこにも船が移動しないことにいらいらし、自分たちの船旅の安全に不安を募らせていた。ホワイト・スター・ライン社は乗客の気を紛らわせ楽しんでもらおうと、凧を配りデッキで凧を揚げさせたが、乗客の不安が消えることはなかった。

オリンピック号の喫煙室で開かれた一等客室の乗客の集会で、サザーランド公爵はこの難局はハドック船長の指導力では解決せず、もっと強い指導力が必要だと判断した。大きなキューバ産葉巻をプカプカふかしながら、サザーランド公爵はボランティアの火夫を募集した。ボランティアの火夫を使い、船をクイーンズタウンに向かわせる。クイーンズタウンなら、船長はもっと従順なアイルランド人乗組員を募ることができるだろう。

驚くことに一七人の一等客室の乗客が、その仕事を引き受けた。その中にはアメリカ人実業家ラルフ・A・スウィートもいた。彼はサザーランド公爵に同行し、自分たちの計画をハドック船長に提案した。

「彼はとても礼儀正しく、私たちにお礼を言った」とスウィートは後に語っている。

「船長は私たちをすぐに仕事につかせてくれると思ったのですが、我々の手を借りるつもりは全くないと言ったのです」

四月二五日の夜、ホワイト・スター・ライン社がかき集めた火夫とトリマーたちが、サウサンプトンに到着した。彼らはタグボートによって、オリンピック号へと送り込まれた。代わりの火夫とトリマーたちは到着したが、その時船に残っていた五四人の火夫たちの反応は当然よいものではなかった。彼らは、代わりの火夫たちは船員組合に入っておらず、大西洋横断の定期旅客船を運行する資格がないと言って新来者たちを拒絶した。交代要員の新来者たちが、オリンピック号に乗船するため、はしごを登り始めると、船に残っていた五四人の乗組員たちは、彼らの横をすり抜けて下に降りてしまった。そしてタグボートに、自分たちを岸まで運ぶよう要求した。

この時点で、英国海軍がこの紛争に関与してきた。ハドック船長は巡洋艦コクランに助けを求め、ランプで信号を送った。コクランの艦長ウィリアム・グッドイナフはそのタグボートに乗り込み、彼らに反乱罪とみなされ、きびしく罰せられる可能性が高いことを警告した。彼らはそれでもオリンピック号に戻ることを拒否した。タグボートは男たちを乗せてサウサンプトンに戻った。そこでは警察が待ち構えており、「船の責任者の命令に従わなかったことによる違法行為」との理由で、彼らを逮捕した。

結局、ホワイト・スター・ライン社はオリンピック号の出航を取り止め、乗客たちに運賃の払い戻しを行った。しかしホワイト・スター・ライン社の担当者によると、乗客の一部は「船員たちの今回の行動に激しく不満を言い、タイタニック号事故救済基金の支援として支払った小切手を返すよう」強く要求した。会社は郵政大臣（オリンピック号は英国郵便船だった）に、次のような電報を送った。

「今回の乗組員の反乱行為について、適切に処罰をしてくださいますことを切に願います。なぜならば、もし断固とした態度を今示さないと、規律を取り戻すことが絶望となり、その状態で航海に出ることになるからです」

命令に従わなかった「反乱者たち」は、逮捕されたその日の朝、サウサンプトンの判事たちの前に現れた。最初彼らは判事たちに向かって二列に並んで立たされ、その後椅子が与えられた。

C・ヒスコック氏が、ホワイト・スター・ライン社側の代表として出廷した。彼は反乱者たちに商船海運条例に基づき、告訴されたことを説明した。当時の商船海運条例では、もし船員が意図的な命令違反で有罪となった場合、四週間を超えない範囲で収監されると規定されていた。裁判所は、ストライキ状態を打破するため新たに採用され乗船した二〇〇人のうち、実質航海業務の経験があったのは、わずか三人だけだったということも確認した。

五四人の船員たちは、まず四月三〇日まで勾留された。四月三〇日、彼らは判事たちの前に現れ、そして再勾留された。この事件は、ほとんど報道されることはなかった。この日、タイタニック号の生存者の多くが英国に帰国し、またジョックを含む遺体を載せたマッケイ・ベネット号もハリファックスに到着していた。これら二つのニュースが報道されたため、この裁判は影が薄くなり、ほとんど注目されることはなかった。

五月四日、五四人の船員は再び出廷した。法廷で彼らは反乱罪にはあたらないと申し立てた。前海軍将校で操舵手のジョージ・マーテルが、被告人側の証人の一人として登場した。彼は次のように述べた。

「ストライキ中の火夫の代わりをするために船に乗り込んできた男たちの様子を見て、私は本当にむかむかしました・・・彼らは私にとって、船員仲間ではなかった。彼らは、実際はポーツマスのごろつきですよ」

判事たちは告訴内容が立証されたと結論を下した。しかし次のように意見を述べた。

「彼らが命令を拒否するに至ったそれ以前の諸事情を考慮すると、被告人の男たちを収監したり罰金を科したりするのは適切ではない」

判事たちは彼ら全員を釈放し、彼らが業務に戻ることを希望した。そして実際、彼らは五月一五日に船の業務に戻った。オリンピック号のニューヨークへの出航は遅れたが、それに間に合うように船のデッキには、ハーランド&ウルフ社製の新しい木製救命ボートが搭載されていた。新しい救命ボートを見て、彼らは大いに喜んだ。

「サウサンプトンからオリンピック号が出航する際、それにけちをつけるような困った出来事など、何もなかった。確かに命令違反行為があったが、それに関与した乗組員もほとんどオリンピック号の業務に戻った」とニューヨーク・タイムズ紙は翌日報じた。

さらにタイムズ紙は、次のような記事を載せている。

「オリンピック号はニューヨークへ航海中であるが、船の主任火夫はバレットという名の男だ。彼は救命ボートで一晩過ごした経験があり、救命ボートについてかなりの知識を持っている。実はバレットは、タイタニック号事故から生還した数少ない乗組員の一人だ。他の生存者とともにカルパチア号でニューヨークに到着し、その後ニューヨークからサウサンプトンに戻った。オリンピック号に乗船する前、彼は海難事故調査理事からお茶に招待された。理事は、タイタニック号が氷山と衝突した後、機関士たちが経験したその場の生々しい様子を聞きたいと願っていた」

注

（1）折りたたみ式ボート　折りたたみ式の帆布が側面についていて、船べりの上へ伸ばせるボート。

（2）トリマー　積荷、燃料調整係。

（3）ティン・ホイッスル　アイルランド発祥といわれる縦笛。

（4）スピットヘッド　イングランド南部、ハンプシャー州のソレント海峡（イギリス本土とワイト島の間の海峡）の東側、ギルキッカー・ポイント沖にある停泊地。ポーツマス軍港の港外にあたる。

（5）英国海軍の反乱事件　ポーツマス近くの停泊地、スピットヘッドにおける反乱。一七九七年四月一六日に起こり、五月一五日まで続いた。これは、ブリッドポート提督率いる海峡艦隊の一六隻の軍艦の水兵が、軍艦の生活環境の悪さと給与の低さに抗議し、その改善を求めた反乱。

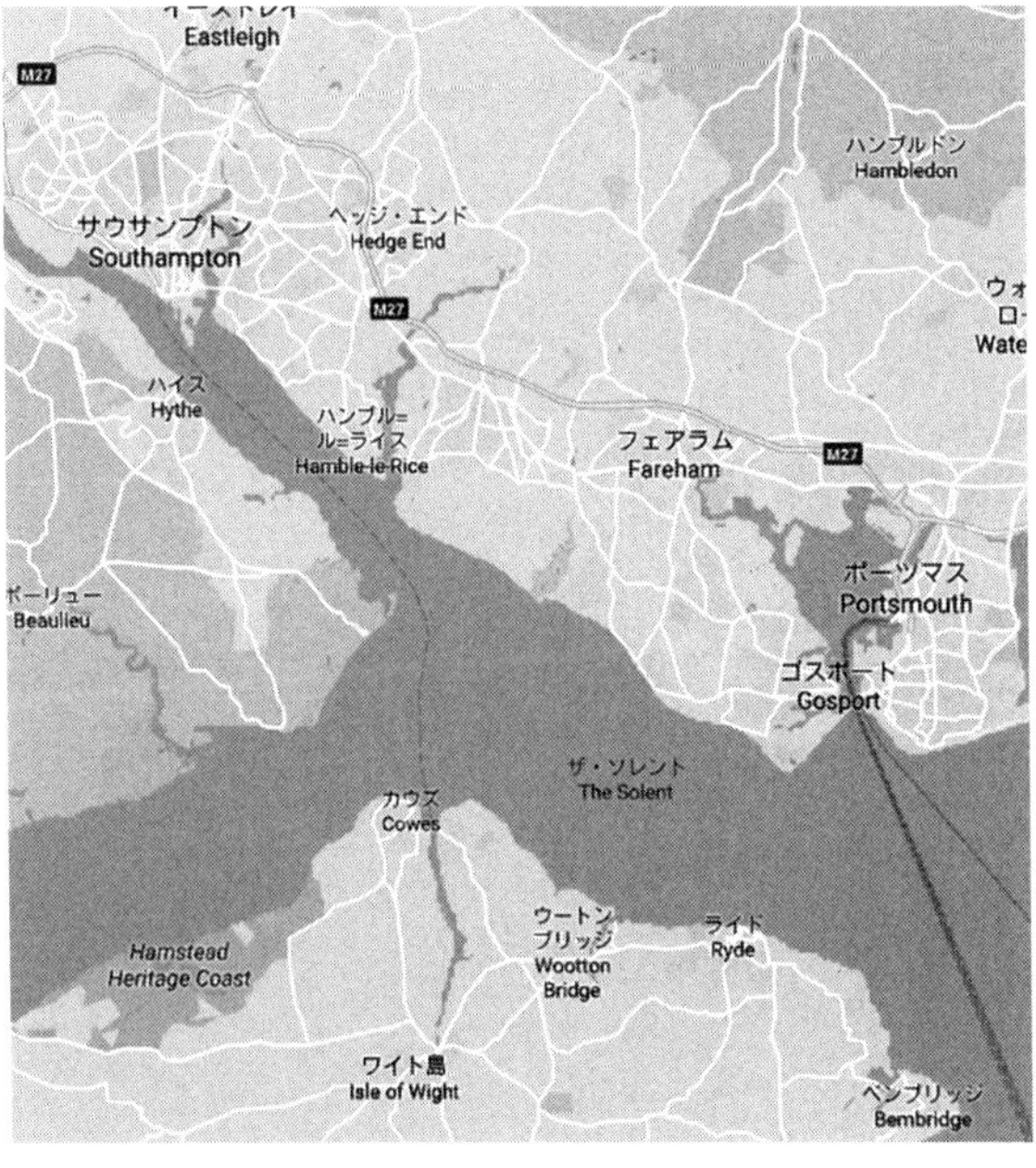

サウサンプトンとポーツマス

一一　称賛されるタイタニック号の楽団リーダー

五月一八日、ランカシャー州、コルネ

マッケイ・ベネット号に収容された時、私の祖父ジョックの遺体は身元を特定できるようなものを何も身につけていなかった。一方、ジョックとは異なり、楽団リーダー、ウォレス・ハートリーはすぐに身元が判明した。彼のヴァイオリンケースは、胸の位置に革ひもでしっかり固定されていた。ポケットの中で見つかった銀色のマッチボックスと金の万年筆には、彼のイニシャルWHHの文字があった。彼はまた手紙を数通所持していて、「ウォレス・ホットレイ、バンドマスター、タイタニック号」宛ての電報もあった。

マッケイ・ベネット号の事務長は、そのまま「W・ホットレイ」とリストに記載した。しかしその誤りはすぐに指摘され、遺体番号二二四はハリファックスに到着すると、すぐにハートリーの遺体だと確認された。ランカシャー州コルネの彼の家族には、五月一日のその日のうちに電報で知らされた。家族はすぐに遺体を本国まで搬送するよう依頼した。

マッケイ・ベネット号が到着する前から、ホワイト・スター・ライン社の担当者たちは、もし棺をヨーロッパに搬送する依頼があれば、「通常の貨物料金を適応する」と言っていた。ウォレスの家族が料金を支払うことになったかどうか、私たちはわからない。しかし五月一七日金曜日の朝、彼の棺はホワイト・スター・ライン社の定期船ＲＭＳアラビック号で、リヴァプールに到着した。アラビック号は、ウォレスの他さらに二体、タイタニック号の犠牲者を故郷英国へと運んだ。

ウォレスの父アルビオンは、前日コルネから六〇マイルの距離を霊柩馬車でやって来て、定期船の到着を待っていた。コルネへの帰途につくまでに、彼はいくつかの手続きを踏まなければならなかった。ます最初に、アルビオン・ハートリーは、息子の遺体を確認しなければならなかった。それは彼にとって、とても辛いことだった。アメリカ式の棺はふたの一部が動かせるようになっており、遺体の顔がガラスパネル越しに見えるようになっていた。

楽団リーダー、ハートリー

次に、アルビオンは息子の所持品を確認し、受け取りのサインをしなければならなかった。所持品の中には、肩章も含まれていた。マッケイ・ベネット号のだれかが、ウォレスの所持品に加えてあげようと、気を利かせて楽団の制服からはずしたのだ。

帰路は一〇時間かかり、霊柩馬車がコルネに着いたのは真夜中だった。ハートリーの棺は直接ベテル・チャペルへ運ばれた。そこはウォレスがかつて聖歌隊員だった教会で、彼の父アルビオンは聖歌隊の指揮者を務めていた。前もって文字が刻み込まれた真鍮プレートが用意されていた。そしてこの時、そのプレートが棺に取り付けられた。そこには手短に、次のように書かれていた。

「ウォレス・ハートリー
一九一二年四月一五日、眠りにつく
年齢　三三歳
『主よ御許に近づかん』」

翌朝から一日中、嘆き悲しむ人々が列をなして棺の前を歩いた。一〇〇〇人以上の人々が葬儀に訪れ、全員がチャペルに入ることはできなかった。しかし後から考えると、その光景はとても異常と言えよう。人々はだれもが深く悲しんでいたが、その様子はタイタニック号、特に楽団に対して英国の大衆が抱いていた感情を表していた。

霊柩馬車がハートリーの棺を、チャペルから丘の上の共同墓地へと運んだ。この時、町の人口より多い三万人の人々が通りを埋め尽くし、哀悼の意を表した。あらゆる階層の人々が集まった。工場労働者もいれば、炭鉱夫もおり、また音楽家もいた。四人の騎馬警官が葬列を先導し、三〇人の警察官がその後を徒歩で続いた。コルネの町のブラスバンドに、ヨークシャーとランカシャーの炭鉱のブラスバンドがいくつか加わっていた。

ハートリーの葬儀の記事や写真は、二日間新聞紙面を独占した。メアリー・コスティンは、新聞を読み終えて、母親に手渡した。そして母親に向かって言った。

「私は誇りを持つべきだということは、わかっています。でも、ハートリー家の人々は遺体が戻り、埋葬できてうらやましいわ」

メアリーはジョックがすでに見つかっていたことも、ましてジョックが二週間前にすでに埋葬されていたことも知らなかった。

一二　メアリー、遺体に汚点を残す

六月二八日、ダンフリース、バックルーク・ストリート

タイタニック号の沈没事故に、人々は深い悲しみに打ちひしがれた。すぐに一般の人々の間から、犠牲者の未亡人や子供に対し手を差し伸べたいという感情が沸き起こった。多くの家族は、夫、父親そして息子や兄弟を亡くし、本当に困窮していた。七二四人の乗員がサウサンプトン出身だったが、そのうち故郷の家族のもとに生還できたのは、わずか一七五人だった。

大西洋を挟みアメリカ合衆国でも英国でも、いざと言う時には、犠牲者の家庭にとても気前よく手が差し伸べられた。英国では、ジョージ五世が五〇〇〇ギニー[1]を寄付し、すばらしい模範を示した。教会教区評議会、ボーイスカウトそして今回特別に設置された募金箱が、どんどん義援金を集めていた。人々は自分が出せる以上の金額を寄付した。ダンフリース近郊のカッスル・ダグラスでは、ボーイスカウトが四七ポンドを集めた。少年たちが集められる金額としてはかなりの額だ。それは今日の貨幣価値で、およそ二〇〇〇ポンドに匹敵する。

五月には、総勢五〇〇人のオーケストラが犠牲者の家族を援助するために、ロイヤル・アルバート・ホール[2]でコンサートを開催した。それはこれまでで、最大級のコンサートとなった。一万人の人々が、サー・ヘンリー・ウッドやエドワード・エルガーが感動的な曲を指揮する姿を見ようと集まった。デイ

リー・スケッチ紙は、翌日次のような記事を載せた。

「この日のプログラムの最高の瞬間がやってきた。サー・ヘンリー・ウッドがオーケストラの指揮をした。彼は『主よ御許に近づかん』の最初の八小節を指揮したが、それから聴衆の方を向き、聴衆がその歌を歌い終わるまで合唱の指揮を続けた。一万人の聴衆は、これまでで最悪の海難事故に心を痛めていた。聴衆は哀悼の意を込めて、讃美歌『主よ御許に近づかん』を歌った」

スケッチ紙によると、その讃美歌に「王室関係者近くのボックス席に座っていた二人の女性」が、特に感傷的になっていた。二人が「主よ御許に近づかん」をこの前耳にしたのは、二人が救命ボートの中にいた時だった。その時楽団はタイタニック号のデッキの上で、讃美歌の演奏をしていた。

タイタニック号の悲劇の直後に、公的基金がいくつか設立され、寄付金は公平かつ均等に分配されることになった。一番大きな基金は、ロンドン市長基金とデイリー・テレグラフ・タイタニック基金だった。またその他の寄付金センターが、サウサンプトン、グラスゴーそしてリヴァプールに設置された。やがてこれらは一つの基金へ合体し、タイタニック号救済基金と呼ばれるようになった。

六月の終わり頃には、タイタニック号救済基金は三〇万七〇〇〇ポンドを集めた。今日の一五〇〇万ポンドに匹敵する。この基金は組織運営がしっかりしており、全国紙や地方紙にきちんと通知文を載せ、犠牲者が扶養していた家族からの給付金の申請を募った。

メアリー・コスティンは六月二八日の金曜日に基金に手紙を送り、正式に給付金の申請をした。メアリーは手紙で、自分はタイタニック号の楽団のヴァイオリニスト、ジョック・ロー・ヒュームの婚約者で、一〇月に彼の子供を出産する予定であることを説明した。彼女は事務弁護士ヘンドリー氏に相談し、そのような内容で手紙を送った。母スーザンがヘンドリー氏の法律事務所で清掃員と用務員をしており、メアリーは彼にアドヴァイスをお願いした。四月にジョックが亡くなった時、ヘンドリーはメアリーと母親に自分ができることはどんなことでも協力し、その費用も請求しないと言ってくれていた。彼は喜んで二人の手助けをした。

ジョックが亡くなって以来、メアリーは家庭でも職場でも、優しくされることに困惑していた。ジョックは、ダンフリースで人気者で、有名人だった。人々はメアリーに手を差し伸べ、ジョックを失った自分たちの悲しみを表現した。六月の終わり頃には、メアリーがジョックの子供を身ごもっていることが知れ渡った。

メアリーの妊娠に人々は当惑するどころか、純粋に彼女を祝福しているように思えた。彼女の母スーザンは、近所の人たちとよい関係を作るよう努力した。あらゆる機会を利用して生まれてくる孫のことを話し、必ずジョックとメアリーの赤ちゃんだと伝えた。ジョックの死はメアリーにとって不幸な出来事だったが、母と娘が支え合って生きていることに疑いを持つ人はだれもいなかった。

しかし、メアリーは世間の人々の前では平気そうにしていたが、本当は悲しくて孤独で不安だった。メアリーはジョックが自分のそばにいないことには慣れていた。メアリーがジョックと知り合って以来、彼は旅客船で演奏するため、一回あたり数週間から数か月間出かけていたからだ。しかしジョックが永遠に戻ってこないという現実を受け入れることは困難だった。兄のウィリアムも失い寂しく感じていたが、これまで以上に兄にも会いたかった。

そして彼女はお金のことも心配していた。一〇月には、子供の出産のため、仕事の休みを取らなければならない。しかし仕事に戻れるようになっても、工場に復職できる保証はないのだ。

メアリーの申請に対して、タイタニック号救済基金からの回答が二週間後に届いた。それはメアリーが予想していたより、かなり早かった。しかしその内容を読んで、メアリーは喜ぶことはできなかった。基金側はメアリーの請求に対して同情的ではあったが、まだ子供が生まれていない以上、「死亡した男性の家族の評判に汚点を残すという代償を払うことはできない」と書いてあった。メアリーは子供を産んだ後に再申請すべきで、そうすれば「ジョックが父親として子供を残していた証拠」になるとのことだった。

事務所にいるヘンドリー氏に手紙を見せた頃には、彼女は泣いていた。ヘンドリー氏は基金からの回答に、少しも驚かなかった。そしてメアリーを安心させようと、次のように言った。

「これは単に手続き上の問題だよ。基金の担当者は、法律上慎重にならざるを得ない。赤ちゃんが生まれたら、ジョックの父親証明書を裁判所に申請しよう。それは普通容易に認められることではないが、君が置かれた状況から考えると、申請すべきだ。心配することはないよ。大丈夫だよ」

メアリーはヘンドリー氏の言葉にとても慰められた。

しかし、基金からよい回答をもらうのは、まったく容易ではなかった。メアリーもヘンドリーも知らなかったことだが、アンドリュー・ヒューム自身もタイタニック号救済基金に手紙を送っていた。彼は故ジョック・ロー・ヒュームの被扶養者として、給付金の申請をしていた。さらに、自分の息子は、ダンフリース、バッククルーク・ストリート三五番に住むメアリー・コスティンのお腹の子の父親ではないと伝えており、その決定的な証拠も持っていると手紙に書いていた。

注

（1）ギニー　二一シリングに当たる英国の通貨単位。弁護士などの謝礼や絵画などの値段に用いられた。一九七一年に廃止された。

（2）ロイヤル・アルバート・ホール　英国のヴィクトリア女王の夫、アルバート公に捧げられた演劇場。ロンドンのシティ・オヴ・ウェストミンスターに位置する。

カッスル・ダグラスの町並 1

カッスル・ダグラスの町並 2

一三　アンドリュー・ヒューム

空想の世界

アンドリュー・ヒュームは一生を通じて、何かチャンスがあれば、それをすばやく見つけ、うまく利用してきた男だ。そして、息子ジョックの死も、その例外ではなかったであろう。彼はタイタニック号救済基金を、お金を手に入れる絶好の機会ととらえた。もちろん、基金からのお金を、メアリーや彼女の産む子に分けてやるつもりなどなかった。基金からお金が入れば、彼の暮らしぶりは大きく変化する可能性があった。そこで基金が提供する給付金は、どんなものでもすぐに申請した。それと並行して、もっと簡単に手に入るその他のお金も探し回った。実際そのようなお金はたくさんあったのだ。

タイタニック号の悲劇から数週間、アンドリュー・ヒュームは所属していた合同音楽家組合を通して、英国やアメリカ合衆国における様々な基金集めの活動を知った。それらは特に亡くなった楽団員の家族のためにお金を集めていた。

タイタニック号事故で命を落とした人はだれでも、その死はヒーローとして扱われた。しかし、八人の楽団員たちは、船が沈むまで演奏を続けたことで、さらにスーパーヒーローとしての地位を確立していた。俳優の世界と同様に、音楽家は自分たちの仲間を思う気持ちが強かった。音楽家たちは英国やアメリカ合衆国で、何度も感動的な追悼コンサートを開催した。

ニューヨークやボストンでは、このようなコンサートを精力的に宣伝し、おしみなく資金援助をした人たちがいた。タイタニック号事故から生還した、裕福なアメリカ人たちだ。彼らや彼女らは全員、船が沈むまでの時間、人々が冷静さを失わないように演奏を続けた楽団員に、以前から敬意を表していた。彼らや彼女らの多くは資金調達において、経験豊かで人々に与える影響力も強かった。その中にはマドレーヌ・アスターも含まれていた。彼女は五〇〇人の演奏家によるコンサートの企画に加わった。そのコンサートはタイタニック号の楽団員の家族を支援して、ブロードウェイのムーラン・ルージュで開催された。彼女は資金集めのため大物有名人を集めてランチ会も開いた。主賓はタイタニック号の生存者をニューヨークまで運んだカルパチア号の船長、ロストロンだった。

これら社交界の名士たちはだれも、メアリーの存在について知らなかった。またジョックがやがて生まれてくる子を残して死んだことも知らなかった。したがって、自身も音楽家であるジョックの父親が、資金調達者からお金を受け取るのは当然で、またその権利も十分持ち合わせていると見なされた。アンドリューの家族も含め、メアリーやその他ほとんどの人々も知らなかったことだが、アンドリュー・ヒュームはそれから数か月の間に、慈善団体から援助金を受け取り、二五〇ポンド以上のお金を銀行に預けた。ジョックの死の賠償として受け取るお金を、二倍以上にする計画も考えていた。

♪♪♪♪♪♪♪♪♪♪♪♪♪

一九一二年頃には、アンドリュー・ヒュームは熟達したオールラウンドの演奏家として、英国の音楽界で評判を上げていた。彼はピアノやヴァイオリンと同じくらい、バンジョーやギターの演奏にも熟達していた。またラフマニノフと同じくらいみごとにラグタイムを演奏した。彼は定期的にコンサートを開き、ランカシャー州モーカムにニューオープンしたウエスト・エンド・ピアで、四〇人からなるオーケストラのコンサートマスターを務めた。ウエスト・エンド・ピアがオープンしたその夏のシーズンは、一〇週間にわたり故郷を離れて演奏を行った。

彼は演奏だけではなく、音楽も教えた。地元の小学校や中等学校で授業を持つとともに、自宅ではプライベートレッスンを行った。彼は指揮者でもあった。ほとんど毎週日曜日の午後、ダンフリースのドック・パークの野外ステージで、指揮棒を振る彼の姿を見ることができた。そして、彼はヴァイオリンの製作も行った。

アンドリュー・ヒュームという人物は、とにかく忙しい男だった。音楽に関することであれば、彼にできないことは何もないように思われた。音楽家仲間にとって、それは何も驚くようなことではない。アンドリュー・ヒュームの経歴は、非の打ち所が無いものだったからだ。

彼は音楽を王立音楽院(1)の教授で、偉大なプロスパー・フィリップ・セイントン(2)のもとで学んだと言われている。またヴァイオリン製作の技術を、エアルバッハ、シェーンバッハ、マルクノイキルヒェンなどのザクセン（サクソニー）の有名な工房にて、見習工として身につけたと言われている。そしてこのような音楽的才能のすべてを、祖父から遺伝的に受け継いだとも言われている。彼の祖父はアレキサンダー・ヒュームである。彼は、人々から尊敬され愛されたスコットランドの作曲家で詩人だった。そして、人々にとっての英雄だった。

アレキサンダー・ヒュームはスコットランドでは偶像化された人物で、独学で作曲を学んだ本物の天才だった。彼は「スコットランド移民の別れ」を書き、ロバート・バーンズの「アフトンの流れ」にメロディーをつけたことで広く称賛された。

アレキサンダー・ヒュームはろうそく商人の息子として、一八一一年エディンバラで生まれた。彼は生涯高級家具職人として働いた。そしてその一方、余暇には歌を歌い、作曲や作詞をすることに専念した。これらすべてを、彼は独学で身につけた。一八二九年、アン・リーズと結婚し、七人の子供をもうけた。家族は一八五五年にグラスゴーに移住し、ヒュームは家具作りを続け生計を立てた。それと並行して作曲や作詞も行い、「スコットランドの抒情詩珠玉集」の編纂もした。

彼は一八五九年、貧困の状態で亡くなった。仲間からの誘惑やお酒の力に負けたようだ。あるいは自分がもらうべきお金を、きちんと集める能力がなかったことが原因かもしれない。彼の名声は広く知れ渡っていたので、ニューヨーク・タイムズ紙に死亡記事が載った。その死亡記事によると、彼は「アフトンの流れ」に美しいメロディーをつけたが、それに対して「当然受け取るべき報酬」をもらっていなかったようだ。

アンドリュー・ヒュームは、彼の祖父の輝かしい栄光の恩恵にあずかった。祖父は彼に音楽家としての信用と社会的地位を与えてくれた。「音楽の才能が隔世遺伝したよ」と彼はよく人々に語ったものだ。一方、父親のことは軽蔑し否定ばかりしていた。父親は元農場労働者で、ダンフリースの精神科病院の看護人をしていた。

しかしアレキサンダー・ヒュームは、実際はアンドリュー・ヒュームの祖父ではなかった。また、アンドリュー自身、王立音楽院に通った事実もなかった。プロスパー・フィリップ・セイントンの弟子でもなかった。さらに、彼の名前が記載されたヴァイオリンのすべてを製作したわけでもなかった。ついでながら、それらのヴァイオリンの多くは、今日でも競売にかければかなりよい値がつく名器だ。

王立音楽院のカストディアン、[3] デイヴィド・ラトリも、ザクセンの工房で見習工として働いたというアンドリュー・ヒュームの主張に疑問を抱いている。「もし彼の主張が正しいなら、彼はドイツ語がしゃべれなければおかしい」とラトリは私に語った。「見習工の期間は六年から八年くらいになります。しかもこの修行期間を終えて、ダンフリースで音楽を教えたりバンジョーを演奏したりすることは、普通ありえないでしょう」

アンドリュー・ヒュームは、自分の人生で多くのフィクションを作り上げたが、これらのことはその序の口だった。彼はとても複雑に偽りの蜘蛛の巣をかけたので、幻想を抱く多くの人々のように、彼も最終的には自分自身のうそを信じるようになった。彼は自分の素性を恥じており、生まれの卑しさから逃れることができた今の自分が自慢だった。彼は自分の生まれを隠したり、まったく別のものに作り変えたりして人生を送った。これら多くのだまし行為の中心にあったのが、ヴァイオリンだった。

♪♪♪♪♪♪♪♪♪♪♪♪♪♪♪

スコットランドと言えばバグパイプ[4]を連想するが、五〇〇年間スコットランドの人々を楽しませてきたのは、実はヴァイオリンなどの弦楽器の音である。弦楽器は他の何よりも人々に喜びを与え、この国の文化的な生活を形成してきた。バグパイプと異なり、ヴァイオリンは小さくて軽く、そして持ち運びも簡単だ。正真正銘のヴァイオリニストが手に取れば、ヴァイオリンはどこでも歌やダンスや笑いを提供できる。今日まで、ヴァイオリンはいつも友人だった。人々はヴァイオリンを持って、どこでも出かけることができる。

英国において、弦楽器製作者として知られる初期の人物の一人が、ヒュームと呼ばれる男だ。エディンバラの「ヴァイオリン製作者」リチャード・ヒュームは、一五三五年ジェームズ五世に弦楽器数挺を売り渡した。その値段は当時の二〇ポンドで、かなりの額だった。リチャード・ヒュームは、この本の中心人物のヒュームとは関係がない。もっともアンドリュー・ヒュームなら、関係があったかのように、おそらく我々を信じさせようとしたであろう。

歴史上ヴァイオリンが登場する次の記録は、その二六年後だ。一五六一年、王位継承のために、メアリー女王がスコットランドに帰国した時のことである。スコットランド女王メアリーは、ホリールード宮殿の中へ、数人の音楽家によるヴァイオリン演奏で入場した。女王は「そのメロディーとてもいいわ」と述べた。そして、ジョン・ノックス(5)が伝えるところによると、女王は音楽家たちに、しばらくの間毎晩演奏をするように依頼した。

ところが、この新しい女王に感動を与えたいと思っていたスコットランドの臣民たちが、一階にある女王の寝室の窓際で演奏をしてしまった。当時の編年史家ブロンテは、次のように記録している。

「窓の下に町の人々が五〇〇人から六〇〇人集まってきて、女王のためにヴァイオリンのコンサートを開いた。しかし、ひどいできで、悲惨なほど音がはずれていた・・・おやすみ前のとんでもない子守歌だった」

翌日女王はその場で喜びの気持ちを表したが、その後大勢のお供の人たちを引き連れて、宮殿の反対側のはるか遠い部屋に移動してしまった。

それから数百年で、ヴァイオリンの人気は急速に高まっていった。スコットランドの人々がダンスに熱中したことも、ヴァイオリン人気に拍車をかけた。建具を作る技術があれば、自分自身の楽器を製作することは、さほど難しくはない。そのことに多くの弦楽器演奏者が気がついた。もっとも自分で製作しなくても、ヴァイオリンは数羽のうさぎの値段で手に入れることができた。

一八世紀頃には、ヴァイオリンはスコットランドの社会生活や文化活動において、なくてはならないものの一つとなった。スコットランドの市町村には、必ず弦楽器の演奏家がいた。また貧乏であろうとお金持ちであろうと、ほとんどの家庭に弦楽器が一挺あった。ヴァイオリンの演奏や製作の技術は、何世代にもわたって受け継がれ、友人間で共有されていった。弦楽器は、英雄、伝説、ロマンスなどを愛するスコットランド人の心を育てていった。当時、ヴァイオリンが登場し、演奏されない行事などなかった。その中には死刑執行も含まれていた。

サー・ウォルター・スコット(6)は、一七〇〇年の悪名高いジェイムズ・マクファーソンの絞首刑の様子を記録している。マクファーソンは、ロビン・フッドのような人物だった。彼は強奪行為で悪名高かったが、それと同じくらいヴァイオリン演奏のうまさでも有名だった。

マクファーソンは絞首刑が執行される「死刑の木」のところまで来ると、お気に入りのヴァイオリンで、「マクファーソンの哀悼歌」を演奏した。そして彼の通夜にその曲を演奏してくれる人を求めて、大切なその楽器を差し出した。「だれも申し出る者はいなかった」とスコットは書いている。そこで「マクファーソンは死刑執行人の頭上でヴァイオリンを打ち砕き、無謀にもはしごから自ら身を投げ出した」

彼のヴァイオリンの残骸は、彼の墓穴に放り込まれた。彼のいとこのドナルドは、かたみとしてヴァイオリンのネックとかけらを回収した。

ニュージーランドへ移民したあるスコットランド人の場合は、マクファーソンより運がよかった。マクファーソンから一世紀後、そのスコットランド人は、ひつじの窃盗で死刑を宣告された。死刑宣告を受けた男サンディは、優れたヴァイオリン奏者として知られていた。裁判官たちもスコットランド人だったが、サンディに自分たちに別れの曲を演奏してくれるか尋ねた。

サンディは異常ともいえる元気さで、お気に入りのストラスペイ(7)とリール(8)を軽快に演奏した。その時、演奏に合わせて足でリズムをとっていた裁判官たちは、立ち上がり踊り始めた。演奏が終わると、彼らはサンディに死刑の執行猶予を言い渡した。こんなすばらしい才能のヴァイオリン奏者を、死刑にするのはとても残念だという理由だった。

スコットランドの「農民詩人」ロバート・バーンズは、彼の多くの作品の中でヴァイオリンを重宝した。そして、ヴァイオリン奏者である友人メイジャー・ローガンのために詩を書いた。その詩は次のように終わっている。

「心は気高く、ヴァイオリンも完璧で
ヴァイオリンを弾く君の腕は、いつまでも素早く飛び跳ねる」

バーンズは数百マイル旅をして、ニール・ガウを表敬訪問した。彼はバーンズと同じ世代で、最も名高いスコットランド人ヴァイオリン奏者だった。ニール・ガウは一七二七年、パースシャー(9)のインヴァーで生まれた。バーンズは、日記の中でガウのことを、「親切で寛大な人」と称賛している。

当時の多くのヴァイオリン奏者と同様に、ガウもほとんど独学でヴァイオリンを学んだ。彼は弓を持つ腕が並外れて強かった。そのおかげで、彼は弓を用いた独特のアップストローク(10)の技術を身につけることができた。その技術を演奏に活かし、踊る人たちのステップに新たな命と活気を与えた。また元気のない人たちも、奮起させることができた。

ガウはかつて牧草地で雄牛に追いかけられたことがあった。その時彼はヴァイオリンを取り出し、数回力強いアップストローク演奏を行った。すると雄牛はぴたりと立ち止まった。ほぼ半世紀の間、ガウはスコットランドで開催される盛大なダンス会で、常に演奏の依頼を受けていた。

一八世紀半ば頃、スコットランドでは、人々の生活において、文化の黄金時代が始まった。理由の一つは弦楽器の普及である。それは一般の人々の音楽への関心を、急速に高めるきっかけとなった。弦楽器の演奏家たちは自分で曲を書き、自ら製作した楽器で演奏した。ヴァイオリン製作の中心地が、エディンバラ、グラスゴー、そしてアバディーンに次々と現れた。ヴァイオリン製作者の多くは、すばらしいヴァイオリニストでもあった。音楽の学校が国中に開校された。歴史上初めて、ヨーロッパの演奏家たちがスコットランドに関心を持ち始めた。まもなくスコットランドのヴァイオリン製作者たちも、ヨーロッパ各地に出かけるようになった。そのため双方向の交流が始まった。

それから一世紀、エディンバラとグラスゴーは、ヨーロッパにおけるレベルの高い音楽中心地として重要性が高まった。エディンバラには、二〇か所以上のヴァイオリン工房があり、ロイヤル・マイル通り[11]沿いだけでも六か所あった。

アンドリュー・ヒュームが生まれた一八六四年頃には、ダンフリースシャー[12]の住人の音楽的レベルの高さは評判だった。「アナンデールは音楽家を輩出している。彼らはスコットランドの国境を越えても知名度が高く、ヴァイオリンの演奏技術は、この国の上流階級の人たちを魅了した」とアレキサンダー・マードックは書き残している。彼は自らも高名な、エディンバラのヴァイオリン製作者だった。

『スコットランドの弦楽器』というマードックのとても面白い本が、一八八八年に出版されている。彼によると、最も有名な演奏家は、ロッカビー近くのターンミュラー出身のジョンストンという人物である。彼は父親の農場で、農夫として耕作作業をして成長した。

「最高のものを求める彼の熱意は、とてもすごいものだった。彼は農場で耕作していても、もし何らかの新しい音楽的ひらめきが彼の想像力を駆り立てたら、畑に馬をそのまま残し、急いで自宅にヴァイオリンを取りに戻った。そして自宅に着く前に、もう曲を完成させていた」とマードックは書いている。

ジョンストンは後にターンミュラーとして知られるようになった。彼は「この地域ではどんな時でも登場する、最も気高いヴァイオリンの達人となった」。それから彼はヴァイオリンを携えて、英国中を演奏旅行した。リヴァプールで大成功を収め、「スコットランドのパガニーニ」[13]と称賛された。

学校でターンミュラーについて教わった若き日のアンドリュー・ヒュームは、農夫からヒーローとなったこの地元の音楽家に感化された。ターンミュラーは、アンドリューの希望の星となった。すきで耕す畑から音楽の舞台へと駆け上がることは、不可能なことではなかった。ダンフリースに住んでいたあの偉大なロバート・バーンズが、まず模範を見せてくれた。そして次に、ターンミュラー自身が証明してくれた。これから、アンドリュー・ヒューム自身も、それを実現するのだ。

♪♪♪♪♪♪♪♪♪♪♪♪♪♪♪♪♪

アンドリュー・ヒュームは、ダンフリース近くのロックラットン、ロックフットで、一八六四年五月七日に生まれた。そこは小さな湖に隣接し、ゆるやかに起伏する丘に囲まれた小さな村だった。彼はジョン・ヒュームの九人中五番目の子供である。ジョン・ヒュームは農場労働者で、彼の妻エレン（旧姓ハリデー）も地元の農場労働者の娘だった。アンドリューの祖父ロバート・ヒュームもまた農場労働者で、数マイル離れたダルビーティ近郊のキップフォードに住んでいた。

四世代にわたり、ウル川に近いダンフリースのこの南西地域は、ヒューム家の故郷だった。そしてアンドリューが音楽家になり、代々農場労働者という型を破るまで、ヒューム家は農地を耕すことで何とか生計を立ててきた。家族のほとんどの者は、カークーブリのホーク・オヴ・ウル・カークそばにある地元の教会墓地に埋葬されている。

家系図は一七六八年生まれのエベニーザー・ヒュームという、非常に個性的な人物から始まっている。彼もまた農場労働者だったが、多彩な技能や技術を持っていた。行政教区の記録によると、彼の職業は「平信徒の教会牧師、石工、指物師、水車大工、荷車運転手、紡績工、織工、仕立屋、給水ポンプ工、そして農民」となっている。

アンドリュー・ヒュームが生まれたロックラットンは、一八六四年当時農村地がそうであったように、小さく貧しい町だった。その状況は今日でもさほど変わらない。ヒューム家の住所は単に「ナンバー5」だった。二〇年間続いた不作のせいで、みんなが一文無しだった。「のこぎりで切るものは何もない。かじるものも何もない。地主に払うものも何もない」とその時代のある作家は表現した。

ヒューム家の子供たちは全員同じ寝室で寝て、そして地元の学校に通った。学校では先生から読み書き計算を習った。学校の児童や生徒は、全員ではないがそのほとんどが、農場労働者の子供だった。そのためカブの収穫期が来ると、子供たちは数日間学校を休ませてもらっていた。

貧しくはあったが、このような地域社会は敬虔で、読み書きができる人々で構成されていた。たいていの家庭には本がぎっしりつまった書棚があり、親から子へと引き継がれた歴史書や伝記の本がたくさんあった。ヒューム家の人たちは、ほぼ毎週日曜日、歩いて丘をあがりロックラットン教会まで通った。その教会は極めて簡素だが、とても美しかった。そこには、ハリデーという名前が彫られた墓石が一五ほどある。ハリデーは子供たちの母親の結婚前の姓だ。この地域では、だれかが弦楽器を演奏し、だれかが弦楽器を製作していた。演奏も製作も両方できる者もいた。

一八七一年には、アンドリューの父ジョンは、農業で生計を立てることをあきらめた。そしてダンフリースの精神科病院で看護人として働き始めた。その年に行われた調査報告によると、家族はダンフリースのチェリーツリーズ・ハムレットに住んでいた。長男のエベニーザーは一四歳で、自宅近くのツイード工場のクロッパー(14)としてすでに働いていた。アンドリューは七歳で、ジョンとエレンの九番目の子供リリーが生まれる前だった。この年から一六年間、アンドリュー・ヒュームの記録は残っていない。一八八一年実施のダンフリースの調査記録の多くが、紛失したり破棄されたりした。そのためヒューム家の人たちは記録簿とともに消え、その生活が一時期わからなくなってしまった。

ではこの記録が失われた一〇数年間の人格形成期に、アンドリュー・ヒュームに一体何があったのだろうか。アンドリュー・ヒュームは幼少期から弦楽器を与えられ、ヴァイオリンの演奏に才能を発揮したことは十分ありえることだ。才能を発揮したアンドリューはグラスゴーに行き、同名の音楽教師ウィリアム・ヒュームの弟子になったとしても、ありえないことではない。ウィリアム・ヒュームは、あの有名なアレキサンダー・ヒュームの息子である。

「ウィリアム・ヒュームは、かなりの作品を残した作曲家だった。様々な教養や学識を持ち合わせ、語学の才能もすぐれていた。また、汚れのない高潔な人物であり、とても魅力があった」と新聞の死亡記事欄担当者は彼のことを書いている。

有名な父親アレキサンダーと同様に、ウィリアムもまず高級家具職人として仕事を始めた。その後しばらくの間商売人として働き、そして音楽教師になった。彼はまたヴァイオリン製作もした。アンドリュー・ヒュームが彼の弟子の一人となり、名字が同じということでウィリアムに気に入られた可能性は大いにある。ウィリアムは語学に堪能でヴァイオリンの売買もしており、しばしばヨーロッパ大陸にも足を運んでいた。もし彼がアンドリューのことを大いに気に入っていたのであれば、自分と同じようなことをアンドリューにも奨励したことであろう。

それから数十年後、アンドリューの死亡記事が『ザ・ストラッド』という雑誌に載った。『ザ・ストラッド』は弦楽器を売買する人や演奏家をターゲットとした業界誌だ。評判もよく、現在でもよく売れている。

その死亡記事には、アンドリューは一八八〇年から一八八八年までドイツでヴァイオリン製作を習ったとある。その期間は、彼にとって一〇代後半から二〇代前半にあたる。『ザ・ストラッド』には、アンドリュー・ヒュームに関するその他の記述もある（ただし、アンドリュー・ヒュームはしばしば音楽参考目録で、「アレキサンダー・ヒューム」として誤って記述されている）。

彼は夏の期間を利用してザクセンやボヘミアのヴァイオリン聖地を訪れ、ヴァイオリン製作の達人になったと記述されている。しかしこれらの情報はすべて、根拠がないものと言わざるをえない。とりわけ情報の多くが、アンドリュー・ヒューム自身により提供されたものだからだ。アンドリューは真実を語るよりも、たやすくうそをつく人間であることを、今や私たちはよく知っている。

確実なことは、一八八七年七月二一日、グラスゴーで洗濯女のグレイス・ローと結婚したことだ。アンドリューは二三歳だった。彼の職業は「音楽家」とされている。父親の職業は、その時の結婚証明書によると「養蜂家《ようほう》」あるいは「ミツバチ飼育家」となっている。
ジョックの母方、ロー家の祖父母も、ヒューム家と同様に家柄は普通のようだ。ジョックの母グレイスの父ジョン・ローはかじ屋の息子であり、母親のキャサリンは結婚する前は家事使用人だった。ロー家はグレイスを含めて四人の娘がいた。一八八一年の人口調査では、ジョン・ローは自分の職業を「洗濯屋」と報告している。当時一五歳のグレイスは、洗濯女として働いていた。一三歳の妹ジェーンは、「洗濯連絡女」と記載されている。しかし結婚式以前に、グレイスの父ジョン・ローは亡くなった。最後の職業は鉄鋳型工だった。

一八八七年の夏、アンドリュー・ヒュームは新婦グレイスを連れてダンフリースに帰ってきた。その頃英国では後に「弦楽器熱」と呼ばれるブームが続いていた。上昇志向の若きヴァイオリニスト、アンドリューは、音楽を教えることを仕事とし、身を立てようと思っていた。そんな彼にとって、これ以上の好機があるはずはなかった。

経済的にますます余裕を持った中流階級の人々は、自らを向上させる新たな方法として弦楽器に目をつけた。そしてこの傾向は、女性はヴァイオリンやチェロの演奏をしてはいけないという、以前存在したタブーを一掃した。「今では道を歩く女の子はだれでも、弦楽器のケースを持ち歩いている」と『ストリングス』という新しい音楽雑誌の特集記事の中で、架空の人物が語っている。『ストリングス』はこの時期に発刊された六誌のうちの一誌であり、これらの雑誌は弦楽器という新たなブームを巻き起こした。ヴィクトリア朝時代のピアノブームは、少なくともこの時期には終わっていた。

弦楽器ブームは、中流階級の人々に限定されたものではなかった。一八八二年、バーミンガム・アンド・ミッドランド・インスティテュートは、労働者階級の人々も音楽を習えるように「手ごろな費用で通えるヴァイオリンのクラス」を始めた。同様の試みは、英国の他の地域にも現れた。弦楽器は今や人々が演奏したいと願う楽器の一番手となり、購入も可能となった。『ストリングス』のライバル雑誌『ザ・フィドラー』によると、「英国で最も地位の高い人も、かなりみすぼらしい家に住む人も」、共にヴァイオリンを演奏していた。

スコットランドでも、もちろん同じような状況だった。クラシック音楽への関心が高まった状況を反映し、弦楽器はみごとに復活を遂げていた。新しいコンサートホールがいくつもオープンし、スコットランドは一人あたりのヴァイオリン生産数が、世界で一番の国になっていた。

アンドリュー・ヒュームは、ヴィクトリア朝時代の紳士の威厳に満ちた男だった。背は高く、何よりハンサムだった。口が達者なこともあり、人々は彼をすぐに好きになり信用した。しかしそれから数年のうちに、アンドリュー・ヒュームと交際や取引関係があった人々の多くは、今度は信じた分と同じほど信用したことを後悔するはめになった。妻のグレイスもその例外ではなかった。しかし、彼が持つ魅力や外見のよさは、音楽ビジネスで成功するのに大いに役立った。

若い頃、ヒュームがダンフリースで最初に住んだ家は、二部屋の質素な賃貸アパートだった。そのアパートは砂岩作りのテラスハウス[15]で、アカデミー・ストリートにあった。アパートは有名なダンフリース・アカデミーの近くにあり、とても好都合だった。アンドリューは、その後ダンフリース・アカデミーで非常勤講師の職を得ることになるからだ。

アンドリューは、さっそくこの町で音楽教師として働き始めた。そしてダンフリース&ガロウェイ・スタンダード紙に、「ヴァイオリン、バンジョーおよびギターレッスン」という見出しで、一段組み募集広告を出した。この広告の効果はすぐに現れ、若い人から年配の人までレッスン希望の問い合わせがあった。問い合わせの多くは女性からのものだった。弦楽器ブームは、すでにダンフリースでも始まっていたのだ。

グレイスはアンドリューが個人レッスンを始めるのに際して、信用と世間体をとても大切にした。既婚女性であろうと独身女性であろうと、年の若い女性が家の中でレッスン中に二人だけの状態になるのだ。アンドリューという若くて素敵な男性から個室でレッスンを受けると、きっとうわさが広まりスキャンダルに発展することにもなろう。グレイスはレッスンを受ける女性のために、部屋のドアを開けておくようにした。レッスンの予定表を管理し、何か伝言があればそれも彼女が受けた。さらにアンドリューが毎日襟がきちんとのりづけされた、きれいなワイシャツを着ているかどうかも確認した。

広告の効果は大きく、演奏家としても仕事の依頼がエージェントや興行主からたくさん来た。これらの中には、シェークスピア・ストリートにあるシアター・ロイヤルの音楽監督（ディレクター）からのものもあった。当時その劇場は、その大きさ以上の評価を得ていた。

ロバート・バーンズは、この劇場のためにプロローグを書いた。ダンフリース・アカデミーで学んだJ・M・バリーは、この劇場に出演した。バリーはその後、『最も小さな劇場』というタイトルの一幕の劇を書き、この劇場に捧げた。また『グリーンウッドの帽子』という彼の面白い回顧録には、同じ俳優たちを使って、一晩でシェークスピアの四つの劇を上演したという偉業が記述されている。彼は、また次のように書いている。

「私はあの小さなかわいい劇場が大好きだった。とてもすばらしい年（おそらく一八七七年）に、この劇場に頻繁に通えて幸運だった。私はいつも劇場一階席、前列の端の席を取ろうとしたものだ。この劇場には舞台近くのストール席(16)がなく、そこが実質劇場の最前列だったからだ」

アンドリューはそれから一五年間、定期的にこの劇場で演奏した。その後息子ジョックも同様に、この劇場で開幕前や幕間にステージに現れ、ソロ演奏をするようになった。

またアンドリューは、ダンフリース・アカデミーの校長と面会の約束を取り付け、非常勤で音楽を教えるチャンスがないか打診した。そして実際に仕事を得た。それからハイ・ストリートのヴァイオリン店経営者、ハナリー氏と知り合いになり、お客さんのヴァイオリンの修理を自分が代表として行うことを提案した。この店でも、たくさんの仕事を得た。

アンドリュー・ヒュームには、音楽教師のみならず演奏家としての道も用意されていた。それは前途有望で、お金にもなる仕事だった。アンドリューは二〇代半ばにして、ピアノ、ギター、バンジョーの演奏はもちろん、ヴァイオリンの演奏家として、すでにかなりの才能を発揮していた。

この時点までは、アンドリュー・ヒュームが自己満足に陥っていても、我々は許すことができたであろう。彼は先祖代々の農夫という身分から抜け出し、大いに出世した。そして自らの努力と才能で、あらゆるものを手に入れた。

しかし、それでも彼は明らかに自分の家族のことを恥じていた。特に父親のことはそうだった。彼の父親はダンフリースの精神科病院の看護人だった。毎月必ず、父親はシアター・ロイヤルに症状がそれほどひどくない患者数人のグループを連れてきていた。アンドリューはこの劇場で演奏をする時、そのことがとても恥ずかしくてたまらなかった。ヒューム家は、アンドリューが自分で選んだ理想的な家庭では決してなかった。

アンドリュー・ヒュームは、だれか別の人物になることで、心地よく感じたようだ。たとえばアレキサンダー・ヒュームの孫である。彼はまさに、真実よりもうそを言うことで心が落ち着いた。アレキサンダー・ヒュームの孫になりきることで、周囲の人々から信用を得ることができたのかもしれない。

しかし、それは無謀なうそだった。彼の両親が健在でダンフリースに住んでおり、彼の八人の兄弟姉妹もまたこの地域に居住しているのである。それでも無謀なうそをつくことは、アンドリューの常套《じょうとう》手段だった。この本の後半で明らかになるが、彼は裁判所で宣誓した上でうそを繰り返した。彼は自分の子供たちにも、うそをついていたことがわかる。ジョックは船上の音楽家仲間に、自分は名家の出で、祖父は「スコットランド移民の別れ」を書いたと後に語っているからだ。アンドリューは妻のグレイスにもうそをついていたのだろうか。それともグレイスは、彼の真実を知っていたのであろうか。

ヒューム夫妻の最初の子供ネリーは、一八八八年一一月に生まれた。二人が結婚して一五か月後のことで、結婚後に授かった子供だった。ネリーが生まれたことで、アンドリューが自宅で音楽レッスンを続けることができなくなった。しかし、この当時アンドリューは音楽レッスンや演奏で十分な収入があり、もっと大きなアパートに住む経済的余裕があった。そこで家族は、ニス・プレイスの五番に引っ越した。その家で、一八九〇年八月九日ジョックは生まれた。

アンドリューがまた別のビジネス機会に目をつけたのも、およそこの時期だった。「弦楽器ブーム」が最高潮に達し、カレッジ・オヴ・ヴァイオリニストがロンドンに設立された。ヴァイオリンレッスンの需要が多くなったことに対応したものだ。そして、学生が課程修了証明書をもらえるコースも用意された。ヴァイオリニストを目指す学生にとって、課程修了証明書はヴァイオリンの演奏技術を示す重要なもので、仕事に応募する際に有利に働いた。

しかしその学校は一度に多くの学生を受け入れようとした結果、満足な教育ができないほど多くの応募者がいた。アンドリューは、ヴァイオリンレッスンの内容がその学校の高い基準を満たし、試験内容も規定されたシラバスに従っていれば、英国のどんな町、たとえばダンフリースでもレッスンを行えると考えた。

ヒュームはさっそくカレッジ・オヴ・ヴァイオリニストに手紙を書き、シラバスを教えてくれるよう頼んだ。また自分のヴァイオリン教師としての実績を示すため、学校の理事に会う機会を求めた。学校は彼の提案を受け入れた。翌週アンドリューは、ロンドンに向けて出発した。

彼はカレッジ・オヴ・ヴァイオリニストから承諾を得て、翌日ダンフリースに帰ってきた。これでライバルの音楽教師たちを、打ち負かすことが可能となった。ダンフリースには、毎週ダンフリース＆ガロウェイ・スタンダード紙に生徒募集の広告を載せる、ライバルの音楽教師が六人から八人いた。

アンドリュー・ヒュームのヴァイオリンビジネスは、とても景気がよかった。ヴァイオリンレッスンの仕事も演奏依頼も、予約でいっぱいだった。ダンフリースでは、毎週日曜日の午後、ドック・パークにてコンサートを行うよう依頼を受けた。夏のシーズンに、豪華な音楽ショーに出演する機会も、新たに手に入れた。

ただこれらの仕事すべてを、家庭生活にうまく組み込むことは困難だった。一八九二年八月、グレイスは三人目の子供グレイスを出産した。その頃、アンドリューに良いニュースが舞い込んだ。彼は有名な書籍『ミュージカル・スコットランド』に記載されることになったのだ。その本は一四〇〇年からその時代までのスコットランドの音楽家を記載した人名録だ。アンドリューに関しては、次のように記述されている。

「ヒューム・アンドリュー。一八六四年五月七日、ダンフリースで生まれる。ヴァイオリニスト、バスーン奏者、バンジョー奏者、そして作曲家。M・セイントンに師事。ダンフリースにて前述の楽器の教授および音楽教師として名声を確立した」

人名録の中でアンドリューは、アレキサンダー・ヒュームとその息子ウィリアムのすぐ後に記載された。彼らと並置されたことは、とても都合がよかった。また特に、彼の記載の後にまた別のヒュームがきたこともありがたかった。その人物はヒューム・リチャードで、一五三〇年(17)ジェームズ王に弦楽器を売り渡した有名なヴァイオリン製作者だ。

人々は四人のヒュームは関係があり、有名な弦楽器の演奏家を輩出したすばらしい家系であろうと想像した。アンドリューの欄にはプロスパー・セイントンの弟子との記載があり、王立音楽院で学んだという彼のあの事実と異なる主張も認められていた。セイントンはすでに二年前に亡くなっていたが、もし彼がかつてアンドリューにレッスンをしていたとしても、王立音楽院においてではない。王立音楽院の記録文書はかなり詳細に記述されているが、その記録文書の中にアンドリューの記載は一切見つからないからだ。

この時期には、アンドリュー・ヒュームは、ダンフリースで「地位ある男」として認められるようになっていた。少なくとも彼の事務弁護士は、アンドリューのことをそう表現した。その表現が使われたのは、一八九二年一一月一日、ヒュームがニス川でサケをスレで釣り（口以外の部分に針に引っ掛けて釣り上げ）、逮捕された時のことである。アンドリューはずぶぬれ状態で、二人の巡査によって家まで送り届けられた。この事件に、グレイスはおもしろいはずはなかった。

二週間後ダンフリース州裁判所でその事件が審理された時、彼の事務弁護士は州裁判所の判事に、判決に際して依頼人の「その町での地位」を考慮するように頼んだ。アンドリューはそれから何年にもわたって裁判所に数多く現れることになるが、今回の事件はその始まりだった。後の裁判の罪状認否の時と同様に、この時も彼はうそをついた。この事件では、彼は大ぼらを吹いたので、裁判所に笑いが起こったほどだ。ダンフリース＆ガロウェイ・スタンダード紙は、この事件の報道にかなりの紙面を割いたが、その見出しは「証拠に関して、異常なまでの意見の相違」だった。

よくあることだが、この事件は単純明快だ。アンドリューと友人の労働者ジョン・ベルは、釣りざお、釣り糸そして餌をつけた釣り針を持って、川に降りていった。警視のプールは、ヒュームがニス川の中央にある小島の反対側で、釣りをしているのを目撃した。法廷で証人に指名されたプールがヒュームの密漁の現場を見たのは、初めてではなかった。しかし、今回は何か行動を起こそうと心に決めていた。

彼はヒュームが何度も何度も川に釣り針を投げ入れるのを確認した。そしてヒュームがサケを針に引っ掛けて釣り上げるのを見た。さらに釣り上げたサケを、川のダンフリース側に引っ張っていくのも確認した。そこまで運ぶとヒュームはサケをかぎざお[18]で引き上げ、釣りざおをベルに手渡した。その頃には、たくさんの人々が集まっており、多くの目撃者がプールの証言を裏付けた。針に引っ掛けられ、かぎざおで引き上げられたサケは回収された。逮捕は合法的だと思われた。

しかし、アンドリュー・ヒュームは無罪を訴えた。彼は釣り糸の先にひっかかり、釣り針から逃れようとする魚のようにそわそわしていた。彼はそのような密漁はしていないと言った。そして、警視は自分たちの姿が見えたはずはないと述べた。川のそばの柵に衣服が掛けられており、そのため視界がさえぎられたはずだというのだ。さらに、釣り針のあご[19]に餌をつけて、その川で釣りをする権利はあると思っていたとも言った。

結局、「ダンフリースにおけるヒュームの地位」は考慮されず、判事は彼に三ポンドの罰金を科した。罰金はヒュームの密漁仲間のベルの三倍の額だった。うそをついたことで、ヒュームは罪が重くなったのだ。

このようなみっともない事件が明らかになっても、仕事の依頼はアンドリューのもとにどんどん入ってきて、途切れることはなかった。一八九六年、繁栄を謳歌していたランカシャー州モーカムに、遊歩桟橋が新たにオープンした。そこは海岸沿いにあり、その人気はブラックプールに次ぐものだった。

エドワード・デ・ヨングは、「大衆コンサート」を企画し、英国で有名な人物だった。彼はサマーシーズンの催しの企画においても第一人者で、アンドリューに総勢四〇人のオーケストラのコンサートマスターを依頼した。デ・ヨングの企画のコンサートは、一日に二回開催された。それは壮麗で豪華な音楽ショーで、オペラの歌唱、オーケストラの演奏、その他異国情緒豊かな余興が行われた。

これらの中には「コンドウズ（近藤）」という日本人家族によるアクロバットや、パリからやって来たフレンチカンカンのダンサーたちのショーもあった。ダンサーたちは、ダチョウの羽ときらきら輝くスパンコール[20]で飾り付けた衣装を身につけ、舞台で踊りを披露した。さらに「マダム・パウラ」も含まれていた。

モーカムの編年史によると、マダム・パウラとは、「アリゲータ[21]、クロコダイル[22]そして大きく有毒なへびを操る女王」である。女王はこれらの動物を操り、大胆な演技を披露した。危険を伴う演技は、観客に強力なインパクトを与えた。

アンドリューがコンサートマスターに指名されたことは、ダンフリース&ガロウェイ・スタンダード紙で発表された。その記事を目にした人々から、翌日たくさんのお祝いの手紙が届いた。

アンドリューにとって、夏の間家族から離れてランカシャーの海辺に滞在する生活は、最高の息抜きとなった。自宅の音楽教室の反抗的生徒や家庭生活のプレッシャーから、逃れられることができたからだ。彼はこの夏の音楽活動により名を広め、名声を手にすることができた。そして何より楽しかった。

ダンフリースに帰るとすぐに、アンドリューはスタンダード紙にひときわ目立つ広告を出した。そこには次のように書いてあった。

「ヒューム氏がレッスンを再開しました。
現在カレッジ・オヴ・ヴァイオリニストの地方代表者を務めています。
その学校の修了試験は、次回は一二月です。
試験を受ける学生を募集します。
申し込みがあればすぐに、シラバスや料金等をお知らせします」

アンドリューの評判は、ますます高まっていった。一八九七年一月、スタンダード紙は次のような記事を載せている。

「ダンフリース在住の有名なヴァイオリニストA・ヒューム氏が、木曜日の夜カムノックで開催された大演奏会で腕前を披露した。カムノックはスコットランドの西部に位置する、とても音楽に熱心な町の一つだ。その夜詰め掛けた大勢の聴衆はかなり耳の肥えた人々だったが、ヒューム氏は完全に聴衆を魅了した。彼のソロ演奏は、まさに洗練されたクラシック音楽だった」

ヒューム家の三番目の子供、グレイスが誕生して四年が過ぎた。アンドリューの妻グレイスは、体調がよくなかった。ところが、アンドリューはグレイスを気遣うどころか、妻の健康状態がよくないことを人々に言いふらして楽しんでいた。グレイスは二度の早期流産も経験していた。流産のたびに、グレイスは一か月間寝たきりとなり、さらにひどいうつ状態になった。しかし、二度の流産にアンドリューはむしろ安堵していた。アンドリューにとって、今いる三人の子供も自分の仕事に邪魔な存在になっていた。だが、引っ越しにかかる費用のことを考えると、再び家を変わることにはあまり気が乗らなかった。

しかし、夏の間モーカムへ演奏に出かけ気分転換したことで、アンドリューのグレイスに対する愛情が復活し、二人は夫婦の関係を持ったようだ。グレイスはクリスマスの直前、妊娠したことに気づいた。グレイスはまた流産するのを恐れて、体調を崩し寝たきりになった。一方、アンドリューはグレイスを妊娠させてしまった自分自身に怒っていた。そして同時に妊娠した妻にも激怒していた。彼は今よりもっと大きな家を探し始めた。

一八九七年六月二八日、キャサリン（ケイト）・ヒュームは、ホワイトサンズのテラスハウスが立ち並ぶ、引っ越し先の家で生まれた。その家からは、ニス川が見渡せた。キャサリンはよく泣いた。よく泣いたと言っても、しょっちゅう泣いていたわけではない。むしろ、父親が後年意地悪く言っていたように、一〇代の頃のほうがよく泣きじゃくっていた。

家庭では四人の女が彼の注意をひこうと張り合っていたが、アンドリューは自分以外の唯一の男、息子ジョックときずなを結び始めていた。ジョックは当時七歳だった。アンドリューは、長女ネリーは音痴であると判断した。次女グレイスは、音楽に多少興味を示していた。しかし、ピアノで音階練習をしていてキーを間違え、父親がグレイスの手を強く叩いたことがあった。それ以来彼女はピアノをやめてしまった。

しかし、ジョックは父親の音楽の才能を引き継いでいた。そして当時、ピアノもヴァイオリンも両方練習していた。アンドリューは仕事の予定がなくて家にいる時は、息子に毎日一時間レッスンを行い、就寝前の午後七時から一時間の自主練習を課した。

ホワイトサンズの新しい住居では部屋に余裕ができたが、アンドリューは引っ越した瞬間からそこに住むのが嫌になった。彼は自分でこの場所を選んだにもかかわらず、妻グレイスにその責任をなすりつけた。ニス川が土手を越えて氾濫すると、洪水が起こり必ず被害を受けた。家からのニス川の眺めはとても心地よかったが、それは何の慰めにもならなかった。引っ越して最初の年、ニス川が二度氾濫し洪水が家に押し寄せた。水は一階と二階の間まで達した。

アンドリューは物件を探した時、もっと川の存在に注意を払うべきであったと後悔した。また、賃貸借契約のサインをする前にあたりを実際歩いてみたが、アンドリューは自分の寝室の窓から、以前密漁で逮捕された場所を見下ろすことになるのも気づいていなかった。密漁で逮捕された苦い記憶は、今もなお、彼の心にうずいていた。そして風が特定の方向から吹くと、川のそばにある六か所の皮なめし工場から、不快なむっとするにおいがしてきた。とりわけこの通りは、自分のような地位ある人間が住むのに適していないとアンドリューは感じていた。

　テラスハウスの並びと川の間には広いオープンスペースがあり、ホワイトサンズは年に一度のルード・フェアを始め、人々が集まる理想的な場所となっていた。ルード・フェアのお祭りは年に一度限りだが、その他の行事もたくさん開催されていた。そのような行事があると、ダンフリースの人々全員が、彼の家の敷地内でキャンプしているかのように、アンドリューには思えた。

　たとえば、ほとんど毎月家畜の売買市が開かれていた。アンドリューは特にこの家畜の売買市が大嫌いだった。家畜のふんのにおい、さらに早朝のモーという牛の鳴き声やメーという羊の鳴き声で、ロックフットの農場で過ごした子供時代を思い出してしまうからだ。彼は人生におけるその時期を、できれば忘れてしまいたかった。時々ロマが集団で幌馬車に乗って現れ、ポニーを売ったりした。彼らは時には、数日間滞在することもあった。絶えず聞こえるガチョウの鳴き声や馬蹄《ばてい》のカタカタという音はもちろんのこと、行事で大勢の人々が押し寄せて起こる混乱などのため、ここは音楽教師にとって好ましい場所ではなかった。

　当初アンドリューがホワイトサンズにこだわった理由の一つは、コーチ・アンド・ホーセズに近いことだった。そこはバーンズがとても愛した宿屋パブで、文学的に名が知れ渡っていた。

　しかしバーンズがそこを訪れなくなってからは、最悪の状態になった。今ではあの悪評の高い売春婦マーガレット・ホグが現れる場所として有名で、集まりがあれば酔っ払いのたまり場となることでも知られていた。時には、酔っ払いたちはコーチ・アンド・ホーセズからあふれ出て、アンドリュー家の敷地内までやってきた。そして窓に向かっていやらしい言葉を叫んだりした。

あいにくアンドリューは、ホワイトサンズの家を長期で借りる契約を交わしていた。そのためアンドリューの家族が再び引っ越しをし、ニス・プレイスに移れたのはそれから三年後のことだった。当時ニス・プレイスは、ホワイトサンズよりはるかに魅力的な通りだった。アンドリューは今回、ニス・プレイス九番にあるアパートの一階を借りた。アパートの両隣は、肉屋と子供用品店だった。ヒューム家の五番目の子供、アンドリューが生まれたのはこの家である。末っ子アンドリューは、一九〇一年一一月四日に誕生している。

後年、父親のアンドリューは、よく次のように語っていた。

「妻のグレイスは息子のアンドリューを出産した後、病の床についてしまった。そしてベッドから起き上がることもめったにできない状態で、結局四年半後に亡くなってしまった」

アンドリューは妻が普通の家庭生活ができなくなり、引きこもり状態になったのは、神経症と女性特有の問題のせいであると考えた。そして、まるで妻のグレイスはもう存在していないかのように、自分の生活を続けていった。彼はグレイスの看護のためにナースをつけ、子供たちの面倒をみてくれるばあやも雇った。そのおかげで、彼は自由に音楽関係の仕事を引き受けることができた。

アンドリューの音楽家としての評判は、さらに高まっていった。一九〇二年、彼はドック・パークで演奏するためにオーケストラを編成した。ダンフリース&ガロウェイ・スタンダード紙は、次のような記事を載せた。

「ニス・プレイス在住のヒューム氏が結成したオーケストラが、水曜日の夕方野外ステージで初めて演奏を披露した。その日のプログラムは、高尚な名曲で構成されていた。一般市民がたくさん演奏を聴きに集まった。そしてオーケストラの熱演に、大きな拍手を送っていた・・・
今後毎週一回夕方に演奏会を行い、演奏レパートリーとして高尚な名曲を披露することになるだろう。オーケストラではさらに弦楽器奏者を募集している。募集に応じた人は、自宅で練習するよう楽譜を渡される。今回の募集目的は、地元の慈善事業を援助するため、冬のシーズンにコンサートを開催することにある」

その間にも、グレイスの健康状態は悪くなる一方だった。彼女の神経症は、ほとんど産後うつからきたものだった。身体的な弱さは、がんの初期症状だったのであろう。彼女は食道がんになり、その優しい声を失い、最後には命を落とすことになる。

子供たちはこの時期から四年間、母親が日ごとに衰弱していく様子を見守りながら過ごした。一方アンドリューは、しつように興味がわくような仕事を追い求めた。三七歳のアンドリューは音楽家として成功を収めており、女性にとってとても魅力的な男性だった。そして、彼は女性関係についてやっかいな質問をしないおとなしい女性、グレイスと結婚していた。

人生で初めてのことではないが、彼は自分の夢を実現するのに、五人の子供たちの存在は足手まといだと感じ始めていた。当時五人の子供たちの最年少は赤ん坊のアンドリューで、最年長は一三歳の長女ネリーだった。またこれも初めてのことではないが、女性を探し始めていた。病気のグレイスのせいで、彼の生活には隙間ができていて、その隙間を埋めてくれるような女性が必要だった。

これら二つの問題を解決してくれたのが、アリス・メアリー・アルストンとの出会いだ。彼女はある意味都合のよい女性だった。彼女は三七歳の美しい女性で、ヒューム家のとなりで婦人や子供の用品店を営んでいた。そのお店で以前グレイスは、いつも子供たちの服を購入していた。そのため、アリスのことは家族全員が知っていた。彼女は未婚で子供はおらず、ピーブルズ出身の羊毛紡績工トーマス・アルストンの娘だった。トーマスの家族は、アリスが生まれるとすぐ、ダンフリースのトロクイアーへ引っ越した。

アリスはルックスのよい音楽家、アンドリューのことを気の毒に思っていた。そこで手助けが必要な時は、いつでも子供たちの面倒を見ると申し出た。好都合なことに、彼女の住まいはカッスル・ストリートにあり、ヒューム家から数百ヤード離れた距離だった。

子供たちがアリスのことを、「アルストンさん」ではなく「アリスおばさん」と呼ぶようになるのに、それほど時間はかからなかった。「アリスさん、ご親切にありがとうございます」とがんで声を失うまで、グレイス・ヒュームは小声でよくお礼を言ったものだった。

末っ子の弟アンドリューが生まれて以来、ヒューム家の長女ネリーには、様々な責任が重くのしかかってきた。ほぼ二年間、彼女は無給の子守女として、弟アンドリューの世話をした。それにもかかわらず、驚くべきことにネリーはアンドリューが大好きだった。当時一四歳のネリーは、死期が迫っている母親のために、無給のナース役も務めた。

さらに父親がアリスに求愛した際には、不本意ながら立会人にされた。もし父親から子供扱いされていなかったなら、彼女はもっと強い精神力でそのことに耐えたかもしれない。しかし、ネリーは自分の外見のことを父親からかなりひどく言われていて、女性としての自信も打ち砕かれていた。そのため、彼女は家を出て自由になりたいと強く願うようになっていた。

他のすべての子供たちと同様に、ネリーは午後七時に就寝し、午前六時に起床するよう言われていた。そして午前六時に起きると、家事を手伝った。家に友達を連れてくることもだめだったし、学校以外の時間帯に友達に会うことも許してもらえなかった。休日でさえ会えなかった。

日常生活で子供たちが反抗したり行動に問題があったりすると、父親は罰を与えるためにベルトを使用した。「自分の父親も命令に従わせたり、しつけをしたりするためにベルトを使っていた」。これはアンドリューがベルトの使用を正当化するために、子供たちに言った言葉だ。ネリーが後に語ったことだが、彼女が思春期を迎える頃には、父親は彼女をなぐる機会を探していたようだ。時には罰を与えるために、乗馬用鞭が用いられることもあった。

結局ネリーは家を出て、そして地元のホテルに家事使用人としての職を得た。仕事は孤独で屈辱的だったが、家にそのまま残っているよりはましだった。彼女の心を一番傷つけたのは、家を出て行くのを母親も父親も、どちらも止めようとしなかったことだ。

「家を出るのが、一番いいでしょうね」とだけ、彼女の母親は言った。それ以上のことは何も言わなかった。それは母親は、もはや長女を守れる立場にいないことを示していた。「娘よ、自分で自分の生活費をかせぐ年齢だぞ」と父親は言った。

しかし、ヒューム家の上から四人の子供たち、ネリー、ジョック、グレイスそしてケイトの間には「秘密クラブ」とも言える強いきずなが存在していた。それからしばらくの間、そして一年後も、四人は強いきずなで結ばれていた。一年後、ネリーは手袋製造工場で働き始めた。その工場で、ネリーはメアリー・コスティンと友達になり、彼女をジョックに紹介することになる。

アンドリュー・ヒュームは文化人になりたい、あるいは文化人のように振る舞いたいと思っていた。しかし、彼の子供たちへの教育や子供たちに対する態度は、ヴィクトリア朝時代の労働者階級の父親そのものだった。貧しい家は子供たちをできるだけ早い時期から働きに出し、家計を助けるようにさせていた。当然ながら、貧しい家ではそうせざるを得ない時代だった。

当時ダンフリースのセント・マイケルズ・スクールの子供たちは、通常一三歳で就学期間を終えることはなかった。子供の親たちは、一五歳になるまで学校に通うよう子供たちに勧めた。

しかし姉や妹と同様に、ジョックも一三歳で学校を終え、事務弁護士の事務所に臨時雇いの仕事を見つけた。そして家を出ないでそのまま住み、継続して父親から徹底的に音楽のレッスンを受けた。父親のアンドリューはジョックの音楽の才能を認めていて、将来的に収入源になると見ていた。

ジョックは行動に関して、姉や妹の門限のような制約を課されることはほとんどなかった。そこで彼は、家庭内の緊張した雰囲気から一時的でも逃れるため、ヴァイオリンを利用した。そしてシアター・ロイヤルにも時折出演しながら、ダンフリースのホテルや祝賀会場などでヴァイオリンを演奏して、少しばかりのお金を稼いだ。

アンドリューの妻グレイスは、一九〇六年五月四日に亡くなった。それから数か月して、彼の母親ヘレンも肺炎を患いこの世を去った。一九〇六年のクリスマス直後のことだった。ヒューム家の五人の子供たちにとって、自分たちの母親と祖母をほぼ同時期に失うことは、辛かったに違いない。

しかし、父親のアンドリューは妻と母親を失っても、そんなに辛そうには見えなかった。アンドリュー・ヒュームとアリス・アルストンがいつ男女の関係になったのか、それはだれにもわからない。しかしグレイスが亡くなる頃には、アリスは両親の家を出て便利のよい近くの場所に引っ越していた。それはニス・プレイスにあるアンドリューの家のとなりの店の二階だった。

一九〇七年七月一九日、アンドリューとアリスは結婚した。グレイスが亡くなって一四か月後のことだ。二人はともに四三歳だった。それから数か月して、家族はカッスル・ストリートのコーナーにあるジョージ・ストリート四二番の家に引っ越した。今度の家は、しっかりとしたジョージアン様式のタウンハウスだった。「ヒューム家はここで新たなスタートを切る」とアンドリューは言った。

だが、子供たちはそうではなかった。ネリーはもうすでに家を飛び出していた。ジョックは家を離れて旅客船に乗船し、演奏の機会を増やしていた。そして一五歳のグレイスも家を出て行く計画を立てており、まま母と何度も激しい口論を繰り返していた。つまり父親とまま母といっしょに家にいると言えるのは、実質年下のケイトとアンドリューの二人だけだった。

ジョージ・ストリートの家で、アリスはすぐに自分自身でルールを作った。この家は今やアリスの縄張りで、もう子供たちの死んだ母親のものではない。彼女は次のように言った。

「子供たちは前の母親の長い闘病生活のせいで、しつけがまったくできていない。それどころか、手に負えない状態だ。今後子供たちは年齢に関係なく、毎晩午後八時にはベッドに入ってもらう。その前には、ピアノかヴァイオリンの練習を一時間してもらう。行儀が悪く素行に問題があれば、父親に報告し、いつものやり方で罰してもらう」

引っ越しをした瞬間から、ジョージ・ストリート四二番の家は、もうすでにアンドリュー・ヒュームが望んだような幸せな家庭ではなかった。

注

(1) 王立音楽院（Royal Academy of Music）　王立音楽院または王立音楽アカデミーと訳す。ロンドンに所在する、世界有数の音楽学校の一つ。略称はＲＡＭ。王立音楽大学（Royal College of Music）と混同されやすいが、この二つは別組織である。
(2) プロスパー・フィリップ・セイントン（一八一三〜一八九〇）　フランス人ヴァイオリニスト。
(3) カストディアン　楽器を管理し修理する専門職。
(4) バグパイプ　スコットランドやアイルランドの吹奏楽器。革袋にためた空気を送って音を出す。
(5) ジョン・ノックス（一五一〇年〜一五七二年）　スコットランドの牧師。スコットランドの宗教改革の指導者。
(6) サー・ウォルター・スコット　（一七七一年〜一八三二年）　スコットランドの詩人、小説家。ロマン主義作家として歴史小説で名声を博した。
(7) ストラススペイ　スコットランドの軽快な踊り。
(8) リール　スコットランドやアイルランドのアップテンポのダンスや音楽。
(9) パースシャー（Parthshire）　スコットランド中部の旧県名。一九七五年の自治体再編により廃止された。県域の大部分は、今日のパース・キンロスに属する。
(10) アップストローク　リュートやギターを高音弦側から低音弦側にかき上げるように弾く方法。
(11) ロイヤル・マイル通り　エディンバラ城からホリールードハウス宮殿を結ぶ、一マイル（約一・六キロメートル）

の長さの石畳の一本道。

(12) ダンフリースシャー（Dumfriesshire）　英国，スコットランド南西部の旧県名。一九七五年の自治体再編により廃止。全域が今日のダンフリース・アンド・ガロウェイに属する。アナンデールもこの地域に属する町である。

(13) パガニーニ（一七八二年～一八四〇年）　イタリアのヴァイオリニスト、ギタリストであり、作曲家でもある。ヴァイオリンの超絶技巧奏者として有名。

(14) クロッパー　作物を植え付ける人。作物を刈り込む人。

(15) テラスハウス　通例、二階建ての長屋式住宅で、各戸が壁で仕切られたものの一軒。

(16) ストール席　劇場の舞台近くの一等席。

(17) 一五三〇年　前述のリチャード・ヒュームに関する部分では、一五三五年と記載されている。

(18) かぎざお　魚を刺すやすで。大きな魚を陸に揚げるときに用いる。

(19) あご　釣り針の先に逆向きにつけた返しのこと。

(20) スパンコール　衣類に付けるピカピカ光る金属の飾り。

(21) アリゲータ　米国南東部・中国東部産のワニ。

(22) クロコダイル　あごがとがった大型ワニ。

ダンフリース・アカデミー

コーチ・アンド・ホーセズ

ダンフリース、ロバート・バーンズの像

ホワイトサンズ

アンドリューが密漁したニス川の小島

一四　ジョン・ジェイコブ・アスター六世

八月一四日、ニューヨーク

一九一二年八月一三日火曜日の夕暮れ、新聞記者やカメラマンはニューヨーク五番街八四〇番にある豪邸の敷地に集まっていた。そこは新聞の読者には、「アスター・ホーム」としてよく知られていた。取材でアスター・ホームを訪れることは、ニューヨークの新聞記者にとって古くからのしきたりで、多くの特ダネを手に入れる手段だった。お金持ち、権力者、あるいは美しい人々などが激しく豪邸を出入りし、新聞の一面を飾るのにふさわしい記事や写真をいつも手に入れることができた。

この前ここに新聞記者が大挙して押し寄せたのは、五月にJ・J・アスター大佐の遺体がハリファックスから到着した時だった。その時コラム・インチ(1)のスペースの多くが、新聞記者たちの記事で埋められた。彼らは歩道からそれ以上家族に近づくことはできなかったが、それでもその家に起こった悲劇の様子を読者になんとか伝えようとした。

今夜は当然それよりもはるかにうれしい出来事だったが、やはり取材競争は激しかった。新聞各社は、故アスター大佐の子供の誕生が「目前に迫っている」という情報をつかんでいた。子供の誕生に多くの人々が関心を寄せていたので、まったく新しい取材方法が誕生した。それは「バース・ウォッチ」として知られ、今日まで続いている。

私も自分自身、デイリー・エクスプレス紙[2]の編集をしていた時、バース・ウォッチを経験した。それはウェールズ公妃ダイアナに、陣痛が始まった時のことだ。私たちはバッキンガム宮殿からの発表を、他のどこよりも早く一面から二ページにわたり掲載した。ある人は「男の子の赤ちゃんだ」と言い、またある人は「女の子だ」と言っていた。私たちは、男の子誕生の記事を出した最初の新聞社となった。

アスター家の豪邸の外で、新聞記者やカメラマンは夜通し寝ずの番を続けた。彼らは、温かいコーヒーやヒップフラスク[3]の酒を飲むことで、徹夜の辛さを我慢した。また時々アスター家の使用人が現れ、「まもなく生まれます」と様子を伝えてくれたことも、彼らの励みになった。その情報と交換に、使用人に一ドル札がそっと渡された。

八月一四日水曜日の午前半ばには、彼らの張り込みも報われた。満面に笑みを浮かべたアスター家の執事がドアのところに現れて、エドウィン・B・クラグン医師の声明文を読み上げた。クラグンは、マドレーヌ・アスターの出産に立ち会った医師だ。

「アスター夫人は、午前八時一五分に男の子の赤ちゃんを出産しました。名前は、ジョン・ジェイコブ・アスターです。母子ともに健康です」

一時間後、クラグン医師は次の速報を出した。

「赤ちゃんの体重は、七ポンド七五です。私以外の医者は立ち会っていません。ナースのヘレン・ネズビットとミス・マクリーンが立ち会いました」

赤ちゃんの誕生は、マドレーヌがタイタニック号のデッキで夫に別れを告げ、夫とグレーシー大佐の手助けで救命ボート四号に乗り込んだ日から、一二一日後のことだった。
その日は一日中、新しいニュースが次から次へとアスター家から世界中の新聞社に提供された。赤ちゃんは、「健康で目鼻立ちが整い、父親に驚くほど似ている」とのことだった。マドレーヌの母親と姉が彼女に付き添っていたが、彼女の父親は赤ちゃんが生まれた直後に豪邸に入った。何年間もアスター家で働いてきた使用人たちは、少しの間だけ赤ちゃんとの対面を許された。ニューヨーク・タイムズ紙は、翌日次のように伝えている。

「昨晩邸宅内において、アスター夫人と男の子の赤ちゃんは、多くの人々からに祝福された。夫人は多くの友人や親族から、お祝いのメッセージを受け取った。その中にはヴィンセント・アスターからの海底電信によるメッセージもあった。ヴィンセントは現在母親のアヴァ・ウィリング・アスターとともに、ヨーロッパ大陸を自動車旅行中だ。ところで、そのメッセージが届いたすぐ後、アメリカン・ビューティー・ローズ(4)が入った大きなボックスが、五番街の花屋からアスター夫人のもとに届いた。そこには、ヴィンセント・アスターの名前が添えてあった」

赤ちゃんの誕生に多くの人々が関心を寄せたが、それ以上に興味があったのは故アスター大佐の遺言書だった。遺言書の中で子供に関して言及されている条文に、人々は興味を持った。またその内容に関していろいろな憶測が飛び交った。アスター家の顧問弁護士たちが明らかにしたことは、マドレーヌは生きている間、そして再婚をしなければ、五〇〇万ドルの信託ファンドの受益者であるということだった。

しかし遺言書の中の条文はその若い未亡人に再婚を禁じており、それを破れば相続財産のかなりの部分を失うという罰則があった。これに関しては、多くの法律家たちがフェアではないし、何より公序良俗に反していると考えた。

生まれた赤ちゃんは、成年に達するまで、つまり二一歳になるまでの期間、別の三〇〇万ドルの信託ファンドの受益者になれた。これはアスターの遺言の中で、人に関して言及した条文としてはそれほど重要なものではなかった。しかしながら、管財人や家族の友人たちは、その信託ファンドが二一歳になるまでの期間に、おそらく少なくとも一〇〇〇万ドルとなり、今の額の二倍から三倍の価値を持つ可能性を明らかにした。ニューヨーク・タイムズ紙は、即座に次のことを指摘した。

「アスター大佐の子供は誕生したが、一部の人々の予測とは異なり、子供の母親には財産面での優遇措置はなかった。アスター大佐の遺言書によると、大佐の死後生まれた子供が跡継ぎなしで亡くなった場合、その信託ファンドは残余財産へ帰属し、ウィリアム・ヴィンセント・アスター氏に贈与されるとのことである」

法律家の頭を悩ませたさらに複雑な問題は、「未成年」である受益者を保護するため、後見人を任命することを要求されたことだった。アスターが死亡した時、マドレーヌもアスターの息子ヴィンセントも娘のムリエルも、だれ一人成年の年に達していなかった。つまり三人とも二一歳未満だった。そのため赤ちゃんは、法律上アスター家の四番目の未成年ということになった。

J・J・アスター大佐は、家族のために、これ以上ないくらい気前のよい財産贈与を行ったと言えよう。しかし贈与されたお金があっても、アスター家の人々は、その後幸せとは程遠い状態となった。そして多くの関係者と同様に、マドレーヌと彼女の第一子はタイタニック号事故の影に怯えながら、それからの人生を送ることになる。

注

（1）コラム・インチ　新聞の印刷面の計測単位で、横一コラム分、縦一インチの大きさ。通常一コラムは一・五インチの幅がある。
（2）デイリー・エクスプレス紙　イギリスのタブロイド紙。一九〇〇年創刊。
（3）ヒップフラスク　携帯用の酒瓶。
（4）アメリカン・ビューティー・ローズ　バラの品種の一つ。色は真紅で、発祥の地はアメリカ合衆国。

一五　ジョックのかたみ

八月二二日、ダンフリース

一九一二年六月頃、一冊の身元不明遺体の写真アルバムが、ハリファックスからサウサンプトンのホワイト・スター・ライン社の事務所に送られてきた。写真は、メイフラワー・カーリング・リンクの遺体安置所で、ジョージ・ガウヴィンが撮影したものだった。

アルバムの中には、ジョックの写真も含まれていた。その写真は、単に「一九三」とラベルが付けられていて、葬儀屋のテーブルの上で撮影されたものだった。アルバムの内容は、ホラー映画そのものだった。事務所の職員は遺体の家族や身内の感情を配慮し、まず遺体の友人や同僚にその恐ろしい写真集を見せた。そしてその中から、遺体の身元の特定ができたかどうかを聞いた。

ナンバー一九三の写真は、すぐにジョックだと特定された。ジョックはサウサンプトン、カニュート・ロードのホワイト・スター・ライン社の事務所では、みんなによく知られた存在だったからだ。写真の彼は、顔は青ざめ、まさしく死人の顔だった。ブロンド色の巻き毛の髪が、ひたいにかかっているようだった。この写真を見て、オリンピック号の処女航海でジョックと知り合った航海士は、とても心を痛めた。

遺体の身元確認を知らせる通知が届いたが、アンドリュー・ヒュームにとって驚くべきことではなかった。彼は少なくとも一か月前に息子の死を確信していて、彼自身はそのことを受け入れていた。

ホワイト・スター・ライン社はアンドリューに手紙を出し、遺体番号一九三は、ジョック・ロー・ヒュームであるという彼らの見解を述べた。担当者たちはジョックの年齢を、二一歳ではなく二八歳だと間違って理解していた。しかし、マッケイ・ベネット号のデッキで事務長が書き留めた遺体の特徴、さらに遺体が楽団員のチュニックを着ていた点、その若者のポケットの中に高価なものが入ってなかった点、また入っていた品物の一覧表の内容などから、この遺体がアンドリューの息子であることが裏付けされた。

身元確認に際し、最後まで残っていた他の人物の可能性も、ヴァイオリンのミュートを所持していたことで否定された。アンドリュー・ヒュームはホワイト・スター・ライン社に電報を打ち、できるだけ早く家族のもとにジョックの所持品を返してくれるよう求めた。しかしこれに関しては、所持品の持ち主を正式に確認できる段階まで待つようにとの連絡を受けた。

七月一六日、ニューヨークのホワイト・スター・ライン社の幹部職員ハロルド・ウインゲイトは、ハリファックスの州担当官代理フレデリック・マザーズに手紙を送っている。ウインゲイトは亡くなった乗客関係の業務担当責任者だった。

「拝啓

身元不明遺体一九三について

わが社のサウサンプトン事務所は、遺体番号一九三は写真からタイタニック号の楽団員、ジョン・ロー・ヒュームと確認できたことを通知してきました。制服と持ちものからも楽団員の一人とわかるので、遺体の身元確認が確実になされたと思います。

ヒューム氏のご両親は、価値があまりなくても彼の所持品の受け取りを希望していらっしゃいます。ご両親の気持ちをご理解いただき、ヒューム氏の所持品をわが社にお送りくださいますよう、よろしくお願い申し上げます」

いささか無神経なことに、この手紙はホワイト・スター・ライン社の便せんに書かれていて、便せんには勢いよく航行するタイタニック号の白黒写真が刷り込まれていた。さらに次のような法的通知文も、便せんには印刷されていた。

「(注意) 旅行行程は予約名簿に記載されますが、実際乗船切符に書かれている期間や条件でのみ有効です。切符の記載を必ずご確認ください」

七月三一日、マザーズはウインゲイトに返信の手紙を送り、ジョックの所持品を家族に転送してもらうため、ニューヨークのウインゲイトのもとに、宅配業者に委託し搬送中であることを伝えた。「速達輸送のため、荷物の価値を五ドルと申告しました」とマザーズは書き加えている。所持品を受け取ったら、ウインゲイトは署名するよう求められていた。ジョックの所持品の一覧表は、次のような内容だった。

「銀製の時計
皮製タバコ入れ
皮製の袋
Wの印がついた小さな皮袋
皮製の袋に入った三枚のハーフペニー硬貨と一枚のアメリカのセント銅貨
アフリカン・ロイヤル・メールの真鍮ボタン
カフスボタン四つ
ポケットナイフ
鉛筆二本
（ヴァイオリンの）ミュート」

八月九日、ウインゲイト（彼はこの時点でも、まだタイタニック号の便せんを使用している）は、マザーズに手紙を送り、ジョックの所持品を受け取ったことを報告した。そして、所持品を入れた荷物はホワイト・スター・ライン社の定期船「オウシアニック号」により、サウサンプトンへ搬送中であることも知らせた。

一三日後の八月二二日、荷物はジョージ・ストリート四二番のヒューム家へ届けられた。その時アンドリュー・ヒュームは家にはおらず、ダンフリース・アカデミーで音楽のレッスンを行っていた。そのためジョックのまま母アリスが荷物を受け取り、インクで署名した。そして彼女の署名に、友人アニー・ケロカンが連署した。アニーは近所に住んでおり、たまたまヒューム家にちょっと立ち寄っていた。

ホワイト・スター・ライン社の弁護士たちに、抜かりはなかった。受け取りに署名したことで、アリスとアニーは送られた所持品に関して、ホワイト・スター・ライン社側にクレームを言ったり、何らかの要求をしたりしないことを認めたことになった。

荷物の入った段ボール箱を開けながら、アリスはジョックのポケットの中の所持品を入れた封筒があるものと思っていた。またジョックの所持品は数が少なく、それほど高価なものはないだろうと考えていた。しかし封筒はなく、その代りに段ボール箱の中に、小さな「遺体所持品袋」を見つけた。アリスはその袋を取り出した。袋はマッケイ・ベネット号のデッキで大急ぎで縫われた袋の一つで、表面に一九三という数字が刷られていた。遺体所持品袋は、まるで刑務所か軍の物資店から送られてきたもののように見えた。

アンドリューが、午後六時少し前に帰宅した。その時遺体所持品袋一九三番は、まだ開けられていなかった。アリスはその袋をそのまま、応接間のマホガニーのテーブルの上に置いていた。アンドリューはポケットナイフを使って袋を開け、中身を取り出した。ジョックの所持品が、磨かれてピカピカのマホガニーのテーブル一面に広がった。

ジョックの懐中時計は、修理修復がきかないほどさびついていた。時計の文字盤はなくなっており、その黒ずんだ長針と短針は海中に一〇日間浸かっていたため中心軸から外れ、曇ったガラス越しにゆがんで見えた。ジョックの皮製タバコ入れは、破棄された古い段ボールのように見え、曲がって破れていた。ポケットナイフは腐食していた。鉛筆は短いことから、おそらく船が沈む以前にもう使用されていなかったのだろう。

木製のヴァイオリンのミュートもあった。アンドリューは、これは取っておこうと思った。所有しておけば、いつでも役に立つものだからだ。三枚のハーフペニー硬貨も、捨てる必要などなかった。彼はミュートとともに、ハーフペニー硬貨を自分のポケットにしまい込んだ。アフリカン・ロイヤル・メールの真鍮ボタンは手のひらの上で転がしながら、アンドリューはどうすべきか思案していた。このボタンは、どうしてここにあるのだろうか。ジョックが乗った船の一隻、つまり旅客船での演奏旅行のどれかと関係があることは確かだ。しかしどの演奏旅行だったのだろうか。そして、なぜジョックはこのボタンを持っていたのだろうか。そして、ボタンはなぜ一つしかないのだろうか。

私自身も二〇一〇年同じ疑問を持ち、ｅＢａｙ(1)を利用してあるコレクターから一ポンドでアフリカン・ロイヤル・メールのボタンを一つ手に入れた。それは、いかにも重要そうな真鍮ボタンだ。ボタンの縁に縄模様が入っており、その内側にアフリカン・ロイヤル・メールという文字が、エンボス加工されて浮き出ている。中心には、旗ざおのセント・ジョージの旗がたなびいている。旗の中央には、王冠が見える。

私はさらに調査を続けた。アフリカン・ロイヤル・メール定期航路は、エルダー・デンプスター＆カンパニーが所有していた。その会社は、リヴァプールからマデイラ(2)経由でカメルーン(3)まで、「スコット・ユニオン号」や「カラバル号」などの蒸気船を運行していた。毎週金曜日に、サウサンプトンからマデイラ経由でケイプ(4)行きの航路もあった。エルダー・デンプスター＆カンパニーは「ポート・ロイヤル号」も所有しており、ジョックはジャマイカに行く際に乗船していた。

そしてさらに別の偶然もあった。タイタニック号事故から生還した二等航海士のチャールズ・ライトラーは、三年間西アフリカのアフリカン・ロイヤル・メールで働いていたのだ。西アフリカへの演奏旅行も、ジョックが定期的に行っていたことなのだろうか。ジョックとライトラーは、ずっと前から知り合いだったのだろうか。

翌年、メアリーは事務弁護士を通じて、アンドリュー・ヒュームに問い合わせをした。ジョックの思い出として、何か彼に関係するものをもらえないだろうか、という内容だった。そんなものは何もないとアンドリューは彼女に伝えた。でもそんなものはどうでもよい。なぜなら、メアリーはジョックの子供を身ごもっていたのだから。

注

（1）eBay　世界最大のネットオークションサービスの一つ。欧米はじめ世界でのシェアは、他のオークションを圧倒している。
（2）マデイラ　北大西洋上のマカロネシアに位置するポルトガル領の諸島。
（3）カメルーン　カメルーン共和国、通称カメルーン。中部アフリカに位置する共和制国家。
（4）ケイプ　南アフリカ共和国の州。

一六　行方不明のヴァイオリン

九月一〇日、ニューヨーク

アンドリュー・ヒュームは、C・W・&F・N・ブラックからジョックの制服直しの請求書を受け取り、怒りを抑えることができなかった。二か月後、今度はホワイト・スター・ライン社からの手紙に感情を害し、屈辱を味わった。その手紙では、ジョックの所持品を、「たいして価値のないもの」と表現し相手にしていなかった。今や悲しみに、さらにばかにされたという気持ちが加わっていた。そんな時、楽団員の家族はだれも、賠償金をもらえないというニュースが飛び込んできた。

楽団員の家族の一部は音楽代理店ブラックスに対して訴訟を起こしたが、リヴァプールの州裁判所において法律解釈上の理由から却下された。楽団員はブラックスと雇用契約を結び、彼らは乗客として演奏を行っていた。そのため、他の乗員のように労働者災害賠償法や商船法の適用を受けることができなかった。つまり、ホワイト・スター・ライン社側には、いかなる責任も存在しないということになった。そこで楽団員の家族は、ブラックスとその保険会社を訴訟相手にしなければならなかった。しかし、彼らも見事に責任逃れに成功した。

州裁判所の判事は、楽団員の家族に有利な判決を出すことはできなかったが、とても同情的で次のように述べた。

「勇気ある楽団員たちは、乗客たちが秩序を保ち、パニックに陥らないように演奏を行った。それは偉大な行為であり、演奏を続けながら死を迎えてしまったことを、私は決して忘れない。楽団員の死に関係があるのは、ホワイト・スター・ライン社、メサーズ[1]・ブラックそして保険会社の三者である。楽団員の賠償に関してとても不当な扱いがなされているが、実際賠償責任がどの会社にあるのかを決定することはきわめて難しい」

同じ頃、今回の事故で命を落としたり所有物を失ったりしたことに対しての賠償請求があり、それが認められたニュースが新聞紙面に載り始めていた。そのことが、さらにアンドリューの怒りに火をつけた。シャーロット・カルデザは生還した一等客室の乗客の一人で、アメリカの社交界の名士だった。カルデザは失ったトランク一四個、バッグ四三個、そして宝石箱とパッキングケースの賠償として、総額一七万七三五二ドルを請求していた。また別の乗客ハカン・ビエルンストーム-ステファソンが、タイタニック号とともに沈んだブロンデルの絵画に対して、一〇万ドルの賠償請求をしていたことも紙面に載った。彼はスウェーデンのパルプ業界の富豪の息子だった。

このような報道が、ホワイト・スター・ライン社に賠償請求をするきっかけになったことは明らかだ。実際アンドリュー・ヒューームは、それから何か月間も賠償を請求し続けることになる。保険金詐欺として、彼のアイディアは大胆かつ想像力に富んだものだった。それを可能にしたのは、彼があることに高度な専門知識を有していたからだ。彼はヴァイオリンの価値を熟知していた。

♪♪♪♪♪♪♪♪♪♪♪♪♪♪

テューリンゲン、バイエルン（ババリア）、ボヘミア、ザクセン（サクソニー）の四つの地域が接するエアルバッハは、「欧州における緑の中心地」として知られている。そこはアルプスの森を深く入ったところで、高品質のカエデ材とトウヒ材の木々が育っている。それらの木々こそ、普通のヴァイオリンでは不可能な、名器だけが奏でることのできる音色の豊かさを生み出している。谷のふもとには、ドイツにおける最高級の技術を持ったヴァイオリン製作者たちの工房が広がっている。

一〇代の頃にヴァイオリン製作の技術を修得したとアンドリューは言っていたが、その修行の場所こそここである。そして後に、ヴァイオリン製作に使う木材、にかわ、ニスなどを購入したのもこの場所だ。真偽のほどはよくわからないが、彼はそのように主張していた。

彼がヴァイオリンを製作したのはほぼ間違いないが、「白木状態」のヴァイオリンも購入していた。白木状態とはまだニスが塗られていない楽器のことで、時には組み立て前の状態のこともあった。しかし白木状態でも、木材はボヘミアの名工によりカットされ、完璧なヴァイオリンの型板に仕上げられている。多くのヴァイオリン製作者はこの工程を省略し、白木状態から完成させたヴァイオリンに自分のイニシャルを付けた。

ヒュームは自分の過去について、とても多くの偽りを述べてきた。そのためいったいどれを信じればよいのか、判断することは難しい。はっきりしていることは、一〇代の頃ヴァイオリン製作に関するかなりの知識を身につけて、その後高品質のヴァイオリンを製作し販売する機会に恵まれたということだ。

ダンフリースのハイ・ストリートでは、ハニー氏が一ポンド以下の価格でヴァイオリンを販売していた。一方、アンドリュー・ヒュームは、お金持ちはすばらしい楽器に数百ポンドのお金をつぎ込むことをよく知っていた。この当時彼が贋作の製作を考えていたかどうかは知る由もないが、ヒュームは確かにヴァイオリン製作の腕を磨いていた。後にその技術を利用して、必ずしも名器でなくても、ヴァイオリンを巧みに販売した。また彼のイニシャルが入っている多くのヴァイオリンも売りさばいた。

彼はストラディヴァリウス[2]、グアルネリウス[3]（パガニーニが愛したヴァイオリン）、ガダニーニ[4]、アマティ[5]、マッジーニ[6]のデザインを学び、業界誌に手紙を送り彼独自の理論を述べている。彼の理論は、楽器は小さくなればなるほど、大きなサイズの楽器より、よりきれいでよりすばらしい反響音が得られる傾向があるというものだった。もしニスとにかわが正しく使用されたら、近代のヴァイオリン（モダンヴァイオリン[7]）も年代物のヴァイオリン（オールドヴァイオリン）が奏でる、あのとても柔らかい音色を完全に再現できるとも主張した。彼はボヘミアを訪れた時に入手した乾燥材の在庫を、自分の生徒たちに自慢げに見せていた。

この頃アンドリューは『ザ・ストラッド』の投稿ページに、定期的に手紙を送るようになった。『ザ・ストラッド』は、ヴァイオリンの購入者や音楽関係者のための雑誌で、その評価も高かった。彼はヴァイオリン製作の技術、にかわ、ニスに関して、自信たっぷりに長い文章を載せている。

彼のお気に入りのテーマは、アントニオ・ストラディヴァリを始めとするイタリアの巨匠たちが製作したオールドヴァイオリンに対して、専門家が新しい楽器に持っている先入観に関するものだった。

「古いイタリアの名器と同じ音色を出す技術は失われてしまったと主張する人がいるが、私はその意見に異を唱えさせていただきたい」と彼は書いた。

ヒュームは自分自身の楽器を宣伝するため、遠慮なく投稿ページを利用し始めた。後には『ザ・ストラッド』に楽器販売広告も載せることになる。しかし相変わらずうそをつくという性向のため、ほどなくして高名なヴァイオリニストで作曲家のジョン・ダンとトラブルを起こした。ジョン・ダンは、多くの人々が信頼を寄せていた『ヴァイオリン演奏マニュアル』という教本の著者だ。『ザ・ストラッド』の一九一〇年二月号で、アンドリュー・ヒュームは次のように書いている。

「私は最近、ジョン・ダン氏にヴァイオリンを二挺進呈した。それらは、入手可能な最高級の木材を用いて製作したものである・・・ダン氏の意見は、『いただいた二挺のヴァイオリンは、私の持っているストラディヴァリウスにも劣らない。二挺ともとてもすばらしいヴァイオリンだ。もし違いがあるとしても、すぐれた耳を持ち、かなり専門的教育を受けた人でなければ、音の違いを見抜くことはできないであろう』とのことである」

『ザ・ストラッド』のその次の号で、ダン氏はヒュームが自分の意見を偽って伝え、自分の言葉を許可なく引用したことを強く非難した。「私のストラディヴァリウスのようなオールドヴァイオリンと比較して、音色の違いは明らかだった。音色の豊かさも染み透るような音の力も、ヒューム氏製作のヴァイオリンには欠けている」とダン氏は書いている。

アンドリューは論争を挑んだ。手短に詫びの言葉を述べた後、ダンの記事への反論を始め、自分のヴァイオリンを再び称賛した。翌月の『ザ・ストラッド』に載ったヒュームの手紙の内容は、サケの密漁で捕まった時の弁解と同様に、まったくずうずうしいものだった。

「私はダン氏の名前を出したことをとても反省し、彼にお詫びの手紙を、送らせていただいた・・・しかし彼の文章の一部に関しては異議を申し立てたい。私の製作したヴァイオリンの音色の豊かさや染み透るような音の力に関して、彼の述べた内容の逆こそが真実なのだと言いたい。私はそれを証明することができる。議論するまでもない」

彼の手紙の文章はさらに続き、憤慨して自己弁護をする者がよく使うような泣き言を並べている。

「私は二一年間プロの演奏家として、また音楽教師として活躍してきた。そしてヴァイオリン製作と油性ニス作りは、自慢の趣味でありまた仕事でもある。それはもうけになるという金銭上の目的で行っているのではない」

金銭上の目的ではないと言っているが、アンドリュー・ヒュームはもうすでに営利目的でヴァイオリンを販売していた。そしてこれから一年以内に、彼はショーウィンドーとして『ザ・ストラッド』の広告ページを利用し始めるのだ。

♪♪♪♪♪♪♪♪♪♪♪♪♪♪

ホワイト・スター・ライン社が息子の命に価値を認めないとしても、ひょっとしたら持っていたヴァイオリンには価値を認めざるを得ないのではないか、とアンドリュー・ヒュームは考えた。ジョックのヴァイオリンは、今頃は北大西洋のどこかを漂流していることだろう。もしジョックが船に持ち込んでいたヴァイオリンの価値を大げさに言ったら、いったいどうなるだろうか。ジョックのヴァイオリンは、実はアンドリュー自身が製作したことを知っている人は、だれも生き残っていなかった。あらゆるものが、タイタニック号とともに海に沈んでしまったのだ。うそが見破られ、窮地に追い込まれる危険性はまったくないであろう。

しかし、どのくらいまで大きなうそが可能だろうか。アントニオ・ストラディヴァリ製作のヴァイオリンはどうだろうか。いやだめだ。それは欲張りすぎだ。現存しているストラディヴァリウスはあまりにも数が少なく、あまりにも価値の高い楽器だ。また、いかにすばらしいヴァイオリニストだったとしても、旅客船の二一歳の楽団員がストラディヴァリウスを持っていたというのは、あまりにも現実味がない。その若者はどのようにしてそんな高価な楽器を購入できたのか、ということになる。楽器購入時の受領書とか鑑定書のようなものが、当然要求されることになろう。

同じくらい価値は高いが、もう少し知られていないヴァイオリンにするのが得策だろう。一つ下のクラスのヴァイオリンにしておくのが、より安全な策だ。ニコロ・アマティ[8]製作のヴァイオリンが、ひょっとしたらよいかもしれない。いや、それも欲張りすぎだ。アマティのヴァイオリンもかなり高価だ。

アンドリューは一〇代後半の頃、ミラノに一週間滞在していたことを思い出した。短い期間ではあったが、一八世紀イタリアのヴァイオリン製作の巨匠、ジョバンニ・バッティスタ・ガダニーニのヴァイオリンを手にしたことがあった。そうだ、ガダニーニのヴァイオリンがよさそうだ。ガダニーニが一挺大西洋の海底に沈んだことにすれば、だれもその主張を覆すことはできないだろう。アンドリューには、あいまいな証拠書類を作成してくれる友人もいる。彼らは信頼できる連中だ。

ガダニーニの一族に属する多くの名匠たちは、何世代にもわたってヴァイオリンを製作していた。彼らの製作した楽器は、いつの時代でもかなりの価値を持っていた。二〇〇ポンドが、失われたヴァイオリンの賠償額として妥当な金額だろう。

アンドリュー・ヒュームは、さらにいろいろなことを考えた。ジョックがタイタニック号に一挺ではなく、二挺ヴァイオリンを持ち込んでいたと主張した場合、否定できる人物がいるだろうか。いるはずはない。だがあまり欲張りすぎてはいけない。ガダニーニを二挺持ち込んでいたとは、言わないほうがよい。では、同時代のガダニーニのライバル、ナポリのトマソ・エベルレ[9]はどうだろうか。彼は素晴らしい楽器を製作しており、ヴァイオリンはかなり高価だ。しかし、ガダニーニと同じクラスに属するヴァイオリンではない。その価値を一二五ポンドくらいにしよう。受領書や鑑定書を手に入れるのも、それほど困難を伴わない。アンドリューがヴァイオリンを二挺借りていて、息子のジョックが「一生の楽器」として一挺選ぶ目的で、タイタニック号に二挺持ち込んだと言えば説明がつくだろう。「一生の楽器」という表現は、その人物が死ぬ時もヴァイオリンを手に持っていたことを考えるとさらに信憑性が高くなる、とアンドリューは考えた。ジョックはもう帰ってこないが、賠償を拒否する彼らの姿勢をただすにはうまいやり方だろう。

二挺のヴァイオリンを決めると、アンドリュー・ヒュームはホワイト・スター・ライン社に六二五ポンドを請求する手紙を書いた。三〇〇ポンドは息子の死亡の賠償金、三二五ポンドは失われたヴァイオリン二挺の賠償金だった。残念なことに、この原物の手紙の記録は残っていない。ホワイト・スター・ライン社が一九三四年キュナード社に吸収合併された時、ファイルのほとんどが破棄されたからである。

しかし、その後ヒュームから送られた手紙はアメリカ国立公文書記録管理局に残っていて、請求内容に関してその後の動きを知ることができる。まずヒュームの賠償金請求は、ホワイト・スター・ライン社によって却下されたことがわかる。また、会長ブルース・イズメイは、無事にリヴァプールのホワイト・スター・ライン社に復帰していたが、彼への嘆願書に関しても、満足のいく回答がもらえなかったことが明らかだ。

一九一三年一月、ヒュームは賠償金請求のターゲットをアメリカ合衆国に変え、アレキサンダー・ギルクリスト・ジュニアに手紙を書いた。彼はニューヨーク州連邦地方裁判所の事務官で、SSタイタニック号の沈没により発生した賠償請求を担当する特別検査官に任命されていた。その手紙は手書きで書かれていたが、ヒュームはUSドルで賠償金の総額を表記している。一九一二年当時、為替レートはおよそ五対一[10]だった。

「拝啓
私は、ニューヨーク、イースト一二二ストリート、二一五番在住のR・ポール氏に送っていただいた、一月一六日付のイーヴニング・ワールド紙に注目しました。その新聞には、損害関係の請求は、貴殿に提出するようにと書いてありました。これにより、私は息子を亡くし、二挺の高価なヴァイオリンを失ったという理由で、二五〇〇ドルの請求をさせていただきます。その二挺のヴァイオリンは、息子が試用目的で船に持ち込んでいたものです。G・B・ガダニーニ製作のヴァイオリンは二〇〇ポンド、トマソ・エベルレのヴァイオリンは一二五ポンドの価値がありました。

息子はまだ二一歳でしたが、ヴァイオリン一挺を「一生の楽器」として選ぶ目的で、二挺のヴァイオリンを演奏旅行に持って行きました。残念ながら二挺とも保険をかけていませんでした。(楽団の)契約者に対して、リヴァプールの州裁判所で損害賠償訴訟を起こしましたが、いかなる救済策も講じられておりません。マンション・ハウス基金は九二ポンド支払ってくれましたが、同時にそれ以上の賠償を断っています。一方、ホワイト・スター・ライン社のブルース・イズメイへ個人的に手紙を送りましたが、彼も満足のいく対応をしてくれていません。

私の息子ジョック・ロー・ヒュームは、当時すでに私たち夫婦と同居しており、その後もその予定でした。息子は少なくとも年に一〇〇ポンド、家庭に入れてくれていました。息子の入金を頼りにして、私たちは四年前に、五〇〇ポンドで現在の自宅を購入しました。そのため四パーセントの利率で四〇〇ポンドの住宅ローンを組みました。現在、まったく返すあてのない三〇〇ポンドを、私一人で背負っている状況です。私は現在五〇歳ですので、何らかの金銭的援助がなければローンを完済することは無理のように思われます。これまでに九二ポンドは返済しましたが、ローン全体から見ればほんのわずかです。今回の請求を受理していただき、他の請求事案とともにホワイト・スター・ライン社に対して、手続を進めていただけたら幸いです。

敬具

A・ヒューム（父親）」

この手紙でも、アンドリュー・ヒュームは、ジョックが二挺の高級なイタリア製ヴァイオリンをタイタニック号に持ち込んでいたと主張している。保険金詐欺にはよくあることだが、彼の主張内容は大胆で、思わず敬服してしまう。また同時に当然ながら、疑惑も招くことになる。

月収四ポンドの二一歳のヴァイオリン演奏家が、旅客船での演奏旅行に一挺ではなく二挺もの高価なヴァイオリンを持ち込んでいたと言って、アンドリュー・ヒュームは人々に信じてもらえると本気で思っていたのであろうか。二〇〇六年一一月、「ミラノで一七五三年、ジョヴァンニ・バティスタ・ガダニーニによって製作されたヴァイオリン一挺」が、ブロンプトンズ[11]によってロンドンで競売にかけられた。落札予想価格は一五万ポンドから二〇万ポンドだったが、実際の落札金額は二二万七二五〇ポンドだった。エベルレのヴァイオリンも、当時と同様、現在もガダニーニと同程度の価値がある。つまり、その二挺のヴァイオリンは、ダンフリースの音楽教師の購入できる額をはるかに超えていたと言えるだろう。

『ザ・ストラッド』誌上で、アンドリューは近代に製作されたヴァイオリンを擁護する記事を定期的に書いていることからも、彼の主張はとても疑わしい。実際は、アンドリューが「白木状態から」完成し、A・H・とイニシャルを入れたヴァイオリン一挺を、ジョックが持って演奏旅行に出かけたというところだろう。一九一二年の時点で、ヒュームはヴァイオリン製作者として、自分自身の名前を使用するようになっていた。

しかしながら、ジョックが亡くなる年には、父と息子はまったくではないが、ほとんど口をきいていない。ジョックはそれ以前から、一年のほとんどをメアリー・コスティンと暮らしていた。父親の反対を押し切り、メアリーとの結婚も予定していた。

ホワイト・スター・ライン社は、ヴァイオリンに対しても息子の命に対しても賠償を拒否し、アンドリューにびた一文支払わなかった。また、特別検査官ギルクリストもアンドリューの請求を退けた。しかしこのような状況でも、アンドリュー・ヒュームはあきらめなかった。彼はまた別のターゲットを見つけていた。それはメアリー・コスティンだ。

注

(1)メサーズ(Messrs) ミスター(Mr)の複数形として、主に人名の入った社名の前で用いる。
(2)ストラディヴァリウス クレモナ(イタリアの一都市)の楽器製作者ストラディヴァリが作ったヴァイオリン、ヴィオラ、チェロなどの弦楽器。
(3)グアルネリウス イタリアのグアルネリ一族が製作したヴァイオリン。

（4）ガダニーニ　ジョヴァンニ・ガダニーニ（一七一一〜一七八六）クレモナに生まれ。アントニオ・ストラディヴァリの教えも受けたと言われる。ヴァイオリン製作を行いながら各地を転々としたため、放浪の製作者とも言われている。本文ではガダニーニが製作したヴァイオリンを意味している。

（5）アマティ　イタリアのアマティ一族が製作したヴァイオリン（およびその他の弦楽器）。

（6）マッジーニ　イタリアのヴァイオリン製作者マッジーニの手によるヴァイオリン。

（7）モダンヴァイオリン　年代的には、一八〇〇年初頭から一九〇〇年代前半に製作された楽器。それ以前のストラディヴァリウスなどの名器をオールドヴァイオリンと呼ぶ。

（8）ニコロ・アマティ（一五九六〜一六八四）イタリア出身のヴァイオリン製作者。アマティ一族も、ヴァイオリン製作で有名。

（9）トマソ・エベルレ（一七二七〜一七九二）イタリアのヴァイオリン製作者。ニコラ・ガリアーノにヴァイオリン製作技術を習った。

（10）五対一　当時の為替レートでは、一ポンドに対して五ドルくらいで交換可能だった。

（11）ブロンプトンズ　英国のオークション会社。

ストラディヴァリウス

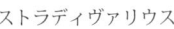

一七　ジョアン・ロー・ヒューム・コスティン

一〇月一八日、ダンフリース

私の母、ジョアン・ロー・ヒューム・コスティンは、一九一二年一〇月一八日の金曜日午前一一時、ダンフリースのバックルーク・ストリート三五番のコスティン家で誕生した。どこでだれに聞いても、ジョアンの誕生はジョン・ジェイコブ・アスター六世の誕生と比較して、はるかにありふれた出来事だと答えるだろう。ジョン・ジェイコブ・アスター六世はジョアンよりも二か月前に、ニューヨーク五番街八四〇番で誕生していた。

出産の際、私の母ジョアンを取り上げてくれた産婆は、メアリーと赤ちゃんに問題がないことを確認するとすぐに手を洗い、慣例の金額一五シリングを受け取り、コスティン家を後にした。産婆費用の一五シリングは、メアリーの母親スーザン・コスティンが、産婆が退室する際に手渡した。

メアリーはこれまで気持ちが落ち込み、不安だらけだったが、赤ちゃんの誕生に心が躍っているようだった。もっとも赤ちゃんの名前に関しては、家族間で激しい議論が交わされた。私の母によると、赤ちゃんの誕生前には、メアリーは名前に関し一切相談をしていなかったようだ。メアリーは男の子の赤ちゃんを産み、ジョン・ロー・ヒューム・コスティンと名付けようと心に決めていた。ジョン・ロー・ヒューム・コスティンという名前は自分の子供のためのものだが、それ以上にヒューム家やダンフリースの人々へのメッセージとしての意味合いが強かった。

生まれたのが女の子の赤ちゃんだったので、急いで名前を考えなければならなかった。スーザンは妥協案として、スーザン・ケネディ・ロー・ヒューム・コスティンという名前を提案した。スーザン・ケネディは彼女の結婚前の姓名だった。

しかし、メアリーは譲歩しようとはしなかった。名前の中に「ジョン」を入れるべきだとし、「ジョアン」という名前を主張した。「ジョアン（Ｊｏｈｎａｎｎ）」は、おそらくもともとは「ジョーハナ（Ｊｏｈａｎｎａ）」のミススペルであろうが、女の子のクリスチャンネームとして一九世紀のスコットランドでは珍しい名前ではなかった。私の母は後に、「ジョアン」をやめて「ジョーハナ」とし、最終的には「ジャクリーン」と名乗った。

♪♪♪♪♪♪♪♪♪♪♪♪♪♪♪

メアリーの母スーザン・コスティンは、降り掛かってくる人生の試練に対して、威厳を持ち礼儀正しく振る舞うことで、そのほとんどを乗り越えてきた。しかし、彼女の人生のかなりの部分はとても悲惨なものだった。三〇代の頃、彼女はまだ幼かった娘二人と夫を埋葬した。五〇歳を過ぎた今、スーザンは三〇代の頃の辛い経験は、今回の試練を乗り越えるための訓練だったのだと悟った。ここ一年の間に、彼女は息子のウィリアムを埋葬し、大好きな義理の息子も失った。ジョックは彼女にとって大切な存在だった。スーザンは、悲嘆に暮れる妊娠中の未婚の娘、メアリーを懸命に慰め続けた。

人生の様々な試練に直面しても、その度にスーザン・コスティンは元気を出して、立ち上がった。目の前の子供たちを抱きしめ、たとえ自分が空腹であろうとも子供たちを食べさせるために仕事をし、しっかりと面倒をみた。彼女は物事がうまくいかない時でも、決して神を責めたりはしなかった。物事がうまくいくようなことはほとんどなかったが、まれにうまくいった場合は必ず神に感謝した。孫娘ジョアンの誕生は、神に感謝することのできる数少ない出来事の一つであり、何より彼女に大きな喜びをもたらした。

このようなスーザンの性格を考えると、アンドリュー・ヒュームに孫娘誕生を伝える役目をメアリーにさせず、スーザン自身が引き受けた理由がわかるだろう。スーザンはアンドリューから思いやりのある言葉をかけてもらえるなど、ほとんど期待していなかった。しかしおそらく彼女は、孫の誕生により両家の間に生じていた険悪な状況が好転し、ある種の相互理解が進むことを望んでいたのであろう。お互いこれまでのことを水に流し、事実を事実として受け入れ、アンドリューにはメアリーがこれまで辛い思いをしてきたことを理解してもらえるだろうと思った。そして生まれた孫の将来のため、さらにジョックを追悼するため、お互いの家族が一歩前に進むことを期待した。しかし、結果として、彼女の思いは裏切られることになる。

スーザンは自分の娘が売春婦と呼ばれることも、目の前でピシャリと家のドアを閉められることも予想していなかった。

スーザン・コスティンは、自分の感情を表に出すような女性ではなかった。ヴィクトリア女王治世の終わり頃に育ち、彼女はあまりしゃべらず控えめであることの大切さをよく理解していた。楽しいことを伝える際はやさしく遠くを見つめ、不満感を示す時にはいぶかしげに眉間にしわを寄せた。彼女の子供たち、そして亡くなった夫ウィリアムは、しばしばその場の感情を推し量るため、スーザンの表情豊かな顔を、心配そうにじっと見つめたものだった。

スーザンは逆境をばねにして、そこから力を引き出すことのできる女性だった。そして、正しいことと間違ったことをきちんと区別できる人物でもあった。

彼女はアンドリュー・ヒュームの過去二年間の行為を、大目にみようと思っていた。しかし、彼には思いやりの気持ちも敬意を払う様子もなかったので、彼女は態度を決めた。

アンドリューにそれ以上何も言わないで、スーザンはジョージ・ストリート四二番の家の前のヨーク朝石段を下りた。しばらく歩き続け、橋を渡り、マックスウェルタウンまでやって来た。そして自分の職場である、事務弁護士会会員メサーズ・ウォーカー＆シャープの事務所の前に立っていた。

一八　ジョックの名前と墓石

一九一二年一一月、ノヴァ・スコシア州、ハリファックス

ホワイト・スター・ライン社は、マッケイ・ベネット号が収容した遺体数を確認するとすぐに、八四六ドルでハリファックス評議会からフェアヴュー・ローン共同墓地内に三六〇〇スクエア・フィートの土地を購入した。そして一二一の区画に墓の設計をするため、測量技師のF・W・クリスティを雇った。また、タイタニック号に乗船していた一九人のカトリック教徒の遺体を埋葬するため、近くのマウント・オリヴェット共同墓地内の土地を購入した。さらに一〇人のユダヤ教徒の犠牲者のために、バロン・デ・ヒルシュ共同墓地内の土地も購入した。

フェアヴュー・ローン共同墓地において、クリスティは曲線状に墓を四列に配置することを決めた。意図的であろうとなかろうと、その曲線は側面に大きな損傷を受けたタイタニック号の船首に似ていた。

多くの数の身元不明の遺体があり、急速に腐敗が進んでいた。そこで、急場しのぎの解決方法を考えなければならなかった。長い塹壕のようなものを掘り、その中にそれぞれ数フィート離して三七の棺を入れることにした。私の祖父ジョック・ヒュームが埋葬されたのも、この並びの中だ。ジョックの墓は「名もなき子供」が埋葬された場所から数ヤード離れている。「名もなき子供」とは、タイタニック号の事故で収容された犠牲者の中で、最も幼い身元不明児だ。

克服しなければならない別の課題もあった。それは短期間に墓石用の石を調達し、花こう岩の墓石を

一五〇近く作り出す作業だった。ホワイト・スター・ライン社は、この仕事の契約をハリファックス・マーブル製作所のフレデリック・ビショップと結んだ。しかし、墓石に文字を入れる作業はフランク・フィッツジェラルドが担当した。身元が判明すればいつでも墓石に名前を加えることができたので、彼はまず身元が判明している墓石から文字を入れていった。

ビショップが石の調達や墓石の製作を行っている間、数字が入った木製十字架が、身元不明の遺体の墓石としての役割を果たした。フィッツジェラルドが文字入れの作業を開始する前に、私の祖父ジョック・ヒュームは身元が確認され、墓石に名前を入れることができたようだ。一九一二年のクリスマスには、墓石の整備が整い、すべての作業は終了した。

ホワイト・スター・ライン社は埋葬作業に関するすべての費用を支払い、三か所の共同墓地内のタイタニック号犠牲者の墓を維持管理するために、七五〇〇ドルの信託基金を設立した。しかしこの金額では、その三か所の共同墓地の墓を維持するには不十分であることが判明した。そしてそれから何十年もの間、草刈作業やチューリップの植え付けに関して、その費用の捻出方法に議論が繰り返された。一九四四年、ハリファックス市評議会が、フェアヴュー・ローン共同墓地の管理を引き受けることになった。

フェアヴュー・ローンは美しく管理も行き届いた共同墓地で、訪れた人々に必ず感動を与えてくれる場所だ。犠牲者の親族だけではなく、あらゆる人々が世界中からこの地にやって来て、ここに眠る一二一人の勇敢な男性たち、女性たち、そして子供たちのために哀悼の意を表している。犠牲者たちは、ホワイト・スター・ライン社の横柄さによって裏切られた。そして、安全を軽視してきた会社の体質の被害者だ。


一九九〇年代の前半、私は初めて祖父の墓を訪れた。そして、二〇一〇年、二〇一一年と再訪した。タイタニック号事故から一世紀が経過したが、四〇の遺体がまだ身元がわからないままだ。

ジョックの墓の左手には、遺体番号二五七の人物が眠っている。公文書記録によると、その人物はひげをきれいに剃った男性で、推定年齢は三八歳だ。身長五フィート七インチ、体重一八五ポンドで、「ひたいがとても広かった」。彼はしま模様の緑色のシャツとつなぎ服を着ていて、上半身にはダブルのジャケットを羽織っていた。「おそらく機関士であろう」と報告書には記載されている。

ジョックの墓の右手には、遺体番号一七九の墓がある。ちょびひげをはやし、体重一九〇ポンドと記録されている。報告書には「おそらく火夫であろう」とある。彼の年齢は「推定二六歳」とされているが、身元がわかるようなものは何も身につけていなかった。また彼の遺体の関係者と名乗り出る者も、いなかった。

これらの墓に、花は供えられていない。しかし、数ヤード右手に目を移すと、最高級の花こう岩のモニュメントがあり、収容された遺体の中で最も幼い子供の墓と記載されている。その子は二歳の男の子であるが、その身元に関しては一世紀にわたり議論されてきた。犠牲者の墓の多くに関して言えば、訪れる人はわずかである。そして墓はむき出しのままで、何の飾りものも置かれていない。しかし、その二歳の子の墓は、訪れる人が途絶えることはない。人々の深い悲しみを表す花束、テディベア、ぬいぐるみの子羊などで飾られていて、そこが名もなき子供の墓であることがわかる。

あの巨大旅客船のボイラー室のトリマーだった遺体番号二二七「J・ドーソン」の墓も、同じようにたくさんの人々が訪れている。実は多くの人々は彼のことを、映画『タイタニック』でレオナルド・デカプリオが演じた人物、ジャック・ドーソンだと信じているのだ。

ブルース・イズメイの秘書ウィリアム・ハリソンも、イズメイの助手で遺体番号二三九のアーネスト・フリーマンと同様に、この場所に埋葬されている。イズメイは、この二人の男性の墓標作りに「相当な代価」を払った。それは、きっと羞恥心と罪悪感による行動だったのだろう。

フリーマンへ捧げる言葉は、次のような内容である。

「彼は身の危険を顧みず、持ち場を離れないで人々の命を救おうとした。そして、船とともに海中に沈んだ」

イズメイは、フリーマンのために自分自身で墓碑銘を考え、後任の秘書に書き取らせた。フリーマンの「長く誠実な働きぶり」はこのような形で報われたとも言えるが、イズメイは墓碑銘の内容の皮肉さを、本当にわかっていたのだろうかと思ってしまう。

フェアヴュー・ローンの看板

タイタニック号犠牲者たちの墓の並び

名もなき子供の墓

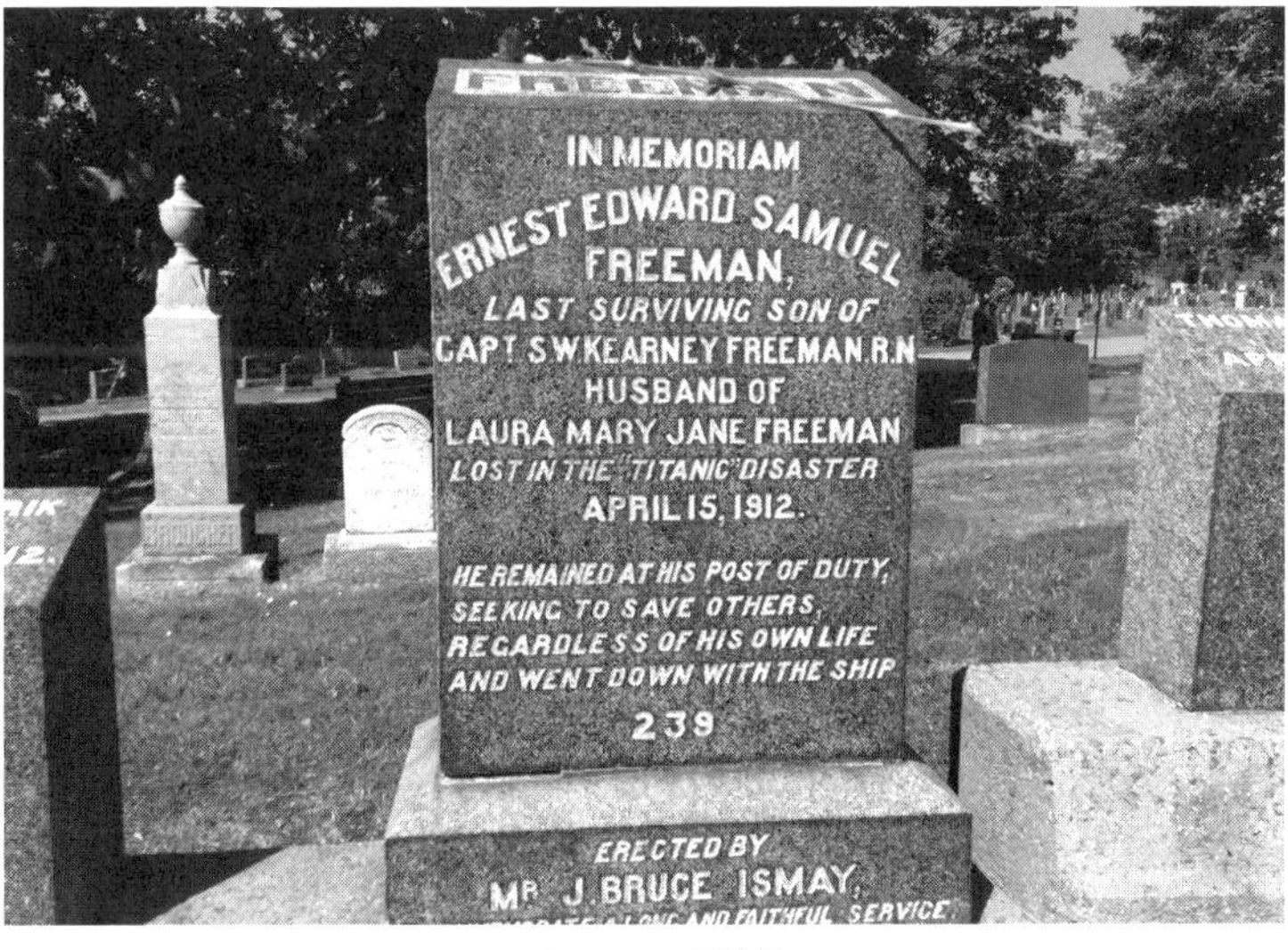

フリーマンの墓碑銘

一九　ジョック、父親と認定される

一二月二日、ダンフリース州裁判所

メアリー・コスティンの母親が事務弁護士の事務所で働いていたことは、アンドリュー・ヒュームにとって、とても不運なことだった。ヒュームは、コスティン家の人々は頭が悪く、みすぼらしく、自ら行動を起こす力も財力もないと考えていた。しかし、それは誤りだった。

メアリー・コスティンは面倒な存在で頭痛の種だったが、彼のような地位ある男性の脅威になるとは、アンドリューは思っていなかった。彼はメアリーが手袋を作る工場で働いていることは、なんとなく知っていた。そしてジョックが亡くなって以来、手袋製造工場で働いていることを見下すようになっていた。しかし、彼女の母親がどんな仕事をしているのかを、敢えて知ろうとはしなかった。母親の仕事が何であれ、そんなことに彼は関心がまったくなかった。

もしスーザン・コスティンが穀物商人の会社で働いていたなら、結果はまったく異なったものになっていたであろう。しかし、メサーズ・ウォーカー&シャープは、その事務所で働いている人に対して、面倒見がとてもよいことで有名だった。その中には、当然事務所の用務係兼掃除婦のスーザン・コスティンも含まれていた。

ヘンドリー氏は以前、メアリーがタイタニック号救済基金に申請を行った際、いろいろと手助けをしてくれていた。彼は事務所の弁護士仲間と今回の訴訟内容について議論をした。事務所の全員が、メアリーの不当な扱いに憤慨していた。そして事務所として、無償でメアリーのために戦うことで全員の意見が一致した。

今回最も重要なことは、ジョックを父親と認めてもらうことだった。ジョックが父親だと認めてもらえなければ、救済基金は補償金の査定さえしてくれない。法律上の論点は、その若いカップルが将来結婚するつもりだったのか、実際の二人の関係はどうだったのか、さらにメアリーはどんな性格の女性なのか、などが中心になりそうだった。

ヘンドリー氏はすぐに関係者から話を聞き、関連する証拠を集めた。その中にはジョックが送った手紙も含まれていた。彼がサウサンプトンから送ったタイタニック号のポストカードも、今回の証拠の一つとなった。グレイフライアーズ教会の牧師は、ジョックとメアリーは二人でよく礼拝に来ていて、将来結婚する予定で相談も受けていたことを証言した。ジョックの姉ネリーは、父親には内緒で証言し、二人の関係を述べた。メアリーの工場の雇用主は、彼女の人物証明供述書を提出した。ウォーカー氏自身は、口供書に偽りのないことを宣誓し、一〇年以上メアリーとその家族を知っており、コスティン家の人たちは礼儀正しく誠実であると断言した。

メアリーは何時間もかけて、ジョックの手紙をくまなく探し、今回の訴訟の助けとなるページを見つけようとした。手紙を読み返しながら、恥ずかしさも感じていた。しかし、最も重要な証拠となるのは、証言席でメアリー自身や母親が語る内容やその場のしぐさである。ヘンドリー氏はその事をメアリーに何度も何度も念を押した。

また、もしアンドリュー・ヒュームがジョックの遺言執行者の立場を利用して、メアリーの赤ちゃんの父親認定申請に対し争う姿勢を示したら、ヒューム側の弁護士から屈辱的かつ挑発的な質問を受けることになるだろうと伝えた。

メアリーはタイタニック号救済基金に、ジョックが父親である証拠書類の提出を急がなければならなかった。そのためスピード感を持って裁判に臨むことが重要だった。ヘンドリー氏は、裁判所の担当官から、申請書が提出されて三週間以内に審理の日程が組まれるという情報を得ていた。ここにジレンマがあった。

ヘンドリー氏は、今回の裁判の前にジョアンの出生登録をしないように、メアリーに伝えていた。なぜならば、父親が亡くなり母親が未婚の場合、登録官は法律で父親の名前を空欄にしておくことが求められていた。ヘンドリーは、法律上ジョックが父親だと認められた後に出生登録をすることで、ジョアンに一生続く非嫡出子という汚名を残さないようにしてやりたいと思っていた。

しかし、彼は法的手続きを正しく理解していなかった。メアリーが提出する父親認定申請書には、出生証明書を付けなければならなかったのだ。

法律に抜け道などない。一九一二年一一月七日、メアリーはジョアンの出生届を出した。父親の名前の欄には、何も記載しなかった。そしてその日のうちに、ヘンドリー氏はメアリーの代理人として父親認定のため、ダンフリース州裁判所に申請書を提出した。それと同時に、ジョックの遺言執行者のアンドリュー・ヒュームに通知書を送った。翌日アンドリュー・ヒュームは、州裁判所にメアリーの申請に対して異議を申し立ててきた。

一九一二年一二月二日、赤ちゃんの父親の認定を求める申請に対して、裁判所で審理が行われた。アンドリュー・ヒュームも彼の代理人も姿を現さず、その申請に異議を唱えなかった。残念なことに、公判前手続きの陳述書も州裁判所判事による裁判文書も、その後廃棄されてしまった。記録ファイル類が五〇年前、ダンフリースからエディンバラのスコットランド国立公文書館に移された時のことだ。したがって審理の記録は存在していない。しかし、裁判所が下した判決は国立公文書館に記録が残っている。そしてスコットランド登録局に保管されていた出生登録簿は、裁判所の判決に応じて修正された。そこには、次のように書かれている。

「一九一二年一〇月一八日に、ダンフリースのバックルーク・ストリート三五番で誕生した、ジョアン・ロー・ヒューム・コスティンという女の子の乳児の父親を認定する訴訟が起こされた。この訴訟はダンフリースのバックルーク・ストリート三五番に居住するメアリー・キャサリン・コスティンの要請で、ダンフリースの音楽教師アンドリュー・ヒューム、および故ジョン・ロー・ヒュームの代理人たちに対して起こされたものである。一九一二年一二月二日、ダンフリース・アンド・ガロウェイ州裁判所判事補は、前記の乳児は前記のメアリー・キャサリン・コスティンとジョン・ロー・ヒュームの間にできた非嫡出子であると判断した」

二〇　コスティン家とヒューム家、法廷対決

一二月一一日、ダンフリース

父親認定裁判の判決が出て、ジョアンの父親がジョック・ヒュームであることが認められた。そのおかげで、メアリー・コスティンはタイタニック号救済基金に、再度援助金の申請をする道が開けた。彼女はすぐに申請を行った。これで今回の件は、終わりになるはずだった。しかし実際は、そうはならなかった。

終わりになるどころか、ここからがメアリー・コスティンとアンドリュー・ヒュームの一年間も続く、激しい消耗戦の始まりだった。戦いの場はダンフリース州裁判所で、バックルーク・ストリートにあるコスティン家の真向かいの場所だった。メアリー・コスティンが先にかみついたと言えるが、敵対関係を作り出したのはアンドリュー・ヒュームの方だ。そのきっかけは、彼がメアリーの子供、つまりアンドリューの孫娘に対して明らかに給付されたお金を、盗んだ事件だった。

その事件をスタンダード紙は、「タイタニック号救済基金訴訟」と呼んだ。それは常軌を逸した裁判だった。裁判の終わり頃には、これまでの名声を失い、人生はめちゃくちゃになった。この情け容赦のない戦いの主人公は、未婚の母である私の祖母メアリーと亡くなった楽団員ヒーローの父アンドリューだった。その戦いは、ダンフリースのあらゆるところで人々の話の種となった。法廷での戦いの節目ごとに、

スタンダード紙はかなりの紙面を割いて、その様子すべてを報道した。

一九一二年のクリスマスには、メアリーはジョアンの父親認定問題のすべてが解決したと思い、落ち着きを取り戻していた。ジョックを父親だと認めた裁判所の書類は、ヘンドリー氏によりタイタニック号救済基金に送付された。そしてメアリーは救済金をもらうために、新しい申請書に署名もした。この申請問題は、今やリヴァプール・タイタニック号救済基金の名誉事務局長、パーシー・フラートン・コークヒル氏の手中にあった。彼はスコットランドとバーミンガム以北のイングランドから送られてくる、救済金請求書類のすべてを処理する責任者だった。

コークヒル氏はリヴァプール市長の私設秘書であり、同時にリヴァプール地方公共団体の事務弁護士補佐を務めていた。彼はヘンドリー氏に返信し、メアリーの請求は、注目を集め取り上げてもらえそうだと連絡してきた。生まれながらの行政官であるコークヒル氏は、彼の机の上に積み上げられる書類のほとんどを素早く片付けており、実際メアリーの請求書類もすぐに処理をした。

翌日、救済金請求および一般事項検討小委員会が開かれた。もうその時点で、「ジョアン」にはすでに救済金受給者番号C六八九が与えられていた。Cは乗員のクルー（ＣＲＥＷ）を意味していた。小委員会は、週に二シリング六ペンスの給付金の支払いを認めた。これは今日の貨幣価値で表すと、およそ六ポンドにあたる金額だ。さらにこの給付金に加えて、「扶助（扶養）料」として、基金から早急に六七ポンドを支給することも決定した。「扶助料」とは基本的には、食料費、燃料費、その他の生活維持費を意味し、支給額は今日の貨幣価値で実質三一〇〇ポンドの額になる。必要とされる承認手続きも、クリスマスと新年の間に終了した。

ここまではすべて順調だった。しかし不幸なことに、六七ポンドの小切手がメアリーではなく、誤ってアンドリュー・ヒュームに送られてしまった。ヒュームはすぐさま小切手を、ダンフリースのスコットランド国立銀行で現金化した。同封されていたコークヒル氏の手紙を無視し、お金を着服したのだ。コークヒル氏の手紙には、その小切手はメアリー・コスティンと「彼女の子供」への扶助料であると、はっきりと書かれていた。

その後、ヒュームは一九一三年一月三日、厚かましくも小切手の受領を知らせる手紙をコークヒル氏に送っている。コークヒルは、お金は子供のためにメアリーに手渡されたものだと認識してしまった。しかし実際はそうではなかった。アンドリュー・ヒュームがニューヨークの特別検査官ギルクリストに手紙を送り、失われた二挺のヴァイオリンの賠償請求という詐欺行為に及んだのも、まさしくこの時期だった。

四月まで待ってもタイタニック号救済基金から何の連絡もなかったので、ヘンドリー氏は問い合わせを行い、事務的なミスがあったことを知った。彼は四月二五日、アンドリュー・ヒュームに手紙を送り、六七ポンドを本来の受取人、メアリー・コスティンに送金するよう依頼した。ヒュームはお金を受け取ったことを否定した。

コークヒル氏も、ヒュームに手紙を送った。ヒュームは小切手を受け取ったことは認めたが、お金を自分のものにしたことは再び否定した。六月一八日、コークヒル氏はさらにヒュームに、次のような手紙を送った。

「そのお金は、コスティンさんの子供のための扶助料であり、決してあなたへの救済金ではないということを、どうぞご理解ください」

アンドリュー・ヒュームは、この手紙は受け取っていないと主張した。そこでコークヒル氏は四通目の手紙を書き、七月二三日に書留郵便で送った。内容は六七ポンドの返還を求めるものだった。彼はヒュームに、次のように念を押した。

「タイタニック号救済基金は、人々の寄付金や献金で成り立っています。それは、汽船タイタニック号が大西洋で浸水して沈んだ際、犠牲になった人の配偶者、子供あるいは扶養家族に対して、救済や援助にあてられるものです。本委員会はいかなる意味でも、アンドリュー・ヒューム氏を犠牲者の扶養家族であると認めることはできないし、また実際認めてもいません」

七月に基金が正式に設立された時、委員会は次のような決定事項を議事録に書き留めていた。「どのようなケースでも不利にならないよう寛大に対処するが、この基金は犠牲者の扶養家族予定者である親族から請求されても、その要求を承諾することはない」

再びコークヒル氏の手紙は無視され、返信はなかった。そこでメアリー・コスティンは裁判所に訴えを起こした。この事件は八月八日金曜日ダンフリースで、州判事キャンピオンにより審理が行われた。その際、訴訟事実摘要書が提出された。

アンドリュー・ヒュームは、確かに六七ポンドは受け取ったが、自分もそれまで基金側と連絡を取っていたので、そのお金は自分への送金だと思ったと弁明した。それから彼は、昨年の早い時期に、マンション・ハウス基金とデイリー・テレグラフ基金から、二五ポンド、七一ポンド九シリング七ペンス、そして一四〇ポンドと三回お金を受け取り、さらにボストン音楽家タイタニック号基金からかなりの額の見舞金ももらっていたことを明らかにした。これらのお金を手に入れたのは、すべてメアリーの子供が生まれる前のことだった。メアリー・コスティンは、これらの援助金のどれも知らなかった。

裁判は一か月延期された。被告側が裁判準備の時間を必要としたからだ。またコークヒル氏も裁判で証言する予定で、そのためリヴァプールからダンフリースに来る日を調整する必要があった。

裁判が再開されると、ヘンドリー氏はキャンピオン州判事に、事務所の先輩バナーマン氏がコスティン嬢の代理人を引き継いだことを伝えた。ヘンドリー氏は、「その理由は、私自身が重要な証人であり、そのためコスティン嬢の代理人として彼女としっかり向き合うことができないと思うからだ」と述べた。ヘンドリーが証言をすると、アンドリューとのこれまでのやりとりで経験したように、アンドリューのうそや矛盾が明らかになり、彼の態度がころころ変わり法廷は混乱した。

バナーマン氏は、証人としてジェイムズ・ヘンダスン氏を呼んだ。ヘンダスン氏は、以前ヒューム氏の代理人と事務弁護士を務めていたと述べた。そして、ヒューム氏は以前デイリー・テレグラフ・タイタニック号基金の理事に手紙を送り、自分の息子はコスティン嬢の子供の父親ではない決定的な証拠があると断言したことを証言した。ヘンダスンがその証拠とは何だと尋ねたところ、ヒュームは何も証拠を示すことができなかった。そのため、彼はヒュームの代理人を辞めた。

コークヒル氏は、ヒュームがメアリーの子供が生まれて一か月後に手紙を送ってきたと証言した。その手紙には、「私はジョックの親として、そして法定代理人として、その悪質な訴えをただす機会を持つ権利がある」と書かれていたことを述べた。また何度も機会あるごとに、コークヒルは基金からのどんな援助金もメアリーの子供のためのものだ、とヒュームに伝えていたことも証言した。

この時、アンドリュー・ヒュームの事務弁護士、I・エドガー氏が不意に口をはさんできて、この裁判から手を引きたいと述べた。それは彼が取るべき唯一の正しい選択だった。法廷では「裁判官の管理下」にあり勝手なことはできないが、エドガーはヒュームの代理人を辞めさせてくれるよう懇願した。

エドガーは、当初手渡された記録や文書により、被告の正当性を十分証明できると思ったので、この裁判の弁護を引き受けたのだった。もしそのお金がコスティン嬢に用意されたものであることが明らかになれば、代理人を続けることはできないと彼は依頼人ヒュームにすでに伝えていた。

州判事はエドガー氏の立場はよく理解できるが、そのまま代理人を続けてほしいと述べた。その後依頼人ヒュームと相談した結果、エドガー氏はアンドリュー・ヒュームが今回の裁判の負けを認めたことを法廷に伝えた。

「衝撃的結末。被告側の代理人は、タイタニック号救済基金訴訟から手を引いた」とダンフリース＆ガロウェイ・スタンダード紙は伝えた。しかし、メアリー・コスティンは裁判には勝ったものの、同時に不快とも言える驚きを感じていた。

実はこの時、キャンピオン州判事は、スコットランドの法律に基づき「インターロキュター」[1]を出した。インターロキュターとは判決のことで、裁判所の命令でもある。「私がこの裁判で難しいとずっと感じていた点は、はたして原告のメアリー・コスティンは、この訴訟を起こす権利があったのだろうかということだ」。州判事の常軌を逸した法律解釈は、さらに次のように続いた。

「アンドリュー・ヒュームに誤って送られた六七ポンドは、タイタニック号救済基金からのいわば任意の援助金だった。メアリー・コスティンは、援助金に対して基金を訴えることができたはずはない。なぜならば、どんな援助金の配分も元来根拠のないものと言えるからだ。したがって、援助金が誤って送られた人物を訴える権利など、もともと彼女は持っていなかった」

そして彼は次のように結論を下した。

「今回の件は、非債弁済の訴訟と思われる。つまり不当な送金を元のところに戻すことだ。したがってメアリー・コスティンには、そのお金に対する権利はない」

メアリーは上訴した。エディンバラのロー・ロード[2]上訴院裁判官たちは、一九一三年一二月三日その訴訟案件について審議し、全員一致で判決を下した。上訴院裁判官のクラークは、「私は州判事の下した判決にまったく同意できない」と述べた。

「問題はいたって簡単なことだ。あるまとまったお金が、彼女に送金されるべきなのに、AによってBに送られたということだ。つまるところ、そういう事情であり、Bがそのお金を彼女に引き渡すことを拒んでいるのだ」と彼は続けた。

上訴院裁判官ダンダスも、「州判事は考え違いをしてしまった。彼の判決は、いわば誤った結論である」と同意見だった。

さらに上訴院裁判官ガスリーは、次のように付け加えた。「州判事は、被告のアンドリュー・ヒュームの立場に、同情の余地はまったくないとはっきり述べている。被告は自分のためのお金ではなく、メアリー・コスティンに送られたお金だということがわかったはずだし、実際知っていたのだ」

上訴は認められ、メアリー・コスティンは訴訟費用を請求し、お金を取り戻すことができた。

アンドリュー・ヒュームは、悪人だったのかそれとも気が狂っていたのか、どちらだったのだろうか。この法廷を舞台にした悲劇、あるいは喜劇の大詰めを迎えて、実は彼は気が狂った悪人だったことがわかる。

ジョックがジョアンの父親であるとダンフリースの州裁判所が判決を下した日からまさに一年後、アンドリュー・ヒュームは「再審請求書」を提出した。スコットランドの法律では、もし州判事がある人物に不利な判決を下した場合、その人物に改めて抗弁する機会が与えられている。「再審請求書」とは、そのような場合、裁判所に提出する書類のことである。

ヒュームは、父親を認定した判決を覆そうと訴訟を起こしたのだ。裁判の判決以降に、事実関係を示す資料を見つけた、というのが再審請求の理由だった。そして彼の事務弁護士は、再びエドガー氏だった。

メアリー・コスティンはバックルーク・ストリートの州裁判所へ向かうため、再び自宅前の道路を横切っていた。メアリーの事務弁護士バナーマン氏は、再審請求は証拠が不十分であると異議を唱えた。そして、メアリー・コスティンに六七ポンドを返金すべきとしたあの判決を覆す手段として、今回の再審を利用するつもりだろうと述べた。そして、さらに次のように続けた。

「いずれにしても、一方に相手方の証拠を聞かせ、その対策を練るために一年の期間を与え、証拠を無効にできる資料を探す機会を与えるなど、不当そのものだ」

キャンピオン州判事は、裁判を一九一四年二月一二日まで延期した。そして二月一二日に彼はインターロキュターを出し、アンドリューの再審請求を却下した。アンドリュー・ヒュームが新しい証拠も、約束した「事実関係を示す資料」も提出しなかったことがその理由だった。

ヒュームは一年前、父親認定に関する裁判に出廷しなかったが、そのことに対する彼の言い分はまったく説得力に欠けていた。一二か月も経ってから、メアリー・コスティンに再び訴訟を起こすなど、酷というものだろう。メアリーにとって、法廷での悪夢はようやく終わりを告げた。ジョックはいないが、今や自分の人生を再スタートさせることが可能となった。

注

(1) インターロキュター　スコットランドの裁判所による判決、命令。

(2) ロー・ロード　法律貴族、法官貴族、法貴族、上訴院裁判官などのことを意味する。英国には他国のような最高裁は存在せず、上院（貴族院）内の上訴委員会が最高裁に相当していた。貴族院議員の資格を得るために一代貴族に叙される。なお二〇〇九年に連合王国最高裁判所が新設され、この機能は喪失した。

ダンフリース州裁判所（バックルーク・ストリート）

二一　辛い追悼行事

一九一三年五月三一日、ダンフリース

アンドリュー・ヒュームとメアリー・コスティンの裁判は、ヒューム家の末娘ケイトにとって大きな苦痛だった。ケイトは一六歳になろうとしていた。自分の父親が公の場で屈辱を味わっている惨めな姿を目にすることほど、辛いことはなかった。父親は嘘つきで泥棒という烙印を押されていた。

ケイトは、音楽教師としての父親の仕事がなくなっていくのを、目の当たりにしていた。また、ケイトは自分がまわりの人々から、のけものにされていると感じ始めていた。学校の友達の親たちが、自分たちの娘にヒューム家の子供と付き合うことを禁止したからだ。

しかしことによると、ケイトが一番困っていたことは、裁判のせいで兄ジョックへの深い悲しみが未だに続いていることかもしれなかった。ジョックの死はヒューム家の子供たちの中で、ケイトの心に一番打撃を与えていた。彼はケイトにとって頼りになる兄貴で、彼女をいろいろなことから守ってくれていた。

生前のジョックを思い出させたのは、裁判だけではなかった。ジョックの死から一年、タイタニック号のヒーローたちをしのぶ追悼行事がほぼ毎月開催されており、ケイトもそれに出席をすることが求められていた。

ケイト・ヒュームは、特に一九一三年五月の最終日を恐れていた。彼女はモニュメントの計画が提案されて以来、まる一年この日を恐れていた。タイタニック号が沈んだ翌週にジョックのための追悼式が二度開かれたが、彼女はその場で胸が張り裂けんばかりに泣きくずれた。事故から二か月後、今度はジョックの出身校セント・マイケルズ・スクールで、玄関に飾る大理石の記念額の除幕式が行われた。その時は、号泣して立ち尽くしていた。

ジョックの死後一年、ケイトは兄の死を受け入れようと一生懸命努力してきたが、世間の人々が悲しんでくれることで、また新たな悲しみがこみ上げてくるのだった。

これまで行われた三回の追悼行事は、それぞれがそれなりに精神的に苦痛だった。教会での二度の追悼式は、ケイトよりも年上の人でいっぱいだった。出席者でジョックやトム・マリンのことを直接知っていたのは、ほんの一握りの人だった。出席者たちは、ダンフリース出身の二人の若きヒーローに敬意を表してくれた。しかしその様子は、兄ジョックの死をただ大げさに悲しんでいるだけで、ケイトは人々のそのような温かみのない態度を受け入れることができなかった。

兄の出身校で行われた記念額の除幕式は、それとはまったく様子が異なっていた。彼女は不意をつかれたような感じがした。除幕式には学校の子供たちのほとんどが出席していた。少年たちの多くは、ケイトが小さい頃の思い出のジョックとほぼ同じ年齢だった。ケイトが母親に手を引かれて学校に迎えに行くと、短いズボンをはいた兄は運動場を横切り、二人のところまで走ってきたものだった。

式に参加している学校の子供たちのほとんどは、ジョックのことを知らなかったが、少年たちの多くが目に涙を浮かべていた。少年たちの若さを見て、ジョックの人生にどんなにすばらしい未来があったことだろうと思い、ケイトは心が揺さぶられた。

ジョックの学校の校長だったヘンドリー先生は、自分の人生の使命は勉強を教え、子供たちの個人的な問題もきちんと面倒を見てあげることだと思っていた。そんなすばらしい使命を持ったヘンドリー先生は、ジョックとトムのことを、ヒーローではなく「すばらしい若者たち」と呼んだ。ケイトはその言葉を聞いて、悲しみに耐えることができなかった。

しかし、一般の人々にとって、この日のモニュメントの除幕式は盛大な行事だった。トムソン市長がドック・パークで、御影石でできたオベリスク[1]のモニュメントの除幕式を執り行うのだ。モニュメントは一六フィートの高さで、ジョックとその旧友トーマス・マリンの人生とヒーローとしての死に、敬意を表するためのものだった。

数百人が除幕式に出席し、ケイトは自分の父親とまま母といっしょに最前列に座ることになっていた。ケイトたちと並んで市長も座ることになっており、ダンフリースの人々にその様子が丸見えだった。

しかし二人の人物はその場を欠席することで、かえって目立つことになる。その人物とは、ジョックの姉二五歳のネリーと二一歳の妹グレイスだ。二人の姉妹は、ジョックが死亡するずいぶん前に自宅を出て、ダンフリースから離れた場所で働いていた。ネリーは実の母親が亡くなると、すぐに引っ越しをした。父親がアリスに心を奪われ、愛欲に溺れる様子にうんざりしたからだ。ジョックが亡くなって以来、二人と父親やまま母との関係は悪化し、ダンフリースの実家とはますます疎遠になっていた。アンドリューの娘は、みんなアリスとの関係が良くなかった。アリスは特にグレイスを目の敵にし、無礼で怠惰で非協力的だと言って責め立てた。

激しい言い争いが何度もあり、一九一三年頃にはネリーはまったく家には寄り付かなくなった。父親アンドリューは、二人の娘に除幕式に出席してほしいと手紙を送った。しかし、二人は父親の予想がつかない行動にこれまで困っていて、父親とメアリー・コスティンが顔を合わす場面は、すべて避けようと心に決めていた。メアリー・コスティンがジョックの赤ちゃんを抱いて除幕式に出ることも、二人は予想していた。二人は欠席の詫び状を送った。

アンドリュー・ヒュームは、末っ子のアンドリューを今回の除幕式には出席させないことにしていた。息子のアンドリューは一一歳で、まだ若すぎて心に負担がかかる行事の出席は無理だろうと考えた。そのため、メアリー・コスティンからの冷たい視線を、いくらかでも和らげるための同伴者としてケイトが選ばれた。

メアリーとアンドリューが法廷の外で顔を合わせるのは、数か月ぶりとなる。父親のコスティン家に対する怨念は、もうすでに憎悪を飛び越え狂乱状態に達しているようだった。そのため、ケイトは二人が顔を合わせる除幕式を恐れていた。

モニュメントのデザインや製作などに関し、論争がなかったわけではない。モニュメントをどのような形にするべきかという問題に対し、議論が際限なく続いた。そこで民主的に結論を出すために、タイタニック号・モニュメント委員会が組織された。

市の長老の一人ヒドルストン氏は、二人の若者の名前を記載した御影石の銘板をタウンホールに設置することを考えた。別の長老マロッホ氏は、ダンフリースにその二人の若者の墓がないので、セント・マイケルズ共同墓地に、御影石のモニュメントを設置することを提案した。二人の若者は、ノヴァ・スコシア州ハリファックスに埋葬されていた。ミッチェル氏は、セント・マイケル・ストリートに、二人の記念として噴水式水飲み場を設置すべきだと強く主張した。

ニス川を望むドック・パークにオベリスクのモニュメントを建てることを提案したのは、パン職人のクラーク氏だった。結局この提案が広く受け入れられ、多くの賛同を得た。モニュメント委員会の下に、小委員会が作られた。小委員会でモニュメントのデザインが決定され、資金集めのために市内の工場や作業所に寄付金用紙が送付された。

次に、オベリスクのデザインと製作の依頼先について、激しい議論が交わされた。地元のよく知られた彫刻家J・W・ドッズ氏が、建設会社メサーズ・スチュアート・オヴ・ダンフリースと協力して入札した。しかし、設計図草案はモニュメントとしてあまり適切なものとは思われず、提示された費用は高すぎた。入札を依頼された地元の他の会社も、費用がかかりすぎると小委員会から指摘を受け、それに対して大いに異議を申し立てていた。

まもなく二つの会社の一騎打ちとなった。一社は地元の建設会社でダルビーティにあるメサーズ・D・H・&J・ニューオールで、もう一社はマンチャスターのトラフォード・パークにある石造建築会社メサーズ・カークパトリック・ブラザーズだった。両社とも製作費の見積りを一〇〇ポンドとしたが、カークパトリック社の入札額には、青銅のレリーフパネルの費用も含まれていた。そのレリーフパネルには、讃美歌「主よ御許に近づかん」の楽譜とタイタニック号の姿が描かれることになっていた。善意の気持ちから、その会社はオベリスクを守る目的で、そのまわりの柵の製作も追加してくれた。
小委員会で激論が交わされ、票数一五対九で地元ではないカークパトリック社が指名された。カークパトリック社に決定したことで、地元の商人や職人たちの反感を買うことになった。地元の商人や職人たちは、除幕式への出席をボイコットすることに決めた。最大の侮辱は、カークパトリック社がダンフリースで採れるすばらしい石を使わず、最高品質のアバディーン産御影石を選んだことだった。

しかしこれまでの対立関係や不満感などは、一九一三年五月三一日の朝にはなくなっていた。明るい日差しの中、数百人のダンフリースの人々が、ドック・パークに集まってきた。アンドリューとアリスは気の進まないケイトを引き連れて、半マイルの距離を歩き、ジョージ・ストリートの自宅からドック・パークまでやって来た。タウンホールやミッドスティープルに半旗が掲げられていた。ダンフリースやマックスウェルタウンの教会の鐘が、厳粛に鳴り響いた。野外ステージ上では、楽団が「主よ御許に近づかん」を演奏した。

第三キングズ・オウン・スコティッシュ・ボーダラーズ(2)から、二人のビューグル奏者が派遣された。彼らはオベリスクの両側に直立不動の姿勢で立ち、「軍葬ラッパ」を鳴らすタイミングを待っていた。六〇人の警備兵たちが、ボウリング場とモニュメントの間に二列に並んで立っていた。警備兵の間をダンフリースとマックスウェルタウンの二人の市長が歩き、そして席についた。その時市長が胸につけている官職のチェーンが、ジャラジャラと鳴った。

ケイトにとっては、まるでジョックがもう一度死んだようなものだった。今回はショックで頭の中が真っ白になった。兄の死から一年以上経過したが、彼女は今まで以上に兄を失った悲しみを強烈に感じていた。彼女の深い悲しみは、父親への激しい怒りへと変わっていた。結果的にジョックを死へ導く状況を作った張本人として、今まで以上に父親を責め立てた。

ヒューム家の三人は、市長が到着する少し前に最前列の席に座った。そしてほどなくして、ジェイムズ・ストラカン師とともに、公用の服装をした二人の市長が到着した。市長に同行したストラカン師は、以前ジョックの追悼式を執り行った人物だ。

ストラカン師は集まった人々とともにお祈りをし、それからトムソン市長にモニュメントの幕を取るよう依頼した。市長が幕を引いた。ケイトは初めてオベリスクの台座に刻まれた碑文の文字を読むことができた。そこには、次のように書かれていた。

「楽団のメンバー、ジョン・ロー・ヒューム
並びに乗務員のトーマス・マリンを追悼して

二人は、この地に生まれ
ホワイト・スター・ライン社のタイタニック号の事故で
命を落とした
タイタニック号は、一九一二年四月一四日に

中部大西洋に沈んだ
二人は、立派に職務を果たして亡くなった」

トムソン市長は、モニュメント製作の呼びかけに「進んで協力してくれた」ことに対し、出席者全員に感謝の言葉を述べた。そして、「あの立派な船には・・・」と話し始めた。「二二〇六人の人々がいて、それは小さな町の人口に匹敵する数だった。そしてそのうち、一五〇〇人は海の中で亡くなった」

そして、ビューグル奏者が「軍葬ラッパ」を鳴らした。楽団は「おお、ベテルの神よ(3)」を演奏した。

次にニコルソン市長が、トムソン市長にモニュメント製作に尽力してくれたことを感謝した。

「このモニュメントのおかげで、この町に住む人々は、いつまでも二人の青年のことを忘れないだろう・・・そして、この時代に起こった最大の悲劇を、後世に語り継ぐモニュメントとなるであろう」

ジョックの学校時代の校長ヘンドリー先生は、この町出身の二人の若者をいつまでも記憶に留めておけるようになったとして、「モニュメント委員会」に感謝の言葉を述べた。

再びトムソン市長がさっと立ち上がり、すばらしいモニュメントを製作してくれた彫刻家や施工者に対し、感謝の言葉を述べた。その後トムソン市長はまた立ち上がり、ビューグル奏者の式典への参加を認めてくれた、第三キングズ・オウン・スコティッシュ・ボーダラーズのウインゲイト司令官にお礼を述べた。トムソン市長が立ち上がるのは、これで三度目だった。その様子を見て、ケイト・ヒュームは、感謝しなければならない人がまだ残っているだろうかと思った。

「除幕式は国家斉唱で終了した。そして楽団が陽気な音楽を演奏し、それと同時にミッドスティープルの建物の方から鐘が鳴り響いてきた」とダンフリース&ガロウェイ・スタンダード紙は伝えた。

♪♪♪♪♪♪♪♪♪♪♪♪♪

ヒューム家とは対照的に、コスティン家は全員がこの除幕式に現れた。メアリーは、母親のスーザン、二人の弟ジョンとメンジーズ、そして生後八か月のジョアンとともに出席した。メアリーはジョアンを新しいマルメット社製の乳母車に乗せて連れてきた。その乳母車はメアリーが救済基金からもらった給付金の一部を使って購入したものだった。

　コスティン家の人々は、みんなプライドを持っていた。除幕式の式次第にはなかったが、コスティン家の全員が、集まった人々の前を前列の席へと堂々と行進した。コスティン家の人々は、友人たちによって温かく迎えられた。その場にはトーマス・マリンの祖母もいて、赤ん坊のジョアンを優しくあやしてくれた。

　ケイトとは異なり、メアリー・コスティンはむせび泣いたり、あるいは心を痛めて家に帰ることはなかった。彼女は、ダンフリースの人々がジョックとトムを大変よく思ってくれていて、うれしかった。そしてモニュメント製作に値する人物と見なされていることも実感し、とても誇りに感じていた。モニュメントは未来永劫のもので、その場所を人々は訪れ、いつでも二人をしのぶことができるのだ。

　コスティン家の人々は、ゆっくり歩いてバックルーク・ストリートの自宅まで戻ってきた。帰る途中、人々は何度も何度も乳母車を止め、ジョックの赤ちゃん、ジョアンのかわいらしさに見とれていた。

注

（1）オベリスク　古代エジプトの記念碑。断面は方形。柱面には銘文や図案の刻まれたものも多い。方尖柱。
（2）キングズ・オウン・スコティッシュ・ボーダラーズ　スコットランド歩兵連隊の一つ。現在はロイヤル・スコットランド連隊に統合されている。
（3）「おお、ベテルの神よ」　賛美歌六五〇（O God of Bethel）。

メアリーとジョアン

ドック・パークとオベリスク

IN MEMORY OF
AND THOMAS MULLIN, STEWARD

オベリスク全体像

IN MEMORY OF
JOHN LAW HUME, A MEMBER OF THE BAND
AND THOMAS MULLIN, STEWARD,
NATIVES OF THESE TOWNS
WHO LOST THEIR LIVES IN THE WRECK OF
THE WHITE STAR LINER "TITANIC"
WHICH SANK IN MID ATLANTIC
ON THE 14TH DAY OF APRIL 1912
THEY DIED AT THE POST OF DUTY

オベリスク台座の碑文

TIMPSON

ミッド・スティープル

二二　乳房を切断されたナース事件

一九一四年八月

それから一年が過ぎた。一九一四年の夏、ケイト・ヒュームは一七歳の少女になっていたが、気分が晴れることはなかった。むしろ、父親やまま母をなんとか痛めつけてやろうと考え始めていた。ケイトは事務員としてアンダーソン電気技師店で働いていたが、ほぼ一日事務所で一人だった。彼女は一日中自分の心の中にある怒りの原因を考え、そしてアンドリューとアリスへの復讐計画を練っていた。

ケイトが引き起こす一連の事件は、第一次世界大戦が始まって数週間後、国際的なレベルで衝撃を与えることになる。事件後開かれた裁判は広く報道され、「ダンフリースの残虐な作り話事件」として知られることにもなる。その事件の様子の一部は書籍の形で公表され、本のタイトルは『戦時下のうそ』[1]と付けられた。作者はスターリング選挙区選出の国会議員、アーサー・ポンソンビである。彼はその事件を「乳房を切断されたナースという有名な裁判」と言っている。

狂気とも思えるケイトの行動は、今まで完全に語られることはなかった。しかし、たくさんの興味深い詳細な記録が、エディンバラのスコットランド国立公文書館に保存されていた。それらは、裁判前中立書や裁判記録の中に残されており、これまで日の目を見ることはなかった。それらの記録や親族の話から、私はその悲劇的な事件をつなぎ合わせて全容を解明した。この事件も、ヒューム家とコスティン家を巻き込んだあらゆることと同様に、タイタニック号の沈没から始まる。

♪♪♪♪♪♪♪♪♪♪♪♪♪♪♪

一九一四年、九月になった。ケイトはこの一年間両親に会っておらず、話をする機会もなかった。口をきかなくなったのは、彼女が父親に乗馬用鞭で打たれ、まま母から銀製の握りのつえで叩かれたあの日からではない。あの事件は、彼女が実家を出て行くきっかけになっただけだ。

家を出た彼女は一マイルも離れていない場所にある下宿屋に住んでいたが、父親もまま母も彼女とコンタクトを取ったり、住んでいる場所を探したりなど、一切しようとしなかった。

ケイトの不幸の始まりは、実の母の死だった。さらに、突然まま母が家庭生活の中に入り込んできたことや、最愛の兄ジョックの死も不幸に拍車をかけた。若い時期に経験したこのような衝撃的な出来事が積み重なり、多くの不満が溜まっていた。つまり、それはケイト自身も認識していたように、親に対する腹立たしさでもあった。

ケイトは、後に精神科医が診断を下したように、気まぐれで衝動的で、男社会に憧れていた。彼女は新聞を熱心に読み、探偵小説が大好きだった。そのため彼女には、豊かな想像力が育っていた。

ヘンリー・ジェイムズの『メイジーの知ったこと』(2)に登場する子供のヒロインのように、ケイトは最初に理解したことを基に、想像をたくましくした。彼女自身複数の男性との経験があったので、父親が実の母が亡くなる前からまま母と不倫関係にあったことに、彼女はとっくに気づいていた。父親はアリス・アルストンを、病弱の母に代わるありがたい家政婦だと言い張った。しかしアリスを家政婦としてヒューム家に迎え入れるどころか、父親アンドリューは彼女との結婚を考えていた。

ケイトはジョックのことを敬愛していた。父親がジョックを家から追い出し、そのことが結果としてジョックの死につながったと考え、父親を決して許すことができなかった。ジョックが定期旅客船での生活や仕事が大好きだったとしても、父親を責める気持ちに変わりはなかった。今や末っ子のアンドリューが家に残っているだけで、ケイトも二人の姉も父親の暴虐的支配から逃げ出していた。

ケイトは、その他のことにも不満を持っていた。父親とまま母はケイトが家を出て以来、一切彼女とコンタクトを取ろうとはしなかった。ケイトは自分のことを、従順な娘だと思っていた。音楽の夜会では、ピアノで父親の伴奏を務めた。しかし父親から伴奏をほめられたことはなく、感謝の言葉もなかった。いつも伴奏を酷評されていた。

彼女が父親から受けた鞭打ちは、とりわけまま母の前で叩かれたということで、彼女に痛み以上の屈辱を与えた。さらに父親のつくうそや詐欺まがいの行為に対しては、子供たち全員が恥ずかしい思いをしていた。

アンダーソン電気技師店で、ケイトは一日中だらだらと同じような仕事を毎日やっていた。このような生活は、一〇代の少女にとって生きがいを感じられるものではなかった。ケイトのように、心に問題を抱えている少女には特にそうであろう。そのためケイトは、しばしば事務所をこっそり抜け出した。天気がよければ、時には一時間から二時間、川のそばに腰をおろして過ごしたりした。

そのうちにケイトはよい方法を考えた。事務所のドアにカギをかけないで、机の上に書きかけの状態のメモ用紙や鉛筆を置いておくのだ。そのようにしておけば、雇用主のキャンベル氏が不意に戻ったとしても、郵便局までちょっと出かけていたとごまかすことができる。もっともキャンベル氏は、日中めったに事務所に戻ることはなかった。

ほとんど毎日、ケイトは探偵小説や新聞を読んで過ごしていた。特にデイリー・スケッチ紙を読むのが楽しく、その新聞の強烈な反ドイツ的社説とその風刺絵が大好きだった。彼女がデイリー・スケッチ紙を読み始めたのは二年前で、ジョックの死が新聞で報じられた時だ。デイリー・スケッチ紙は、すべての新聞の中で、タイタニック号事故をもっともドラマティックに報じてくれたと思った。

今や戦争の話題は、ケイトを虜にしていた。その中でも、戦争の残虐行為に関する報道に強く引きつけられた。特にある記事がケイトの想像力をかきたてた。ベルギーのある村で、ある一団が女性たちをレイプし、銃剣で女性たちの乳房を切り落とし、さらに村を焼き払ったという事件が報道された。デイリー・スケッチ紙は、この一団を「極悪非道のドイツ兵野郎」と表現した。ケイトはその記事を切り取り、机の引き出しの中のインヴォイス（請求書）の下に入れた。この記事は、彼女が父親とまま母に復讐をする際の大きなヒントとなる。

ケイトが最初考えた復讐計画は、ジョージ・ストリートの両親の家を焼き払うというものだった。しかし、すぐにその考えを退けた。自分の弟アンドリューを始め、罪のない人々まで殺したり、けがをさせたりする可能性があるからだ。

次に父親の高価なヴァイオリンやチェロを破壊する計画を思いついた。その計画を考えるだけで、とてもわくわくした。この計画が成功すれば、父親は深く悲しみ、大きな金銭的被害を受けることになるであろう。彼女は斧でヴァイオリンやチェロをたたき壊すか、あるいは燃やしてしまうことを考えた。さらに盗み出して、ニス川に捨てるということも考えた。もしニス川で発見され回収されても、修理して元の姿に戻すには手遅れの状態であろう。しかしケイトは、この計画案も退けた。なぜなら、この方法だとまま母への復讐願望を満足させることができないからだ。

ケイトは父親が賠償を請求している例の件について、当局に匿名の手紙を送ることも一瞬考えた。ジョックがタイタニック号に、一挺の高価なヴァイオリンを持ち込んでいたと主張している件だ。メアリー・コスティンも含め家族の全員が、ジョックが一挺のヴァイオリンを持って演奏旅行に出発したことを知っていた。しかもそのヴァイオリンはジョックが以前から使っていたもので、一八世紀に作られた高価なガダニーニのヴァイオリンでないこともわかっていた。

しかし、父親の主張を否定する一〇代の少女の訴えを、当局が信じてくれるかどうか、ケイトは自信がなかった。そして何より、間接的にはアリスへも影響があるかもしれないが、この方法もアリスを直接苦しめることにはならない。ケイトはこの選択肢も選ばなかった。

ケイトを含めヒューム家の子供たちが、父親とまま母がとても悲しんでいる姿を見たのは、一度しかない。それは二人が、ジョックのあのニュースを聞いた時だ。ケイトの母親が亡くなった時でも、二人はむしろほっとした様子だった。そしてケイトの知る限り、二人とも涙を流さなかった。

しかしタイタニック号が沈んだ時、父親は悲しみで正気を失ったし、まま母アリスでさえ涙を流した。アリスは透き通るような白いほおに流れる涙をふこうと、服のたもとからレースのハンカチを取り出した。その時の様子を後にケイトの姉グレイスは、「雨水が大理石の彫像から流れ落ちるのを見ているようだった」と冷ややかに言っている。

ケイトはその時の様子を思い出し、父親とまま母への復讐方法を思いついた。自分以外の子供のうち、だれかが死んだと二人に思い込ませてやるのだ。そして兄ジョックの死と同様に、それは英雄的な死でなければならない。戦争が最高の舞台を用意してくれた。

姉グレイスはハダーズフィールド(3)で、ナースになる教育を受けていた。父親もまま母も一年以上彼女と連絡を取っていないし、またどこにいるのかも知らない。ケイトは、「ボス(4)が描いたような極悪な戦場」で、ごく最近グレイスが犠牲者になったと二人が信じるような手紙を送ることを考えついた。そのような類の話は、デイリー・スケッチ紙にはたくさん載っている。父親もまま母もジョックが死んだ時と同じように、悲しみに打ちひしがれるであろう。そしてグレイスの殺され方にショックを受け、グレイスを家から追い出したことで、間接的にせよ、そのような結果を招いてしまったという自責の念に駆られることであろう。

少なくともこの時点で、二人がグレイスが元気に生きていることを知ったら、どのようなことを考え、どのようなことを発言し、どのような行動に出るかなど、ケイトはまったく考えていなかった。また世間の人々がどう思うかについても、彼女は考えが及ばなかった。

キャンベル氏は、事務所でロール・トップ・デスク(5)を使っていた。ケイトは二〇もある机の引き出しの一つから白紙を取り出し、自分の計画を実行に移し始めた。彼女は自分自身宛ての手紙を書こうとしていた。その手紙はだれか第三者、つまり別の勇敢なナースが書いたように偽装する。そのナースはグレイスが亡くなった時、いっしょに前線で働いていたことにする。名前は「ナースのムラード」としよう。なかなかよい響きの名前だ。そしてジョックの場合と同様に、グレイスにも壮烈な死という名誉を与えるのだ。彼女はキャンベル氏の最高級のペンを取り、彼の机に座って手紙を書き始めた。

「ブリュッセル近郊のビルボールデにて

ヒュームさんへ

私はあなたのお姉さん、ナースのグレイス・ヒュームから、同封した手紙をあなたに届けるように頼まれました。私の名前は、ナースのムラードです。お姉さんが亡くなった時、いっしょにいました。ビルボールデにあった野戦病院は、焼失してしまいました。そして一五一七人の傷病兵と二三人のナースがいたのですが、救い出されたナースは一九人でした。何とか逃げ出せた傷病兵は、わずか一四九人でした。私は九月一五日頃ダンフリースを通る予定ですが、あなたに会えない場合を想定してこの手紙を書いています。あなたのお姉さんがあなたの住所を教えてくれました。私はダンフリースをよく知っていますので、あなたに会いに行く予定です。もし会えない場合は、この手紙をあなたの勤務先に送ります。

実は、インヴァネス[6]ではナースが不足しており、私たちのうちの一五人がそこに派遣される予定となっています。グレイスがあなたに伝えるよう、私に託したことがあります。それは彼女が亡くなる前に頭に浮かんだのは、父親のアンドリューさんとあなただったということです。そして、自分はこれから最愛の兄ジョックに会えるのだから、悲しまないでほしいということです。これが彼女の最期の言葉でした。

グレイスは亡くなるまで一時間ほど、激しい苦痛に耐えました。わが軍の兵士の一人が、ドイツ兵二人を捕らえました。その時そのドイツ兵たちは、グレイスの左の乳房を切り落とそうとしていたのです。彼女の右の乳房はすでになくなっていました。我が軍の兵士は、その二人のドイツ兵を即座に殺害しました。

グレイスは私が彼女を見つける前に、この同封した短い手紙を走り書きしていました。私たち全員が、あなたのお姉さんのことを戦場のヒロインだと言っています。グレイスは「自由奔放に戦場を駆け回るナース」でした。彼女は負傷した兵士を探して、戦場に出かけて行きました。そしてある時、彼女が負傷した兵士を運んでいたら、一人のドイツ兵が彼女を襲ったのです。彼女は負傷した兵士の銃をそのドイツ兵に投げつけ、自身のライフル銃でドイツ兵を撃ち殺しました。当然のことですが、この戦場ではナース全員が武装しています。

私はスコットランドに向けて出発するため、荷物をまとめるよう連絡を受けたばかりです。近くにはポストもない状況ですので、私はこの手紙をあなたに手渡そうと考えています。私たちは現在避難所として、壊れたワゴントラックを利用しています。もちろんあなたにお会いできたら、さらに詳細にお話をするつもりでいます。軍の増援部隊が到着したので、この場所にいる全員、現在安全が確保されています。

かしこ
J・M・ムラード
ナース、英国アイルランド軍
（どの軍かは、職務上具体的に述べることはできません）」

ケイトは満足できるまで、三度も手紙を書き直した。綴りや文法的な間違いを直し、その一方で自分が書いたものと思われないように筆跡も工夫した。筆跡に関しては、うまくごまかすことはできなかった。しかしながら、彼女は手紙の出来栄えには満足した。だれかがナース・ムラードの正体を疑わなければ、その手紙は本物だと、みんな思うだろうと考えた。

次に、ケイトは自分が書いたことをごまかすため、左手を使ってグレイスの手紙を書き始めた。グレイスが、死の直前に書いたものだろうと思わせるためだった。この完成した手紙こそ、ケイトを無視し、優しく接してこなかった父親とまま母への、積年の恨みを晴らしてくれることになるだろう。九月六日の日付のその手紙には、次のように書いてあった。

「親愛なるケイトへ
お別れを言う時がきました。もう長くは生きられません。病院に火がつけられました。ドイツ兵は残酷です。味方の男性一人が、頭を切断されました。そして私の右の乳房も切り落とされました。・・・によろしく伝えてください。
さようなら。グレイ・・・」

手紙の捏造を終えると、彼女はグレイスの短い手紙をしわくちゃにした。それは、後に彼女自身が述べたことだが、亡くなったグレイスが握っていた手紙を、彼女の手から取り上げたかのように見せるためだった。ケイトはまた、戦火にまみれたような効果を出すため、手紙の端をぼろぼろにした。それからキャンベル氏のロール・トップ・デスクから封筒を一枚取り出して、その二通の手紙をその中に入れた。その後、彼女はお昼少し前に自分の下宿に帰った。

下宿の女主人マクミン夫人は、ケイトがあまりにも早く帰宅したことに驚き、体の具合を尋ねた。ケイトは最初頭痛がすると返答したが、それから間を置かずに涙を流し始めた。ケイトはマクミン夫人に抱きつき、姉のグレイスが亡くなったことを伝えた。ケイトは彼女に二通の手紙を見せた。その二通の手紙は、「今朝、突然職場を訪ねて来た人物が持ってきたものです」と言った。

マクミン夫人は心の優しい女性だった。彼女は気付け薬をケイトに嗅がせ、お茶を入れてくれた。一時間後、ケイトはもう大丈夫で仕事に戻れそうだと言った。それからさらに一時間後、キャンベル氏がやって来た。ケイトは再びキャンベル氏にも同じような演技をした。ケイトは彼にも二通の手紙を見せて、両親にその恐ろしいニュースを伝えたと言った。キャンベル氏は慰めるつもりで、ケイトを抱きしめた。それは彼女が思った以上に長く、しかも親密なものだった。

翌日は土曜日だった。その日の朝には、グレイス・ヒュームが殺され、乳房を切断されたニュースがダンフリースで話題になっていた。そのニュースは、山火事のごとく広がっていった。アンドリュー・ヒュームとアリス・ヒューム以外の人は、だれでもこのニュースを知っているかのようだった。このニュースは警察署長の耳にも入ったが、彼は警察は動く必要がないと思っていた。犯罪が、ダンフリースやガロウェイの近郊ではない、遠い場所で行われたからだ。

ダンフリース＆ガロウェイ・スタンダード紙の編集長ウィリアム・ディッキー氏も、このニュースを耳に挟んでいた。しかし、週末であり次の新聞の発行は次週の水曜日だったので、彼はその日の午後は、前の週に開催されたダンフリース・アンド・ガロウェイ博物学・古物収集家協会の会議録を作成していた。

そのような状況の中、当の本人ケイトは、下宿のルームメイトで古くからの友人ロビーナと彼女の両親といっしょに下宿にいた。このような手の込んだ、しかも想像力に富んだ計画を立てながら、ケイトはグレイスの死を父親やまま母に伝える方法を考えていなかった。

その時、ケイトはロビーナがエドワード・ホワイトヘッドと友人であることを思い出した。ホワイトヘッドは、新聞社に勤める二二歳の新米の新聞記者だ。まだ土曜日なので、彼が水曜日版の新聞にこのニュースを載せようと思えば、まだ十分時間があり間に合った。

新米記者ホワイトヘッドは、この事件を新聞史上もっとも大きなスクープ記事の一つになると確信した。彼は紙面に載せる準備に取り掛かった。

注

（1）『戦時下のうそ』（*Falsehood in Wartime*）　英国の政治家アーサー・ポンソンビ（一八七一〜一九四六）の作品。

（2）『メイジーの知ったこと』（*What Maisie Knew*）　アメリカで生まれ英国で活躍したヘンリー・ジェイムズ（一八四三～一九一六）の作品。親権をめぐる両親のバトルとそのまわりのドラマを、六歳の子どもの視点で描いた。
（3）ハダーズフィールド　イングランド北部、マンチェスターの北東にある町。
（4）ヒエロニムス・ボス（一四五〇年頃～一五一六年）ルネサンス期のネーデルラント（フランドル）の画家。初期フランドル派に分類される。怪奇で幻想的な絵を描いた。
（5）ロール・トップ・デスク　たたみ込み式ふた付き机。
（6）インヴァネス　英国のスコットランドの都市。スコットランド北西部のマレー湾最奥に流れ込むネス川の河口に位置している。

二三　グレイス・ヒューム殺害される

一九一四年九月一六日

ダンフリース&ガロウェイ・スタンダード紙が、グレイス殺害の記事を載せる数日前の出来事だった。ドックヘッド出身で左官の奥さんロバートソン夫人が、グレイスが殺害され乳房を切断されたニュースをアンドリューとアリスに伝えにやって来た。ロバートソン夫人は地元ではよく知られたゴシップ好きで、おせっかいな人物だった。

ジョージ・ストリート四二番の家のドアが、激しくノックされた。そして一分後、今度はドアベルがしつこく鳴らされた。この行動は、ドアが開けられるまで続いた。

アリス・ヒュームは、一人で最上階にいた。彼女は、翌日土曜日の結婚式に参列する際にかぶる帽子を探していた。彼女は呼び出しに応じて、一階に下りていかなければならないのがいやだった。ひざの関節炎のせいで、階段を上がるのにひどい苦痛がともなった。正面玄関のドアを開けるために急いで階段を下りると、今度は二倍の痛みを感じることになるだろう。

アリスはわざわざ階段を下りるべきか考えた。しかしいったいだれだろうという好奇心に、彼女は結局負けてしまった。立派なジョージアン様式階段のマホガニーの手すりをつかみながら、彼女は階段の端を下り始めた。一歩下りるたびに痛みを感じながら、一階まで下りた。

アリスは正面玄関のドアを開け、そこにロバートソン夫人が立っているのを見てむっとした。アリスは招待もしていないのに訪ねてくるような人が大嫌いだった。とにかく、ロバートソン夫人が自分の家を訪ねる必要がある状況など、一切思いつくことができなかった。二人の関係は、道で会えばせいぜい会釈をするくらいの仲だった。また、セント・マイケルズ聖公会教会[1]での集会で、顔を合わせるくらいだった。そして、長々と続くバーンズ・ナイト[2]・ディナーにおいて、二人は席が隣になったことが一度だけあった。二人の面識はその程度のものだった。しかし、ロバートソン夫人がレースのハンカチを顔にあて、明らかに泣いていたので、アリスは彼女を招き入れる必要があると感じた。

「おやおや、どうなされました」とアリスはわざと表情を曇らせ、心配そうな声で言った。そして「ロバートソンさん、どうぞ中にお入りください」と続けた。アリスはこの招かれざる客の背後でドアを閉めた。彼女はこの客の対応は、玄関広間で行うと決めていた。玄関広間ならロバートソン夫人と立ち話ですむ。しかし応接間まで通すと、お茶とお菓子を用意しなければならないからだ。

「あなたの娘さん、グレイスさんの件ですが・・・」とロバートソン夫人は口を開いた。

「グレイスさんの話で持ちきりですよ。私はただ伝えたくて・・・」と続けた。

「いったい、どんなことなのですか」とアリスは尋ねたが、明らかにいらいらした口調だった。

「ベルギーで起こったおぞましい出来事ですよ」

「どんなおぞましい出来事ですか、教えてください」

「アリスさんは、本当に聞いていないのですか」とロバートソン夫人は尋ねた。彼女はとても驚いた表情を見せようとしていたが、この重大なニュースを今から知らせることを思い、内心わくわくしていた。彼女は恐怖を覚えたふりをして、両手で顔を覆った。

「グレイスさんが複数のドイツ人によって、乳房を切断され殺害されました」

「グレイスがですか。乳房を切断され、殺されたですって」

ほんのわずかな瞬間であるが、アリスは自分自身、これまでどれほどグレイスを殺したいと思ったかを考えた。実際、自分のまま娘三人全員を、殺してしまいたいという気持ちになったことが、これまで何度もあった。殺してしまいたいという感情は、三人の中でも特にケイトに対して強かった。もっとも三人の乳房を切断して殺すような、過激な気持ちになったことはこれまで一度もなかった。


「私はあなたがもうご存じだと、てっきり思っていました。そうでなければ、こうして訪ねてきたりはしませんよ」とロバートソン夫人は言った。しかし、彼女は悪いニュースをまだ耳にしていない人に知らせることが、人生において最高の喜びと感じるような人間だった。

「名前はムラードだったと思いますが、一人のナースがあなたの娘ケイトさんに事件の一部始終を話し、グレイスの手紙を手渡したのですよ。グレイスは戦場のヒロインだったようですよ。ベルギーの最前線で負傷兵を看護していたのですからね。その時ドイツ兵たちに襲われて・・・ドイツ兵たちは、グレイスの命を奪う前に切断したのですよ、彼女の・・・」。ロバートソン夫人は、急にむせび泣き始めた。

「どうか、もうこれ以上悲しまないでください」とアリスは平静を保って言った。そして巧みにロバートソン夫人の向きを変え、そのまま彼女を玄関広間の正面ドアのところに連れて行った。

「主人が帰ったら、緊急を要することなので、二人でケイトのところに行って今回の事件の詳細を聞いてきます。ごきげんよう、ロバートソンさん。今回の事件を知らせていただき、本当にありがとうございました」

アリスは、応接間のシェーズ・ロング(3)の上に腰を下ろした。そして窓越しに、ロバートソン夫人が家から離れていくのを眺めていた。おせっかいなロバートソン夫人が見えなくなると、アリスは落ち着いて先ほど聞いた内容をじっくり考えてみた。

ケイトが今どこに住んでいるのかわからない。そのため事件の内容をケイトに尋ねようとしても、すぐに連絡を取ることができなかった。アリスはその事実を、ロバートソン夫人に漏らさなくてよかったと思った。ロバートソン夫人は、子供たちがビー玉を交換するように、うわさ話を流して新たな情報を得て回るような人物だったからだ。

アリスはケイトの顔を最後に見た時のことを思い出した。アリスはケイトが正面玄関のドアをピシャリと閉め、さっさと家を出て行った時の反抗的な顔を忘れることができない。家を出て行く前に、少なくとも父親アンドリューは、お仕置きと称して彼女を鞭でたたいていた。そのため娘を追い出したことに関して、アンドリューがアリスを責めたことは一度もなかった。

グレイスに関しては、二人とも一年以上会ったこともなければ、口をきいたこともなかった。もっともこの日まで、二人はグレイスの居場所を知っているつもりでいた。ブラッドフォードだったろう。いや、ひょっとしたらハダーズフィールドかもしれない。アリスは実際思い出すことができなかった。

事実であるにせよ、そうでないにせよ、アリスは今回の不幸な事件が、自分たちの生活に与える影響について考えてみたに違いない。ヒューム家はジョックの死と一年にもわたるメアリー・コスティンとの裁判で、すでにこれまでいやというほど苦しみを味わってきた。ジョックが亡くなる前でも、アンドリューの五人の子供たちのまま母という立場は、決して楽なものではなかった。しかしジョックの死後、それはますます苦労が伴うものとなった。特に、まま娘たちとの関係はそうであった。

しかし、今回の事件は本当だろうか。ある意味では、おそらくアリスはそうあってほしいと思っていたことだろう。グレイスとケイトは、徒党を組んでアリスを困らせていた。二人のうちの一人が亡くなれば、まま娘の苦労は少なくとも半分になるだろう。

だが、アリスは今回の事件を疑っていた。第一に、ケイトは父親と同様に病的虚言者だった。アリスでさえ、夫アンドリューには虚言癖があるという不愉快な事実を認めざるを得なかった。そして何よりアリスにとってグレイスは、戦場のヒロインとか犠牲者というイメージの女性ではなかった。グレイスは臆病者だった。看護資格も持っていないし、自ら行動するタイプでもなかった。控えめに言っても、彼女がベルギーの戦場の最前線にいたということは、アリスにとってはまったくありえないことだった。また手助けもない状況で、どうやってダンフリースからいろいろな場所へ移動できたのだろうか、と何度も考えた。

しかし、アリスはグレイスの父親アンドリューが帰宅しても、この事件を疑いの気持ちを持って話すことはとてもできなかった。彼女はできるだけ思いやりの気持ちを持って、アンドリューに話そうと思っていた。

アンドリューは、午後四時少し前に帰宅する予定だった。アリスは帰宅予定時間まで、一分また一分と時間をカウントしていた。床置き大型振子時計のチクタクという音が、だんだん大きく、そしてだんだんゆっくりになっていくように感じられた。

帰宅したアンドリューが、家のかぎをドアに差し込んだ。待ちきれないアリスは、まだかぎが差し込まれた状態で、ロバートソン夫人から聞いたことを正確にそのまま話し始めた。アンドリューもその話はありえないことで、至急二人でケイトに確認する必要があると言った。アリスはほっとした。しかし、ケイトはどこにいるのだろうか。アンドリューとアリスは、実際グレイスに何が起こったのかわからないまま、土曜日の夜就寝した。

翌日曜日、二人はケイトと連絡を取ることをしなかった。これは状況を考えれば、とても異常に思える。ヒューム家の人々はいつものように教会に行き、午後になるとアンドリューはロンドンの陸軍省に丁寧な手紙を書いた。娘の死のニュースが確かなものか、あるいは事実に反するものか、とにかく関連情報を提供してくれるよう依頼した。

日曜日の夜、ケイトは友人のロビーナに例の二通の手紙を手渡し、彼女の友人の新聞記者エドワードに渡すように依頼した。若き新聞記者エドワードはスクープ情報を手に入れたことに気づき、すぐにその二通の手紙を編集長ディッキー氏のもとに持って行った。ディッキー氏は、水曜日の紙面でそのセンセーショナルな事件をトップ記事にすることを決めた。

スタンダード紙が記事の準備をしていた頃、当のアンドリューとアリスは、依然として状況がわからないままでいた。新聞社側のだれも二人に会いに行っていないし、陸軍省からの回答もまだなかったからだ。アンドリューとアリスは、グレイスの死についてとりわけ無関心を装った。二人はどうやらケイトと連絡を取る努力を一切しなかったようだ。これは驚くべきことだ。

翌月曜日、いつもの月曜日と同じように、アンドリューは自宅近くのウォレス・ホール・アカデミーに出かけ、ヴァイオリンを教えた。火曜日には、早朝の列車に乗ってアナンに向かい、ランチタイムコンサートを行った。

アンドリューがコンサートを終えてダンフリースに戻ると、アリスは駅の改札口のところで不安そうな面持ちで彼を待っていた。実はアンドリューの姪が、前日ケイトと会っていた。姪はケイトに頼んで、あの二通の手紙の内容を鉛筆で写させてもらった。そしてアンドリューの妹アーヴィング夫人が、その写しをジョージ・ストリートの家まで届けてくれていた。

アンドリューはその写しを読み驚いた。彼はダンフリース駅から、ただちにスタンダード紙の本社に向かい、編集長に面会を求めた。アンドリューは編集長ディッキーに、少なくとも自分が陸軍省から回答をもらうまでは、記事を新聞に載せるのを延期するよう要請した。編集長ディッキーはそれを断った。彼自身その話を信じており、戦時中にそれを記事にすることは、国家の利益になるからだと言った。

ディッキーは、グレイス・ヒュームの走り書きの遺書が、すでに写真製版に回されていることをアンドリュー・ヒュームに伝えなかった。また机の左の一番上の引き出しには、アンドリュー・ヒュームがまだ目にしていないナース・ムラードからの手紙の原本が入っていることも言わなかった。もし編集長ディッキーがその手紙のほんの一ページでも見せていたなら、アンドリューはケイトの筆跡であることをすぐ見抜いたであろう。しかしディッキーは、とにかくアンドリュー・ヒュームにこの特ダネを台無しにされたくなかった。

ディッキーはスタンダード紙で四四年間働いてきたが、編集長になったのは五か月前のことだった。編集長になれたのは、前任者トーマス・ワトソンが突然亡くなったからだ。ディッキーは一五歳でスタンダード新聞社に入り、植字工見習いとして働いた。それからかなりの年月を経て、新聞記者の一人となった。

彼のこれまでの一連の昇進は、そのほとんどが同僚の死亡や退職のおかげだった。その結果、彼はついに副編集長の任に就いた。彼は副編集長を、自分の職歴の頂点と考えていた。彼は実際、人生において根っからの二番手で、副という立場がよく似合う男だった。しかし、ワトソン氏が亡くなったことで、周囲の状況が一変した。彼は夢にも思わなかった編集長という肩書を、手に入れたのだ。

ウィリアム・ディッキーにとってのヒーローは、ウィリアム・マクドウォールで、四二年間スタンダード紙の編集を担当した人物だ。ディッキーはマクドウォールを自分の人生のモデルとし、外見などできる限り真似をした。たとえば、二人とも見事なまでのあごひげや口ひげを蓄えていた。

マクドウォールは、一八四六年三一歳の時に編集長に任命された。それはスタンダード新聞社が設立された三年後のことだった。スタンダード紙の創刊目的は、「教会において多くの信徒に福音主義の考えを広め」、さらにリベラリズムと社会変革の運動を支持することだった。マクドウォールは一八五四年サンダーランド[4]で新聞の編集をするためスタンダード紙を一時期去ったが、その短い期間を除けば、一八八八年に亡くなるまで編集長を務めた。

ディッキーは、マクドウォールと同じ道を頑固に歩んできた。ディッキーはマクドウォールの下で、一六年間働いた。マクドウォールがすることはどんなことでも、ディッキーは真似をした。マクドウォールは、ダンフリース・アンド・ガロウェイ博物学・古物収集家協会の創立時のメンバーだった。そしてディッキーは、後にその協会の副会長となった。マクドウォールは、地元史の決定版ともいえる本『ダンフリースの歴史』を執筆した。一方ディッキーは、『ダンフリースとその周辺』という類似の小冊子を書いた。マクドウォールは、ハイ・ストリートにロバート・バーンズの像を建てる運動を支援した。そして、ディッキーはダンフリース・バーンズ倶楽部の会長となった。

マクドウォールはマックスウェルタウンに住んだが、ディッキーはその近くの通りに家を購入した。マクドウォールは新聞読者と毎日交流できるように、いつも必ず徒歩で出社した。そこでディッキーも同じく徒歩で出勤した。二人とも同じように、石炭紀(5)の化石に強い興味を持った。亡くなり方まで同じだった。スタンダード紙が記事に書いたように、どちらも「ペンを握り、職務中に亡くなった」

しかしこの二人の男の間には、ある一つの重要な違いがあった。マクドウォールなら、ケイト・ヒュームの話を新聞に載せることを、決して許可しなかったであろう。それが大きな違いだった。

♪♪♪♪♪♪♪♪♪♪♪♪♪♪♪

新聞報道における誤報の歴史の中で、グレイス・ヒュームの乳房切断殺害事件というダンフリース&ガロウェイ・スタンダード&アドバタイザー紙の独占報道ほどの大失態は、この世にほとんどないであろう。また同時に、新聞発行後あれほど早く完全な誤報であると判明した記事も、そんなに多くはないだろう。

瞬間的な判断ミスで自分の経歴を台無しにし、同僚たちの物笑いの種になったすべての編集長と同様に、ディッキーもこの記事が真実であることを強く願った。彼は個人としても編集長としても、栄誉を得る機会を追い求めるあまり、これまで長い期間をかけて培ってきた経験や慎重さを捨ててしまった。

今回の記事に関しては、だれかが普通に警鐘《けいしょう》を鳴らせばよかったのだ。スタンダード紙のスタッフのだれ一人として、ケイト・ヒュームに話を聞いていない。また、戦時下でもナースは武装などしていない。そのナースの父親は悲しんでいる様子などみじんもなく、編集長とは逆の立場をとっていた。父親は、新聞に記事を急いで載せないで、陸軍省から確認が取れるまで待ってくれるように編集長に強く要請していたのだ。新聞社で信頼できる少なくとも同僚の一人が、ゲラ刷りに目を通していた。彼は大きく息を吸い込みながら、大きく首を振って言った。「ディッキー編集長、この記事は何かにおいますぞ。どこかうそっぽい」。しかし、ディッキーは聞く耳を持たなかった。

英国がドイツに宣戦布告してまだ二か月にもなっていなかったが、すでに反ドイツ感情が高まっていた。マルヌ会戦[6]とモンスの戦い[7]がすでに行われ、スタンダード紙を含め新聞紙上では、日々死傷者の数が増えていた。キングズ・オウン・スコティッシュ・ボーダラーズの負傷兵たちが故郷スコットランドへ送還され、ゴードン・ハイランダーズ(8)の兵が捕虜になっていた。ヘリゴランド島(9)の沖合では、大きな海戦が行われていた。ダンフリースの人々は、毛布を前線に送ろうというスタンダード紙の呼びかけに、気前よく応じていた。

第一次世界大戦の前線で最も勇敢なスコットランド人、すなわちダンフリース出身の若い女性の記事に、人々は悲痛な気持ちになった。この話はスタンダード紙の独占記事であり、人々の心に訴えるこれ以上のニュースは他にはなかったであろう。

ディッキーは今回の事件を、新聞の二ページのトップに載せた。そこは新聞のトップ記事が載る場所だった。ディッキーは見出しも自分で書いた。彼は発行担当主任に、今回の新聞は購読者数の増加が見込めるので、印刷部数を大幅に増やすように助言した。

九月一六日水曜日の朝、ダンフリース市内の新聞販売店の外には、スタンダード紙の販売を待つ長蛇の列ができた。もし記事が本当のことを報道していたのなら、それはかなりのスクープだと言えたに違いない。

「ダンフリース出身のナース、悲惨な死を遂げる
ドイツ兵たちによる残虐行為」

その記事はページ全体を使って掲載された。そして「ナース・ムラード」が書いた手紙とグレイスが死

の直前走り書きした短い手紙が、全文そのまま新聞に載った。

「ドイツ軍兵士による、ナースのグレイス・ヒュームへの残虐行為の様子が、ダンフリースに届いた。彼女はこの町出身のうら若き女性であり、ベルギーにて、赤十字の仕事に就いていた。その前、二三歳のナース・ヒュームは、ハダーズフィールドの病院の看護スタッフとして働いていた。

およそ三週間前、彼女は前線での看護活動に志願しベルギーに赴いた。そしてすぐに戦場にて見事な看護活動を行い、それは戦場のヒロインとも言える行動だった。九月六日の日曜日、配属先のブリュッセル近くのビルボールデの野戦病院が、ドイツ兵たちに放火された。そして負傷兵や看護スタッフに対して、数多くの残虐行為が行われた。

ナース・ヒュームは、ダンフリース在住の音楽教師A・ヒューム氏の娘である。今回彼女の妹ケイト・ヒュームさんが、ある一通の手紙を受け取った。ケイトさんはダンフリース在住だが、現在は両親から独立して住んでいる。ケイトさんが受け取った手紙は、病院スタッフの一人のナースが書いたもので、ナース・ヒュームが亡くなった状況を説明していた。

その手紙を書いた人物は、ムラードという名のナースである。ムラードはベルギーからインヴァネスに移動中だったが、先週の金曜日その途中でダンフリースに立ち寄った。ムラードはケイト・ヒュームさんのもとを訪れ、彼女の姉のあまりにもひどい死の様子を知らせた。当初は、ナース・ヒュームの死の状況を書き留めた手紙を、だれかに妹のケイトさんに送ってもらうつもりだったようだ。しかし、ベルギーから移動し本国インヴァネスでの看護業務につくよう命令を受けたため、彼女はその手紙を直接ケイト・ヒュームさんに手渡すことが可能となった。そして同時に、その死の様子をさらに詳細に伝えることができたのだ。

ナース・ヒュームはドイツ兵たちによる恐ろしい残虐行為の犠牲者で、残酷なことに乳房を切断され、激しい苦痛の中で亡くなったようだ。ドイツ兵たちは病院に放火すると、負傷兵たちや付き添っていたナースたちに報復を始めた。

そしてその手紙は、その後連合国軍の兵士の一人が、ナース・ヒュームの左の乳房を切断中の二人のドイツ兵を、どのようにして捕らえたかを説明していた。もうこの時点で、彼女の右の乳房は、すでに切断されていた。捕らえられた二人のドイツ兵は、即座に殺害された。

ナース・ムラードは、彼女の書いた手紙の中で、看護活動においてナース・ヒュームが見せた勇敢な行為の具体例を述べている。そして、ケイト・ヒュームさんとの会話では、戦場におけるナース・ヒュームの勇敢な行動をさらに詳しく伝えた。ナース・ヒュームは、一人のドイツ兵の卑劣な攻撃から、一人の負傷兵を守り抜いたのだ。

それは、彼女が負傷兵を運んでいる最中のことだった。不意にドイツ兵に襲われた。そのドイツ兵は連合国軍の軍服を着て偽装していた。ドイツ兵は負傷兵に向けて発砲しようとした。その時とても勇敢なそのナースは、負傷兵の銃をドイツ兵の腕に投げつけ、ドイツ兵の銃を落とすことに成功した。ドイツ兵が再び銃を拾い上げ負傷兵に銃を向ける前に、彼女は所持していた銃でそのドイツ兵を撃ち殺した。

死の直前、ナース・ヒュームは、彼女が受けた恐ろしい行為により大変な痛みを感じていたが、それでも紙の切れ端に短い手紙を書いた。それをナース・ムラードに手渡し、ダンフリースに住む自分の妹に送ってくれるよう頼んだのだ」

その記事はすぐに通信社によって取り上げられ、その後ヨークシャー・ポストを含むいくつかの全国紙に掲載された。スタンダード新聞社内では、人々が興奮していた。編集室は誇りに満ちあふれていた。その日一日、スタンダード紙の若き記者エドワード・ホワイトヘッドは、世界的なスクープに多くの人々からお祝いの言葉をもらい、称賛されていた。

新聞社の編集長補佐ロバート・レイドローは、人に立ち聞きされないような静かなコーナーから、このスクープをいくつかの新聞社や通信社に知らせた。彼はこのフリーランスの記者のような商魂たくましい方法で、一ポンドか二ポンドの収入を得ようと思っていた。

めったに編集長室から出てこないディッキー氏も、この日は好んで編集フロアに現れた。そして彼の言葉を聞きたいスタッフに、次のような持論を述べた。

「すばらしい判断力、決断力、そして勇気を持つことで、編集長たる人間は並のジャーナリストとは一味も二味も違う存在となれるのだ」

新聞社の総務部長ハンター氏も、彼の言葉に耳を傾けていた。

この記事は今や若きホワイトヘッドには、重大すぎて手に負えなくなっていた。そこでその日の午後、レイドローが土曜日の紙面に載せる続報のネタ集めのため、ケイトにインタヴューしようと出かけて行った（スタンダード紙は、毎週水曜日と土曜日の週二回の発行だった）。ケイトは、レイドローに彼が必要とする情報、すなわちナース・ムラードの訪問時の様子を伝え、彼女の特徴を話した。

「ナース・ムラードは三八歳くらいに見えました。背はかなり高くやせていました。そしてとてもかわいくて、やさしい表情をしていました。目の色は茶色で、髪の毛は茶色がかった金髪で、ウェーヴがかかっていました。海軍の青色の制服を着ていて、小さなハンドバッグを持っていました」

レイドローは、彼の取材ノートに、速記でケイトの言葉を一字一句そのまま書いた。

同じ頃、二〇〇マイル離れたハダーズフィールドの町では、グレイス・ヒュームが新聞販売店のそばを通り過ぎようとしていた。その時、ヨークシャー・ポスト紙の掲示板が、彼女の目に入ってきた。そこには、「ドイツ兵、スコットランド出身のナースを殺害する」と書かれてあった。

好奇心から、彼女は販売店に入り新聞を買った。被害者は知っている人物だろうかと思った。最初、彼女は書かれていた内容が信じられなかった。そして、ナース・ムラードが、どういうわけかわからないが、だれか他の人物の名前と自分の名前を、ごっちゃにしてしまったのではないかと思った。自分が死んだという誤報で父親はとても苦悩しているに違いないと思い、彼女はすぐに一番近くの電報局に駆け込み、父親に電報を打った。それは短くも、要を得た内容だった。

「キジハデタラメ　ハダーズフィールドニテゲンキ　グレイス」

それから彼女は、妹のケイトにもポストカードを書いた。意図したわけではないだろうが、内容はかなり機知に富んでいた。

「ベルギーで私が殺されたことになっているのを、新聞記事で知ったわ。ムラードと名乗った人物の本当の名前と住所を知らせてね。折り返しすぐにお返事ちょうだい。大切なことだからね。

グレイス」

グレイスの電報はその日の午後七時少し前に、ジョージ・ストリート四二番の家に届けられた。アンドリュー・ヒュームは電報を読んだが、驚きもしなければ胸をなで下ろすこともなかった。もともと彼は一瞬たりとも、グレイスが死んだとは思っていなかった。

事実が完全に明らかになると、彼はグレイスについてかなり手厳しい意見を述べ始めた。そして、グレイスはナース資格が取れるような能力はなく、またベルギーの戦場に出かけるような勇気も行動力もないと言い切った。

アリスは今回のドタバタ劇の全体像が明らかになり、アンドリューよりもさらにきつい言い方をした。アリスは今回の事件自体、もともとうそと思っていた。しかし、まま娘が乳房を切断され殺害されたのなら、「それは罰が当たっただけよ、死んで当然よ」とその後会う友人たちに言い放った。

その後、アンドリューはディッキーに電話をした。ディッキーはグレイスが元気に生きているとの知らせにショックを受けたが、口調はその反対にいたって冷静だった。「ヒュームさん、すばらしいニュースではないですか」と彼は思っていることとは、逆のことを言った。彼はアンドリューに、すぐに真相を究明することを約束した。今回の事件をディッキーは、「ナース・ムラードの悪ふざけ」と表現した。

彼はスタンダード新聞の社屋の窓に訂正文を出し、土曜日発行の新聞に訂正のための特集記事を書くことにした。まず、グレイスからの電報を手に入れるため、彼は編集長補佐レイドロー氏をジョージ・ストリートに向かわせた。そして「ナース・ヒューム、元気に生きている」という訂正文を社屋の窓に掲示し、その下にグレイスからの電報を貼り付けるように指示を出した。

新聞関係者たちはみんな、同僚の身に降りかかった不幸な出来事を楽しむ傾向がある。しかし今回の場合、ほとんどの関係者がディッキー氏を気の毒に思った。

ディッキーは、部下にひどく威信を傷つけられたと思ったに違いない。またスクープを追い求めるあまり、注意を怠ったことを後悔したに違いない。同僚が抱いていた記事への疑いや疑念に対して、きちんと耳を傾けるべきであったと思ったに違いない。

さらに、帰宅してスタンダード紙の最も熱心な読者である自分の妻に、今回のどんでん返しをどう説明したらよいか、あれこれ考えたに違いない。そして何より、今回のどんでん返しを総務部長ハンター氏にどのように説明すればよいか、明日までにそれも考えておかなければならなかっただろう。

♪♪♪♪♪♪♪♪♪♪♪♪♪♪♪

グレイス・ヒュームがハダーズフィールドの町で、元気に生きているということがわかった。しかし、翌日の新聞の発行を止めるのには、数時間遅かった。翌日の新聞はグレイスの悲劇を再掲載し、さらにその内容を大げさに脚色していた。

編集者たちは、飢えた狼のようだった。ドイツ人に対してできる限りの恐怖心を人々に植え付け、偏見を生み出すような記事を追い求めていた。ヨークシャー・ポスト紙は、「人の姿をした化けもの」とか「性欲と肉食のブロンド髪のけだもの」と書いた。

パル・モル・ガゼット紙[10]、ウエストミンスター・ガゼット紙[11]、グローブ紙[12]そしてイーヴニング・スタンダード紙[13]が、グレイス殺害事件に関してさらに詳細な記事を書いた。その後グレイス殺害事件の記事は、海外でも取り上げられた。タイムズ紙を含め新聞数紙が先頭となり、ボスの怪奇画に登場するような今回の極悪非道で、ショッキングな残虐行為をきびしく責め立てた。これらの新聞報道は、英国が参戦を決めたことへの正当性を示すものとして、人々に受け入れられた。

新聞記者たちは、悲しみに暮れる父親とまま母にインタヴューするため、夜行列車でダンフリースに急派された。国会議員たちは、下院で残虐行為の問題を取り上げた。国会での残虐行為の追及は、多くの国民の関心を呼び、その問題が政治的な側面を有するようになった。その結果、翌日今回の記事がでたらめだったことが発表されても、そのまま議論は続いた。

ドイツ国民は、英国の秘密諜報機関が、反ドイツ感情をかき立てるために仕組んだ記事だと非難した。タイムズ紙は反論した。今回の事件はドイツの諜報員が、ドイツのあらゆる残虐行為の記事を人々が信じ込まないように、敢えてうそのニュースを広めたのではないかと主張した。そして、ナース・ムラードはドイツの諜報員であり、あの二通の手紙を偽造し、人を疑うことを知らない純情なグレイスの妹に手渡したと想定した。

土曜日、スタンダード紙はディッキー氏の立場を守るため、訂正記事を載せた。記事の内容については、彼自身が注意深くチェックした。

「残酷な作り話

ナース・ヒューム　健在

グレイス・ヒュームというダンフリース出身のナースが、ビルボールデでドイツ兵たちにより残酷な方法で殺害された記事を載せたが、その後この事件は悪意に満ちた作り話であることが判明した。ケイト・ヒュームが受け取った二通の手紙が、新聞社に提供された。その二通の手紙を水曜日版に掲載したが、実際は偽造されたものだった。現在スコットランド省[14]が、その手紙の出所に関して調査を進めている」

スタンダード紙の記事は、一〇〇〇語を超えていた。その記事はあたかも、スタンダード紙の広範囲にわたる調査が事件の真相を明らかにし、グレイスと父やまま母との心のきずなを復活させたかのような印象を与えている。

「偽造された手紙を新聞に掲載し、読者のみなさんの気持ちを、弄《ろう》する結果となり、本紙は大変遺憾に思っています。しかしながら、スタンダード紙の記事が、手紙の偽造を明らかにする直接のきっかけとなったのです。さらに、数時間以内にその記事の若い女性と家族が連絡を取ることを可能にしたのです。数日間家族は娘が殺害されたという報道に苦しみ、耐え忍んでいましたが、それも一掃することができました。これらのことを考えると、掲載してよかったと考えています」

おまけに、スタンダード紙は次のようにドイツ陸軍に謝罪までしている。

「この汚点とも言えた残虐行為の疑いが晴れ、ドイツ軍の品位が守られたことを大変うれしく思います」

グレイス・ヒュームは、今回の作り話事件では巻き添えを食っただけだ。しかし、両親に歩み寄る必要があると感じたに違いない。彼女はその日、ハダーズフィールドのトリニティ・ストリート六二番の下宿から父親に手紙を送り、自分は今回の件には一切関わっていないと断言している。

「親愛なるお父様
　お父様が偽りの記事で、惨めな気持ちになったことを申し訳なく思います。私は昨日、町で新聞の掲示板を見るまでは、記事の内容については何も知りませんでした。記事は私にとってもまったく不可解なものです。私はナース・ムラードなどという人物は知らないし、それどころかこれまで聞いたこともありません。また戦争が始まって以来、ハダーズフィールドの町を一歩も外に出ていません。
　今回の件で、お父様にご心配やご迷惑をおかけしたことを本当に申し訳なく思います。しかし、私もお父様と同じくらい悩み、迷惑を被りました。その点はどうかご理解ください。今回の話をでっち上げたのは、明らかに私たち二人のことをよく知っている人物です。

かしこ
グレイス」

　この頃ようやく、関係当局がこの事件に関心を持ち始めた。それはケイトにとってよいニュースではなかった。グレイス殺害事件の話題は、ジョージ・ストリートあたりで留まっていてほしかった。
　陸軍省はアンドリューから娘の事件を尋ねる手紙を受け取り、警戒態勢に入り調査に乗り出していた。スコットランド省は、外国で自国民の一人が殺害され、乳房を切断されたニュースをとても憂い、調査のため十数通の手紙を関係各所に送った。外務省は、ベルギーにいたナース・ムラードという謎につつまれた人物の調査依頼を受けた。

エディンバラの法務総裁(15)は、ダンフリースの地方検察官(16)に詳細な報告書の提出を求めた。地方検察官はダンフリース警察に捜査を行うよう指示し、ダンフリース警察の署長ウィリアム・ブラック氏が自らその捜査の指揮を執った。まさに刑事訴追による公開裁判を行わなければ、当局を満足させることはできない状況だった。この事件の犯人の首を、差し出さなければならない。

この国の力と怒りのすべて、そして法律の力が、今やケイト・ヒュームに向けられていた。ケイトは一七歳の不幸な少女で、ただ両親に辛い思いをさせてやろうとおろかな作り話を考えただけだった。

警察の捜査により、ナース・ムラードはドイツの諜報員ではなく、創造力に富むケイトが作り出した架空の人物であることがすぐに明らかになった。取調べで、ケイトは二通の手紙の捏造を認めた。そして、その動機を尋ねられ、「父親とまま母に、辛い思いをさせてやろうと思ってやりました」と答えた。この時点で、この事件は終わりになるべきだった。だが、実際はそうはならなかった。

警察が事件の捜査に乗り出す前に、ケイトが犯した罪は実際どの程度のものなのか、だれかが警察に助言すべきだった。しかし、だれもそんなことを考えつかなかった。確かに彼女はあらゆる人々に、大変な迷惑をかけてしまったし、二通の手紙の捏造まで行った。けれども、何らかの利益を得るために行ったのではない。彼女の目的は、両親を困らせるということ以外、何もなかった。事件を担当した捜査員の一人は、もしこんなことが犯罪になるのであれば、スコットランドの刑務所は自分の娘も含め、一〇代の少年少女でいっぱいになるだろうと述べた。

警察署長は自らケイトの取調べを行い、それから地方検察官に相談をした。なぜならば、もし「凶悪犯罪の意図」が証明できなければ、ケイトをどんな罪状であっても、最終的に有罪にはできないと感じていたからだ。

さらに地方検察官は、法務総裁に相談をした。法務総裁はケイトの起訴は当然のことと考えた。ケイトの行ったことは、一九一四年の国土防衛法[17]二一条に明らかに違反していた。国土防衛法とは非常事態法で、戦時下の英国本土を守るために一か月前から施行されていた。国土防衛法違反で訴えられた者はだれでも、軍法会議にかけられた。最高刑は、絞首刑か銃殺刑だった。

♪♪♪♪♪♪♪♪♪♪♪♪

国土防衛法（ＤＯＲＡ）は、第一次世界大戦中政府に広範囲にわたる権限を与えるものだった。それにより、凧を揚げる、たき火をする、双眼鏡を購入するなどの行為も禁止された。さらに不思議なことに、野生動物にパンを与えることも禁止の対象となった。国土防衛法の主な目的は、国民の士気を高く保ち、国民が敵国の助けとなるような情報を流すことがないようにすることだった。

理解に苦しむのだが、どういうわけか関係当局は、ケイトが実際に敵を助ける行為に関わったと判断した。彼女は九月の終わりには正式に起訴され、警察に勾留された。それから警察は、国土防衛法の規定に従って、ハミルトン[18]の軍当局と連絡を取った。ケイトは軍当局に軍法会議まで勾留されることが決定した。一方、警察は彼女の裁判に必要な証拠を、提供することになった。

ハミルトンの軍当局は、戦争のため兵士の訓練に明け暮れていた。また同時に、常習的飲酒者や脱走兵も検挙しなければならず、多忙を極めていた。そのため一七歳の少女を独房に入れ、軍法会議にかけることはあまり気が進まなかった。ひょっとしたら、その少女に目隠しをし、壁を背にして立たせ、銃殺することになるかもしれないのだ。

そこで軍当局の担当者たちは、ＤＯＲＡの重箱の隅をつつき、法律の穴を探した。そして、国土防衛法が定義する「布告地域」でのみ、この法律は適用されるという結論に至った。ダンフリースは布告地域と見なされておらず、一方ビルボールデは布告地域に含まれていた。ケイトはビルボールデに行ったことがなく、また姉のグレイスも同様だった。そこでハミルトンの軍当局は、法務総裁に丁寧な口調ながらも強く抗議し、今回の起訴を再検討するように要請した。

法務総裁は、ある人物にセカンドオピニオンを求めた。その人物は、ノース・（イースト）・ラナークシャー[19]選出の自由党国会議員で、著名な勅選弁護士（ＫＣ[20]）のＪ・ダンカン・ミラー氏だった。個人的な覚書の形で、ミラー氏はＤＯＲＡによる裁判は公判維持が難しく、よりよい方法は刑事裁判所に文書偽造の罪で起訴することだろうと意見した。

結果として、ケイトに対する容疑は修正され、手紙をでっち上げ捏造した点と署名を偽造した点にしぼられた。起訴内容には、次のように書かれていた。

「事件を起こした意図は、英国臣民を驚かし当惑させることであり、その矛先は、特にダンフリース、ジョージ・ストリート四二番在住の父親アンドリュー・ヒュームとまま母アリス・メアリー・ヒュームの二人に向けられた」

ケイトは、裁判までエディンバラの刑務所に、再勾留されることになった。

そのすぐ後、法務総裁はまた別の意見書を受け取った。その内容は彼にとってさらにありがたくないものだったが、この意見も非公式な形で提出された。今回の意見は、法務次官(21)トーマス・ブラッシュ・モリソン卿からのもので、彼はケイトを何らかの罪で起訴すること自体に懸念を示していた。

「今回の事件がばかげた内容のものである以上、公判維持が困難になることが予想される・・・私個人は、みんなが本気で今回の悪ふざけの内容を信じたとは、どうしても思えない」

その一方、ケイトが自白したにもかかわらず、警察当局は起訴するのに必要な証拠集めに取り掛かっていた。筆跡鑑定の専門家が呼ばれ、ケイトとナース・ムラードの筆跡の比較検証が行われた。ケイトが勤める事務所では未使用の紙が押収され、鑑識による分析作業が行われた。その結果、事務所で押収した紙は、ナース・ムラードがケイトに手紙を書く際使用した紙の組成や手ざわりに、大変よく似ていることが判明した。計二二人の証人が呼ばれたが、その中には彼女の父親とまま母も含まれていた。二人は起訴に必要な証拠を検察に提出することに同意した。

しかしながら、まだクリアしなければならない問題が一つ残されていた。警察は合理的疑いが及ばないようにしなければならない。つまり、この世にナース・ムラードが存在しないことを、まだ立証できていなかった。この立証こそ、事件の起訴の根幹をなすものである。陸軍省は死傷者リストに、ナース・ヒュームという人物がいなかったことは確認していた。

しかしその一方、前線で救護活動をしたナース・ムラードという人物がいたのか、あるいはいなかったのか、これに関しては確認する方法がなかった。実際ビルボールデで起こっていることに関しては、ほとんど情報がなかった。むしろ当初は、ビルボールデがいったいどこなのかを確認することも困難だった。

スコットランドの公訴ソリシター(22)は、ロンドンの英国政府内でその疑問を解決するように圧力をかけた。その結果、外務省と陸軍省の間で、立て続けに文書を取り交わすような事態が生じた。一一月六日、数千人の兵士が塹壕の中で配置につき、ビルボールデがドイツ兵により砲撃を受けていた頃、外務省政務次官補佐ラルフ・パジェットは、空いた時間を利用して陸軍省大臣に次のような手紙を書いた。

「拝啓

外務大臣E・グレイ卿より指示を受け、この書簡をお送りします。スコットランドの公訴ソリシターの手紙の写しが同封された、そちらからの最初の緊急書簡、確かに受け取りました。J・M・ムラードという名前のナースが、今年の九月七日にビルボールデの野戦病院で働いていたかどうかについての照会ですが、外務大臣E・グレイ卿は、残念ながら公訴ソリシターが求めている情報を得る手段が一切ないとのことです。

敬具

ラルフ・パジェット」

結局、赤十字社が救いの手を差し伸べた。ベルギーで一か月にわたり調査を行い、ロンドンでは書類整理棚を徹底的に調べた。そして、英国赤十字協会幹事フランク・ヘースティングズが、陸軍省に手紙を送ってきた。

「私は次のことをお伝えするよう指示を受け、手紙をお送りしました。まず、ナース・ムラードという名前の人物が、戦時下での看護活動に関連して、本協会に在籍した事実はございません。さらに、この名前の人物が、これまで本協会のいかなる仕事にも就いていないことも、ご報告いたします」

ケイトの裁判は、一二月二七日と二八日に行われることになった。担当はスコットランドの首席裁判官ストラスクライド卿で、彼はスコットランドの民事控訴院[23]の会長でもあった。場所はエディンバラのスコットランド最高法院[24]である。法務総裁ロバート・マンロー氏が、検察官としてこの裁判を担当する。ロバート・マンロー氏は、勅選弁護士で国会議員でもあった。

注

(1)聖公会教会　スコットランド監督派教会とも言う。スコットランドにあるキリスト教教会で、「改革したカトリック教会」である。

（2）バーンズ・ナイト　特にスコットランドでは、バーンズの誕生日である一月二五日またはその付近の日はバーンズ・ナイトと呼ばれる。人々は食事会を開き、バーンズの生誕を祝い、バーンズの詩の朗読などを行う。
（3）シェーズ・ロング　足を伸ばして載せられる、背もたれの付いた長いソファー。
（4）サンダーランド　イングランドのタイン・アンド・ウィア州にある港湾都市。
（5）石炭紀　三億六〇〇〇万年前から二億九〇〇〇万年前の時代で、その時代に形成された地層。この紀の地層に石灰層を含む。
（6）マルヌ会戦　一九一四年九月、ベルギーを突破したドイツ軍を、フランス軍がマルヌ河畔でくい止めた第一次世界大戦中の戦い。
（7）モンスの戦い　一九一四年の八月末、ベルギー、モンスの町で繰り広げられた英国軍・フランス軍を中心とした連合軍とドイツ軍の戦闘。
（8）ゴードン・ハイランダーズ　一八八一年から一九九四年まで存在した英国陸軍の歩兵連隊正規軍のこと。ハイランダーとは、スコットランド高地人を意味する。
（9）ヘリゴランド島　ドイツ連邦共和国領の北海に浮かぶ小さな島。
（10）パル・モル・ガゼット紙　一八六五年創刊のロンドンの高級夕刊紙。
（11）ウェストミンスター・ガゼット紙　一八九三年創刊のロンドンのリベラル紙。
（12）グローブ紙　一八〇三年創刊の英国紙。一九二一年に、パル・モル・ガゼット紙に吸収合併された。
（13）イーヴニング・スタンダード紙　一八二七年創刊のロンドンのタブロイド紙。
（14）スコットランド省　一八八五年から一九九九年まで存在した英国の省庁の一つ。英国政府の閣内大臣であるスコットランド大臣の管轄下において、幅広くスコットランドに関係する事務を遂行していた。
（15）法務総裁（Lord Advocate）　スコットランドの法務長官、検事総長のこと。イングランドの Attorney General にあたる。

（16）地方検察官（Procurator Fiscal）　スコットランドの地方検察官で、法務総裁によって任命される法曹。犯罪捜査、証人の取調べ、罰金の取立てなどを行う。
（17）国土防衛法（Defence of the Realm Act）　第一次世界大戦時、「公共の福祉と国土の防衛」のために、行政府に対し枢密院令を制定する権限を付与する法律。
（18）ハミルトン　スコットランドのサウス・ラナークシャーの行政上の中心都市。グラスゴーの南東一五キロに位置する。
（19）ノース・ラナークシャー　スコットランドの行政区画の一つ。グラスゴーの北東に接する。
（20）勅選弁護士　ＫＣ（King's Counsel）優れた実績を積んだ弁護士に与えられる名誉称号（もとは国王の弁護者に与えたもの）。大法官(Lord Chancellor)が推薦し、国王が任命する。
（21）法務次官（Solicitor General）　イングランドの二番目の法律行政官で、法務長官(Attorney General)の補佐職。
（22）公訴ソリシター（Crown Agent）　スコットランドで公訴提起の準備をするソリシター。
（23）民事控訴院（Court of Session）　スコットランドの最高民事裁判所。英国全体の最高の裁判所である貴族院への上訴の道もある。
（24）最高法院（High Court of Justiciary）　スコットランドの最高刑事裁判所。

ダンフリース＆ガロウェイ・スタンダード紙の建物（ダンフリース）

ダンフリース＆ガロウェイ・スタンダード紙の販売店（ダンフリース）

二四　ケイト・ヒュームの裁判

一九一四年一二月二七日

勅選弁護士のジョン・ウイルソンが、ケイトの弁護を務めることになった。彼は少々のことでは動じない男だ。スコットランドで長年法廷生活を送ってきて、絞首刑の現場にも数回立ち会った。一〇〇人以上の常習犯を検察官として起訴したこともあったし、また弁護士としてそのような犯罪者の弁護も担当してきた。また入所者を訪ねた際には、ヴィクトリア朝における刑務所の懲罰のきびしさを間近に見てきた。精神障がい者委員会のメンバーとして、過酷な生活環境の精神科病院もたくさん訪問してきた。

しかし、ケイト・ヒュームと初めて面会した時、彼の心は現実を受け入れる準備ができていなかった。彼が彼女と会ったのは、一九一四年のボクシングデー(1)で、エディンバラのカルトン・ジェイル(2)の独房だった。九月に逮捕されて以来、この少女は裁判のため三か月以上勾留されていた。スコットランドの厳しい冬の寒さと拘置所のひどい衛生環境のため、彼女は健康を害していた。

経験豊かなこの法廷弁護士の目には、ケイトは一七歳の少女というよりも、四〇歳の病弱な中年女性に見えた。顔色は青白く、体はやせこけていた。両ほおはこけており、両目はくぼんでいた。かつての巻き毛も、汚れてもつれていた。以前ピアノを美しく奏でた長い手の指も、胼胝《べんち》状態(3)だった。ごみや汚物を捨て、手をごしごし洗ったためか、指のつめは完全に割れていた。

ケイトのほおには打撲傷があった。それは女性刑務所棟の入所者の一人に、ほうきの柄で殴られてできたものだった。がらんとした独房の壁には、結露《けつろ》が流れ落ちた跡があった。ここでは夜には、気温が氷点下になった。

　カルトン・ジェイルは一九世紀初頭、壮大な城の設計を参考に建てられた。その優雅な城郭建築は、その壁の向こうに存在する残酷さや苦しみなどを忘れさせてしまうほどだった。当時、入所者の一人が、「すべての刑務所の中で、カルトンはまさしく救貧院だ」と表現した。ひどい環境の要塞で経験するような、厳しい寒さを伴うからだ。

　四〇年間、そこでは公開処刑が行われてきた。一八六四年六月、およそ二万人の人々が集まった。そして人々の面前で、ジョージ・ブライスという名の荷馬車屋が、子守女殺害の罪で絞首刑になった。その後も、死刑執行がこの刑務所内で続けられた。リンリスゴー出身の労働者パトリック・ヒギンスは、二人の息子を採石場に投げ込んで殺害した。彼もここで絞首刑となったが、それはケイトがカルトン・ジェイルの門をくぐる、まさに一年前の出来事だった。

　ウイルソンのカルトン・ジェイルへの到着は、かなり遅れてしまった。足かせと手錠をかけられた囚人たちが、長い列をなしてプリンシズ・ストリートからゴーギーを通り、さらにソートンまで行進していたからだ。ソートンで囚人たちは、まる一日新しい刑務所の建設作業をすることになっていた。当局がついに、カルトンを過去のものにすることを決めたのだ。

ウイルソンは今回の事件の法廷弁護人を、引き受けたくはなかった。検察当局の立証はとても問題だらけで、ウイルソンの視点からすれば、これが裁判に持ち込まれたこと自体が信じられなかった。しかし、当局が、ケイト・ヒュームを見せしめにしたくてたまらないのは明らかだった。ウイルソンがこの事件の弁護を拒否しても、あるいは法務総裁の法解釈と争っても、どちらにしても彼の経歴に傷がつきそうだった。

しかし彼女の独房に入った時、彼はケイトの姿をみて怒りがこみ上げてきた。彼はすぐに同行していた事務員を使いに出し、ケイトのためにスープと体を包む暖かい毛布を買ってこさせた。

弁護団は温情面や健康上の理由から、ケイトの保釈申請を何度か裁判所に提出したが、その都度却下された。どういうわけか、刑務所長はケイトを嫌っており、個人的に手紙を裁判所に送っていた。

「この勾留中の女性は、犯罪者特有の気質を持っているようです。この点をしっかりチェックし、管理しなければならないと思っています」

しかしながら、彼はもしケイトが有罪となれば、女子少年院へ送るべきであると提案していた。つまりカルトンは一〇代の少女を入所させる場所として、ふさわしくないと思っていたということだろう。

ケイトが勾留されていた一三週間、父親もまま母も一度も彼女を訪ねて来なかった。またケイトのために、関係当局に陳情書を送ることもしなかった。裁判関係の書類の中にあるアンドリュー・ヒュームの唯一の手紙は、一九一四年一一月一一日付のものだ。その内容は、裁判で拘束される日数の問い合わせで、さらにそれにかかる費用の補償を要求していた。議事堂内の裁判主事宛てのその手紙には、次のように書かれている。

「裁判へ出廷するための交通費やその他の費用に関して、ご負担いただけるのであれば、大変ありがたく存じます。また同時に、妻のアリスとともに、裁判のために空けなければならない時間を教えていただければと思います。私の仕事を、多少調整する必要がございますので」

アンドリュー・ヒュームが自分の娘の不利になる証拠を喜んで提出したこともそうだが、わずか二日間の裁判に最初から最後までいるつもりがなかったことは、とても異常なことのように思える。

弁護団の事務弁護士は、ケイトを精神異常者とするべきだと主張した。刑を軽くするための作戦だった。しかし、ウイルソンはその提案をすぐに却下した。彼女が起こした事件が精神異常によるものだとするなら、一時的にでも精神が錯乱し、自暴自棄《じぼうじき》におちいっていたことになる。しかし、ウイルソンはケイトが精神異常であることを示している供述書を、一つも目にしていなかった。

ウイルソンは、スコットランドの精神障がい者委員会に所属しており、第五四回年間報告書の草案を書いていた。そのため、彼は精神異常にしてしまうことが、便利な方法であることをよく知っていた。どんな理由であれ、夫や父親がやっかいな存在になった妻や娘と縁を切る場合、妻や娘を精神異常者にしてしまうのだ。男性が支配的な法廷でも、同じような傾向があった。

スコットランドでは、その年一万九〇三四人の精神異常者が、精神障がい者委員会に公式に報告されていた。その数は前年より三九八人増えている。なおその数字の中には、「家庭で扶養されている精神異常者は含まれていなかった」

精神異常者と判断されれば終身刑となり、ケイトもそれから逃れることができなくなることをウイルソンはよく理解していた。また、医学博士のトーマス・クロウストン卿も、精神異常者は終身刑という意見であることを、ウィルソンはよく知っていた。クロウストン卿は、思春期における精神疾患や神経症に関して見識があり、そのため今回検察側から裁判に呼ばれていた。彼はクリスマスイヴの日に、モーニングサイド地区の精神科病院長、ジョージ・ロバートソン医師とともにケイトを診察した。

二人は一九一四年のクリスマスの日に、報告書を作成した。クロウストンは、ケイトは神経質でヒステリー症の傾向があり、自己制御ができない少女であると診断した。しかし、彼もロバートソンも、彼女の行動そのものは過去の不幸な家庭生活が原因であると判断した。彼女の母親は長い闘病生活の末、彼女が八歳の時に亡くなった。さらに、兄は彼女が一五歳の時に死んでしまった。クロウストンは、次のように報告書に書いた。


「彼女は最近まで体罰を受けていたようだ。それも時には過酷なまでに。過去二年間さかのぼっても、そのような状態だった。彼女の告白によると、同居していた最後の年には、父親に罰として乗馬用鞭で打たれた。一方、まま母はつえで彼女を叩いた。彼女の目には傷跡が残っている・・・家庭には思いやりなど存在しなかったと彼女は言っている。

彼女の大好きなお兄さんは、タイタニック号の事故で命を落とした。その事故で彼女は人生で、初めて心に大きな傷を負った。彼女は死んだ兄の夢をよく見たそうだ。兄の死に関して訴訟が起こされたが、そのため長期間悲しみが続く結果となってしまった。銘文を刻んだ記念額が二つ、兄の思い出として作られた。その除幕式に彼女は出席したが、気が動転してしまった。

その後さらに二つの出来事が、彼女に大きな影響を与えた。まず一つ目は両親とけんかをし、初めて家を出て行ったことだ。そして二つ目は、今行われている戦争だ・・・ここ数年彼女は成長が早く、勾留されて以来身長が半インチほど伸び、現在は五フィート・七インチだ」

ロバートソン医師も、同様の意見を述べた。

「彼女の家庭生活は、不幸そのものだった。実の母は亡くなり、まま母とはうまくいっていなかった。私は彼女を精神異常者とすることはできない」

ウイルソンは、クロウストンと精神障がい者委員会で知り合いになった。彼はクロウストンと今回の事件を検討した。ケイトの忍耐が限界に達したのは、まま母との口論だったようだ。まま母は家の手伝いをしろとか、自分の部屋をもう少し片付けろとか、口やかましく言った。子供たちが家庭の権威者アンドリュー・ヒュームに対し反抗を重ねるにつれて、彼の体罰はますます厳しいものとなり回数も増えていった。

しかしアンドリューがケイトに鞭を用い、しかもまま母の前で彼女を叩いたのは、ケイトが家を出て行くことになったその日が初めてだった。ケイトは何をされても泣かないと、以前から心に決めていた。父親が鞭打ちから解放すると、彼女は父親の顔を見ないで立ち上がり、自分のスカートのしわを伸ばし、堂々と頭を上げた。そしてモーニング・ルーム[4]のドアの方へ歩いていった。そこにアリスが立っていた。

娘とまま母の間で、言葉が交わされた。アリスはちょうど散歩から戻ったところで、握りの部分が銀製のつえを持っていた。突如彼女はケイトをそのつえで殴った。ケイトのほおにあざができ、目の上が切れた。ケイトは階段を駆け上がり、自分の寝室に向かった。そして、あたりにあるものを手当たりしだいにスーツケースの中に投げ込み、家を出て行った。

これからどうするかは、まったく考えていなかった。ただ、もう決して家には戻らないと決めていた。彼女は歩いて一〇分ほどの距離にある、アイリッシュ・ストリートの方に向かった。そこには、マクミン夫人の下宿屋があった。マクミン夫人は、ケイトの学校時代の友人、ロビーナの母親だ。「ケイトさん、好きなだけここにいていいのよ」とマクミン夫人は言った。彼女はケイトが家庭で大変な思いをしていることを、よく知っていた。

翌日ケイトは巡査のロバート・ビーティーに、家庭で受けた暴行や傷害の内容を激しい口調で訴えた。ロバートはケイトの職場があるセント・アンドリュー・ストリートの担当で、ケイトと顔なじみで優しい警察官だった。しかし彼は、警察は家庭内の出来事には介入したがらないものだと伝えた。その後、ケイトの裁判でビーティーは暴行傷害に関し証人として出廷し、父とまま母からひどい仕打ちを受けたというケイトの主張を立証してくれた。

ケイトの話は、ダンフリースの地方検察官による公判前報告書によって、さらに信憑性が高くなった。地方検察官は、姉のグレイスに事情を聞いた。グレイスも、父親とまま母から受けた自分の不幸な経験を語った。それはグレイスがその年の七月、二週間の休暇で実家に帰っていた時のことだ。

「まま母は、グレイスの怠惰な性格やいいかげんな生活態度に対して文句を並べ、彼女のせいで家庭内の整理整頓がひどい状態になったと不満をたれた。その結果、グレイスは実家を出て行き、翌日から一〇日間ダンフリース市内に宿を取った。それ以来、彼女の父親もまま母も、彼女と連絡を取ろうとしなかった」

ジョン・ウイルソンが彼女の裁判の弁護人に指名されたことは、ケイトにとって幸運だった。被告人の弁護士として、彼は優れた実績を持っていた。スコッツマン紙(5)の記事は、彼を次のように紹介している。

「陪審員に論証する場面では、彼は類まれな手腕を発揮し、説得力と度胸がある。また、法律に関して広い知識を持ち、仕事をこなす能力も素晴らしい。同僚の弁護士仲間から尊敬を集め、称賛されている」

しかしケイトの弁護において、おそらくそれ以上に重要だったのは、彼が本質的に親切な心の持ち主だったことだろう。その点に関しては、彼の友人で同僚のロード・サンズが、ある書の中で述べている。その書物は、ウイルソンの死からおよそ二〇年後に出版されたものだ。ロード・サンズは、次のようにジョン・ウイルソンを語った。

「彼は困難な状況に直面した人々を助けるため、際限なく仕事を引き受けた。彼は足の不自由な人を助けるためわざわざ出かけていくような人物で、困った人を見かけると親切心からあらゆることをした。私はそのような彼の親切な行為をたくさん知っている」

一九一四年のボクシングデーには、ウイルソンの法律家としての頭の中に、ケイト・ヒュームの弁護方針がすでに具体化されていた。有罪になる可能性が高いことはわかっていたが、陪審員たちに対してある作戦を考えていた。陪審員たちが彼女に同情するように、裁判をうまくもっていくのだ。彼女は法廷の被告人席にいる犯罪者かもしれないが、ウイルソンは反対尋問を巧みに利用し、法廷内の人々の注目を彼女の父親とまま母に移そうと考えていた。この裁判の終わる頃には、陪審員たちはアンドリューとアリスの二人こそ、ケイトに行った残虐行為で裁判にかけられるべきだと考えるようになるだろう。

二日後の一二月二八日午前八時、まだ一〇代のその少女は、手錠をかけられ独房から出てきた。そして囚人用馬車で、エディンバラの最高法院へ連行された。彼女は二人の警察官に両側をガードされ、被告人席に立った。陪審員は、全員男性で構成されていた。その陪審員の前で、ケイトの起訴状が読み上げられた。傍聴席は、裁判の傍聴を希望する人々でいっぱいだった。法廷の雰囲気は、緊張に包まれていた。彼女は無罪を訴えた。裁判は二日間の予定だった。

法廷のケイトは、青色のオーバーを着て、毛皮の飾りの付いたヴェロア[6]の帽子をかぶっていた。彼女は深く頭を下げて座った。スコッツマン紙に載った写真は、ハンカチを鼻に押し当てた彼女の姿を伝えている。ダンフリース&ガロウェイ・スタンダード紙の記者は、彼女は「哀れな姿そのものだった」と書いた。

ケイトの作り話を信じてしまったディッキー氏は、少しでも恨みを晴らそうと思っていた。翌週の水曜日、スタンダード紙は五ページにわたる記事を掲載した。その記事は、ヒューム家をできる限り辱《はずかし》めることを意図して書かれたものだった。また同時に、この記事は大戦でスコットランド人の死傷者数が日々増えている事実から、読者の目をそらすことにも成功した。

二〇人以上の証人が、召喚された。ケイトの父もまま母も、検察当局のために証言した。最初に証言台に立ったのは、ケイトの父親アンドリューだった。彼は検察当局による事件の説明内容を、間違いないと述べた。すぐにケイトの弁護人ジョン・ウイルソンが立ち上がった。アンドリューのうそと矛盾を追及するためだ。以下法廷でのやり取りは、「ケイトの裁判」と題する新聞記事からの引用である。

ジョン・ウイルソン勅選弁護士（QC）[7]：「ヒュームさん、ケイトの実のお母さんつまりあなたの最初の奥さんに関してですが、数年間奥さんは病気だったとあなたはおっしゃっていましたね」

アンドリュー・ヒューム：「確かに、八年間病弱だったたですよ。妻はほとんど寝たきりでした」

「お亡くなりになる前の数年間、奥さんに著しいうつ症状の期間があったことを、気づいていらっしゃいましたか」

「確かにひどいうつ症状の期間がありました。そのことは、気づいていました。でも、うつになった原因はよくわかりません」

「二年か三年前に、家族のだれかが亡くなって、家族にダメージを与えるような悲しい事件はなかったですか」

「はい、ありました。それは私の息子ジョンが亡くなったことです」

「息子さんは、立派に亡くなられたそうですね。タイタニック号の沈没で犠牲になった人々の中にいらっしゃったのですか」

「おっしゃる通りでございます」

「私の記憶によると、息子さんは楽団のリーダーだったたですよね。そのため、息子さんの死に対して、特に人々の関心が寄せられたのですね」

「はい、そうでございます」

〔これは、法廷でのアンドリュー・ヒュームの最初の偽証だった。ジョックは、楽団のリーダーではなかった〕

「楽団は讃美歌『主よ御許に近づかん』を演奏しながら、海に沈んでいったのですか」

「おっしゃる通りです」。この段階で、アンドリュー・ヒュームはとても感傷的になっていた。彼の声は弱々しくなった。

「私には子供が五人いました。被告人となってここにいるケイトは、今一七歳です。ジョンがタイタニック号の事故で溺死したのは、二一歳になったばかりの頃でした」

「その事故がきっかけで、ケイトは兄に対しての思いが強くなったのですか」

「はい、とても強くなりました」

「さらに質問ですが、ケイトは自分の兄の死を、とても悲観的にとらえていましたか」

「はい、おっしゃる通りです」

「過去二年間を振り返ってみて、その事故以来ケイトは人が変わりましたか」

「はい、もう昔のケイトではなくなっていました。私はそのことを、時々まわりの人にも言っていました」

「あなた自身も、音楽家ですか」

「はい、音楽家です」

ここで勅選弁護士ジョン・ウイルソンは、アンドリュー・ヒュームにもう一度宣誓させた。そして彼が祖父に関してうそを言うように、巧みに誘導した。ウイルソンは、アンドリューの祖父はアレキサンダー・ヒュームではなく、ロバート・ヒュームという名の農場労働者だったことを、知っていたのだろうか。


「何世代か前に、家族のどなたかが、すばらしい音楽の才能を発揮したことはありますか」

「みんな音楽の才能を発揮しました。もっとも私の父だけは例外でしたが」

「それでは、あなたの父親だけ音楽の才能がなかったということですね。でもあなたの祖父は、『アフトンの流れ』のようなすばらしいスコットランド曲の生みの親ですよね。あなたの祖父が、実際その曲を作曲されたのですか」

「はい。新しいヴァージョンの方の曲です」

「そして『スコットランド移民の別れ』もそうですか」

「はい、祖父が作曲しました。」

「讃美歌のいくつかも、ひょっとして、あなたの祖父の手によるものですか」

「いくつかではなく、かなりの数の讃美歌がそうです」

「他にも作られた曲がありますか」

「もちろんです」

「あなた自身のご家族に関してですが、あなたの祖父と同じくらいすばらしい音楽的才能の持ち主は、今だれかいらっしゃいますか」

「はい、二人いますよ。ケイトがそのうちの一人で、もう一人が彼女の弟です」

「ケイトは、すばらしい音楽の才能を発揮しましたか」

「十分発揮していました」

父親から、娘ケイトは才能豊かな若き音楽家だったという証言を引き出した。次にウイルソンは、ケイトの受けた虐待を明らかにするために、アリス・ヒュームを尋問した。

アリス・ヒューム：「私は現在五〇歳です。先ほどの証人アンドリュー・ヒュームの妻であり、ダンフリース市内で同居しています。結婚したのは一九〇七年です。前の奥さんの子供たちといっしょに暮らしていましたが、うまくやっていくのはかなり難しかったです。特にケイトはそうでした。彼女はかなり強情な娘でした。ケイトと私の関係は、ここ一年、ちょっとばかりこじれていたと思います」

ジョン・ウイルソン勅選弁護士：「あなたから見て、ケイトはあなたの干渉を一応受け入れていましたか、あるいはひどく嫌がっていましたか」

「ああ、そうですね。当然のことですが、ケイトは時にはかなり嫌がっていましたね」

「それでケイトは今年の八月に家を出て、下宿屋に住むようになったのですか。家を出たのはどうしてですか。その時、ケイトの気持ちを理解していましたか」

このやり取りは、アリス・ヒュームの信用を傷つける目的で、ウイルソンが仕掛けた罠だった。彼はこの後すぐに、裁判官も陪審員も、クロウストンからアリスが振るった暴力の話を聞かされることを知っていた。

「そうですね。私が思うに、ひょっとしたらケイトはもっと自由が欲しかったのではないかと思います。ケイトは私たちの家に住んでいた時は、家事をとてもうまくやっていました。私とケイトの間に不和を生じさせてしまったのは、ひょっとしたら、私が望んでいるようにケイトが時々行動しなかったことが原因かもしれません。私はケイトがいい加減なことをしていないかどうか、時々チェックしなければならないと感じていました。もっとも女の子なら、他の子にも同じようなことをしたと思いますよ」

「ヒュームさんの奥さん、私が知りたいのは娘さんが家を出て行くことになったきっかけが、正に何であったかということです」

「そうですね。ケイトは家を出て、もっと自由を満喫したかったというのが一番の理由だと思います」

ウイルソンの次の弁護戦略は、ダンフリース&ガロウェイ・スタンダード紙の無責任な手紙の掲載がなかったなら、ケイトの作り話もまったく世間に影響を与えることはなかった、という主張を展開することだった。編集長のディッキー氏が、証言台に立った。

「ディッキーさん、あなたはこれら二通の手紙を記者から手に入れたと私は理解していますが、それでよろしいですか」

「間違いありません。九月一四日の月曜日に、ホワイトヘッド氏から渡されました」

「手紙を手に入れて、どのように処理しましたか」

「自分用の控えとして写しを作成し、一番の番号をつけました。それから出版部の事務員に、手紙のオリジナルを石版印刷するために持って行かせました。月曜日のことでした。そして火曜日の午後には印刷用の版材が届きました。その後ヒューム氏が訪ねて来られたのです」

「ということは、その時点まであなた自身が、この件にコミットしていたのですね」

「はい、ご認識の通りです。ヒューム氏が本社に来られた時にも、新聞に掲載するかどうかの最終判断は下していませんでした。また、掲載が決定した後でも、しばしばコラム記事の掲載を中止しなければならないこともあります」

「しかし、あなたの社説をだれかに書かせたのですか」

「実は、ヒューム氏が私の部屋に来られた時、私は今回の事件についての記事を書き始めていました」

「ということは、あなたにとって今回の記事の掲載を中止するのは、とても辛いことだったに違いないですよね」

「いや、まったく逆ですよ。今回の記事の内容に疑いを持ち、掲載を差し控えることができる十分な理由が見つかれば、安堵したと思いますよ」

「新聞に掲載された記事は、かなりセンセーショナルな事件でしたね」

「たしかに、記事の内容はセンセーショナルでした」

「したがって、よく使われるフレーズが利用できるかっこうの新聞ネタでしたね」

「おっしゃる通りです。しかし、私はこの記事を新聞の売上げを伸ばすことに利用しようなどとは、考えていませんでした。また、そのようなことを考えなければならない必然性もありませんでした」

「しかしあなたもお認めになっていますが、火曜日の晩にケイトの父親が貴社を訪問した目的は、翌日の新聞で予定されていた二通の手紙の掲載を止め、延期してもらうためではなかったですか」

「確かにそれがヒューム氏の来社の目的でした。しかし本当の動機に関しては、私は自分独自の違う見方をしています」

「それはどういう意味ですか」

「彼の本音は、記事の掲載を完全に止めさせることです」

「しかし彼の本音がどうであれ、あの日の彼の目的は、翌日の掲載を延期してもらうことだったですよね」

「はい、おっしゃる通りです。しかし、陸軍省に問い合わせの手紙を送っているなどと言い、だから掲載を延期しろと言った彼の態度には、大変不満です」

「あの時の状況で考えてみてください。掲載を延期してほしいというケイトの父親の要望を受け入れることは、筋が通っていたと思いませんか。あるいは、慎重な態度だったと思いませんか。一七歳の少女が語った事をうのみにした記者の報告内容を、そのまま掲載するよりもましだったのではないですか」

「いいえ、そうは思いません。私は父親が記事の延期を主張する態度に、少しもよい印象は感じていませんでした」

「要するに、あなたは最初からケイトの父親に反感を抱いていましたね」

「いいえ、そんなことはありません。反感なんか少しも抱いていませんでしたよ。しかし、彼はその記事の掲載を延期すべき根拠を教えてくれませんでした。だから、私は父親がその手紙は本物だと確信しているると思ったのです。大切なことですが、私は彼がその手紙を見たとは一度も言っていませんよ。彼自身が私に手紙を見たと言ったのです。そうです、その手紙を見たと、確かに言いました。しかも、手紙の筆跡はグレイスのものだと確信していました」

「では、父親はいつ手紙を見たと言いましたか」

「手紙をいつ見たかも、どこで見たかも、父親は言っていません」

「ディッキーさん、あなた自身が月曜日からその手紙を所持していたのですね」

「はい、おっしゃる通りです」

「では、父親は月曜日以降、その手紙を見ることができたはずはないですよね」

「はい、見ることができたはずはありません」

「では、彼はいつ手紙を見ることができたのでしょうか」

「ええと、ケイトが述べた内容から判断すると、その手紙は木曜日に届いたのですから、金曜日、土曜日、あるいは日曜日に目にすることができたはずです」

「どのようにして、それを見ることができたと言うのですか。あなたも述べておられるように、父親とケイトの関係は最悪だから、あなたがわざわざその手紙を彼のところに持って行くことなどありえないですよね」

「もし私が手紙に少しでも疑いを持っていたのなら、たぶん手紙を彼に届けたことでしょう。しかし、私は疑いなど少しも持っていませんでした。今回の事件の関係者の状況について、私だけが個人的に持っている情報などありませんでした。この少女が父親の家を出て、離れたところで暮らしていることはだれもが知っていました。過去の裁判のこともみんなが知っています。これらは、だれでも知っていることでした。今では少女と父親の間に敵対関係があったことを、みんながよく知っています」

「あなたは今敵対関係があったと述べられました。そんな敵対関係があったのなら、彼がその手紙を見たと、あなたはどうして言えますか」

「確かに二人の間に敵対関係はあるかもしれません。しかし、たとえ少女が自分の父親に反感を抱いているとしても、家族の一員にとんでもない悲劇が起こった内容の手紙を受け取った場合を、想定してみてください。彼女はおそらく憤りや恨みがあっても父親のもとに向かい、悲劇を伝える手紙のことを言うのではないでしょうか。それは十分ありえる行動だと思います。あるいはそうしない場合でも、その手紙をだれか友人に託し、届けてもらうに違いありません。今回の事件では、私は友達に手紙を託したと聞いていました」


ケイトが証言する時がきた。ウイルソンはケイトが被告人席から離れ、証人席で質問に答えられるよう配慮を強く求めた。証人席は、これまですべての証人たちが、証言をしてきた場所だ。裁判官は承諾した。

ウイルソンは、陪審員への効果的な訴え方を熟知していた。彼はタイタニック号という切り札を、すぐに使ってきた。タイタニック号の悲劇を持ち出せば、陪審員の同情を引くことができるとわかっていた。

「ヒュームさん、あなたの人生を振り返って、最も大きな試練はお兄さんのジョンさんの死ではなかったですか」

「はい、おっしゃる通りです」

「あなたは、死んだお兄さんのことが大好きでしたか」

「はい」

「お兄さんが悲惨な死を遂げて、ひどく苦しみましたか」

「はい、おっしゃる通りです」

「あなたが実家を出て行かれた件ですが、まま母はあなたが家を出たことで、心配してくれたと思いますか。心配などしてくれませんでしたか」

「心配してくれたことも、たまにはあったと思います」

「実家にいた時の苦痛の一つは、早く寝るようにせかされたことだと私は思いますが、いかがですか」

「特にそれは関係ありません」（父親はケイトに毎晩午後八時までに寝るよう命じていた、という証言がすでに裁判でなされていた。この質問はその証言への確認だった）。

「いずれにせよ、あなたはもう少し自由が欲しかったのですね」

「はい。結果的に私は実家を出て、マクミン夫人の下宿屋に行きました。夫人の娘さんとは、学校時代からの知り合いだったからです」

「お父さんのいる実家を出て行く前から、あなたは時々、とても落ち込むことがあったようですが、それも事実ですか」
「父親のもとを離れるずっと以前から頭痛に苦しみ、不眠症でした。一人で家にいる時は、自制心を失い泣いてばかりいました。泣きながらベッドに入ったことも、よくありました。マクミン夫人の下宿に移り住みましたが、何週間もグレイスからの便りがありませんでした」

ここでウイルソンは、戦争というカードを切ってきた。

「マクミン夫人の下宿では、戦争関係の記事で手に入るものは何でも読んでいたのですね」
「全部というわけではありませんが、読んでいました。ドイツ人はとても残酷だという内容の記事を読みました。また世間の人々もそのように話していました。その頃、姉のグレイスから便りが来なくなったので、姉は本当に戦地に行ったのだと思いました。私は姉に手紙を書き返事を待っていましたが、返信は一度もありませんでした。私が実家に寄り付かないので、父親もまま母も私のところには来ませんでした」

裁判官のストラスクライド卿が、陪審員に事件の総括を始めた。もうこの時点でウイルソンは、陪審員の評決にかかわらず、自分の依頼人ケイトの自由を勝ち取ったことを確信していた。彼は裁判において、ありのままの彼女の姿を見せた。実母の死とそれに続く兄の死という、二つの大きな精神的打撃に苦しんだ少女という姿だ。彼女の父親とまま母は、いじわるで残虐な人間だとみんなの前で暴露された。法律用語を使えば、すべては「罪の程度（度合い）」ということで収まった。ウイルソンは、編集長のディッキー氏が記事の掲載を急いでいた様子も、見事に明らかにした。そのおかげで裁判の風向きが変わり、ケイトの罪は重いものではないと見なされるようになった。陪審員は、ウイルソンに見事に取り込まれた。裁判官は、陪審員たちに思いやりの気持ちで、評決に臨むように言った。

「もしみなさんが、当時被告人は少しばかり感情的で、ヒステリー状態にあったという結論に達したのなら、有罪ということにはできないだろう。むしろ、彼女の精神状態を考慮して、罪の程度を決めるようにしていただきたい。そして罪の度合いから判断してみても、おそらく刑罰を科されることにはならないだろう。では、陪審員のみなさん、評決の舞台に登場してください。私はみなさんの評決により、とても重要な判決を下すことになります」

二時五〇分、陪審員たちは評決を相談するために、その場からいったん退いた。そして一五分後戻ってきた。陪審長は、次のように述べた。

「裁判長殿、我々陪審員一同は、手紙を書いた行為については有罪といたします。しかし、同時に当時、被告人は罪を犯しているとの認識がなかったものと判断します。我々は、裁判所が彼女に寛大な判決を下されるよう、心よりお願いいたします」

ストラスクライド卿は、次のように述べた。

「陪審員の望むところが、私にはどうも明確ではありません。陪審員のみなさんのご意見は、この勾留されている被告人は有罪だが、寛大な判決を下してほしいということでしょうか。それがみなさんの意図する評決内容ですか」

「ご認識の通りです」と陪審長は答えた。するとウイルソン氏が、立ち上がった。

「裁判長、私はその評決を受け入れます。評決は有罪ではないことを意味していると思います」

ストラスクライド卿は、それに答えた。

「陪審員は説明を終えています。裁判所の書記官が、評決を今から読み上げます」

書記官が陪審員の評決を大声で読み上げると、裁判所は静まりかえった。

「陪審員は、全員一致で被告人を有罪とします。そして切に、裁判所が被告人の女性に寛大な判決を下すよう求めます」

ここで裁判長は宣告した。

「ケイト・ヒューム、私は陪審員の切に寛大な判決を求める意見に喜んで従います。陪審員たちは、この事件に関して慎重に評議を行いました。あなたがすでに三か月以上勾留されているという事実を考慮し、同時にあなたが以前はとてもよい人物であり、またこれは方便だが、あなたはまだ若いということも配慮して、裁判所の判決を告知します。勾留を解き、あなたを釈放します」

傍聴席から判決を支持する喜びの声があがった。ケイトは泣き出した。彼女は女性看守、事務弁護士、そしてウイルソン氏に付き添われて法廷を後にした。彼女の父親とまま母は、陪審員の評決を聞くことなく、すでに法廷から去っていた。

注

（1）ボクシングデー　クリスマスの後の最初の週日で、一二月二六日または二七日。かつて郵便配達人などに、贈り物（Christmas Box）を渡したことに由来する。
（2）カルトン・ジェイル　エディンバラのプリンシズ・ストリートの近くに位置する刑務所、拘置所。
（3）胼胝状態　皮膚の角質層が、極端に肥厚した状態のこと。
（4）モーニング・ルーム（午前中または日中に用いる）居間のこと。ヴィクトリア朝時代に、特に女性が娯楽やお茶を楽しむために用いた部屋。
（5）スコッツマン紙　一八一七年からエディンバラで発行されている新聞。
（6）ヴェロア　ビロード状の布地。
（7）勅選弁護士　QC（Queen's Counsel）大法官の推薦によって任命された上級弁護士、王室顧問弁護士。KCと同じ意味で用いられる。国王が女王の場合、KCではなくQCと呼ばれる。

カルトン・ジェイル（エディンバラ）

二五　アンドリュー・ヒューム、栄枯盛衰

一九一四年一二月二九日

世間はケイト・ヒュームに対して同情的だった。彼女がカルトン・ジェイルから釈放されると、人々は温かく出迎えた。しかし、アンドリュー・ヒュームが、釈放を確認するためにエディンバラの裁判所内に留まることはなかった。またカルトン・ジェイルを出たケイトの手を引いて、歓呼する群衆の中をいっしょに歩くこともなかった。

アンドリューはダンフリースの自宅に、アリスとともに身を隠していた。今や彼は、ダンフリースの町で名誉や信頼を失い、仕事が激減し、金銭的には破産状態だった。彼はメアリー・コスティンと一年間にわたり法廷で戦ってきた。その裁判の過程で、彼はうそつきで、自分の孫娘から金銭を盗んだ泥棒であることを、広く世間に知られてしまった。また今回の裁判で、娘ケイトから、子供たちに鞭打ちをする暴虐な父親だと非難され、さらに名誉を傷つけられた。

アンドリュー・ヒュームには、いつもどことなく怪しいところがあった。確かに、彼は魅力的な男性だった。しかし、あなたが彼の興味を引いていると思っても、彼はそう思わせておいて、実はもっと魅力的な女性をあなたの肩越しに見つめているような男だった。

彼は裕福そうに見えたが、商店主に対して何週間も支払いを引き延ばした。さらに支払いの期限後も、

請求書の内容に何か月も異議を唱えた。偽りのない言葉を発することもあったが、約束を守らないことでよく知られた男だった。顔立ちもよかったが、臆することなくそれを自慢した。お店のショーウインドーに映った自分の姿をちらっと見て、口ひげ、髪、ネクタイを少しばかり直したりした。感受性の強い音楽家の雰囲気をかもし出しながらも、しばしば不機嫌で意地悪だった。

アンドリューの妻グレイスが亡くなった時、友人たちや近所の人々は彼を気遣い、元気付けた。そのような人々も、アンドリューがそそくさと隣人のアリス・アルストンと恋仲になったことを知り、欺かれた気持ちになった。ジョックが亡くなった後も、人々は再び裏切られた気持ちになった。その時もアンドリューを慰め、励ましの言葉を送った。しかし、彼がメアリー・コスティンを迫害するような行動に出たことで、人々は亡くなった息子はきっと悲しんでいるだろうと思った。

悪いうわさの広がりにより、アンドリューの主な収入源である音楽教師の仕事に、大きな影響が出てきた。彼の悪行が暴露されるたびに、一人また一人と、生徒は彼のもとを離れていった。それでも最初の頃は、音楽レッスンを辞める場合、丁寧に理由を述べていた。そのうち、わざわざ理由を説明することもなくなり、生徒たちはレッスンに来なくなった。

母親たちは、娘を鞭で打つような男と自分たちの娘が、いっしょにレッスン室にいることがとても嫌だった。レッスンを受けていた女性のご主人たちも、自分の妻が明らかに道徳心に欠けた男と二人だけになるのを避けたかった。ダンフリース・アカデミーは、学校の理事と生徒の親、両者の感情に配慮し、アンドリューに非常勤講師契約の終了を通知してきた。市長はサマー・パブリック・コンサートのプログラム決定会議を中止にした。そのコンサートはドック・パークで開催される予定だったが、アンドリューが指揮をすることになっていたからだ。

ケイトの裁判以前から、アンドリューは自分に対する社会の不穏な空気に気づき始めていた。しかし、地方紙や全国紙が今回の裁判内容をこぞって伝えたので、彼は一晩で社会のまさにのけ者となってしまった。友人や隣人は通りを渡る際、彼を避けるようになった。だが、それだけではすまなかった。アンドリューがお店に入ると、これまでの人生で知り合いになった人々は、買い物を途中で切り上げ、お店から出て行った。

ともかく、アンドリュー・ヒュームは、ダンフリースの町では破産者だった。現金が底を突き始め、彼は在庫品のヴァイオリンの売却を始めた。そして将来のことも考え始めた。一九一三年七月、彼はメアリー・コスティンとの裁判の真っ最中にもかかわらず、二か月間の休暇を取りボヘミアを訪問している。そしてその時の旅行の様子を『ザ・ストラッド』という雑誌に書簡の形で投稿した。『ザ・ストラッド』は今でもとても重要な雑誌で、一流の演奏家、最高級の楽器、有名な楽器メーカーの情報を毎月提供している。彼の書簡は、ニスの種類の違いがヴァイオリンの音色に及ぼす影響について述べたものだった。しかし、アンドリューはいつものように、さりげなく自慢話もしている。

「ストラッド誌の七月号が、ボヘミア滞在中の私の手元に届いた。私は現在旅行でボヘミアに来ているが、その目的はヴァイオリン製作に適した木材を手に入れることだ。私の考えでは、製作にふさわしい木材はとても入手が困難で、また同時にとても高価であるということだ」

おそらくヒュームのボヘミア旅行の本当の理由は、「白木状態」のヴァイオリンを複数購入することだったであろう。「白木状態」の楽器といっても、世界で最高の技術を持つヴァイオリン製作者たちが、最高級の木材で精巧に作ったもののだ。白木状態の楽器の多くは、表側も裏側も両サイドもほぼ組み立てられていて、接着も完了しているものだったであろう。それらを転売して利益を得るわけだが、それが可能だったのは、アンドリューがニスを塗ることに関してかなり高度な技術を持っていたからだ。購入してきた楽器の中には、木材は切断されているがまだ組み立て前の状態で、ニスだけではなく接着作業と形の微調整を必要とするものもあったであろう。アンドリュー・ヒュームは、そのような工程に関しても、とても卓越していた。彼はクラシックなヴァイオリンのモデルを再現し、意図的に古くみせ、そして自分のイニシャルを加えた。

このようにして完成させた楽器を宣伝する際、彼のお気に入りの情報伝達手段がストラッド誌だった。彼は編集長にしばしば手紙を送り、発行されるほぼすべてのストラッド誌に宣伝広告を載せてもらった。この宣伝広告のおかげで、音楽のプロとしてのアンドリューの生活の様子が、これから二〇年にわたりとてもよくわかる。実際、彼の人生を垣間見ることのできる、唯一の信頼できる記録と言える。彼の人生の浮き沈み、成功と失敗、さらにうそと詐欺の人生が伝わってくる。たとえば一九一三年のクリスマス直前に発行されたストラッド誌があるが、そこにも彼の広告が載っている。彼が売りに出したヴァイオリンを紹介しているが、広告内容から活力に満ちあふれたアンドリューの姿が見えてくる。

「高級ヴァイオリン特価品

私が以前製作したヴァイオリン数挺を、五ポンド五シリングで販売いたします。ストラッド誌一〇月号の広告に掲載したヴァイオリンは、すべて購入していただきました。購入者のお一人の感想です。

『ヴァイオリンは無事手元に届きました。私はプロの演奏家として、過去二〇年間数多くのヴァイオリンを目にし、そして演奏してきました。そしてこのヴァイオリンは、これまで私が弾いた楽器の中で、まさに最高の音色を持っています。自信を持ってそう言えます。私は同じタイプのヴァイオリンがもう一挺欲しいので、小切手を同封します。音色、材質、ニスなど、どれをとってもすばらしい。このヴァイオリンを所有しているので、私はストラディヴァリウスを持っている人をうらやましいとは思いません』

今回販売のヴァイオリンも完売が予想されるので、在庫があるうちにできるだけ早くご注文下さい。

A・ヒューム。ダンフリース、ジョージ・ストリート四二番」

アンドリューとアリスは、ケイトの裁判以前からダンフリースを出て行くことを考えていたようだ。その根拠は、アンドリューが一九一四年中に、ヴァイオリンの在庫を売り切ろうとしていたからだ。どうやらダンフリースでの、ヴァイオリンレッスンや演奏活動をあきらめたようだ。

九月にケイトが逮捕されると、アンドリューはヴァイオリンの価格を五ポンドにまで下げた。また同時に、ピアノ演奏を含むオーケストラコンサートや、オーケストラのみのコンサートチケットの販売広告も出した。チケットの数は三万枚で、値段は二ペンスからだった。ミリタリー・バンド（軍楽隊）のチケットも二千枚扱っていたが、こちらは国からの販売依頼だった。

　この時期、アンドリュー・ヒュームは周到に準備した計画を実行に移した。計画とは、アンドリューがヴァイオリンの名工として再出発することだ。この転身の理由の一部は、アンドリュー自身がストラッド誌のインタヴューに長々と語っている。その内容は一九一五年四月号に掲載された。記事には、「当代の名工、アレキサンダー・ヒュームが製作したヴァイオリン」という見事な表題がついていた。

　それはダンフリースの「アレキサンダー」・ヒュームの人生と仕事を絶賛する記事だった。また彼がエアルバッハ、シェーンバッハ、マルクノイキルヒェンのヴァイオリン工房にて製作技術を学んだ数年間も紹介されていて、アマティのヴァイオリンを複製する能力と弓の製作者としての技術力の高さを絶賛している。

　しかし、この記事の重要性は、ストラッド誌の翌月号を読むことで明らかになる。実は翌月号に、短い訂正文が載った。先月号のアレキサンダー・ヒュームへのインタヴューは、実際は「アンドリュー」・ヒュームへのインタヴューだったというのだ。今回この記事を書いたタウリ・パイパーは、ダンフリース&ガロウェイ・スタンダード紙の新米記者ではなかった。

　パイパーは五六歳で、以前は事務弁護士だった。また一時期カール・ユング[1]の弟子だったこともある。彼はヴァイオリン好きが高じて、数年前ストラッド誌のスタッフに加わっていた。パイパーはその頃、翌年出版予定の『ヴァイオリンの音色とヴァイオリン製作者』という一冊の本を執筆中だった。パイパーはアンドリューに関して多くの情報を得ようと、わざわざロンドンからダンフリースにやって来た。彼はアンドリューのことを「スコットランド人の弟」と述べている。

　アンドリュー・ヒュームを「アレキサンダー」と紹介したのは、筆の誤りではない。アンドリューが故意に、パイパーが自分の名前を間違うように仕組んだのは明らかだ。以前アレキサンダー・ヒュームは自分の祖父であると偽ったことがあったが、その時と同様に、今回もアレキサンダーと名乗ることで、またうその人生を用意しようとしたのだ。今回のストラッド誌の記事は、将来の詐欺行為の種をまいたと言えよう。

　ストラッド誌の記事が世に出たころ、ヒューム家のアンドリュー、アリスそして末っ子のアンドリューの三人は、永遠にダンフリースの町に別れを告げた。ジョージ・ストリートの家は不動産会社に差し押さえられた。私の調査では、これからしばらくの間、三人の情報が完全に途絶えてしまう。ダンフリースのエワート図書館でも、ダンフリース&ガロウェイ・スタンダード紙の記録保管所で調べても、かつて名を馳せたこの家族の所在に関して、手がかりを見つけることはできなかった。

　家系や祖先関係のウェブサイトのブログをいろいろ調べてみたところ、彼は新しい生活を始めるため、アメリカに渡ったような内容の記述があった。しかし、アメリカへの移住者乗船名簿に、彼の名前の痕跡すらなかった。別の家系や祖先関係のサイトには、彼は失意の中、亡くなったことを示唆する書き込みがあった。しかし、彼の死亡記録も見つけることができなかった。

　その後、追跡調査は行き詰まった。ところが突然、アンドリュー・ヒュームがストラッド誌に再登場した。彼はまだ、オーケストラのコンサートチケット三万枚の処分を試みていた。彼はピーターバラ[2]にいた。

「ヴァイオリン、ヴィオラ、チェロおよびコントラバスを販売いたします。
また、オーケストラのコンサートチケットも多数取りそろえています。
音楽のプロのための理想的な楽器が、今、最も手頃な価格で手に入ります。
現金にて購入していただきますが、合意に至れば楽器交換にも応じます。
手元には十分な数の楽器があります。
年代物の楽器もあれば、最近製作された楽器もあります。お値段は高くありません。
ぜひすぐにご注文ください。専門家があらゆる注文に対応いたします。

A・ヒューム
プロの演奏家、楽器製作者
ピーターバラ、グランヴィル・ストリート三九番」

なぜピーターバラにいたのか。なぜアンドリューとアリスは、ロンドンではなくピーターバラを選んだのか。二人は結局ロンドンに落ち着くのだが、なぜその前にピーターバラにいたのか。これらは謎のままだ。

グランヴィル・ストリートは、テラスハウスが立ち並ぶ感じのよい通りで、近くにキングズ・スクールがある。それがおそらく、アンドリューがこの場所を楽器ビジネスの拠点とした理由だろう。以前ダンフリースに引っ越しをした時も、同様にアカデミーの近くの家を選んでいた。アンドリューとアリス、そしてジョックの弟で一四歳のアンドリュー・ジュニアの家族三人は、アンドリューの仕事場から一マイルも離れていないパーラメント・ストリート九番に家を借りた。一九一六年四月一二日、アンドリュー・ヒュームはこの家から、タイタニック号救済基金管理委員会へ再び手紙を送っている。

「タイタニック号事故　ナンバー一六八九に関して

基金管理委員会殿

拝啓

ナンバー一六八九の件に関して、私たちがとても非人道的な扱いを受けたことについて、考えていただきたいと思います。原因の一つは、不誠実な代理人の行動そのものです。その代理人は、自分の身を守るために、現在姿をくらましています。そのためタイタニック号の大惨事以降、私の妻は完全に心身症状態になってしまいました。私の三女は過去一年間、激しいヒステリー状態から立ち直れていません。私の家は現在、新しい代理人たちにより強制的に競売にかけられてしまいました。私の社会人としての生活は台無しにされ、仕事も失いました。私は音楽家として、どこかに職を探さなければならない状況です。

謹んでお願い申し上げます。どうかこの件に関して、綿密な調査を実施してください。私は現在自分が置かれている状況に甘んじることは、まったくできません。私は新しい家を探しているところですが、現在はこの手紙の住所にいます。

敬具
A・ヒューム
故J・L・ヒュームの父」

この手紙で、ヒュームはホワイト・スター・ライン社への賠償金請求に、一切ふれていない。ジョックがタイタニック号に二挺の高価なヴァイオリンを持ち込んでいたと主張し、ホワイト・スター・ライン社から賠償金をふんだくるという例の計画だ。この手紙に対して、基金管理委員会から返信があったという記録はない。アンドリューの手紙の論調や内容から判断すると、自殺をするのではないかと思えるほど絶望していたようだ。しかし、彼はまもなく表舞台に登場する。彼は決して落ちぶれてはいなかった。アンドリューはすでに、新しい人生を歩み始めていたのだ。

ヒューム家は第一次世界大戦が終わるまで、ピーターバラに住んだ。アンドリューはヴァイオリンを製作し完成させ、そしてヴァイオリンの売買も行った。それから一家はベッドフォード(3)に引っ越し、短期間そこに住み、その後ロンドンに落ち着いた。アンドリューは、ロンドンのブリクストン・ロード一六七番に店を出した。そこから彼は、ストラッド誌に広告を載せた。

「イタリア製のオールドヴァイオリン数挺と最近製作された最高級の試作ヴァイオリン数挺を、格安にて販売いたします。また高級品の弓やヴィオラなどもあります。依頼があれば、最高の技術による修理や調整も行います」

ブリクストン・ロードに、ヒューム家はなじめなかった。そこで数か月もすると、彼はもっと中心部に近い、グレート・ポートランド・ストリートにある建物を賃貸借契約した。その通りはソーホー(4)からオックスフォード・ストリートを挟んで反対側の通りである。そこには当時楽器を扱う高級店のほとんどが集まっていた。その様子は現在でも変わらない。

ダンフリースで起こしたスキャンダル、経験した悲劇、いやな記憶から逃れて、この地でアンドリュー・ヒュームは以前の自信を取り戻した。一九歳になった末っ子のアンドリュー・ジュニアは、音楽家の道を歩み始めた。彼は「アンディ・アンド・ザ・ボーイズ」という名前のカルテットを組んだ。

一九二〇年、ヒュームはミラノのヴァイオリン製作者、レアンドロ・ビジャッキ(5)の名器を手に入れた。そのヴァイオリンは、ヒュームのために製作されたようだ。ビジャッキがヴァイオリンに署名をし、内側のラベルにどうやら彼が手書きでアンドリューの名前を書き加えているらしい。

弦楽器の世界は好みにやかましく、なかなかとらえにくい不思議な業界だ。したがって、ヒュームがどのようにしてこのヴァイオリンを入手したかは、議論しても結論が出ることはなく、謎は残されたままだ。ヒュームが亡くなると、この楽器は有名なヴァイオリニスト、ハワード・デーヴィスのコレクションに加えられた。彼は当時三五歳で、「アルバーニ・カルテット」のリーダーを務めていた。また、王立音楽院でも教鞭を執っていた。ある時期、このヴァイオリンはデーヴィスのお気に入りの楽器だった。

一九八四年、この楽器は六〇〇〇ポンドで売却された。現在、ウェールズ・ナショナル・オペラ[6]所属の才能豊かなヴァイオリニストが所有し、演奏に使用している。


この頃、ヒュームはガダニーニのヴァイオリンも一挺手に入れたようだ。アンドリューは、オックスフォード・サーカス近くのグレート・ポートランド・ストリート三四番で店を開き、ビジネスを始めていた。このガダニーニのヴァイオリンは、彼が最初に出した広告の目玉商品の一つであった。なお、アンドリューとアリスは、この店の二階を自宅として使用した。ガダニーニのヴァイオリンは、一九二一年のストラッド誌にも載った。


「今月は最高級のヴァイオリンの紹介です。

プレッセンダ[7]一八三〇年製、ロッカ[8]一八五五年製、L・ガダニーニ、チェルーティ[9]があります。

さらに最高級のモダンヴァイオリン、弓、弦なども用意できます。

古い楽器の買取りも、交換も可能です。

もし普段からご使用の楽器に満足していなければ、以下の住所にお送りください。楽器を修理調整いたします。

ヒューム。　W・一、グレート・ポートランド・ストリート三四番」

その後翌年まで、アンドリュー・ヒュームはストラッド誌の一面全体を使い、大きな広告を載せ続けていく。この頃彼は自分自身を、「ヴァイオリンの専門家、製作者および修理工」と言っていた。販売用に紹介された楽器の中には、「イタリアの宮廷に提供された一台の小型グランドピアノ」、「ヒーローズのコーブルク・ゴータ家(10)コレクションからストラディヴァリウス一挺（誤り・原文のまま）」、そして「自ら製作した自信作のヴァイオリン数挺」が含まれていた。

自分の名前を、彼はA・ヒュームと表記した。アンドリューは、決して自分のクリスチャンネームを使わなかった。これは、とても重要なことだ。A・ヒュームは、ストラッド誌のレターページに積極的に投稿し、ヴァイオリン製作におけるニスや接着剤に関する議論に参加した。そして自ら製作した楽器や専門的技術を売り込むため、ずうずうしくもあらゆる機会を利用した。一九二一年、次のような文を載せている。

「高く評価していただいた論文が六月号に掲載されて以来、現在私の手元にある試作品に興味を持った多くの人々が、私の店を訪問されている。そして来店された人は、みんな同じ感想をお話しになる。すなわち、『これほど完璧で美しいニスを見たことがなく、また材質や製作技術も同様に最高だ』とのことだ」

ヒュームは、また音楽コンクールにも首を突っ込んだ。彼は王立音楽大学が企画したコンクールで、慈善家ウォルター・ウィルソン・コベットが寄付した二〇ギニーの賞金の一部を獲得した。また、一九二四年から一九二五年に開催された、大英帝国ウェンブリー・エキシビションでは金メダルに輝いた。

ウェンブリー・エキシビションは、アンドリューが新たな人生を歩み始めるターニング・ポイントとなったようだ。このエキシビションは、ジョージ五世により開催された。ジョージ五世は英国王の中で初めてラジオ放送を行った。さらに世界に向けて自ら打電し、自分で受信するという記念行事も企画した。その電信はもちろん、大英帝国の世界中の植民地を経由した。受信までの所要時間は、一分二〇秒だった。

エドワード・エルガー卿は、開会セレモニーに一万人の聖歌隊を引き連れて参加した。アンドリューは、エキシビションで多くの人々の関心が高まる、この機会を巧みにとらえた。彼は「産業館」ナンバー・V・九一七の展示場を確保し、じきじきに来場者を歓迎した。彼は一九二四年四月発行のストランド誌に広告を載せている。彼の広告からは、彼が抑えきれないほど高揚した気分で、エキシビションを読者に紹介している様子が感じられる。

「大英帝国エキシビション　ウェンブリー
産業館[11]（誤り・原文のまま）　展示場V・九一七
あなたのヴァイオリンは、演奏してみてどうですか。もし気に入る音が出ないのなら、期間中午前一一時から午後四時の間に、展示場V・九一七カウンターまであなたの楽器をお持ちください。あるいは、お送りください。私が個人的にコメントをさせていただきます。以下の文は、私のサービスに対して最近寄せられた多くの意見のうちの一つです。

『拝啓、あなたに自分のヴァイオリンを持って行って、私の運勢はよくなりました。あなたはマジシャンです。私のヴァイオリンの音色がよくなったのは、魔法の力としか言いようがありません。以前楽器に感じていた「不完全さ」はなくなり、その後は澄んだきれいな音を奏でています。私の楽器の修理コストが請求額をはるかに超える金額だったなら、それは私に払わせてください。

ありがとうございました。

敬具

J・G・A』」

アンドリューは、エキシビションを通じて自分の仕事を再スタートさせた。それから二年間、エキシビションを巧みに利用し、ストラッド誌に一連の広告を載せ、絶えず自分を宣伝していった。

「ヒュームのヴァイオリン、ヴィオラ、チェロ
一九一八年ロンドンおよび一九二四年〜二五年大英帝国エキシビションにて最優秀賞
ストロコフ[12]、ティボー[13]両氏から、これらの楽器はすべての点において、他の楽器を寄せ付けないくらいすばらしいというご意見をいただいた。
最近の購入者の感想は、次の通りである。

『この楽器は、音に力強さがありますが、めったに聞くことのできないような、抑えた音を出すこともできます。また人を引きつける魔力、繊細さ、上品さも持ち合わせています。弾けば弾くほど、この楽器を好きになります。今では、以前にも増して音楽を楽しんでいます。この楽器、いつも手元に置いておきたいです』」

レオ・ストロコフとジャック・ティボーは、この時代におけるヴァイオリン演奏の巨匠だった。有名人からの推薦の言葉をうまく利用することに関して、アンドリューは先駆者だった。彼のこの手法は、こんなレベルでは終わらなかった。

エキシビションの展示場で、アンドリューはすでにチェロを床にしっかりと固定する装置を売り出していた。この「完璧なチェロ・バス固定器」(14)の値段は四シリング六ペンスで、パブロ・カザルス(15)の推薦文が付いていた。

「この装置は、とても簡単でとても便利です。心よりお祝い申しあげます。—パブロ・カザルスより」

アンドリューがこれまで人を欺いてきた歴史を振り返ると、ストロコフ、ティボーあるいはカザルスたちが、アンドリューが紹介した意見を本当に語った可能性は低く、おそらくそんなことは言っていないだろう。しかしながら、遠慮とか慎重さなどは、ヒュームの資質とは無縁のものだった。今や彼は再び本領を発揮し始めた。自慢話をし、楽器の販売を続けた。

「私は一五五〇年、一五六四年そして一七四五年の古きイタリアのニス作製方法を、一〇種類知っています。私はそのニスを作製し、一九〇七年に私の試作品ヴァイオリンに使用してみました。今日の視点からしても、そのニスは純度が最高で、すばらしい防腐剤です。また、すばらしい年代物で、名工が製作したヴァイオリン、ヴィオラそしてチェロをたくさん所有し、販売もしています」

アンドリュー・ヒュームは、ダンフリースの町で人生を台無しにしたと言えよう。しかし、一〇年の歳月を費やして、その挫折を乗り越え自分の人生を再構築した。彼はビジネスの成功と音楽の才能で、再び社会的地位を確立した。ただし今回は、楽器の演奏ではなく、ヴァイオリンの製作と修理に才能を発揮した。

しかし、表向きは成功を収め自信に満ちあふれていたが、彼には絶えずスキャンダルが付きまとい、世間の疑いの目が彼に向けられていた。それはヒュームが謙遜して「私が所有する特別のヴァイオリン」と呼んだ楽器に集中した。それらの楽器にはA・Hというイニシャルが付いていたが、アンドリュー・ヒューム自身も含め、だれもAがアレキサンダーを表しているのか、あるいはアンドリューの意味なのかわからなかった。アンドリューはすべての手紙で「A・ヒューム」と署名していたし、ビジネスでも「A・ヒューム」を使用していた。

アンドリューは古いイタリアのニスを手に入れ、それをうまく使う技術に長けていた。彼の周辺では、彼が製作したり販売したりする楽器に対して多くの人々が疑念を抱いていたが、彼の持つニスの技術のおかげでこれらの疑念が表に出ることはなかった。実際は必ずしも主張したような名器でなくても、彼はヴァイオリンを売ることが上手で、商売のうまさは評判だった。

時にはヴァイオリンの鑑定書に間違いが見つかり、楽器の出所や由来に関して議論が交わされた。「まあ言ってみれば、楽器売買に関係する人間は、アンドリュー・ヒュームに楽器を紹介されたら、要注意ということを学習したと言えるでしょうね」とデイヴィド・ラトリは述べている。彼は王立音楽院の著名なカストディアンであり、ヴァイオリンに関する本も数冊執筆している人物だ。

一九三四年三月上旬、アンドリュー・ヒュームは彼が所有する最後の楽器を売却した。その楽器はジョヴァンニ・ガダニーニ製作のヴァイオリンで、ストラッド誌の三月号に販売広告を載せていた。その楽器は以前、ジョックがタイタニック号に持ち込んでいたことにしたヴァイオリンと同種のものだった。三月二四日、アンドリューはグレート・ポートランド・ストリートの自分の工房で、脳出血を起こして倒れた。彼はチャリング・クロス病院に運ばれ、翌日その病院で亡くなった。六九歳だった。葬儀には、彼の子供はだれも参列しなかった。葬儀を終えると、妻のアリスはスコットランドに帰ったが、ダンフリースではなかった。アリスは、一九三九年四月一一日、エディンバラにて七四歳で亡くなった。

ストラッド誌はすでに印刷に回されていたので、アンドリューが亡くなった翌月にも、彼の最後の広告が載ってしまった。

「格別にすばらしいヴァイオリンです。ひび、割れ目など一切ありません。シャピュイ[16]、八ポンド。メザン[17]、六ポンド。デガーニ[18]やボッシュ[19]その他名器があります。銀メッキのAフラットトランペット用変調器、ピッチは低めで未使用です。A管およびB管のクラリネットもあります。アルバート式[20]とベーム式[21]両方用意しています。

A・ヒューム。　W・一、グレート・ポートランド・ストリート三四番」

この広告は、死後ストラッド誌に載った彼に関係する最後のものではなかった。その翌月、ストラッド誌は短い死亡記事を掲載した。それは、次のように始まっている。

「残念なお知らせです。最近A・ヒューム氏が逝去されました。ヒューム氏は、ロンドンのグレート・ポートランド・ストリート在住の高名なヴァイオリン製作者であり、修理工でした。彼が製作したヴァイオリンは、一九二四年から一九二五年のウェンブリー・エキシビションにおいて賞を獲得しています」

ストラッド誌は死亡記事でA・ヒュームと表記し、死亡者がアンドリュー・ヒュームなのか、アレキサンダー・ヒュームなのか、明らかにしていない。

二〇一〇年三月、「ロンドン一九二五年、アレキサンダー・ヒューム製作」とカタログに記載されたヴァイオリン一挺が、ロンドンのオークション、ブロンプトンの競売にかけられた。オークションの希望価格は、一五〇〇ポンドから二〇〇〇ポンドだった。

私は興味をそそられた。アレキサンダー・ヒュームとは、どういうことなのだろうか。私が知る限り、一九二五年のロンドンに、そのような名前のヴァイオリン製作者は存在しない。この世を去って八〇年経っても、アンドリュー・ヒュームは詐欺を働き、購入者をだまし続けているのだろうか。

前もって楽器を見せてもらったら、ヴァイオリンの内側に製作者によって、にかわ付けされた印刷ラベルがあることがわかった。そのラベルは黄色く変色していたが、次のように書いてあった。

「一九二五年、ロンドン。製作者、A・ヒューム。
最優秀賞、一九一八年、二四年、二五年、ロンドン」

今や私は、このヴァイオリンが、ジョックの父親アンドリューが製作したものであることを確信した。ラベルの記載内容から、その証拠はいくつもある。いつものように賞の自慢をしている点、記載された年がアンドリュー・ヒュームのヴァイオリン製作年と一致している点、さらにイニシャル「A」を用いて名前を隠している点などだ。イニシャルAを用いることで、都合に合わせてアンドリューにもアレキサンダーにもなれるのだ。これは見逃すことのできない特徴である。

楽器の競売価格は、二〇〇〇ポンドまで上がった・・・そして突然競売人のハンマーが振り下ろされ、私は曽祖父が製作したヴァイオリン一挺を所有することになった。

私は王立音楽院のカストディアン、デイヴィド・ラトリに電話を入れた。実は彼は私に、今回の競売は注意が必要だと言っていた。私は手に入れたヒュームのヴァイオリンを見てもらい、意見を聞かせてくれるよう彼に依頼した。

ヴァイオリンは、数か所小さな修理が必要だった。修理は有名なヴァイオリン製作者で修理工でもあるジョナサン・ウールストンが行った。ウールストンは王立音楽院でも仕事をしている人物だ。その後ラトリとウールストンの二人は、テレビのCSI科学捜査班犯罪スリラードラマで登場するような器具を使用して、王立音楽院の作業場で、そのヴァイオリンを丹念に調べた。

専門家に確実な意見を聞かせてもらうことは、とても難しい。特に専門家の意見が、印刷物に載る可能性が高い場合はそうである。しかし、私はラトリとウールストンに意見を聞かせてくれるよう、強くお願いした。そして、二人は二つの点で意見が一致した。

まず私が手に入れたヒュームのヴァイオリンは、名器ではないとしても、とても繊細な音を奏でるすばらしい楽器であるとのことだった。さらに、楽器を製作した人物とそれにニスを塗った人物は、別人であるとの見解だった。楽器本体の製作技術が、ニスを塗る技術をはるかに凌駕《りょうが》していたからだ。これが意味することは明らかだ。このヴァイオリンはおそらくザクセン（サクソニー）で「白木状態」で購入され、その後ヒュームによってニスが塗られたものだろう。ヒュームが得意な方法で世に出した、いわゆるまがいものだ。

しかし、私はこの楽器を所有できて誇りに感じた。人生で初めてではないが、ヴァイオリンの演奏を習っていたらよかったのになあと何度も思った。

この本をハードカバーで出版するとまもなく、私は幸運にもいくつかの書籍フェスティヴァルで講演を頼まれた。私はオークニー(22)出身で王立音楽院の若き大学院生カトリオナ・プライスに、著者イベントに同行し、アンドリュー・ヒュームのヴァイオリンを演奏してくれるように依頼した。

人々が会場に到着すると、カトリオナはスコットランドのジグを演奏した。ジグはジョックが「人々を元気づける」と言っていた音楽だ。そしてイベントの最後には、「主よ御許に近づかん」を三番まで演奏してくれた。イベントが開かれた会場の中にはかなり広いところもあったが、どこでもマイクロホンは必要なかった。

人々は席につくと、多くの人たちは音楽に合わせて足で拍子をとった。会場を去る時には、流した涙をふいていた。

このヴァイオリンをジョックがタイタニック号に持ち込んでいたなら、彼はとても誇らしく思ったことであろうと私は思った。

注

（1）カール・ユング（一八七五―一九六一）　スイスの心理学者・精神医学者。独自の分析心理学を創始した。

（2）ピーターバラ（Peterborough）　イングランドの東部地方にある主教座聖堂都市（シティ）、およびその周辺の村落を含めた単一自治体（形式上はケンブリッジシャーに所属）。

（3）ベッドフォード（Bedford）イングランドのベッドフォードシャーにあるタウンであり、バラであるベッドフォードの中心。ロンドン中心部から西へ約三二キロに位置している。

（4）ソーホー（Soho）ロンドンのシティ・オヴ・ウェストミンスターにある一地区で、ウエスト・エンドの一角をなす。二〇世紀中のソーホーは性風俗店や映画産業施設が並ぶ歓楽街だったが、一九八〇年代初頭以降、高級レストランやメディア関連企業が立ち並ぶファッション街へと大きく変貌した。

（5）レアンドロ・ビジャッキ（一八六四〜一九四五）クレモナのオールドマスター達に続く新時代の名工。楽器は、オレンジ・レッドの美しい輝きを持った柔らかいニスが特徴。

（6）ウェールズ・ナショナル・オペラ　連合王国、ウェールズ・カーディフに本拠地をおくオペラ・カンパニー。一九四三年に設立され、ウェルシュ・ナショナル・オペラとも言う。本拠地の公演とともに、英国国内を巡回するオペラ・カンパニーとしても有名。

（7）プレッセンダ・ジョバンニ・フランチェスコ（一七七七〜一八五四）イタリア北西部の都市トリノに工房を開き、モダン以降のヴァイオリン製作に多くの影響を与えた一九世紀を代表するヴァイオリン製作者の一人。

（8）ヨーゼフ・ロッカ（一八〇七〜一八六五）イタリアのトリノを代表するヴァイオリン製作者の一人。

（9）チェルーティ　イタリアのヴァイオリン製作者の家系。クレモナ（イタリアの一都市）の系列。

（10）コーブルク・ゴータ家　ザクセン・コーブルク・ゴータ家は、ヴェッティン家（エルネスティン家）の分家。ドイツ中部にあったザクセン・コーブルクおよびザクセン・ゴータの二つの領邦からなるザクセン・コーブルク・ゴータ公国の君主の家系。

（11）産業館　正しくは、the Palace of Industry であるが、彼の広告では Palace of Industries となっている。

（12）レオ・ストロコフ　ロシアのヴァイオリニスト。

（13）ジャーク・ティボー（一八八〇〜一九五三）フランス出身のヴァイオリニスト。フランコ・ベルギー派の代表格として知られる。

(14) バス　ダブルベース、コントラバスのこと。

(15) パブロ・カザルス（一八七六年～一九七三年）　スペインのカタルーニャ地方に生まれたチェロ演奏家、指揮者、作曲家。チェロの近代的奏法を確立し、二〇世紀最大のチェリストと言われている。

(16) ニコラス・シャピュイ（一七三二～一七七六）　フランスのヴァイオリン製作者。

(17) コリン・メザン（一八七〇～一九三四）　フランスのヴァイオリン製作者。

(18) エウジェニオ・デガーニ（一八四二～一九〇二）　イタリアのヴァイオリン製作者。

(19) ルードウィック・ボッシュ（一八〇五～一八七二）　ドイツのヴァイオリンの弓製作者。「ドイツのタート」とも呼ばれている（「タート」とは、フランスの弓製作者。タートの弓はストラディヴァリウスを使用する人がよく合わせて購入する）。

(20) アルバート式クラリネット　ベルギーのブリュッセルのユージン・アルバートが、一八五〇年前後に改良を加えた一三鍵式クラリネット。

(21) ベーム式クラリネット　最も一般的なクラリネット。フランス式とも言う。一八四三年にフランスのビュッフェとクローゼによって、一八三二年のベーム式フルートのキー・システムを応用して開発された。

(22) オークニー（Orkney）　オークニー諸島。スコットランド北方のケースネス沖約一六キロメートルに位置する、約七〇の島から成る地域。スコットランドに三二あるカウンシル地域の一つを構成する。

二六　ジョアン・コスティンの人生と死

一九一二年〜一九九六年

私の母ジョアンは、この世に生をうけてからずっと、他の子供たちとどこか違う立場にいると感じていた。そしてこの感情は母に一生付きまとうことになった。理由はわかるだろう。母の父ジョックは、英雄として非業の最期を遂げた。一方、裁判で父親はジョックだと認定されたものの、ジョアンには非嫡出子の汚名が付いて回った。

そして、母はタイタニック号救済基金から援助をしてもらう「施しを受ける子供」となった。幼少の頃から、ダンフリースの通りで自分を指差す人々の存在をとても気にしていた。「あれがコスティンさんとこの女の子よ」と人々はよく言ったものだ。あるいは時には、「ジョック・ヒュームの子供だよ」とも言った。

だからこそ、彼女の母親メアリー・コスティンは、「ジョアン」を美しく着飾らせることに絶えず注意を払っていた。着る服はきちんと洗濯し、アイロンをかけた。髪の毛にはブラシをかけ、くしでとかした。生まれて一歳までは、ツートンカラーのマルメットの乳母車でダンフリースの町を移動した。シルバー・クロス(1)の乳母車には手が届かなかったが、精一杯のことを娘にしてやった。メアリーは、プライベートでも、公の場でも、自分の娘をとてもかわいがった。

しかしこの誇り高き母親は、懸命に働くシングルマザーでもあった。彼女は家計をやりくりするため、手袋製造工場で働き続けた。私の母は、メアリーが夜遅くに帰宅し、娘と自分の衣服をぱりっとさせるために、ジャガイモから洗濯用のりを作っていた姿を鮮明に覚えていた。

このような様子は、二歳のころ撮影された幼いジョアンの肖像写真にもよく表れている。写真のジョアンは、首に真珠の首飾りをかけ、髪にきちんと絹のリボンを結び、そして胸の前で両手を合わせている。愛らしく無邪気な女の子だ。

彼女の次の写真は、それから二年後母親メアリーといっしょに撮ったものだ。その写真の中では、ひもをきちんと結んだ新しいブーツを履いて、スモック（上っ張り）を着ている。この写真でも、髪の毛にはリボンが結んである。しかし、この写真の顔はどこか不安そうで、表情は上の空だ。少しばかり何かを恐れているようにも見える。

メアリーは仕事を続けた。仕事に行っている間、バックルーク・ストリート三五番の実家で、祖母のスーザンがジョアンの面倒を見た。ジョアンは、すぐ近くのジョージ・ストリートの小学校に通った。祖母のスーザンは、一九一一年に長男のウィリアムを亡くしていた。新しく孫娘ができたことは、心の埋め合わせに大きな役割を果たしたに違いない。

祖母が自分の娘の留守の間母親の役割をするのは、当時も現在も珍しいことではない。しかし、一九一二年から一九一五年の間に子育ての責任が母親から祖母へと徐々に移り、一九一五年の終わり頃には、スーザンが実質的に親の役割を担うようになった。少なくとも、ジョアンの目にはそのように映った。「私はおばあちゃんに育ててもらったのよ」と私の母はよく口にしていた。もしこの言葉が乳児の頃には当てはまらないとしても、幼児期以降は確かにそうであった。私の母は、祖母スーザンのことが大好きだった。

第一次世界大戦の勃発により、ほとんどの家庭と同様に、コスティン家にも直接大きな影響が及んできた。またその影響は急激なものだった。メアリーの弟ジョンとメンジーズは、二人とも軍隊に志願した。メンジーズは第二アーガイル・アンド・サザーランド・ハイランダーズ(2)に入隊した。

メアリーも戦争に協力した。手袋製造工場を辞め、ダンフリース郊外のヒースホールにあるアロル・ジョンストン工場で働いた。その会社は一八九四年に設立され路面電車を作っていたが、二〇世紀の初頭に自動車の製造にシフトした。戦争が続くと、自動車から航空エンジンや大砲の砲弾へと生産内容を変えた。そのため、さらに一〇〇〇人以上の工場労働者を雇い入れた。メアリーは戦争が終わるまで、その工場で働いた。

戦争中に、メアリーは休暇で帰省していた兵士、ウォルター・トムソンと出会った。彼の父親はスコティッシュ・ボーダーズ(3)で猟場管理人をしていたが、銃弾が当たりその傷が原因で数年前に亡くなっていた。ウォルターは、メアリーより二歳年下だった。

戦争が終わって一か月後の一九一八年一二月一二日、ウォルターとメアリーはダンフリースで結婚式を挙げた。メアリーは二七歳になっていた。ウォルターの住所は、英国海外派遣軍(4)フランス気付と登録簿に記載されていた。彼は登録簿には職業を「お抱え運転手」としていたが、この時点でまだ兵役に就いていたことになる。

私の母はその時六歳になっていたはずだが、結婚式が行われたという記憶が一切ない。ひょっとしたら母は式に出席していなかったのかもしれない。いずれにせよ、これ以降メアリーの生活の中に私の母ジョアンの居場所はなくなったようだ。年が明け一九一九年になると、メアリーとウォルターは近くのセント・アンドリュー・ストリートに小さなアパートを借りた。ジョアンは祖母のところに残された。そしてこの年に、メアリーは長男ウォルターを出産した。さらに一九二一年九月に、次男ケネディを産んだ。

なぜメアリーが自分の娘を祖母のところに残したのか、それを理解するのは難しい。特にメアリーがそれまで多くの苦難を乗り越えてきただけに、よけいに理解に苦しむ。しかし、メアリーは実際ジョアンを実家に残していった。私の母ジョアンは、父親違いの二人の弟に会うことはなかった。また、母親メアリーにもほとんど会わなかった。

いつの日か、二つの家族がひとつ屋根の下で暮らせるようにするつもりだったという可能性もある。しかし、それでもメアリーがジョアンにしたことは、まさに冷酷に思える。一九二二年一一月六日、メアリーは肺結核で急逝した。三一歳だった。私たちは永遠に彼女の真意がわからないままだ。

一〇歳で親を亡くすことは、ジョアンにとって悲劇そのものだった。そして、メアリーの死は母スーザンにとっても精神的に辛いことだったに違いない。スーザンは六人の子供を産んだが、今回四人目を埋葬することになった。この時期、スーザンは息子ジョンの看護もしていた。ジョンは戦争で負傷し、帰還していた。彼は戦争神経症になっており、さらに毒ガスにやられひどい呼吸困難症状だった。

ジョアンは相変わらず祖母のスーザンと暮らしていた。しかし、それも長くは続かなかった。メアリーの死から一四か月後の一九二四年一月一〇日、ジョアンの最愛の祖母スーザンは悪性貧血のためこの世を去った。六二歳だった。その時、ジョアンはちょうど一二歳だった。三年後、彼女の最愛の叔父ジョンも亡くなった。

祖母スーザンが死んだ後の人生に関し、私の母の話は首尾一貫していて矛盾はない。ただし、一〇代前半の頃については、できれば秘密にしておきたかったようで、詳細を語ることは決してなかった。

母の話によると、メンジーズ（メアリーの弟）と彼の妻が母の後見人となった。だが、母は明白には語っていないが、虐待のようなことがあったようだ。その後、母は一時期スカイ島[5]で暮らした。そして一五歳の時ロンドンへ逃避し、スローン・ストリートの帽子店で働いた。彼女のまま父ウォルター・トムソンと父親違いの二人の弟は、彼女の人生にそれ以上関与することはなかった。

しかし私は調査を続け、私の母の一〇代前半頃の様子を明らかにした。判明した事実は、悲惨で不快なものだった。さらに母のこれまでの話とは、大きく食い違っていた。

ジョアンの叔父メンジーズは、祖母スーザンが亡くなった時、まだ結婚していなかった。したがって、ジョアンがメンジーズの保護の下に置かれた可能性はない。スーザンの死亡証明書に載っていた彼の住所から、メンジーズがすでにバックルーク・ストリートの実家を出ていたこともわかった。彼はメアリーの夫ウォルター・トムソンとその二人の子供たちの近所に住んでいた。メンジーズは、その後二年間は独身のままだった。この二年の間に彼はダンフリースを去りロンドンに移り住み、ブレントウッド精神科病院で男性看護師として働いた。一九二六年一月一九日、二九歳でメンジーズは結婚した。相手はホランド・パークに住んでいた九歳年上の中年女性、エシュメ・メアリー・キャロルーデンプスターだった。

では、一九二四年スーザンが亡くなった後、ジョアンに一体どんなことが起こったのだろうか。ダンフリース市の住居記録によると、メンジーズは彼の母スーザンの死後、バックルーク・ストリート三五番の借家を引き継いだ。彼自身はそこに住まなかったが、数年間は家を借りた状態にしておいた。そして彼の兄ジョンが、その家にそのまま住み続けた。ジョンは戦争で負った外傷のため、ますます動くことが困難になり、二年後の一九二七年九月一三日、その家で三七歳の生涯を終えた。グレイス・ケネディが彼の死を届け出た。死亡証明書には、彼女は「義理の叔母」と記載されていた。

私の母ジョアンは、その頃まだダンフリースにいたに違いない。なぜならば、叔父のジョンが亡くなったことを覚えており、その様子を教えてくれたことがあるからだ。母は叔父ジョンのことを、いつも優しい口調で語っていた。

ジョアンがもう少しで一五歳になろうとしていた頃、タイタニック号救済基金からの金銭的援助が終わりになった。ではグレイスが、私の母の面倒をみてくれたのであろうか。母はグレイスに保護されていたのだろうか。当時の多くの少女と同様に、母もまた家事奉公をしていたのだろうか。母が真実を墓場まで持って行ったので、はっきりとしたことはわからない。

可能性が高いのは、メンジーズとエシュメといっしょに住んだのは一四歳か一五歳の頃で、それもロンドンだったということだろう。そしてもしジョアンへの虐待行為があったとしたら、おそらくそれはこの時期に起こったことだろう。二〇年後私の父が亡くなると、母は私たちを連れてライスリップ(6)からホランド・パークにある地下のアパートに引っ越した。そこは、メンジーズとエシュメが住んでいた家から、数百ヤードしか離れていなかった。私は昨年二つの家がとても近い距離にあったことを知り、腕に鳥肌が立つのを感じた。とても偶然とは思えなかった。

一九三五年二三歳の時、ジョアンは私の父となるジョン・ウォードと出会った。当時ジョアンはすでに、「ジャッキー」[7]・コスティンと名乗っていた。ジョンは、ロンドン・イーヴニング・ニュース紙の事件記者だった。二人は二年後、キュー教会で結婚式を挙げた。私の母の名前は結婚証明書では、「ジャクリーン・ロー・ヒューム・コスティン」で、仕事は「店員」となっていた。

母ジョアンは、翌年私の姉チェリーを出産した。そして第二次世界大戦中の一九四二年、私を産んだ。フリート・ストリート[8]にあるセント・ブライズ教会は爆破されていたが、その廃墟の中で私は洗礼を受けた。フリート・ストリートは、私が新聞業界に入り仕事を始めた思い出の場所だ。

戦時下ではあったが、私の母は幸せな日々を送った。しかしその幸せも長くは続かなかった。一九四四年、英国空軍[9]に所属していた私の父は、脳腫瘍を患い重体に陥った。結局父は翌年亡くなった。そのため、私の母は幼い子供たちを一人で養わなければならなくなった。コスティン家の女性は三代にわたって、同じように夫を早くに亡くし、女手一つで子供を育てたのである。

母はこの逆境をみごとに乗り越えた。母メアリーや祖母スーザンのように、一番大切なことは仕事を得ることだと考えた。母は運がよかった。当時の英国映画産業界の成長株のスター、ハーバート・ウィルコックス[10]とアンナ・ニーグル[11]に採用され、二人の広報を担当することになった。姉と私は寄宿制の学校に入ったが、学校が休みの時はいつもわくわくしていた。他の家の子供たちは、運がよくても、ブライトン[12]やブラックプール[13]に連れて行ってもらうくらいだった。私の母は、姉と私をカンヌ国際映画祭[14]に連れて行ってくれた。私たちはカールトンホテルに滞在し、エリザベス・テーラーといっしょに朝食をとった。

一人で子供を育てる母親すべてがそうであるように、学校が休みの期間にだれかに子供を預かってもらうことは、しばしば調整がうまくいかなかった。そこで姉と私はシェパートン・スタジオ[15]やエルスツリー・スタジオ[16]に連れて行かれ、そこで一日中二人で遊ぶことになった。映画のセットの間を歩き回って遊んだが、仕事をしている大人の邪魔にならないようにした。一〇歳の頃だが、一度私は映画スタジオの食堂でリチャード・ハリスの隣に座ったことがある。彼は私をぽかんと見ていた。たぶん、撮影中の映画に幼い少年の役があったかどうかを思い出そうとしていたのだろう。「いったい、君はだれなのかな」と話しかけてきた。

姉と私の生活は、有名人でいっぱいだった。エロル（フリン）、ラリー（オリビエ）、ミッチ（ロバート・ミッチャム）、オーソン（ウェルズ）などがいた。これらすべての人たちは、あたりをうろつく幼い二人の子供に対してとても寛大だった。姉と私は、魅力に満ちた母親の後ろをついて歩いた。母はどこへ行く時も、ハーディ・エイミスのスーツを着て、レーンのハイヒールを履き、ミス・ディオールの香りを漂わせていた。私たちの母は、お世話をしているスターたちと同じくらい魅力的な女性だった。

学校を卒業する頃には、姉と私の一番得意な教科はルームサービスに関することになった。そして最高級の五つ星ホテルにおいて、どのようにコンシェルジュが機能しているかについても、深い知識を持っていた。ただ残念なことに、ルームサービスもコンシェルジュの知識も、Ａレベルの成績ではなかった。

四〇代の後半、私の母は転職した。新しい職場は政府観光庁で、母は一五人のスタッフを管理指導しながら、セント・ジェームズ・ストリートにあるインフォメーションセンターを運営した。このインフォメーションセンターに来る人は、質問に対して必ず情報をもらうことができた。もしこのセンターがメイフェアになかったのであれば、母はこの仕事を選んでなかったのではないかと私は思っている。メイフェアの近くには、母のお気に入りのレストラン、ミラベルがあったからだ。母は転職の際、年齢を偽った。そのため定年より五年長く働き、六五歳で政府観光庁を退職した。

母は再婚しなかった。もっとも長期間にわたり、ある男性と悩ましい関係にあった。その男性は私の父の友人で、母は六〇代のある時期、短期間ではあるがいっしょに暮らしていた。その後二人は別々の道を歩んだ。

母は退職後も様々な仕事に関わり、忙しい日々を送った。しかし、亡くなる三年前くらいから体調がすぐれず、寄る年波には勝てなかった。それでも母は、魅力的な美しさ、生活水準の高さ、あるいはユーモアのセンスなどを失うことはなかった。

八〇代になっても、母のもとには二〇〇通以上のクリスマスカードが届けられた。その多くが、亡くなった古くからの友人に代わる、新しい若い友達からのクリスマスカードだった。

この本をハードカバーで出版してまもなく、私はメルローズのボーダーズ・ブック・フェスティヴァル(17)で講演をする機会があった。講演の最後に質問を受けると、三列目に座っていた男性が手を挙げた。その男性は次のように話した。

「私はジョアンをよく知っています。あなたのお母さん、ジャッキーさんのことです。私はいっしょに働いていました。とても素敵な女性でしたよ」

注

（1）シルバー・クロス　英国発の世界中のセレブ御用達のベビーカーブランド。
（2）アーガイル・アンド・サザーランド・ハイランダーズ　スコットランド歩兵連隊の一つ。現在は、ロイヤル・スコットランド連隊に統合されている。
（3）スコティッシュ・ボーダーズ（Scottish Borders）英国スコットランド南東部の州名、または歴史的地方名。州都はニュータウン・セント・ボスウェルズ。イングランドとの国境地帯にあり、戦争が繰り返し行われた地として知られる。修道院や古城、領主の館などの歴史的建造物が多い。
（4）英国海外派遣軍（British Expeditionary Force, BEF）英国陸軍における国外派遣部隊。第一次世界大戦時と第二次世界大戦時の二回編成されている。
（5）スカイ島　スコットランドのインナー・ヘブリディーズ諸島の最も北方に位置する最大の島。
（6）ライスリップ　ウエスト・ロンドン地区にある町。
（7）ジャッキー　ファーストネーム、ジャクリーンの愛称。
（8）フリート・ストリート　新聞社が多くあり、ロンドンの英国新聞界とも言われる場所。
（9）英国空軍（Royal Air Force）第一次世界大戦の終わりの一九一八年四月一日に結成された。
（10）ハーバート・ウィルコックス（一八九〇年～一九七七年）英国の映画製作者、映画監督。妻はアンナ・ニーグル。
（11）アンナ・ニーグル（一九〇四年～一九八六年）英国の女優および歌手。一九一七年にダンサーとしてキャリアをスタート。一九三一年からはウエスト・エンドの舞台に立ち、大成功を収める。映画界でも活躍し、一九五二年に大英帝国勲章を授与された。

(12)ブライトン　イングランド南東部に位置する都市。行政上はイースト・サセックス州ブライトン・アンド・ホヴに所属する。知名度・規模ともに英国有数の海浜リゾート。
(13)ブラックプール　イングランド北西部、アイリッシュ海に面するランカシャーのタウンかつバラかつ単一自治体。英国最大の保養地として有名。
(14)カンヌ国際映画祭　一九四六年にフランス政府が開催して以来、毎年五月にフランス南部コート・ダジュール沿いの都市カンヌで開かれている世界で最も有名な国際映画祭の一つ。
(15)シェパートン・スタジオ　ブラックプールにある映画スタジオ。
(16)エルスツリー・スタジオ　ロンドン北部のボアハムウッドにある映画スタジオ。
(17)ボーダーズ・ブック・フェスティヴァル　英国メルローズにある出版会社。

二七　私たちの心は、誇りとともに光り輝く

二〇一〇年

二〇一〇年の始め、この本の原稿はまだ家族の歴史を語るプロジェクト報告にすぎなかった。その頃、私はジョックが通ったセント・マイケルズ・スクールと連絡を取った。事実関係に関して年月日の確認をしたかったし、学校にジョックの時代の記録が残っていないかどうかも知りたかったからだ。この点に関しては、収穫はなかった。長い年月が経過し、当時の記録はその間になくなったり、破棄されたりしていた。

しかし、学校に連絡したタイミングはよかった。なぜならば、その数か月後、私は女性校長のソマヴィル先生から連絡をもらい、四月に行われる保護者と教師の夕べの会に招待されたからだ。夕べの会では、子供たちがこれまでかなりの時間をかけて取り組んできた「タイタニック号プロジェクト」の成果を発表することになっていた。「ウォードさん、楽しんでもらえると思いますよ」と校長先生はおっしゃった。「それに、子供たちはジョック・ヒュームのお孫さんに会えるのを、とても楽しみにしています」

それは楽しくて、感動的なイベントだった。子供たちは自信に満ちあふれ、元気いっぱいだった。想像力もすばらしかった。色彩豊かなタイタニック号の大きな壁画が、一定の縮尺に基づいて描かれており、

教室の壁一面に広がっていた。子供たちは壁画よりも小さな縮尺のタイタニック号の模型も製作しており、それを壁面の前に置いていた。教室の壁面の隅から隅まですべてのスペースが、子供たちが製作したタイタニック号の思い出の品で埋め尽くされていた。乗客名簿、食事のメニュー、ホワイト・スター・ライン社のポスターなど、すべてがきちんとした調査に基づき作られていた。

このプロジェクトに参加した子供たち、そして先生方が、乗客や乗員になり当時の服装で登場した。ソマヴィル校長先生は一等客室の乗客になり、とても素敵だった。またある少年は、タイタニック号事故から生還した若き無線通信士、ハロルド・ブライドの役を演じていた。ダルビーティ博物館の館長トミー・ヘンダスンはとても協力的で、その時代の小道具を広範囲から集め、提供してくれていた。その中には、モールスコードのキー、タイタニック号の救命浮輪、タイタニック号の大惨事を伝える当時の新聞などがあった。

その頃、私はまだジョックがいたころの校長、ヘンドリー先生のことは何も知らなかった。ヘンドリー先生は、学校の創成期においてとても重要な役割を果たし、学校の発展にとても大きく貢献した。彼は子供たちに積極的に関わり、いろいろなことに挑戦させ、時には手を差し伸べ、そして鼓舞した。今でもこの学校に彼の存在感を、感じ取ることができる。

校内に入ろうと歩いていると、玄関のドアの左手に大理石の記念額があることに気づく。その記念額はタイタニック号で命を落としたヘンドリー先生の教え子、ジョックとトムを追悼するものだ。その記念額の前を通ると、二人の死を悼む気持ちでいっぱいになる。しかしその記念額の上には、激励メッセージの額があり、気持ちが高揚する。「本校の目標は・・・望みを高く持つことだ」とある。メッセージには絵も描かれていて、広げた両手が星いっぱいの夜空に向けられ、今にも星に届きそうだ。
私は軽やかな足取りで学校を後にした。夕べの会は大成功で、出し物や展示品もすばらしかった。そして、タイタニック号に乗り合わせたこの学校出身の二人の若者が、事故の際見せた勇気を認識することができた。また、大惨事の際尻込みするのではなく、勇気ある行動を取ることの大切さを若者に伝える内容でもあった。

数か月後、あの夕べの会のことを思い出すことになった。私は一九一二年発行のダンフリース&ガロウェイ・スタンダード&アドバタイザー紙に、ざっと目を通していた。そして、「最期の賛美歌」という記事が目に留まった。それはタイタニック号が沈んだ翌週に掲載された投稿で、匿名の人物がジョックへの感謝の思いを綴ったものだった。
私はこの本のエピグラフで、その手紙の第一パラグラフを引用させてもらった。しかし、その手紙は全文を読んでいただくだけの価値がある。なぜならば、セント・マイケルズ・スクールで開かれたあのタイタニック号の夕べの会と同様に、その手紙の内容はとてもジョックを評価し、未来志向の気持ちで満ちあふれているからだ。私はヘンドリー先生が投稿したのではないかと思っている。

「彼ほどの人気者は、本校にかつていなかったであろう。彼はいつも「ジョニー」(1)と呼ばれていた。実際その少年の幸せそうな顔を知る人はだれでも、ジョニーが「まるで放浪者のように」暗闇の中で亡くなったというニュースを読んだら、悲しみで胸がいっぱいになるであろう。(2)しかし、それでも、誇りが私たちの悲しみを打ち消してくれる。なぜならば、その若者はヒーローとして亡くなり、その時愛用のヴァイオリンを胸に抱きしめていたからだ。彼は、死を迎えようとする人々、そして自分自身のために、楽団仲間とともに鎮魂曲を演奏していた。

ジョニーは自分のヴァイオリンを愛していた。そして彼の演奏を聴いたことのある私たちは、ジョニーも彼のヴァイオリンも両方を愛した。私たちは、この若者がヴァイオリンで偉業を成し遂げることを期待していた。だが、私たちは少しも失望していない。昔、歴史あるシェークスピア・ストリート劇場(3)にて、私たちは彼のヴァイオリン演奏を聴いた。彼が演奏するのは、舞台で演じられる多くの悲劇の幕が上がる前だった。彼はいずれヴァイオリンの演奏で、有名になるだろうと私たちは思っていた。そして、彼はそれを成し遂げたのだ。ただし私たちが予想していたよりも、はるかに雄大でヒーローにふさわしい形でだ。再び、そしてこれを最期に、彼はヴァイオリンの演奏で悲劇の幕を上げた。しかし今回は舞台上の悲劇の幕ではなく、現実の世界で本当の死を伴う、残酷で恐ろしい悲劇の幕だった。

ジョニーは逝ってしまい、彼のヴァイオリンは永遠に音を奏でることはない。しかし彼の思い出は、しっかりと心に残っている。彼が楽団の一員として演奏した最期の賛美歌は、悲しみを誘うが、優しくて厳粛な旋律だ。あの旋律は、これからもいわゆる時という海を越えて、私たちのところに届くだろう。あの魂の旋律を聴くと、私たちの目は涙でいっぱいになる。とても聡明で陽気で演奏上手な若者が逝ってしまったことを思うと、悲しみはさらに大きくなる。しかし、すぐに、彼の死が雄大でヒーローにふさわしい行動によるものだったことを思い出し、私たちの心は誇りとともに光り輝くのだ」

注

(1)ジョニー　匿名の投稿者は愛称ジョニーを用いているが、エピグラフではジョックと言い換えられている。

(2)悲しみで胸がいっぱいになるであろう　エピグラフではこのフレーズの前に、「はっと息を呑み」というフレーズが加えられている。

(3)シェークスピア・ストリート劇場　ダンフリースのシェークスピア・ストリートにあるシアター・ロイヤルのこと。

セント・マイケルズ・スクール 1

セント・マイケルズ・スクール 2

セント・マイケルズ・スクールの玄関

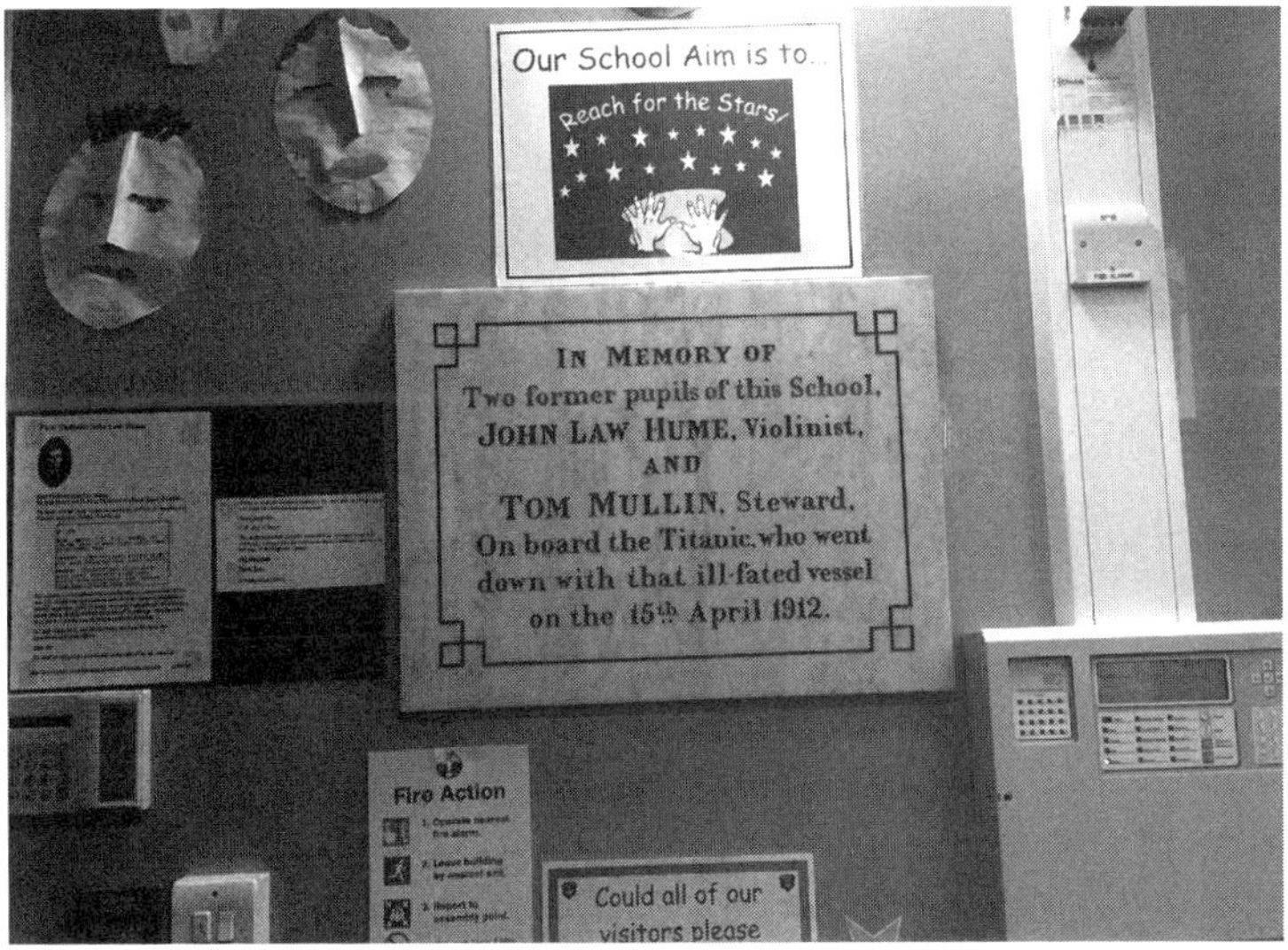

セント・マイケルズ・スクール　玄関の壁

Our School Aim is to...
Reach for the Stars!

激励メッセージ

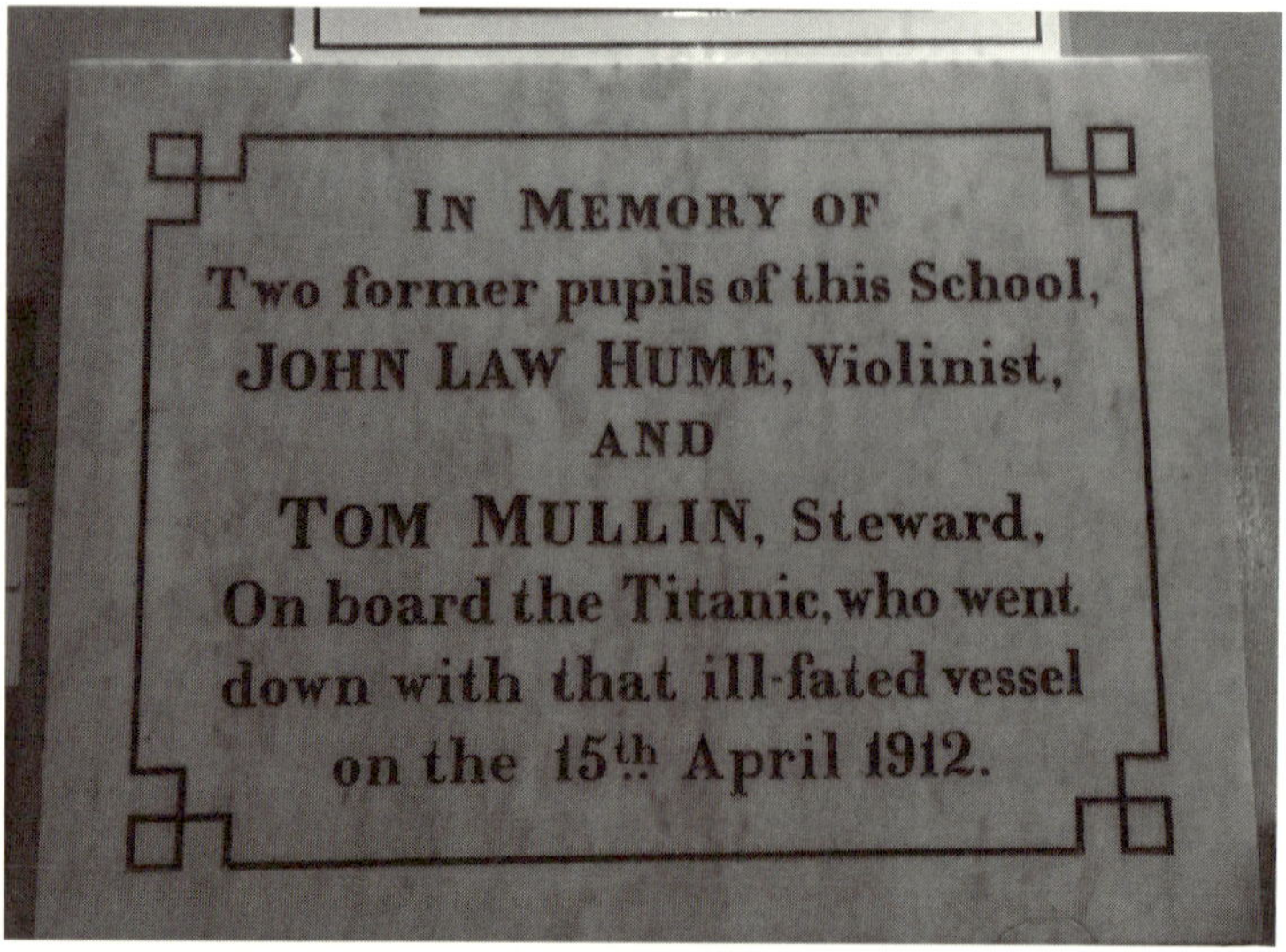
IN MEMORY OF
Two former pupils of this School,
JOHN LAW HUME, Violinist,
AND
TOM MULLIN, Steward,
On board the Titanic, who went
down with that ill-fated vessel
on the 15th April 1912.

大理石の記念額

二八　余波

私の家族の歴史は、ジグソーパズルの中の重要なピースが紛失しているような状態で、わからない部分がかなりあった。しかし、本書 *And The Band played On* の初版が世に出て以来、紛失していたジグソーパズルのピースが見事にはまるように、いくつかの事がわかってきた。

たとえば、ケイト・ヒュームの娘グレイスが健在で、グラスゴーに住んでいることを私は初めて知った。さらに、ケイト・ヒュームによるあの「作り話事件」やそれに続く一九一四年の裁判のことを、娘グレイスが一切聞かされていないことを知り、私は大変驚いた。

オーストラリアからは、啓示的なeメールを受け取った。そのメールの主は、ダンフリース生まれのアン・センプルである。彼女は自身のことを、メアリー・コスティンとメアリーの夫ウォルター・トムソンの孫娘であると語った。ウォルター・トムソンは、ジョックが亡くなって六年後、メアリーが結婚した相手だ。私たちは、メアリー・コスティンという同じ祖母を持つ関係だった。

私の母は、ウォルター・トムソンの人生にどんなことがあったのか、何も知らなかった。また、メアリーや異父の弟ウォルターの二人の息子が、その後どうなったのかも知らなかった。アンはそのことに関して、次のことを私に教えてくれた。一九二二年祖母メアリー・コスティンが亡くなると、その二年後、ウォルターはダンフリース市内に住むウエイトレスのジェシー・ロバートソンと再婚した。そして、ジェシーはセント・アンドリュー・ストリートの家に引っ越してきた。ウォルターはお抱え運転手の仕事を辞め、「自動車工場の内装係」となった。その後、地元の自動車修理工場で仕事を得た。彼はジェシーが亡くなって二年後の一九六三年、六九歳でこの世を去った。

メアリーとウォルターの長男は、一九歳の時トラックに轢かれて亡くなった。ダンフリース市内の採石場で働いていた時の事故だった。メアリーが亡くなる一年前に生まれた弟のケネディは、ダンフリース在住のアニー・キャンベルと結婚し、八人の子供をもうけた。その子供の中の一人がアンだ。

アンも地元ダンフリース在住のダッグ・センプルと結婚した。二人は一九八一年にオーストラリアに移住した。アンによると、祖父ウォルターの最初の妻で、私の祖母メアリーに関しては何の情報も持ち合わせていないとのことだった。しかし、ウォルターがメアリーに、私の母ジョアンを実家に残すようにさせたという可能性は強く否定した。アンは祖父ウォルターが、子供や孫たちと楽しそうに接する姿をよく覚えている。このアンの記憶は、メアリー・コスティンの人生、および今なお私を苦しめている事に関して、何らかの答えとなりそうだ。本のあとがきとして、とても興味深い事実だ。もし、メアリーがもっと長く生きていたなら、ウォルターとの生活にジョアンも迎え入れていたのであろうか。

私には、それ以上によくわからない事がある。その事に、ますます関心が高まっている。ダンフリースを逃げ出し、ヒューム家やコスティン家から距離を置いた時期は別として、私の母は二〇代以降住んでいたロンドンで、両家の関係者の家のごく近くに住んでいたのである。しかし、母は両家の関係者を探して訪ねるようなことはしていない。母の祖父アンドリュー・ヒュームは一九三四年に亡くなるまで、グレート・ポートランド・ストリートでヴァイオリンショップを開いていた。彼女の叔父メンジーズは人生の大半を、サウスーイースト・オヴ・イングランド(1)で暮らし働いていた。そして母が四三歳の時に亡くなっている。

メンジーズには、妻と息子が一人いた。しかし母はだれとも連絡を取ろうとはせず、また探そうともしなかった。また、ダンフリースに住んでいたまま父ウォルターや父親違いの弟にも、同様に連絡を取っていない。これらの事実を知って私は初めて、母が人生で感じていたに違いない、自暴自棄の気持ちや深い心の傷がわかったように思えた。

私はジョックの父親アンドリュー・ヒュームのさらなる情報を、だれかが教えてくれるのを楽しみにして待っている。アンドリューがどこで音楽教育を受けたのかわからないし、どのようにして農場労働者の息子から才能豊かな音楽家へと大きく飛躍したのかも知らない。ヒュームの遠い親戚が、ヒュームの叔父についての情報を手紙で知らせてくれた。ヒュームの叔父は、グラスゴーでミュージックショップを開いていたらしい。この叔父の存在が、私の疑問に対する答えになるかもしれない。

二〇一一年六月、私は再びハリファックスに飛んだ。タイタニック号の遺産を扱う「ディスカバリーチャンネル(2)」のドキュメンタリー番組の撮影に参加するためだった。私にとって、それは感慨深い旅行となった。私はまずフラッグシップ・ピアを訪れた。そこは埠頭についたマッケイ・ベネット号が、収容した遺体を降ろした場所だ。次に丘を登り、アグリコラ・ストリートの遺体安置所だった場所に立ち寄った。さらにそこから、フェアヴュー・ローン共同墓地に移動した。私は再び、祖父の墓の前に立つことができた。今回は、トム（トーマス）・マリンの墓にも献花した。

その週の後半、私たちは公文書記録館にて撮影を行った。そこで私は初めて、（白い手袋をはめて）タイタニック号の死亡者について記載した書類の原本を手にすることができた。それから、セント・ジョージズ教会に移動した。その教会は、あの名もなき子供の葬儀が行われ、会葬者や悲しむ人々で道が埋め尽くされた場所だ。さらに私たちはシタデル・ヒルの一番高い所に登ってみた。遺体収容から戻ってきたマッケイ・ベネット号が、最初に確認されたのはこの場所からだった。

海事博物館では、館長のダン・コンリンが、毎年四月一五日に友人たちとともにフェアヴュー・ローン共同墓地を訪れ、献花していることを教えてくれた。その際ヴァイオリニスト一名を同伴させ、ジョックの墓のそばで「主よ御許に近づかん」を演奏してもらっているとのことだった。

同年夏には、撮影がダンフリースで続けられた。ますジョックの家を撮影し、それからメアリーの家に向かった。そしてヒューム家とコスティン家が法廷で激しく戦った、州裁判所の中でも撮影を続けた。これらの場所や二人がそれぞれ通った学校が近くに位置することで、以前から抱いていた疑問が再びわいてきた。どのくらいの年齢から、ジョックとメアリーはお互いを知っていたのだろうか。学校に入学した五歳以降、二人の通学路が全く交差していない可能性は、まずあり得ないだろう。

ドック・パークでニス川を見渡し、皮肉なめぐり合わせに気づいてしまった。ジョックとトムのモニュメントは、野外ステージの近くにある。今は使われていないが、その野外ステージこそアンドリュー・ヒュームが日曜日の午後、オーケストラを指揮していた場所だった。

今から一〇〇年前、ジョックは愛用のヴァイオリンを肩からつり下げて、誇らしげにダンフリースの鉄道の駅に向かって歩きだした。そしてサウサンプトンにて、タイタニック号に乗船した。一世紀後の今日でも、タイタニック号の話はいまだに多くの人々を魅了している。もっとも、一〇〇周年にあたるこの年に、大西洋の海底に沈んだ巨大旅客船とその大惨事に関して、新たに発見される事実はもうほとんどないと私は思っている。

しかし、私の調査の旅はまだまだ続く。そしてジグソーパズルを完成するため、人々が私に失われているピースを見つけて、提供してくれることを切に願っている。ジョックの短くも勇気あふれる人生、そしてその後を描く大きなジグソーパズルを完成したいと思う。

クリストファー・ウォード
info@titanic-band.com

注

(1)サウス-イースト・オヴ・イングランド　南東イングランド。イングランドを構成する九つの地域のうちの一つ。

(2)ディスカバリーチャンネル　ディスカバリー・コミュニケーションズ社が運営する、アメリカの衛星テレビおよびケーブルテレビネットワークチャンネル。

ドック・パークの野外ステージ（ダンフリース）

大西洋海事博物館（ハリファックス）

エピローグ

マドレーヌ・アスター

マドレーヌ・アスターは、夫のJ・J・アスター大佐が設立した五〇〇万ドルの信託ファンドの収益を引き継いだ。また、再婚しない限りは、マンハッタンのアスター家の豪邸を生涯使用する権利を獲得した。一九一六年六月、マドレーヌは幼なじみで銀行家のウィリアム・ディックと再婚した。ディックは、ブルックリン・タイムズ紙(1)の共同経営者でもあった。彼女はアスター家の豪邸を出ることになったが、遺産のかなりの部分を継続して所有した。ディックとの間に二人の子供をもうけたが、一九三三年に離婚した。その四か月後、今度は二六歳のイタリア人ボクサー、エンツォ・フィエールモンテと結婚したが、また五年後に離婚した。彼女は四六歳で亡くなった。

ジョン・ジェイコブ・アスター六世

ジョン・ジェイコブ・アスター六世は、アスター大佐とマドレーヌの息子で、タイタニック号で父親のアスターが亡くなった後に誕生した。彼は一九一二年に生まれると三〇〇万ドル、そして二一歳の誕生日にはさらに五〇〇万ドルを相続した。彼は波乱の人生を送り、結婚は四度経験した。一九九二年、フロリダ州マイアミ・ビーチにて七九歳で亡くなった。

メンジーズ・コスティン

メンジーズ・コスティンとエシュメは離婚した。一九四四年、エシュメはマンチェスターでアレキサンダー・ゼアヴェズと再婚した。メンジーズは、第一次世界大戦中、アーガイル・アンド・サザーランド・ハイランダーズに入隊し軍務に就いた。そして第二次世界大戦でも再び志願し戦った。その後ウェールズのセント・ドーナッツ城(2)で執事になった。一九五五年、彼はその地で心臓発作のため五九歳で亡くなった。彼の息子ジョンの名が、情報提供者としてメンジーズの死亡証明書に記載されていた。私はメンジーズの人生や息子のジョンおよびその他の子供たちに関して、これ以上の情報は持ち合わせていない。

ウィリアム・ディッキー

ウィリアム・ディッキーは、「乳房を切断されたナース」という誤報記事を書き不祥事を起こしたが、それをなんとか切り抜けた。そして、ダンフリース&ガロウェイ・スタンダード紙の編集長を続けた。しかし、個人的には連続して悲劇に見舞われた。そのことが彼の死を早めたのは、疑う余地がない。彼は不祥事から五年も経たないうちに、六二歳で亡くなった。

まず、彼の長男であるKOSB(3)所属のウィリアム・ディッキー中尉は、一九一六年七月一日、ソンムの戦い(4)の初日にボーモン・タメルで戦死した。彼の部隊長は、ディッキー氏夫妻に手紙を書いている。「中尉は負傷したにもかかわらず、受け持ちの小隊の指揮を執り続け、そして銃弾に当たり戦死されました。全兵卒、勇敢な将校を失って嘆き悲しんでおります。全兵卒を代表して、お悔やみ申し上げます」

ダンフリースで行われた彼の追悼式には、その若きオックスフォード大卒の中尉とともにガリポリの戦い[5]やソンムの戦いに参加した仲間の将校たちが参列していた。将校たちは砲火の中での彼の勇気ある行動をたたえ、彼が負傷兵たちにとても気を配っていたことに感謝した。

父親のディッキーは、息子ウィリアムの死のショックから立ち直ることができなかった。さらに、彼の妻ジェーンが翌年病を発症し、短期間のうちに亡くなると、ディッキーの体調は急激に悪くなった。結局彼は一九一九年八月一二日に亡くなった。彼が四八年間働いた新聞社の死亡記事は、次のような内容だった。「編集業務に対して、彼はとても熱意がありました。晩年には体力はかなり落ちていましたが、それでも新聞の編集作業を続けていました・・・彼は仕事中デスクで亡くなったと言っても過言ではありません」

ケイト・ヒューム

ケイト・ヒュームは、兄ジョックの死から完全に立ち直ることはできなかった。そして、勾留され裁判にかけられたことも含め、その後ヒューム家を襲った数々の災難を乗り越えることもできなかった。勾留先から釈放されたケイトは、女中奉公に出た。そして一九一九年、鉄道機関士のトーマス・タービットと結婚し、四人の子供をもうけた。

ケイトは子供たちに、決して裁判のことは語らなかった。一九二七年に彼女は男の子を産み、洗礼後その子にジョン・ロー・ヒューム・タービットという名を付けた。その子は一九四六年一八歳の時、脳脊髄膜炎[6]で亡くなった。翌年ケイトもこの世を去った。五〇歳だった。

娘のグレイスはケイトよりも長命で、現在八〇歳を超えているが健在だ。グラスゴーで暮らしている。

ジョン・ウイルソン

ケイトの被告人弁護を担当したジョン・ウイルソンは、スコットランドの法曹界において最も愛され、最も優れた法廷弁護人の一人となった。一九一七年、彼はパースシャー[7]の判事に任命された。同時に職務上、スコットランドの英国刑務所委員会のメンバーも兼ねた。彼はかつて刑務所制度の改革を強く訴えていたが、その刑務所委員会のメンバーの地位に彼自身が就いたことになる。ロー・ロード（法官貴族）になると、パースシャーにある彼の家にちなんで「ロード・アッシュモア」の称号を受けた。一九三二年に亡くなった。

アンドリュー・ヒューム・ジュニア（ジョックの弟）

アンドリュー・ヒューム・ジュニアは、「アンディ・アンド・ザ・ボーイズ」という名前のバンドを結成した。バンドはしばらくの間、そこそこ成功していた。彼は結婚をし、離婚し、再婚した。そして移住先の住所を告げないで、一九五〇年代にオーストラリアに姿を消した。

ネリー・ヒュームとグレイス・ヒューム

ケイトの裁判や父親の訴訟問題が起こってからは、二人ともダンフリースを離れて、決して実家に戻らなかった。ネリーは音楽教師に、グレイスはナースになった。今のところ、一九一四年以降の二人の人生に関し、情報はほとんどない。

フレデリック・ラーンダー船長

フレデリック・ラーンダー船長は、第一次世界大戦中も、マッケイ・ベネット号の船長を務めた。一九二二年には、コマーシャル・ケーブル社の新しいケーブル敷設船、「ジョン・W・マッケイ号」の船長に任命された。一九二五年引退して、イングランドで余生を過ごした。

マッケイ・ベネット号

マッケイ・ベネット号は、第一次世界大戦中も海底ケーブルの修理に活躍し、一九二二年五月に引退した。その後貯蔵スペースとして使用されるため、イングランドのプリマスへ向かったが、これがマッケイ・ベネット号の最後の航海となった。第二次世界大戦中、爆撃を受け一度沈んだが、後に浮上した。一九六三年に解体された。

トム（トーマス）・マリン

トム・マリンは、あの世に行ってからも不運に付きまとわれた。SSミニア号に収容され、彼は乗務員のバッジ番号三二により身元確認された。その後、ハリファックスのフェアヴュー・ローン共同墓地に埋葬された。

彼の弟と二人の妹は、タイタニック号救済基金より金銭的な援助を受けた。マリンのバッジは、彼の腕時計、乗務員手帳、ポストカードとともに家族のもとに返された。二〇〇三年、それらを持っていると災難が家族にもたらされると信じた親戚の一人が、これらの品をダンフリースでオークションに出品した。オークションでは、退職した警察官が一〇二ポンドで落札した。

翌年、バッジは再びオークションに出され、あるコレクターが二万八千ポンドで落札した。コレクターの名前は、明かされていない。彼の腕時計にも、ほぼ同額の値がついた。トムの腕時計も、どこかのコレクターが持っているものと思われる。

注

(1) ブルックリン・タイムズ紙　一八四八年創刊の共和党寄りの新聞。
(2) セント・ドーナッツ城　ウェールズにある一二世紀頃に建てられた古城。
(3) KOSB　The King's Own Scottish Borderers の略。
(4) ソンムの戦い　第一次世界大戦における最大の会戦。一九一六年七月一日から同年一一月一九日までフランス北部、ピカルディ地方を流れるソンム河畔の戦線において展開された。
(5) ガリポリの戦い　第一次世界大戦中、連合軍が同盟国側のオスマン帝国の首都イスタンブール占領を目指し、一九一五年、エーゲ海からマルマラ海への入り口にあたる、ダーダネルス海峡の西側のガリポリ半島に対して行った上陸作戦。
(6) 脳脊髄膜炎　脳や脊髄の髄膜に起こる炎症の総称。ウイルスや細菌が主な原因の感染性のものと非感染性のものがある。
(7) パースシャー　スコットランド中部の旧県名。

訳者あとがき

一　原書との出会い

翻訳書『タイタニック号の若きヴァイオリニスト』を出版し、やっと長い航海を終えた気持ちでいます。この原書との関わり合いは、今から四年前、偶然あるテレビ局のBS番組を見たところから始まります。たまたまテレビのチャンネルを変えたことで、この原書の存在を知ることになりました。実は、その番組を見たのは最後のわずか五分間だけでした。原著者のウォード氏が、長年交流が途絶えていた祖父方の親戚を訪ね、和解をするというシーンを見ました。タイタニック号の楽団員を祖父として持つ親戚間で、どうして祖父方と祖母方で交流がなくなったのか、とても気になりました。タイタニック号に関しては、大学の英語の授業の中でタイタニック号の悲劇や楽団員の最期を扱ったことがあり、それなりの知識を持っていたつもりでした。

しかし、これまで私が読んできたタイタニック号の書籍のほとんどが、タイタニック号が沈む場面で終結していました。それに対し、原書は楽団員関係者のその後の人生を扱っていて、興味を持った私は、引き込まれるように原書を数週間で読み終えました。そして、BS番組を見て抱いた疑問の答えを見つけることもできました。原書は、タイタニック号で最期まで演奏を続けた楽団員を紹介し、関係者のその後の人生をタイタニック号の悲劇と重ねながらありのまま描いています。

新たな発見もたくさんありました。特に、楽団員たちが乗員ではなく、乗客の身分で乗船していたことに大変驚きました。乗員ではなかった彼らがどうして船に残って演奏を続けたのだろうか。沈みゆく船で演奏したのは、だれからの指示だったのだろうか。ダンフリースの町に婚約者とまだ見ぬ子を残して亡くなった主人公ジョックは、どのような気持ちで演奏を続けたのだろうか。これらは、私の新たな疑問となり、翻訳をしながら考え続けました。

英文を数週間で読むことはできても、それを翻訳するとなると大変な苦労を伴うことになりました。原書の場合、法律、歴史、音楽、船の構造や航海のことなど専門的知識が必要で、私の翻訳の仕事は、結局足掛け四年になりました。

二　カナダ、ノヴァ・スコシア州、ハリファックスへ

翻訳の作業が三年目にかかった頃、ぜひ物語の舞台を訪れてみたいという気持ちが強くなりました。特に、主人公ジョックが眠っている場所、ハリファックスにはどうしても行きたくなりました。二〇一八年九月、私はトロント経由でハリファックスに向かいました。

ハリファックスには五日間滞在し、まずジョックが眠るフェアヴュー・ローン共同墓地を訪れ、ジョックの墓の前で翻訳の報告をいたしました。また、原作者のクリストファー・ウォード氏と同じように大西洋海事博物館やノヴァ・スコシア公文書記録館も訪れ、資料の閲覧等を行い、翻訳作業の参考にしました。帰港する遺体収容船マッケイ・ベネット号が最初に確認された小高い丘、シタデル・ヒルにも登りました。シタデル・ヒルから見る大西洋はとてもきれいで感動的でした。人生で初めて見た大西洋でした。

今から一世紀以上前、ハリファックスはタイタニック号の死体収容船を受け入れ、市全体で犠牲者を弔い

ました。きれいで静かな大西洋を見たとき、あの悲劇がとても信じられませんでした。

滞在中は天気にも恵まれ、私はウォード氏が取材した後を追うようにハリファックス市内を歩き回りました。港から市内中心部に向けてかなりの坂道となっており、心地よい汗をかきながら、葬儀や追悼式が行われた教会も訪ねました。特に、オール・セインツ大聖堂は、原書に何度も登場しますが、歴史を感じる素敵な教会でした。今でも鮮明に覚えています。

ハリファックスを出発する前日、私はもう一度フェアヴュー・ローンを訪ねました。原書に登場する犠牲者たちの墓参りをし、再びジョックの墓の前に立ちました。心の声で語りかけているうちに、彼の青春時代が凝縮されている物語の舞台、スコットランドのダンフリースも歩いてみたくなりました。

ハリファックスの人は、みんな陽気で親切でした。特にフェアヴュー・ローン共同墓地のガイド、フィリップさんとゲールさんからは、タイタニック号関係のお話をたくさん聞くことができました。

三　スコットランド、ダンフリースにて

翻訳作業がなかなか進まない中、二〇一八年一一月、今度はスコットランドのダンフリースを訪れるため、羽田からロンドンに向かいました。ダンフリースに行くには、ロンドンから国内便に乗り換え、グラスゴーを経由して列車でダンフリースに入るのが一番早い方法です。しかし、私はあえてロンドンから鉄道を利用することにしました。ロンドンのユーストン駅から特急列車を利用し、カーライルで乗り換え、そこから普通列車でダンフリースに向かうルートです。帰りもまったく同じルートを選びました。列車を選んだのは、一世紀前、タイタニック号に乗船するジョックが列車の窓越しに見た景色や列車の旅を、私も体験してみたかったからです。ロンドンからおよそ五時間、ダンフリースの町は近世の町並みをそのまま残す、とてもきれいな町でした。私は駅前のホテルに一週間滞在し、ダンフリースの町を探索しました。

ダンフリースは予想していたよりも小さい町で、原書に登場した主要な建物はすぐに見つかりました。町の中心街は一世紀以上前の様子をそのまま伝えており、通りなどそのままの名前で残っていました。メアリーのバックルーク・ストリートの家、ジョックのジョージ・ストリートの豪邸、両家が法廷で戦った州裁判所、ロバート・バーンズが愛したコーチ・アンド・ホーセズなど当時のまま残っており、翻訳作業の参考とすることができました。

ダンフリースに一週間滞在しましたが、ダンフリースの人々はとても温かく、とても親切でした。インフォメーション・センターのみなさんには、いろいろなアドヴァイスをいただき、そのおかげで原書に登場するカッスル・ダグラスなど周辺の町もバスを利用して訪れることができました。ロバート・バーンズ・ハウスやロバート・バーンズ・センターの学芸員のみなさんからは、私の大好きな詩人バーンズの話に加え、ダンフリースの歴史なども聞かせていただきました。

いろいろな方によくしていただきましたが、特にジョックの母校、セント・マイケルズ・スクール（小学校）の先生方やスタッフのみなさんには、本当にお世話になりました。実は連絡方法がよくわからず、アポイントを取らずにセント・マイケルズ・スクールを訪れました。そのため最初はみなさん驚いておられましたが、私が訪問の理由を説明すると、快く取材に応じてくださいました。翻訳書に必要なジョックの記念額等の撮影を許可していただいただけではなく、校長先生からはジョックやタイタニック号のことをいろいろと教えていただきました。ウォード氏も原書を書くため数年前訪問したのですが、その時の女性校長ソマヴィル先生はもうすでに退職されていました。私がお会いしたのは新しい女性校長ヒラリー・トムソン先生でした。トムソン校長先生からは、さらに学校の歴史も教えていただき、授業の参観までさせていただきました。スコットランドの小学生は、ジョックのように人懐っこく、明るい子供たちでした。そして、私はジョックの母校セント・マイケルズ・スクールが数年前創立一五〇周年を迎えたことを知りました。学校を去る際、一五〇周年に作製された学校の写真入りのマグネットを二つ記念にいただきました。校長先生から、私の翻訳書の出版をとても楽しみにしているとの激励の言葉もいただきました。

別の日には、ジョックとトーマスのモニュメントがあるドック・パークを訪れました。日曜日ということもあり、公園は子供連れの家族でいっぱいでしたが、二人のモニュメントはすぐに確認することができました。公園のそばには、原書で何度も登場するニス川が流れていました。ジョックの父、アンドリューが密漁で捕まったニス川の小島もすぐに確認できました。ニス川の対岸がマックスウェルタウンです。マックスウェルタウンにも行ってみましたが、マックスウェルタウン側から見るダンフリースの町はとても美しく、思わず何枚も写真を撮りました。足掛け四年続けた翻訳の世界が目の前に広がり、とても感動したことを覚えています。

四　最後に

ダンフリースから日本の戻り、翻訳作業の最後の段階に入りました。ダンフリースを訪れてみて、沈みゆくタイタニック号で演奏しながら、ジョックはどれほど生きてダンフリースに帰りたかっただろうかと思いました。婚約者メアリーとお腹の中のまだ見ぬ子がダンフリースで帰りを待つ中、タイタニック号のデッキで演奏するジョックの気持ちを思うと心が痛みます。これから生まれてくる子供にとても会いたかったでしょう。しかし、彼は救命ボートに乗り込まず、最期まで演奏を続けました。どうしてそのような選択をしたのか、楽団員八人全員が亡くなっていますので詳細はわかりません。ただ、原書を翻訳してみてなんとなく答えがわかったような気もします。

四年にわたる大変な作業でしたが、翻訳にあたっては多くの方々に本当にお世話になりました。原書の翻訳のためには船舶、音楽、歴史、法律を始めとして様々な分野の知識が必要でした。そのため多くの方々にアドヴァイスをいただき、相談に乗っていただきました。全員の名前を挙げることは紙面の都合できませんが、次の三名の専門家の先生方には特にお世話になりました。

タイタニック号の構造や船舶関係の専門用語等に関しては、前職船の科学館（東京）の学芸係長で、現在は長崎県文化振興課係長（学芸員）である斎藤義朗さんに相談いたしました。齋藤さんからは、タイタニック号やマッケイ・ベネット号に関しての私の多くの疑問に対し、適切な回答をいただきました。感謝に堪えません。

一九世紀のスコットランドの裁判事情に関しても、大変苦労いたしました。そのような状況で、裁判や法律関係に関してのアドヴァイスを、長崎大学環境科学部教授西久保裕彦先生にお願いしました。西久保先生は環境法がご専門ですが、法律一般や裁判にも詳しく、何度も相談に乗っていただきました。感謝申し上げます。

また、翻訳においては、ヴァイオリン演奏や製作の知識も不可欠でした。この分野に関しては、長崎大学教育学部准教授加納暁子先生にご指導いただきました。原書には、音楽の専門書にもほとんど載っていないヴァイオリン演奏家や製作者の名前が登場しましたが、私の質問に対し、先生から適切な回答を何度もいただくことができました。感謝の気持ちでいっぱいです。

最後に、本書の刊行を実現するためにご尽力いただきました英宝社社長佐々木元氏と編集長下村幸一氏に心より感謝申し上げます。下村幸一氏には四年間にわたり編集作業を担当していただくとともに、翻訳に関して数々の相談にも乗っていただきました。心よりお礼を申し上げます。長年の友人、社長の佐々木元氏には、翻訳作業が遅々として進まない中、私を励まし、鼓舞していただきました。そして、翻訳書を出版していただきました。本当にありがとうございました。

二〇一九年四月一五日（タイタニック号の命日に寄せて）　長崎にて

翻訳者　小笠原　真司

本書を私の両親、小笠原富美男と智子に捧げたいと思います。